Georg Ebers

Die Schwestern

Leseklassiker

Georg Ebers

Die Schwestern

ISBN/EAN: 9783955631260

Auflage: 1

Erscheinungsjahr: 2013

Erscheinungsort: Bremen, Deutschland

Leseklassiker

Leseklassiker

Die Schwestern.

Roman

von

Georg Ebers.

———

Zwölfte Auflage.

Stuttgart und Leipzig.
Druck und Verlag von Eduard Hallberger.
1881.

Herrn Eduard von Hallberger.

Laß Dir, lieber Freund, die Widmung dieser
Blätter gefallen. Ich bringe sie Dir dar
am Abschluß eines Zeitraums von vier Lustren,
in denen uns eine feste und warme, von keinem
Mißklang je getrübte Freundschaft verbindet und
vier meiner Werke entstanden sind, die unter Deiner
Obhut und Fürsorge durch die Welt wandern.

Dieß fünfte Buch, meine Schwestern, geb'
ich Dir besonders zu Eigen; ist es doch zum

Theil in Deinem herrlichen Tutzing, unter Deinem
gaſtlichen Dache, entſtanden, verlangt es mich doch,
Dir auch durch ein äußeres Zeichen zu erkennen zu
geben, wie hoch ich Deine Liebe und Freundſchaft
und die tauſend guten Stunden zu ſchätzen weiß,
in denen wir mit Herz und Geiſt, gebend und
nehmend, nehmend und gebend, einander erfriſcht
und gefördert haben.

In unwandelbarer Treue

Leipzig,   Dein
den 6. November 1879.

Georg Ebers.

Vorwort.

———

Durch eine wunderbare Fügung ist eine Anzahl von Schriftstücken aus dem vernichteten königlichen Archiv von Memphis erhalten geblieben, die in griechischer Sprache auf Papyrus geschriebene Bittschriften enthalten, welche ein im Serapeum eingeschlossener Klausner von macedonischer Herkunft zu Gunsten zweier Zwillingsschwestern verfaßte, welche als „Ausgießerinnen von Spenden" dem Gotte dienten.

Auf den ersten Blick erscheinen diese Bittschriften kaum der Beachtung werth; ein tieferes Eingehen in ihren Inhalt lehrt aber, daß wir in ihnen Dokumente von hohem kulturgeschichtlichem Werthe besitzen; zeigen sie uns doch an einem Mittelpunkte der heidnischen Religionsübung die Wurzeln der erst durch das Christenthum zu höherer sittlicher und historischer

Bedeutung gelangten mönchischen Idee, gewähren sie uns doch unerwartete Einblicke in das innere Leben jenes Serapistempels, dessen zerstörte Mauern in unserer Zeit der rastlose Fleiß des französischen Aegyptologen Mariette vom Sande der Wüste befreit hat.

Es war mir vergönnt, diese Stätten zu besuchen und zu durchforschen, und die erwähnten Bittschreiben sind mir seit Jahren bekannt. Als nun in jüngster Zeit einer meiner Schüler es unternahm, vorzüglich eines von diesen Dokumenten, das in der königlichen Bibliothek zu Dresden konservirt wird, eingehend zu behandeln, unterzog ich mich selbst einem neuen Studium derselben und dabei geschah es, daß das Bild des Serapeums zur Zeit des Ptolemäus Philometor deutlich in meine Vorstellung trat und in mir diejenigen Gemälde feste Umrisse gewannen und sich mit Farben bekleideten, welche ich auf den folgenden Blättern dichterisch auszugestalten versuchte.

Zu meinen Helden wählte ich nicht denselben Klausner und dieselben Zwillingsschwestern, von denen die Bittschriften reden, sondern solche, welche um ein Weniges früher unter den gleichen Bedingungen gelebt haben konnten, denn es geht aus den Papyrus hervor, daß nicht nur zufällig einmal Zwillinge im Serapistempel thätig waren, sondern daß vielmehr ein Schwesternpaar auf das andere im Amt der Ausgießung von Spenden gefolgt ist.

Meine Klea und Irene ließ ich diese Thätigkeit nicht antreten, sondern als Pflegebefohlene des Serapeums für sie heranwachsen. Ich wählte diese Auskunft, theils weil die vorhandenen Quellen nur sehr ungenügende Kunde über die Anforderungen, welche an die Zwillinge gestellt worden sind, zu gewähren vermögen, theils in Folge von anderen, sich aus dem Plan meiner Dichtung ergebenden Gründen.

Klea und Irene sind frei erfundene Gestalten, dagegen habe ich die historische Physiognomie der Zeit, in der ich sie leben lasse, und die Bilder der feindlichen Brüder auf dem Throne Aegyptens, Ptolemäus Philometor und Euergetes II., welcher Letztere den Beinamen Physkon (d. i. der Dicke) trug, treu nach den vorhandenen, ziemlich ergiebigen Quellen zu zeichnen versucht. Auch der Eunuch Euläus und der Römer Publius Cornelius Scipio Nasica sind historische Personen. Unter den jungen, in dieser Zeit lebenden Patriziern wählte ich den Letzteren, theils weil sein strenger, aristokratischer Sinn, den er namentlich in späteren Jahren schroff bethätigte, bezeugt wird, theils weil mir sein Bei- oder Spitzname Serapion auffiel.

Ich erkläre diesen letztern in meiner Weise, obwohl ich weiß, daß er ihn seiner Aehnlichkeit mit einer untergeordneten Person dieses Namens verdanken soll.

Für den gerade mit dieser Epoche der ägyptischen Geschichte weniger vertrauten Leser sei gesagt, daß er Kleopatra, die Gattin des Ptolemäus Philometor, mit der ich ihn bekannt zu machen gedenke, nicht mit ihrer berühmten Namensschwester, der Geliebten des Julius Cäsar und des Marcus Antonius, verwechseln darf.

Der Name Kleopatra war besonders beliebt im Hause der Lagiden, und unter den Königinnen, welche ihn trugen, war die durch Shakespeare und in jüngster Zeit durch Makart auch in den weitesten Kreisen bekannte Schwester und Gattin des vierzehnten Ptolemäers die siebente. Ihr tragisches Ende durch Otterngift oder den Biß einer Natter fällt 134 Jahre später als unsere Erzählung, welche im Jahr 164 v. Chr. spielt.

Zu dieser Zeit hatte Aegypten bereits 169 Jahre unter der Herrschaft eines griechischen (macedonischen) Königshauses gestanden, welches seinen Namen der Ptolemäer oder Lagiden seinem Ahnherrn Ptolemäus Soter, dem Sohne des Lagus, dankte. Dieser thatkräftige Mann, ein General Alexander's des Großen, verwaltete, nachdem sein Gebieter 333 v. Chr.

das Nilthal erobert hatte, zuerst als Statthalter diese „Satrapie" des neuen Weltreiches. Nach dem Tode Alexander's, 323, bestieg Ptolemäus den Thron der Pharaonen, und er und seine Nachkommen beherrschten Aegypten, bis dasselbe nach dem Tode der letzten und berühmtesten Kleopatra (30) dem römischen Reiche als Provinz einverleibt wurde.

Auf die Geschichte der einzelnen Ptolemäer einzugehen ist hier nicht der Platz, wohl aber darf bemerkt werden, daß der völkergewinnende Zauber des griechischen Wesens sich in Aegypten besonders wirksam erwies, und zwar vorzüglich in Folge des mächtigen Einflusses des von Alexander gegründeten Alexandria, das in wunderbarer Schnelligkeit zu einem der glänzendsten Mittelpunkte hellenischen Geistes, hellenischer Kunst und Wissenschaft heranwuchs.

Lange vor der gemeinsamen Herrschaft der feindlichen Brüder Ptolemäus Philometor und Euergetes II., deren gewaltsames Ende wir dem Leser in unserer Weise vorführen, machte sich griechischer Einfluß in allen Regungen des ägyptischen Lebens, welches von der Eigenart seiner früheren Eroberer, Hyksos, Assyrer und Perser, fast unberührt geblieben war, geltend, und der abgeschlossenste und ungastlichste Staat des früheren Alterthums öffnete unter den Ptolemäern allen Fremden weit die Thore.

Alexandria war auch in unserem Sinne eine Weltstadt, in der nicht nur die Handelsgüter, sondern auch die geistigen und religiösen Besitzthümer der verschiedensten Völker zusammenströmten, verarbeitet und allen Nationen, die sie begehrten, vermittelt wurden. Ich widerstand dem Reiz, meine Erzählung hieher zu verlegen, weil in Alexandria das ägyptische Element zu weit hinter dem hellenischen zurücktrat und hier das glänzende, überwältigend reiche Bühnenwerk leicht die Aufmerksamkeit von dem Seelenleben der handelnden Personen abgezogen haben würde.

In den inneren Angelegenheiten ihres Landes war es den Königen von Aegypten in der von uns geschilderten hellenistischen Zeit frei zu schalten gestattet, die Entfaltung ihrer Macht nach außen hin beschränkte das schnell und gewaltig herangewachsene römische Reich nach seinem Belieben.

Der Einwanderung von Israeliten aus Palästina hatte gerade Philometor willig Vorschub geleistet, und unter ihm gewann die große jüdische Gemeinde von Alexandria einen den griechischen beinahe überflügelnden Einfluß auf die Stadt, das Reich und ihren königlichen Beschützer, der dem Jehova am Nil einen Tempel zu bauen gestattete und in eigener Person an den dogmatischen Händeln der griechisch gebildeten Israeliten in seiner Umgebung theilnahm. Der hochbegabte, aber lasterhafte und gewaltthätige Euergetes II. war ihnen um so weniger geneigt und verfolgte sie grausam, sobald ihm die Herrschaft über ganz Aegypten nach dem Tode seines Bruders zugefallen war. Auch die Mitglieder der großen Akademie, des sogenannten Museums von Alexandria, ließ er, der sich selbst mit wissenschaftlichen Arbeiten ernstlich beschäftigt hatte, seine schwere Hand fühlen und zwang sie, sich eine neue Heimat zu suchen. Die in die Flucht getrie= benen Jünger der Wissenschaft ließen sich dann in verschiedenen Städten am Mittelmeer nieder und tru= gen nicht wenig zur Verbreitung der im Museum ge= reiften Geistesfrucht bei.

Aristarch, den größten unter den gelehrten Zeit= genossen Philometor's, laß' ich an einem Gespräch im Königspalaste von Memphis theilnehmen. Die Verse vom kleinen Menschenkind, welche Kleopatra im zehnten Kapitel (S. 140 und 141) vorträgt, stammen nicht aus dem Alterthum. Der verewigte Friedrich Ritschl, der Aristarch unserer Zeit, hielt sie besonders hoch und theilte sie mir vor einigen Jahren sammt mehreren Variationen mit, welche ein noch unter den Lebenden wandelnder Anonymus an sie geknüpft hatte. Ich fügte zwei von diesen letzteren zu dem ersten Verse, welcher, wie ich in der zwölften Stunde erfuhr, von dem verstorbenen H. H. L. von Held gedichtet worden sind, über den man in Varnhagen's biographischen Denkmalen Bd. VII. nähere Auskunft findet. Ich denke, daß mir mancher Leser für die Mittheilung dieser hübschen Verse und der geistreichen neuen Wendungen der ihnen zu Grunde liegenden Idee Dank wissen wird. Aehnliche Verse könnte Kallimachus oder ein anderer Poet aus dem Kreise der früheren Mitglieder des Museums recht wohl gedichtet haben.

Auch in dieser Erzählung war ich bestrebt, die ihre Eigenart bedingenden und bezeichnenden Züge einer großen Kulturepoche in einem engbegrenzten Bilde zusammen zu fassen und ihm Farbe und Bewegung zu verleihen, indem ich die Lebensschicksale von einzelnen Kindern der darzustellenden Zeit sich vor den Augen meiner Leser verflechten und zur Lösung gelangen ließ.

Alle in dieser Erzählung handelnden Personen sind mir aus der Betrachtung der Tage, in denen sie lebten, in die Vorstellung getreten; aber als sie einmal in den Umrissen mein waren, zeigten sie sich bald als Traumbilder in verklärter Gestalt vor meiner Seele, und von dichterischer Schaffensfreude durchglüht, fühlte ich, indem ich sie darstellte, daß ihr Blut sich erwärmte, daß ihr Herz zu schlagen und ihres Geistes Schwingen sich angemessen ihrem Wesen zu regen begannen. Ich ließ der Geschichte ihr Recht, aber der Mensch als historische Person trat hinter dem Menschen als solcher zurück und aus den Repräsentanten einer Epoche wurden die Träger einer für alle Zeiten gültigen menschlichen Idee; und so darf ich es wohl wagen, dieses Zeitbild auch eine Dichtung zu nennen.

Leipzig, den 13. November 1879.

Georg Ebers.

Erstes Kapitel.

An den großen und stattlichen Quaderbau des griechischen Serapistempels und die ihm benachbarten kleineren Heiligthümer des Asklepius, Anubis und der Astarte im Wüstengebiet der Todtenstadt von Memphis schließt sich wie eine Schaar von Bettelkindern, die ein geschmückter König an der Hand führt, eine Reihe von langen, niedrigen Häusern aus ungebrannten Ziegeln.

Je heller und glänzender die glatten gelben Sand=steinwände des Tempels in der Morgensonne leuchten, je unscheinbarer und struppiger nehmen sich seine grauen Nebenbauten aus. Wenn der Wind sie umweht und die Strahlen der Sonne sie treffen, so werden sie von Staub umflogen wie trockene Wege, die ein Windhauch streift. Selbst die Innenräume, die sie enthalten, sind ungetüncht, und da die Nilziegel, welche die Wände bilden, mit geschnittenem Stroh vermischt sind, das überall mit kleinen harten Spitzen aus den Mauern hervorragt, so ist es ebensowenig erfreulich für die

Hand, sie zu berühren, wie für das Auge, sie zu betrachten.

Als sie vor Zeiten zwischen dem eigentlichen Tempel und der ihn umgebenden Umfassungsmauer, die mit ihrer Ostseite den Akazienhain des Serapis in zwei Hälften zerschneidet, erbaut worden waren, verbarg sie die Hinterwand eines Säulenganges an der Ostseite des großen Vorhofes dem Blick der Besucher des Heiligthums, jetzt aber ist ein Stück der Kolonnade zusammengestürzt und man übersieht durch diese Bresche einen Theil der Ziegelbauten und mehrere dem Tempel zugewandte Thüren und Fenster, oder besser eine Reihe von kunstlosen Oeffnungen zur Ausschau und zum Eintritt. Wo sich Thüren befinden, sieht man keine Fenster, und wo Fenster die Wand durchbrechen, keine Thore, und doch ist keines der Gemächer dieses lang hingestreckten, schmalen und einstöckigen Gebäudes mit dem andern verbunden.

Durch die Bresche im Säulengange führt ein schmaler, viel betretener, mit grauem Staub bestreuter Pfad über Geröll und an Steinen und Säulenstücken vorbei, die für einen Neubau bestimmt sind, der nur in der Nacht geruht zu haben scheint, denn Brecheisen und Hebel liegen auf und neben den Werkstücken. Dieser Weg leitet zu dem grauen Hause und endet bei einer kleinen verschlossenen Holzthür, die so roh gezimmert ist und so schlecht in den Angeln hängt, daß sich zwischen ihr und der Schwelle, die den Boden nur wenige Finger breit überragt, eine hübsche graue Katze mit gesenktem Kopf und die Erde fegend hindurchdrängen kann.

Sobald das geschmeidige Thier sich wieder auf seine Füße gestellt hat, glättet und säubert es sein glänzendes Fell, krümmt seinen Rücken und blickt mit den grünen funkelnden Augen nach dem Hause hin, das es eben verlassen und hinter dem in diesem Augenblicke die Morgensonne hervortritt. Geblendet von dem hellen Lichte, wendet es sich um und steigt mit vorsichtigen, unhörbaren Schritten in den Tempelhof.

Das Gemach, aus dem die Katze heraustrat, ist klein und gar spärlich ausgestattet; ja es würde völlig dunkel sein, wenn sein durchlöchertes Dach und die Spalten in der Thür dem Lichte nicht Einlaß in den bescheidensten aller Räume gewährten.

An seinen rauhen grauen Wänden steht nichts als eine hölzerne Kiste und neben dieser auf dem Boden ein paar irdene Becken, eine Wasserflasche aus porösem Thon, ein hölzerner Becher und ein zierlich gearbeiteter Krug von echtem, glänzendem Golde, der sich in seiner ärmlichen Umgebung gar sonderbar ausnimmt. Im äußersten Hintergrunde sieht man außerdem zwei Matten von Bastgeflecht, die man über einige Schafwolle gebreitet hat. Das sind die Betten der beiden Bewohnerinnen dieses Gemaches, von denen die Eine auf einem kleinen Schemel von Palmenstäben sitzt und sich gähnend das lange, glänzend braune Haar zu ordnen beginnt.

Sie zeigt sich nicht sonderlich geschickt, aber noch weniger geduldig bei dieser keineswegs leichten Arbeit und wirft, als sich den Zähnen von Horn ein neuer Widerstand bietet, den Kamm auf ihr Lager. Sie hat

ben letztern weder eilig, noch kräftig durch ihren Haupt=
schmuck geführt, und doch schließt sie die Augen so fest
und drückt die kleinen schneeweißen Zähne so tief in
die feuchte, jugendrothe Unterlippe, daß man denken
könnte, sie habe sich schmerzlich weh gethan.

Jetzt läßt sich außerhalb der Thür ein schlürfender
Schritt vernehmen und schnell schlägt sie die großen,
erstaunt in die Welt hineinschauenden, goldbraunen Augen
auf, ihr Mund lächelt und ihr ganzes Wesen hat sich
in einem einzigen Augenblicke so freundlich verändert,
wie das Aussehen eines Schmetterlings, der aus dem
Schatten in die Sonne fliegt, die sich nun in dem
schillernden Staub seiner Flügel spiegelt.

Eine Hand schlägt eilig und so hart an die lose
in ihren Angeln hängende Thür, daß sie zittert, und
gleich darauf wird durch die Oeffnung über der Schwelle,
durch welche die Katze den Ausgang gefunden, ein
hölzernes Brett geschoben, auf dem ein dünnes rundes
Brod liegt und ein irdenes Schälchen mit einigem
Olivenöl steht. Es ist nicht mehr, als etwa in der
halben Schale eines Hühnereies Platz finden würde,
aber es scheint frisch zu sein und glänzt in goldiger
Reinheit. Das Mädchen hat sich der Thür genähert,
das Brett zu sich herangezogen und ruft, sobald es
mit den Augen das Brod gemessen, halb klagend, halb
vorwurfsvoll:

„So wenig! Ist das für uns Beide?“

Bei dieser Frage haben ihre heiteren Züge wiederum
schnell den Ausdruck gewechselt und ihre hellen Augen
schauen so trostlos nach der Thür, als wären draußen

Sonne und Sterne erloschen, und doch ist das, was sie kränkte, nur die Kleinheit des Brodes, welches freilich kaum groß genug ist, um den Hunger nur eines jungen Menschenkindes zu stillen. Aber es sollten sich Zwei darein theilen, und was in dem einen Leben ein elendes Nichts ist, das kann in dem andern gewichtig erscheinen und von schwerer Bedeutung.

Der Klagenden vorwurfsvolle Worte haben ihren Weg durch die Thür gefunden, und die Alte, die das Brett über die Schwelle geschoben, ruft ihr schnell, doch nicht unfreundlich zu:

„Es gibt heute nicht mehr, Irene.“

„Aber das ist schändlich!“ entgegnet das Mädchen mit Thränen im Auge. „Von Tag zu Tag wird das Bröbchen kleiner, und wenn wir Sperlinge wären, wir könnten davon nicht satt werden! Du weißt, was uns zukommt, und wir werden nicht aufhören zu klagen und uns zu beschweren. Serapion soll uns eine neue Bittschrift aufsetzen und wenn der König erfährt, wie schmählich man uns behandelt —“

„Ja, wenn er's erfährt,“ unterbrach sie die Alte. „Aber viele Winde blasen auf das Wort des Armen, eh' es zum Ohre des Königs gelangt. Ich wüßte kürzere Wege für Dich und Deine Schwester, wenn euch das Hungern so arg mißfällt. Wer so aussieht, wie sie und wie Du, mein Irenchen, der braucht nicht zu darben!“

„Und wie seh' ich denn aus?“ fragte das Mädchen, und ein Sonnenstrahl schien wieder ihr hübsches Antlitz zu streifen.

„Gerade so," klang es lachend zurück, „daß Du Dich neben Deiner Schwester immerhin zeigen darfst, und gestern beim Aufzuge schaute auch der große Römer an der Seite der Königin ebenso oft nach Der, wie nach Kleopatra selbst. Wärst Du mit dabei gewesen, so hätte er gar keinen Blick für die Fürstin übrig gehabt, denn hübsch stehst Du aus, daß Du's weißt. Solch' ein Wort ist Mancher noch lieber als Brod; im Uebrigen hast Du ja einen Spiegel; da sieh' hinein, wenn Dich hungert."

Der schlürfende Schritt der Alten verhallte, das Mädchen aber griff nach dem goldenen Kruge, öffnete die Thür ein wenig, ließ das Tageslicht auf ihn fallen und spiegelte sich in der blanken Fläche. Aber auf der Rundung des kostbaren Gefäßes verzog sich das Bild ihrer Züge und munter blies sie mit spitzem Munde auf das unschöne Zerrbild vor ihren Augen, so daß es durch den feuchten Hauch ihres Athems verschleiert ward. Dann stellte sie den Krug lächelnd zu Boden, näherte sich der Kiste, entnahm ihr einen kleinen Metallspiegel, sah frisch hinein und wieder hinein, ordnete ihm gegenüber ihr glänzendes Haar bald so und bald so, und wollte ihn eben aus der Hand legen, als sie sich eines Veilchenstraußes erinnerte, den sie schon bei ihrem Erwachen bemerkt hatte und den ihre Schwester gestern mit den Stielen in ein Schälchen voll Wasser gelegt haben mußte. Ohne Zaudern nahm sie die leis duftenden Blumen, trocknete ihre grünen Stengel mit ihrem Kleide, erhob den Spiegel noch einmal und steckte sie in ihre Haare.

Wie hell jetzt wieder ihre Augen leuchteten, wie fröhlich sie nach dem Brode griff!

Und welche glänzenden Bilder stellten sich vor ihre junge Seele, als sie ein Stück nach dem andern brach, mit dem frischen Olivenöl flüchtig benetzte und schnell verzehrte. Sie hatte einmal beim Neujahrsfeste in das Zelt des Königs geschaut und dort Männer und Frauen gesehen, die beim Schmause auf purpurnen Polstern lagen. Jetzt träumte sie sich an die mit kostbarem Geschirr bedeckte Tafel, ließ sich im Geiste von bekränzten Knaben bedienen, hörte die Lieder der Flöten= und Harfenspieler und — ach sie war ja ein halbes Kind und dabei so jugendlich hungrig — und nahm sich im Geiste die saftigsten und süßesten Lecker= bissen von lauter goldenen Schüsseln und aß sich satt, so recht von Herzen satt, bis das letzte Stückchen Brod und der letzte Tropfen Oel verbraucht waren.

Sobald ihre Hand auf dem leeren Brette nichts mehr fand, verwehte plötzlich der Traum und überrascht und mit Schrecken schaute sie in das trockene Oel= gefäßchen und auf die Stelle hin, auf der vor Kurzem das Brod gelegen.

„Ach," seufzte sie aus tiefster Brust; kehrte das Brett noch einmal um, als wäre es möglich, auf seiner Rückseite ein neues Brod und neues Oel zu finden, schüttelte enttäuscht den Kopf und sah bedenk= lich in ihren Schooß hernieder; aber nur wenige Augenblicke, denn nun öffnete sich die Thür des Ge= maches und herein trat die schlanke Gestalt ihrer Schwester Klea, deren karges Mahl sie träumend ver=

zehrt hatte, während Jene für sie die halbe Nacht hindurch genäht und dann vor Sonnenaufgang ausgegangen war, um aus dem Sonnenbrunnen Wasser für das Morgenopfer am Altar des Serapis zu tragen.

Die Heimgekehrte grüßte die Andere mit stummem, aber freundlichem Wink. Sie schien zu erschöpft zu sein, um zu reden, trocknete die perlende Stirn mit dem ihr Hinterhaupt bedeckenden Schleier und setzte sich auf den Deckel der Kiste nieder.

Irene sah zunächst nur auf das leere Brett und bedachte, ob sie ihre Schuld eingestehen und die Ermüdete um Verzeihung bitten, oder, und das war ihr oft gelungen, die Zurechtweisung, die sie verdient hatte, durch einen Scherz von sich ablenken sollte. Das Letztere erschien ihr leichter und darum wählte sie es. Rasch, aber doch nicht ganz unbefangen trat sie auf ihre Schwester zu und sagte mit komischem Ernste:

„Schau' nur her, Klea, merkst Du mir nichts an? Ich muß aussehen wie ein Krokodil, das ein ganzes Nilpferd verspeiste, oder wie die heilige Schlange, nachdem sie ein Kaninchen verschluckt hat. Denke nur, als ich mein Brod aß, kam mir unversehens auch Deines zwischen die Zähne, nun aber will ich . . ."

Die also Angeredete warf einen Blick auf das leere Brett und unterbrach ihre Schwester mit dem leisen Rufe: „Ich war so hungrig."

Es klang kein Vorwurf aus diesen Worten, aber tiefe Erschöpfung, und als die junge Uebelthäterin nun ihren Blick auf die Heimgekehrte richtete und sie matt und in sich zusammengesunken dasitzen und das ihr angethane Unrecht ohne ein Wort der Entgegnung tragen sah, da erfaßte Mitgefühl und Trauer ihr leicht bewegtes Herz. Laut aufweinend warf sie sich vor ihrer Schwester nieder, umfaßte ihre Kniee und rief, von Schluchzen oft unterbrochen:

„Ach, Klea, arme Klea, was hab' ich Dir wieder gethan! Gewiß, ich wollt' Dich nicht kränken. Ich weiß selbst nicht, wie das so kam. Aber wozu mich's hier drinnen treibt, das thu' ich, das muß ich thun, und ich weiß immer erst, wenn es geschehen, ob es Recht oder Unrecht gewesen. Für mich hast Du gewacht und Dich geplagt, und ich schlechtes Mädchen mußte Dir's so vergelten! Aber Du sollst nicht hungern, Du sollst, nein, Du sollst nicht!"

„Laß nur, laß," sagte die Andere und strich der Schwester liebevoll über das braune Haar.

Dabei stieß ihre Hand auf die Veilchen in den glänzenden Locken.

Ihre Lippen zuckten und ihr müder Blick belebte sich, als er den Blumen begegnete und das leere Schälchen streifte, in das sie dieselben gestern sorgsam gelegt hatte.

Irene bemerkte sogleich die Veränderung in den Zügen ihrer Schwester, und weil sie glaubte, daß diese nur über den hübschen Schmuck überrascht sei, fragte sie heiter:

„Gefall' ich Dir mit den Blumen?"

Klea's Hand war schon ausgestreckt, um die Veilchen aus dem braunen Haar der immer noch zu ihren

Füßen Knieenden zu lösen — nach dieser Frage aber ließ sie den Arm sinken und sagte lauter und entschiedener als bisher, mit einer für ein Mädchen überraschend, ja fast männlich tiefen und doch wohllautenden Stimme:

„Der Strauß gehört mir, aber behalte ihn nur, bis er um Mittag verwelkt ist, dann gib ihn mir wieder."

„Er gehört Dir?" wiederholte die Andere und erhob die großen Augen verwundert zu ihrer Schwester, deren Eigenthum bis zu dieser Stunde auch das ihre gewesen war. „Aber ich nahm doch immer die Blumen, die Du heimbrachtest; was ist an diesen Besonderes?"

„Es sind nur Veilchen, wie alle Veilchen," entgegnete Klea tief erröthend, „aber die Königin hat sie getragen."

„Die Königin!" rief ihre Schwester, sprang von der Erde auf und klatschte erstaunt in die Hände. „Sie gab Dir Blumen? Und das erzählst Du mir erst jetzt? Freilich, Du hast gestern, als Du vom Aufzuge heimkamst, nur nach meinem Fuße gefragt und ob meine Kleider auch ganz wären, und dann kein Sterbenswörtchen weiter mit mir geredet. Bekamst Du den Strauß von Kleopatra selbst?"

„Wie sollt' ich!" gab Klea zurück. „Einer ihrer Begleiter warf ihn mir zu, aber laß das! Bitte, reich' mir die Flasche; mein Mund ist trocken und ich kann kaum reden vor Durst."

Bei diesen Worten hatte wiederum flammendes

Roth ihre Wangen übergossen, aber Irene bemerkte
dieß nicht, denn froh, ihr Unrecht durch eine Dienst=
letstung gut machen zu können, war sie zu dem Wasser=
gefäße geeilt, und während Klea ihr hölzernes Becher=
chen füllte und leerte, sagte sie, indem sie ihren kleinen
Fuß zierlich erhob und ihn der Trinkenden zeigte:

„Sieh' nur, die Schramme ist völlig geheilt und
kann wieder die Sandale ertragen. Jetzt schnüre ich
sie an und bitte Serapion um Brod für Dich, und
vielleicht gibt er uns auch ein paar Datteln. Lockere
mir, bitte, hier am Knöchel den Riemen ein wenig,
meine Haut ist so dünn und empfindlich; mir thut
schon weh, was Du kaum bemerkst. Sieh' nur, wie
fest ich jetzt auftreten kann. Um Mittag gehe ich
wieder mit Dir und fülle die Krüge für den Altar; auch
später beim Aufzuge, der gestern angesetzt ward, kann
ich Dich begleiten. Ob die Königin und die großen
Fremden wohl wieder der Prozession zuschauen werden?
Das wäre doch herrlich! Jetzt gehe ich, und bevor
Du den letzten Becher getrunken, hast Du das Brod,
denn wenn ich dem Alten hübsch schmeichle, so sagt er
nicht ‚Nein‘.“

Als Irene die Thür weit öffnete und das Sonnen=
licht sie voll beschien, glänzte ihr braunes Haar goldig
und es wollte der ihr nachblickenden Schwester scheinen,
als mische sich der sie umwebende Anmuthsschimmer
mit den Strahlen des Tagesgestirns.

Das Veilchensträußchen war das Letzte, was die
Zurückgebliebene von der in's Freie Tretenden ge=
wahrte. Sie befand sich allein und ihr Haupt leise

wiegend murmelte sie vor sich hin: „Ich gebe ihr Alles und sie nimmt mir, was ich nur habe. Dreimal ist mir der Römer begegnet, gestern schenkte er mir die Veilchen und ich wollte sie mir aufbewahren, und jetzt ..."

Sie drückte bei diesen Worten den Becher, den sie in der Hand hielt, fester an sich und ihre Lippen zuckten schmerzlich, aber nur während einer kurzen Minute, dann richtete sie sich hoch auf und sagte fest: „So soll es auch sein!"

Nun schwieg sie, stellte die Gefäße neben sich auf die Kiste hin, strich sich mit dem Rücken der Hand, als wenn ihr Kopf sie schmerze, über die Stirn, schaute träumend in ihren Schooß hernieder und bald sank das Haupt der Ermüdeten auf die Seite und sie war entschlummert.

Zweites Kapitel.

—

Das Pastophorium wurde der Ziegelbau genannt, in dem sich das Zimmer der Schwestern befand, und der auch von anderen Bediensteten der Tempelanlage und zahlreichen Pilgern bewohnt ward. Diese letzteren wallfahrteten aus allen Theilen Aegyptens hierher und nächtigten gern im Heiligthume des Gottes.

Irene ging, nachdem sie ihre Schwester verlassen, an vielen Thüren vorüber, die sich nach dem Aufgang der Sonne geöffnet hatten, erwiederte schnell den Gruß manches bekannten oder unbekannten Antlitzes, das ihr so freundlich nachschaute, als sei ihm in der Frühe ein gutes Vorzeichen zu Theil geworden, und gelangte bald zu einem sich an den äußersten Norden des Pastophoriums schließenden Anbau, der keine Thür, wohl aber in Manneshöhe sechs unverschlossene Fenster= höhlen enthielt, die sich nach dem Wege hin öffneten.

Aus der ersten, die sie erreichte, schaute ihr das

bleiche und von vielen Falten zerrissene Antlitz eines Greises entgegen.

Sie rief dem Alten munter den heitern Gruß der Hellenen: „Freue Dich!" zu, er aber gebot ihr, ohne die Lippen zu rühren, ernst und bedeutungsvoll mit der mageren Hand und den kleinen, starren und ausdruckslosen Augen zu warten, und reichte ihr dann ein hölzernes Brett entgegen, auf dem einige Datteln und ein halbes Brod lagen.

„Für den Altar des Gottes?" fragte das Mädchen. Der Greis nickte bejahend und Irene ging so sicher wie Jemand, der genau weiß, was von ihm begehrt wird, mit ihrer leichten Bürde weiter. Aber schon nach wenigen Schritten und ehe sie das letzte Fenster erreicht hatte, hemmte sie den Fuß, denn laute Stimmen und Schritte ließen sich vernehmen und bald zeigten sich an demjenigen Ende des Pastophoriums, dem sie entgegen ging und an das sich ein kleiner Akazienhain des Serapis schloß, welcher außerhalb der Ringmauer eine weitere Ausdehnung gewann, einige Männer, deren Erscheinung ihre Aufmerksamkeit fesselte; aber sie scheute sich, den Fremden entgegen zu gehen, und wartete, eng an die Wand des Pastophoriums geschmiegt und ihren Reden lauschend, auf ihre Entfernung.

Den frühen Tempelbesuchern voran ging ein starker Mann mit einem langen Stabe in der Rechten und sprach zu den beiden Herren, welche ihm folgten, in der Weise der Erklärer von Beruf, die so zu reden pflegen, als läsen sie ihren Hörern aus einem unsichtbaren Buche vor, und die man nicht gern mit Fragen unterbricht, weil man weiß, daß sie doch kaum mehr wissen, als was sie gerade sagen.

Unter seinen beiden nichts weniger als aufmerksamen Zuhörern war der Eine in ein langes, buntes Gewand gehüllt und reich mit goldenen Ketten und Ringen geschmückt, während der Andere außer dem kurzen Chiton nur eine über die linke Schulter geworfene römische Toga von weißer Wolle trug.

Sein reich gekleideter Begleiter war ein älterer Mann mit fleischigem, bartlosem Antlitz und dünnem ergrauendem Haar.

Diesen Letzteren sah die lauschende Irene mit Bewunderung und Staunen an, aber nur, um, nachdem sie ihr Auge an den Stoffen und Geschmeiden, die er trug, geweidet hatte, die schlanke Jünglingsgestalt an seiner Seite um so aufmerksamer in's Auge zu fassen.

„Wie des Koches Hui dicker Pudel und ein junger Löwe," murmelte sie vor sich hin, indem sie den behäbigen Schritt des Einen und den selbstbewußten, elastischen Gang des Andern beobachtete. Dabei fühlte sie sich lebhaft versucht, dem älteren Herrn nachzumachen, aber diese übermüthige Regung sollte bald unterbrochen werden, denn kaum hatte der Fremdenführer dem Römer berichtet, daß hier die frommen Männer ihre Zellen hätten, welche in freiwilliger Gefangenschaft als dem Serapis Geweihte dem Gotte dienten, daß sie ihre Nahrung durch die Fenster — und er wies mit seinem Stabe auf sie hin — in Empfang nähmen, als plötzlich eine Lade, an die der Führer des ungleichen Paares mit seinem Stabe gerührt hatte, so schnell und heftig aufflog, als habe ein jäher Windstoß sie erfaßt und an die Wand geschlagen. Nicht minder plötzlich fuhr ein grimmig dreinschauendes, von grauen Haaren wie von einer Löwenmähne umwalltes Menschenhaupt aus dem Fenster heraus und schrie dem Klopfenden mit tiefer, überlauter Stimme zu:

„Daß meine Lade Dein Rücken wäre, Du frecher Gesell, dann hätte Dein langer Stock auf die rechte Stelle geklopft. Oder wohnte statt dieser Zunge ein Knüppel in meinem Munde, dann wollt' ich sie regen, bis sie mir müde würde wie die eines Redners, der drei Stunden lang vor dem Volke sein leeres Stroh aus= gedroschen. Kaum ist die Sonne heraus und schon schleppt der Schmarotzer neugieriges Gesindel zu uns! Weck' uns doch nächstens um Mitternacht aus dem Schlafe und wirf uns mit Steinen an die morschen Laden. Meine letzte Begrüßung hat für drei Wochen ihre Schuldigkeit an Dir gethan, die von heute soll, hoffe ich, länger wirken. Ihr Herren da, hört mich! Wie die Raben den Heeren nachfliegen, um die Ge= fallenen zu fressen, so stelzt Der da den Fremden voran, um ihre Taschen zu leeren. Und Du, der Du Dich Dolmetscher nennst und als Du Griechisch lern= test, Dein bischen Aegyptisch vergaßest, merke Dir das: Wenn Du Fremde zu führen hast, so bring' sie zu dem Sphinx, oder laß sie im Tempel des Ptah den Apis die Zukunft befragen; oder führe sie in das Wildgehege des Königs in Alexandria oder in die

Schenken nach Kanopus, aber nicht her zu uns, denn wir sind keine Fasanen und keine Flötenspielerinnen oder Wunderthiere, die sich's gefallen lassen müssen, daß man sie angafft. Ihr Herren solltet euch einen besseren Führer wählen, als dieses Klapperblech, das euch sein erbärmliches Geleier vorklingelt, wenn ihr es schüttelt. Was euch selbst betrifft, so sag' ich nur Eines: Neugierige Augen sind zudringliche Gäste, vor denen ein kluger Wirth sich schützt, indem er die Thür schließt."

Wieder erschrak Irene und schmiegte sich fester an den sie verbergenden Pfeiler, denn krachend flog die Lade, welche der Klausner mit einem an ihrem äußer=sten Ende befestigten Stricke an sich gerissen hatte, zu und entzog ihn den Blicken der Fremden; aber nur für einen Augenblick, denn die morschen Angeln, in denen sie hing, ertrugen nicht den heftigen Anschlag und langsam neigte sie sich zum Falle.

Der lebhafte Polterer streckte seine Arme aus, um sie zu halten und zu heben, aber sie war schwer, und sein Vorhaben würde ihm kaum gelungen sein, wenn nicht der römisch gekleidete Jüngling ihm Hülfe ge=leistet und die fallende Lade leicht und ohne Anstren=gung, als bestände sie nicht aus starken Bohlen, son=dern aus dünnem Weidengeflechte, mit Hand und Schulter in die Höhe gehoben hätte.

„Noch etwas höher," rief der Klausner seinem Helfer zu. „Stellen wir das Ding auf die scharfe Kante! So! Schiebe noch etwas! Da hätt' ich das erbärmliche Ungethüm und da mag es liegen. Wenn mich heute Nacht die Fledermäuse besuchen, so werde ich an euch denken und sie von euch grüßen!"

„Du thätest besser, Dir diese Mühe zu sparen," sagte der junge Mann kühl und vornehm. „Ich werde Dir einen Zimmermann schicken, der die Lade neu befestigen soll; auch wollen wir Dich um Entschuldigung bitten, denn wir haben den Schaden veranlaßt, der Dich betroffen."

Der Graukopf ließ den also Redenden aussprechen und sagte dann, nachdem er ihn vom Scheitel bis zur Sohle mit den Augen gemessen:

„Du bist stark und billig denkend und würdest mir gefallen, wenn Du in anderer Gesellschaft wärest. Deinen Zimmermann brauch' ich nicht, laß mir nur einen Hammer senden, ein Beil und kräftige Nägel; wollt ihr mir sonst noch dienen, so packt euch."

„Wir gehen schon," sagte nun der Buntgekleidete mit weibisch hoher Stimme. „Was bliebe dem Manne, den Buben aus sicherem Versteck mit Koth bewerfen, auch übrig, als sich zu entfernen!"

„Fort nur, fort," lachte der also Gescholtene, „und wenn Du willst, gleich bis nach Samothrace, großer Euläus; den Weg dahin hast Du kaum vergessen, seitdem Du dem König gerathen, mit seinen Schätzen dorthin zu fliehen. Wenn Du Dich aber dennoch nicht trauen solltest, ihn allein zu finden, so empfehl' ich Dir den Dolmetscher und Fremdenführer dort, damit er ihn Dir weise."

Des Königs Ptolemäus, den man Philometor

ober ben seine Mutter Liebenden nannte, hochgestellter Rathgeber, der Eunuch Euläus, erbleichte bei diesen Worten, warf dem Alten einen ingrimmigen Blick zu und winkte dem jungen Römer; dieser aber war nicht Willens, ihm zu folgen, denn der grimmige Sonderling gefiel ihm, vielleicht schon, weil er fühlte, daß er selbst dem Alten, der sonst mit seinem Mißfallen nicht kargte, angenehm sei. Uebrigens fand er auch an seinem Urtheil über die ihn begleitenden Männer nichts auszusetzen und barum wandte er sich dem Eunuchen zu und sagte höflich:

„Nimm meinen Dank für Deine Begleitung und laß Dich nicht länger um meinetwillen von Deinen wichtigen Geschäften abhalten."

Euläus verneigte sich und entgegnete:

„Ich weiß, was meines Amtes ist. Der König betraute mich mit Deiner Führung; gestatte also, daß ich Dich bort unter jenen Akazien erwarte."

Als nun der Eunuch mit dem Fremdenführer dem grünen Hain zuschritt, hoffte Irene endlich Gelegenheit zu finden, ihre Bitte vorzubringen, aber der Römer war vor der Zelle des Alten stehen geblieben und hatte mit ihm ein Gespräch begonnen, das sie sich nicht zu unterbrechen getraute. Leise seufzend stellte sie das Brett mit dem Brod und den Datteln, die ihr anvertraut worden waren, auf einen Prellstein an ihrer Seite nieder, lehnte sich mit gekreuzten Armen und Füßen an die Wand und spitzte wiederum lauschend das Ohr.

„Ich bin kein Grieche," sagte der Jüngling, „und

Du irrst, wenn Du meinst, ich wäre aus Neugier nach Aegypten und zu Dir gekommen."

„Aber wer nur um zu beten in den Tempel geht," unterbrach ihn der Andere, „der wählt sich, so sollt' ich meinen, keinen Euläus, kein Paar wie jene Zwei, die Dir dort unter den Akazien auch keinen Segen auf's Haupt wünschen werden, zu seinen Begleitern; ich wenigstens möchte, wenn ich zufällig ein Dieb wäre, nicht zum Stehlen mit ihnen ausgehen. Was führte Dich denn zum Serapis?"

„Jetzt wär' es an mir, Dich der Neugier zu zeihen."

„Nur zu!" rief der Graukopf. „Als ehrlicher Kaufmann nehme ich die Münze an, mit der ich selber gern zahle. Du kommst, damit man Dir einen Traum deute oder um drüben im Tempel zu schlafen und ein Gesicht zu empfangen?"

„Seh' ich so schläfrig aus," fragte der Römer, „als wollt' ich mich jetzt, eine Stunde nach Sonnen= aufgang, wiederum niederlegen?"

„Es könnte ja auch sein," rief der Klausner, „daß Du noch nicht ganz mit dem gestrigen Tage zu Ende gekommen und es Dir am Schluß eines Gastmahls eingefallen ist, uns zu besuchen und beim Serapis Deinen Kopfschmerz zu verschlafen."

„Dir scheint doch Manches vom Leben außerhalb dieser Mauern zu Ohren zu kommen," gab der Römer zurück, „und würd' ich Dir auf der Straße begegnen, so hielt' ich Dich wohl für einen Schiffsführer oder einen Baumeister, der über viele widerwillige Arbeiter gebietet. Nach dem, was man in Athen und hier von Dir und Deinesgleichen erzählte, hab' ich Dich anders zu finden erwartet."

„Und wie denn?" lachte Serapion. „Das frage ich auf die Gefahr hin, noch einmal für neugierig gehalten zu werden."

„Wohl möcht' ich Dir antworten," gab der Andere zurück, „aber wenn ich Dir die volle Wahrheit sage, so begebe ich mich in die größere Gefahr, von Dir so wenig glimpflich heimgesandt zu werden, wie mein armer Führer da drüben."

„Sprich nur," entgegnete der Graukopf, „für verschiedene Leiber hab' ich verschiedene Kleider und nicht das schlechteste für Den, der mich mit dem seltenen Gericht der Wahrheit bewirthet. Aber ehe Du mir Deine bittere Speise zu kosten gibst, sage mir, wie Du Dich nennst."

„Soll ich den Fremdenführer rufen?" fragte der Römer mit schalkhaftem Lächeln. „Der kann mich Dir beschreiben und Dir die ganze Geschichte meines Hauses erzählen. Aber nichts für ungut, ich heiße Publius."

„So nennt sich von dreien Deiner Landsleute wenigstens einer."

„Ich bin vom Geschlecht der Cornelier, und zwar der Scipionen," entgegnete der Jüngling mit gedämpfter Stimme, als wollt' er es vermeiden, sich seines vornehmen Namens zu rühmen.

„Also ein hoher, sehr großer Herr," sagte der Klausner und verneigte sich aus seiner Zelle heraus.

„Das wußt' ich auch ohnehin, denn so sicher geht in Deinen Jahren, mit so zarten Knöcheln an den mächtigen Beinen, nur ein Edler einher. Also Publius Cornelius . . ."

„Laß das und nenne mich Scipio, oder lieber noch bei meinem Vornamen Publius," bat der Jüngling. „Du selbst heißt Serapion und ich will Dir nun sagen, was Du von mir zu wissen wünschest. Ich dachte, als man mir erzählte, es gäbe in diesem Tempel Leute, die sich in kleine Kammern einsperren ließen, um sie nie zu verlassen, auf ihre Träume zu achten und ein nachdenkliches Leben zu führen, daß sie Schwächlinge sein müßten oder Narren, oder beides zugleich."

„Recht, recht so," unterbrach Serapion den Cornelier, „aber an ein Viertes hast Du nicht gedacht. Wie nun, wenn es auch unter diesen Männern solche gäbe, die man gegen ihren Willen eingesperrt hält, und wenn gerade ich zu diesen Gefangenen gehörte? Ich habe Dich Manches gefragt und Du bist mir die Antwort nicht schuldig geblieben, so magst Du auch wissen, wie ich in diesen elenden Käfig komme und warum ich darin verbleibe. Ich bin guter Leute Kind, denn mein Vater war Vorsteher der Kornspeicher dieses Tempels und von macedonischer Herkunft, meine Mutter aber ein ägyptisches Weib. Die hat mich in einer üblen Stunde geboren, am siebenundzwanzigsten des Paophimondes, dem Tage, von dem es in den heiligen Büchern heißt, er sei ein sehr böser Tag, und das Kind, das an ihm geboren werde, solle man eingesperrt halten, denn durch Schlangenbiß würde es sterben. Wegen eben dieser bösen Verheißung sind viele meiner Geburtstagsgenossen schon früher gleich mir in solch' einen Käfig eingesperrt worden. Mein Vater hätte mir gern die Freiheit gewahrt, aber mein Oheim, ein Horoskop im Tempel des Ptah, der bei meiner Mutter Alles galt, und seine Freunde mit ihm, fanden noch viele schlimmen Zeichen an mir, lasen Unheil für meinen Lebensweg aus den Sternen, versicherten, daß die Hathoren mir lauter Schlimmes bestimmt hätten, und setzten ihr so lange zu, bis man mich — wir wohnten unten in Memphis — zur Einschließung bestimmte. Meiner leiblichen Mutter verdanke ich dieß Elend, und aus lauter Liebe hat sie es über mich gebracht. Du siehst mich fragend an: ja, Knabe, auch Dich wird das Leben lehren, daß schlimmer Haß Dem, auf den er sich richtet, oft besser bekommt als blinde Zärtlichkeit, die das Maß überschreitet. Lesen und Schreiben und was man Priestersöhnen sonst beibringt, hab' ich gelernt, aber niemals und nie, mich geduldig in mein Loos zu schicken. — Als mir der Bart wuchs, gelang es mir, mich zu befreien, und ich habe mich weit in der Welt umhergetrieben. Auch in Rom bin ich gewesen, in Karthago und Syrien. Zuletzt lüstete es mich wieder, aus dem Nil zu trinken, und ich ging nach Aegypten zurück. Warum? Weil es mir Narren manchmal vorkam, als habe Wasser und Brod und Gefangen= schaft in der Heimat mir besser geschmeckt, als Kuchen und Wein und Freiheit in der Fremde.

„In meinem Vaterhause fand ich nur noch meine Mutter wieder, denn mein Vater war in Kummer gestorben. Vor meiner Flucht ist sie eine gar stattliche Frau gewesen, doch als ich heimkehrte, fand ich sie völlig verwelkt und dem Tode verfallen. Die Angst um mich Elenden habe sie aufgezehrt, sagte der Arzt, und das war mir am schwersten zu tragen ... Als mich dann zuletzt noch die gute kleine Frau, die mich wilden Gesellen so sanft zu streicheln verstand, auf ihrem Sterbebette anflehte, wieder in meine Klause zurückzugehen, da habe ich nachgegeben und ihr geschworen, geduldig in dem Käfig zu bleiben bis an's Ende, denn ich bin so wie das Wasser im Norden; entweder kann mich ein Kind mit den Händchen zertheilen, oder ich bin kalt und hart wie Krystall. Die Alte starb bald nachdem ich den Eid geschworen, und daß ich Wort gehalten, das siehst Du — auch hast Du erfahren, in welcher Weise ich mein Schicksal ertrage."

„Geduldig genug," unterbrach ihn Publius. „Ich würde noch weit ungeberdiger als Du an meinen Ketten rütteln, und denke mir, daß es Dir wohl thun muß, Dich auszutoben, wie Du es vorhin gethan hast."

„Wie süßer Wein von Chios," entgegnete der Klausner, schnalzte, als prüfe er den edlen Rebensaft, mit der Zunge, und streckte seinen buschigen Kopf weit aus seinem Fenster hinaus. Dabei sah er Irene und rief ihr sogleich mit Munterkeit zu:

„Was machst Du da, Kind? Du stehst dort, als wartetest Du auf das Glück, um ihm einen frohen Morgen zu bieten."

Das Mädchen ergriff schnell das Brettchen, glättete sein Haar mit der freibleibenden Hand, und während es sich leicht erröthend den Männern näherte, ließ Publius überrascht und bewundernd seine Augen auf ihr ruhen.

Außer ihm hatte noch ein Anderer, der jetzt, von dem Akazienhaine herkommend, auf den Römer zuschritt, die Worte Serapion's vernommen und rief, ehe er die Beiden erreicht hatte:

„Diese da soll auf das Glück warten, sagt der Mann dort? Und Du hörst das mit an, Publius, und entgegnest nicht, daß sie ja das Glück hinbringen muß, wo sie sich zeigt?"

Der also Redende war ein mit besonderer Sorg= falt gekleideter junger Grieche, welcher jetzt die Granaten= blüte, die er in der Hand hielt, hinter das Ohr steckte, um seinem Freunde Publius die Rechte zu schütteln und bann sein hübsches, übermüthiges und fast mädchenhaft fein geschnittenes Gesicht bem Klausner zuzuwenden, benn er wünschte auch dessen Aufmerksamkeit durch eine Anrede auf sich zu lenken.

„Mit Plato's Gruß, schön und recht handeln, nah' ich mich Dir!" rief er und fuhr bann ruhiger fort: „Zwar bedarfst Du kaum dieser Mahnung, benn Du gehörst ja zu Denen, welche es verstehen, die echte, das heißt die innere Freiheit zu erringen, benn wer wäre freier als der Bedürfnißlose? Weil aber Nie= mand edler ist als der Freieste der Freien, so nimm ben Zoll meiner Verehrung und laß Dir den Gruß des Lysias von Korinth gefallen, der wie Alexander gern mit Dir, dem Diogenes Aegyptens, tauschen

würde, wenn es ihm vergönnt wäre, aus der Oeffnung
Deiner sonst nicht eben begehrenswerthen Wohnung
stets die liebliche Gestalt dieser Jungfrau . . ."

„Genug, junges Herrchen," unterbrach Serapion
den schnellen Redefluß des Griechen. „Diese Jung=
frau gehört in unsern Tempel und wen es gelüstet,
mit ihr zu reden, als sei sie eine Flötenspielerin, der
bekommt es mit mir, ihrem Beschützer, zu thun. Ja,
mit mir, und Dein Freund dort wird mir gern das
Zeugniß ausstellen, daß es nicht vortheilhaft ist, mit
meinesgleichen anzubinden. — Tretet jetzt zurück, ihr
jungen Herren, und laßt das Mädchen mir sagen,
was es begehrt."

Als Irene jetzt dem Klausner gegenüberstand und
ihm schnell und leise erzählt hatte, was sie gethan
und daß ihre Schwester Klea nun auf sie warte, lachte
Serapion erst laut auf und sagte dann mit gedämpfter
Stimme, aber munter wie ein Vater, der sein Töchter=
chen neckt:

„Für Zwei hat sie gegessen und steht hier auf
den Zehen und reckt sich zu meinem Fenster herauf,
als säße in ihrem Röckchen kein übersattes Menschen=
kind, sondern ein luftiger Geist. Wir können lachen,
aber Klea, das arme Ding, hat wohl Hunger?"

Irene entgegnete kein Wort, aber indem sie sich
noch höher als vorher auf die Zehen stellte, wandte
sie Serapion ihr ganzes Gesicht zu, nickte mehrmals
lebhaft bejahend mit dem hübschen Kopfe und während
sie ihm noch voll Schelmerei und innig bittend in die
Augen sah, rief der Klausner:

„Ich soll Dir mein Frühstück für Klea geben, wünschest Du; doch damit ist's nichts, denn das ge= hört zu den gewesenen und unwiederbringlichen Dingen; nur die Dattelkerne sind davon übrig. Aber da auf dem Brettchen in Deiner Hand liegt ja ein leiblicher Imbiß.“

„Es ist des alten Phibis Opfer für den Serapis,“ gab das Mädchen zurück.

„Hm, hm, ja allerdings,“ brummte der Alte. „Wenn's für den Gott ist . . . Der könnt' es freilich eher entbehren, als so ein armes, ausgehungertes Menschenkind.“

Dann fuhr er ernst und gewichtig fort, wie ein Lehrer, der eine unvorsichtige Rede, die sein Schüler aus seinem Munde vernommen, durch eine um so würdigere gut machen möchte:

„Allerdings, anvertraute Sachen soll man nicht berühren, und erst der Gott — dann die Menschen. Wüßt' ich nur, wie man . . . Aber bei der Seele meines Vaters, Serapis schickt uns selbst, was wir brauchen! He da, edler Scipio, oder, da ich Dich so nennen darf, ‚Publius‘, tritt doch zu mir heran und schau' mit mir dorthin nach den Akazien. Siehst Du da meinen Liebling, den Fremdenführer, und das Brod und die gebratenen Hühnchen, die euer Sklave für ihn aus der ledernen Tasche nimmt? Nun stellt er gar einen Weinkrug auf den Teppich, den er vor den großen Füßen des Euläus ausgebreitet hat. Gleich werden sie auch euch zu der Mahlzeit rufen, aber ich kenne ein schönes hungriges Kind, dem eine weiße Katze heut morgen das Frühstück wegstibitzt hat. Bringt mir für die ein halbes Brod und den Flügel eines Huhnes, und wenn ihr wollt, auch noch einen Granatapfel oder einen von den Pfirsichen, die der Eunuch eben mit seinen Fingern befühlt. Davon könnten's auch zwei sein, denn ich habe für beide Verwendung.“

„Serapion!“ sagte Irene mit leisem Vorwurfe und schaute zu Boden; der Grieche aber rief eifrig:

„Mehr, weit mehr kann ich Dir bringen. Ich eile sogleich . . .“

„Bleib’,“ unterbrach ihn Publius entschieden und indem er ihn an der Schulter zurückhielt. „Mir hat Serapion's Bitte gegolten, und ich wünsche in eigener Person meinem Freunde gefällig zu sein.“

„So geh’!“ rief der Grieche dem sich schnell entfernenden Publius nach. „Du gönnst mir nur nicht den Dank von den schönsten Lippen in Memphis. Sieh’ nur, Serapion, wie er sich eilt. Nun muß sich der arme Euläus erheben. Ein Nilpferd könnte von ihm lernen, wie man das mit dem nöthigen Ungeschick anstellt. Das nenne ich kurzen Prozeß machen. So ein Römer fragt nicht viel, ehe er nimmt. Da hätt’ er ja, was er braucht. Wie eine Milchkuh, der man das Kalb nimmt, schaut Euläus ihm nach. Ich mag freilich selbst viel lieber Pfirsiche essen, als sie forttragen sehen. Wenn dem das Volk auf dem Forum zuschauen könnte! Publius Cornelius Scipio Nasica, des großen Africanus leiblicher Enkel, der in jeder Hand, wie ein Sklave, der beim Schmause bedient, eine Schüssel trägt! Nun, Publius, was bringt Rom dießmal als Sieger nach Hause?"

„Süße Pfirsiche und einen gebratenen Fasan," lachte der Cornelier und reichte dem Klausner zwei Schüsseln in sein Fenster. „Es bleibt noch genug für den Alten zurück."

„Dank, schönen Dank!" rief Serapion, winkte Irene zu sich heran, gab ihr ein goldgelbes Weiß=brob, die Hälfte des schon von Euläus in zwei Theile zerlegten Bratens, sowie zwei Pfirsiche und flüsterte ihr leise zu:

„Das Andere mag sich Klea, wenn Die dort fort sind, selbst bei mir holen. Jetzt danke dem guten Herrn und geh'."

Einen Augenblick stand das Mädchen befangen, ganz übergossen mit Schamroth und die Unterlippe mit den kleinen schimmernden Zähnen beißend, stumm dem Römer gegenüber und wich dem ernsten Blick seiner schwarzen Augen aus. Dann nahm sie sich zusammen und sagte:

„Du bist sehr gut. Ich kann keine schönen Worte machen, aber ich danke Dir freundlich!"

„Und dieser freundliche Dank," entgegnete Publius, „verschönt mir diesen köstlichen Morgen. Ich möchte wohl zum Andenken an ihn und Dich eins von den Veilchen aus Deinen Haaren besitzen."

„Nimm sie alle!" rief Irene, löste das Sträuß=chen schnell aus ihren Haaren und reichte es dem Römer, aber ehe dieser die Blumen ergriffen, zog sie die Hand zurück und sagte mit gewichtiger Miene:

„Die Königin hat sie in der Hand gehalten! Meine Schwester Klea bekam sie gestern beim Aufzug."

Des Corneliers Züge wurden ernst bei diesen Worten und mit befehlshaberischer Kürze und Schärfe fragte er:

„Hat Deine Schwester schwarzes Haar und ist größer als Du, und trägt sie bei den Aufzügen einen goldenen Kranz? Sie schenkte Dir diese Blumen? Ja, sagst Du? Nun wohl, so bekam sie dieß Sträußchen von mir, aber obgleich sie es annahm, scheint sie doch wenig Gefallen an ihm gefunden zu haben, denn was man werth hält, das gibt man nicht fort, und so mag es denn fliegen!"

Bei diesen Worten warf Publius die Blumen über das Haus hin und fuhr dann freundlicher fort:

„Du, Kind, sollst schadlos gehalten werden für den verlorenen Haarschmuck. Gib mir Deine Granate, Lysias."

„Gewiß nicht," entgegnete dieser. „Du wünschtest in eigener Person Deinem Freunde Serapion gefällig zu sein, als Du mich vorhin abhieltest, die Pfirsiche zu holen, und mich verlangt es, mit eigener Hand der schönen Irene meine Granaten zu reichen."

„So nimm die Blume von ihm," sagte Publius und wandte dem Mädchen schroff den Rücken, während Lysias seine Granate auf das Brettchen in den Händen des Mädchens legte, das sich von des Fremden rauher Weise wie von einer harten Hand berührt fühlte und sich stumm und eingeschüchtert verneigte, um dann schnell zu ihrer Wohnung zurückzukehren.

Publius schaute ihr sinnend nach, bis Lysias ihm zurief:

„Wie ist mir denn? Hätte sich etwa heute Morgen der heitere Eros in den Tempel des finstern Serapis verirrt?“

„Das wäre nicht gut,“ unterbrach ihn der Klausner, „denn der Cerberus zu Füßen unseres Gottes würde dem windigen Jungen —“ und bei diesen Worten sah er den Griechen bedeutungsvoll an, „bald die beweglichen Flügel rupfen.“

„Wenn er sich von dem breiköpfigen Ungethüm fangen läßt,“ lachte Lysias. „Aber komm’ jetzt, Publius; Euläus hat nun lange genug gewartet.“

„So geh’ Du zu ihm,“ entgegnete der Römer. „Ich komme bald nach; aber erst hab’ ich noch ein Wort mit Serapion zu reden.“

Dieser Letztere hatte seit Irenens Verschwinden seine Aufmerksamkeit der Akazie zugewandt, unter der der Eunuch noch immer schmauste. Als der Römer ihn nun anrief, sagte er, seinen großen Kopf unwillig schüttelnd:

„Deine Augen sind gewiß nicht schlechter als meine. Sieh’ nur, wie dieser Mensch beim Kauen die Kiefern bewegt und mit den Lippen schmatzt. Beim Serapis, man kann die Sinnesart eines Menschen erkennen, wenn man ihn beim Essen betrachtet. Du weißt, daß ich ungern in diesem Käfig sitze, aber für Eines bin ich ihm dankbar, dafür nämlich, daß er das von mir fern hält, was ein Euläus ‚genießen‘ nennt, denn bloß Genießen, sag’ ich Dir, macht gemein.“

„So bist Du doch mehr Philosoph als Du scheinen willst,“ antwortete Publius.

„Ich will gar nichts scheinen,“ entgegnete der Klaus=ner, „denn mir ist's gleich, was Andere über mich denken. Aber wenn Einer, der nichts zu thun hat und selten in seiner Ruhe gestört wird und sich über Mancherlei seine eigenen Gedanken macht, ein Philosoph ist, so nenne mich so, wenn Du willst. Solltest Du einmal Rath gebrauchen, so magst Du mich immerhin wieder besuchen, denn Du gefällst mir und vielleicht vermagst Du mir einen wichtigen Dienst zu leisten.“

„Sprich nur,“ unterbrach ihn der Römer. „Von Herzen gern wär' ich Dir nützlich.“

„Jetzt nicht,“ entgegnete ihm Serapion leise, „aber komm', wenn Du Zeit hast, ein andermal wieder, natürlich ohne Deine Gefährten von heute, jedenfalls ohne Euläus, der von allen Schurken, die mir jemals begegnet sind, der schlechteste ist. Vielleicht ist es nützlich, wenn ich schon heute Dir sage, daß es sich nicht um mich, denn was könnt' ich wohl brauchen, sondern um das Wohl und Wehe der Krugträgerinnen handelt, die Du ja Beide gesehen hast, und die des Schutzes bedürfen.“

„Um der Aeltern, um Klea's und nicht um Deinet=willen,“ sagte Publius freimüthig, „kam ich hieher. Es liegt etwas in ihrem Gang und in ihren Augen, das Andere vielleicht fern hält, mich aber anzieht. Wie kommt diese vornehme Gestalt in euren Tempel?“

„Wenn Du wiederkommst,“ entgegnete der Klausner, „erzähl' ich Dir die Geschichte der Schwestern und was sie dem Euläus verdanken. Jetzt geh' und laß Dir sagen, daß diese Mädchen hier gut bewacht sind. Dieß bemerk' ich wegen des Griechen, der übrigens ein flinker Bursche ist, nicht um Deinetwillen, denn wenn Du weißt, wer die Mädchen sind, so wirst Du mir gern helfen, ihnen zu nützen."

„Das thät ich schon jetzt mit wahrer Freude," entgegnete Publius, nahm Abschied von dem Klausner und rief Euläus zu: „Das war ein köstlicher Morgen!"

„Er wäre für mich noch schöner gewesen," erwiederte der Eunuch, „wenn Du mir Deine Gesellschaft weniger lange entzogen haben würdest."

„Das heißt," gab der Römer zurück, „ich sei länger als billig ausgeblieben."

„Du handeltest nach der Gewohnheit der Deinen," entgegnete der Andere, sich tief verneigend, „die selbst Könige in ihren Vorzimmern warten lassen."

„Du aber trägst keine Krone," erwiederte Publius abweisend, „und wenn Einer, so versteht ja ein alter Hofmann sich zu gedulden . . ."

„Sobald es auf Befehl seines Königs so sein muß," unterbrach ihn Euläus, „hält der ergraute Hofmann auch still, wenn es Jünglingen gefällt, ihn zu höhnen."

„Das galt uns Beiden," entgegnete Publius, indem er sich an Lysias wandte. „Jetzt antworte Du ihm, denn ich habe genug gehört und gesprochen."

Drittes Kapitel.

ie der Fuß Irenens keinen festen Riemen ertragen konnte, so war ihre Seele höchst empfindlich gegen jedes rauhe Wort. Darum hatte des Römers Rede und Weise ihr weh gethan.

Gesenkten Hauptes und dem Weinen nahe ging sie ihrer Wohnung entgegen, aber ehe sie dieselbe erreicht hatte, fiel ihr Blick auf die Pfirsiche und den Braten in ihrer Hand.

Schnell gedachte sie nun ihrer Schwester und wie gut der Hungernden dieß leckere Mahl munden würde. Ihr Mund lachte wieder, Freude strahlte aus ihren Augen und mit beschleunigten Schritten setzte sie ihren Weg fort.

Daß Klea sie nach den Veilchen fragen und der Römer ihr mehr gelten könnte als jeder andere gütige Fremde, fiel ihr nicht ein.

Sie hatte außer ihrer Schwester keine Gefährtin gehabt, und nach der Arbeit, wenn die Mädchen sonst vom Sehnen und Bangen, der Lust und dem Leid der Liebe reden, pflegten diese Beiden so schwer er= müdet nach Hause zu kommen, daß ihnen nichts erwünschter erschien als Ruhe und Schlaf. Blieb ihnen je einmal eine Stunde zu müßigen Gesprächen, so begann Klea immer und immer wieder von ihrem gemeinsamen Elternhause zu erzählen; Irene aber, die auch zwischen den ernsten Mauern des Serapistempels manches harmlose Vergnügen aufsuchte und fand, hörte ihr gern zu und unterbrach sie mit Fragen und der Erzählung von kleinen Ereignissen und Zügen, deren sie sich aus ihrer Kindheit zu er= innern glaubte, und von denen ihr doch viele erst durch ihre Schwester bekannt und durch die umbildende Thätigkeit ihrer höchst lebendigen Einbildungskraft zu eigen geworden waren.

Klea hatte die lange Abwesenheit Irenens nicht bemerkt, denn bald nachdem die Letztere sie verlassen, war sie, von Hunger und Müdigkeit überwältigt, ent= schlummert.

Ehe ihr schwankendes Haupt zur Ruhe kam und ihre Augenlider sich schlossen, zuckte es oft recht schmerzlich um ihren Mund; dann aber glätteten sich ihre Züge, leise öffneten sich ihre Lippen, und wie ein sanfter Lenzhauch über eine frierende Blume, so flog ein Lächeln über ihre sich mehr und mehr röthen= den Wangen.

Diese Schläferin war gewiß nicht geboren für

Einsamkeit und Entsagung, sondern um die Liebe und jede ihrer Wonnen zu gewähren und zu genießen.

Sehr warm und dabei still, ganz still wurde es in der Kammer der Schwestern.

Jetzt vernahm man das Gesumme einer Fliege, die das von Irene geleerte Oelgefäß umkreiste, jetzt der Schläferin immer schneller wehenden Athem.

Jede Spur von Erschlaffung war von Klea's Antlitz gewichen, wie zum Kuß öffneten und fanden sich ihre Lippen, glühender rötheten sich ihre Wangen und endlich hob sie beide Hände und stammelte vom Traum umfangen abwehrend und dennoch zärtlich: „Nicht, nicht doch, nein, gewiß nicht; ich bitte Dich, Lieber . . .“ Jetzt sank ihr der Arm und schlug herabfallend an die Kiste, auf der sie saß, und sie erwachte.

Langsam öffnete sie die Lider mit einem glückseligen Lächeln; dann aber hoben sich ihre langen, seidigen Wimpern höher und höher, bis daß ihr weit geöffnetes Auge, als sei ihm etwas Unerhörtes begegnet, entsetzt in's Leere starrte.

So verblieb sie eine Zeitlang, ohne sich zu regen, dann aber richtete sie sich auf, drückte ihre Rechte auf Stirn und Auge und zusammenschauernd, als habe sie etwas Entsetzliches erblickt, oder als ob ein Frost sie schüttelte, murmelte sie stoßweise mit zusammengebissenen Zähnen:

„Was soll mir das? Woher kommen mir solche Gedanken! Was sind das für Dämonen, die uns im Traume Dinge thun und empfinden lassen, die wir wachend aus Herz und Sinn weit, weit von uns stoßen würden? Verabscheuen könnte ich mich selbst, verachten und hassen um dieser Gesichte willen, denn ich Elende ließ es geschehen, daß er mich umfaßte, und kein bitterer Zorn, o nein, etwas ganz Anderes, unaussprechlich Süßes durchbebte dabei meine Seele."

Bei diesen Worten ballten sich ihre Hände zu Fäusten, die sie an ihre Schläfen drückte; dann sanken ihr aber wieder die Arme schlaff in den Schooß, und das Haupt schüttelnd, sagte sie mit verändertem, weicherem Tone:

„Aber freilich, es ist nur ein Traum gewesen und — ihr ewigen Götter — wenn wir schlafen — ja, was dann? So mußt' es ja kommen! Zu den unreinen Gedanken füge ich jetzt die Unwahrheit gegen mich selbst! Nein, diesen Traum hat mir kein Dämon gesandt, er war nur ein Abbild dessen, was ich gestern empfand und vorgestern und früher, als der fremde große Mann mir nun schon zum vierten Male mit dem mächtigen Blick in die Augen sah und mir dann — wie viele Stunden sind es denn her? — die Veilchen reichte. Hab' ich da etwa das Antlitz ab=gewandt oder seine Kühnheit mit zürnenden Blicken gestraft? Wär's nicht etwa möglich, auch mit den Augen einen Feind zu verjagen? Das ist mir immer geglückt, so oft auch ein Mann nach uns schaute, aber gestern, da konnt' ich es nicht und war doch so wach wie in dieser Stunde. Was will der Fremde von mir? Was verlangt sein gewaltiger Blick, der mich seit Tagen verfolgt, wohin ich mich auch wende, und mir auch im Schlafe die Ruhe raubt? Warum öffnete

ich ihm das Auge, das die Pforte des Herzens ist?
Jetzt wuchert darin das Gift, das es aufnahm, aber
ich reiße es aus, und wenn Irene heimkehrt, so zer=
tret' ich die Veilchen oder lasse sie ihr, die sie bald
zerrupft oder kläglich verdorren läßt, denn rein will
ich bleiben, selbst im Traume; was hab' ich denn
anders als meine Reinheit?"

Mit diesen Worten unterbrach sie ihr Selbstgespräch,
denn sie hatte Irenens Stimme gehört und dieser
Klang mußte wohl freundlich auf ihr Gemüth wirken,
denn der schmerzlich herbe Zug, der eben noch ihr
schönes Antlitz entstellt hatte, verschwand, und auf=
athmend murmelte sie:

„Ich bin doch nicht ganz arm und elend, so lang
ich sie habe und ihre Stimme vernehme."

Als Irene, welche unterwegs einem Tempeldiener
das bescheidene Opfergeschenk des Klausners Phibis
für den Altar des Serapis übergeben hatte, die Kammer
betrat, verbarg sie das Brett mit der Gabe des Römers
hinter ihrem Rücken und rief schon in der Thür ihrer
Schwester entgegen:

„Nun rathe, was ich hier habe?"

„Brod und Datteln von Serapion," entgegnete Klea.

„O nein," rief die Andere, indem sie ihrer Schwester
den Teller entgegenhielt, „lauter Leckerbissen für Götter
und Könige. Fühle nur diesen Pfirsich! Faßt er sich
nicht an wie die Bäckchen des kleinen Philo? Wenn
ich immer solchen Ersatz fände, so müßtest Du wünschen,
daß ich jeden Morgen Dein Frühstück aufäße. Und
weißt Du auch, wer uns dieß Alles geschenkt hat?

Nein, darauf wirst Du nicht kommen! Der große Römer gab es mir, derselbe, von dem Du gestern die Veilchen bekamst.“

Klea's Antlitz entfärbte sich und streng und kurz fragte sie:

„Wie weißt Du das?“

„Weil er mir's selber gesagt hat,“ erwiederte Irene mit gänzlich veränderter Stimme, denn das Auge ihrer Schwester war fest auf sie gerichtet und blickte sie mit einem ihr bis dahin völlig fremden Ausdruck strengen Ernstes an.

„Und wo sind die Veilchen?“ fragte Klea weiter.

„Er nahm sie und sein Freund gab mir diese Granate,“ stammelte Irene. „Er selbst wollte sie mir reichen, aber der Grieche, ein schöner, heiterer Jüngling, litt es nicht und legte sie dort auf das Brettchen. Da nimm sie, aber schau' mich nicht länger so an, ich kann's nicht ertragen!“

„Ich will sie nicht,“ sagte die Andere, nicht ohne Herbheit. Dann schlug sie die Augen nieder und fragte letse: „Behielt der Römer die Veilchen?“

„Er behielt — nein, Klea, nein, belügen will ich Dich nicht! Er warf sie über das Haus und sprach so rauhe Worte dabei, daß ich erschrak und ihm rasch den Rücken wandte, denn ich fühlte schon, wie mir die Thränen in's Auge stiegen. Was hast Du nur mit dem Römer? Mir ist so bange, so angst, wie sonst nur, wenn ein Unwetter aufzieht, vor dem ich mich fürchte. Und wie bleich Deine Lippen aussehen! Das kommt gewiß von dem langen Hungern. So iß Dich nun satt. Aber, Klea, warum schaust Du mich so an, so finster und gräßlich? Ich kann diesen Blick nicht ertragen, ich kann's nicht!"

Irene schluchzte laut auf, ihre Schwester aber näherte sich ihr, strich ihr das weiche Haar aus der Stirn, küßte sie und sagte freundlich:

„Ich bin Dir nicht böse, Kind, und will Dir nicht weh thun. Könnt' ich nur weinen wie Du, wenn Wolken mein Herz umziehen, dann zeigte sich auch hier drinnen eben so schnell der blaue Himmel wieder wie bei Dir. Jetzt trockne die Augen, gehe hinüber in den Tempel und frage, wann wir zu der Gesangsübung kommen sollen und wie spät der Aufzug beginnt."

Irene folgte diesem Gebot.

Mit gesenktem Blick war sie in's Freie getreten, dort aber schlug sie frisch ihr Auge wieder auf, denn sie gedachte des Aufzuges, und als ihr einfiel, daß sie den munteren Freund des Römers bei demselben wiedersehen würde, kehrte sie noch einmal in die Kammer zurück, legte ihre Granatenblüte in das Näpfchen, aus dem sie am Morgen die Veilchen genommen, grüßte ihre Schwester so munter wie je zuvor und überlegte, ob sie für den Aufzug die Blume in das Haar stecken sollte oder an die Brust. Tragen mußte sie sie jedenfalls, denn es galt ja zu zeigen, daß sie solche Gabe werth zu halten verstehe.

Sobald Klea allein war, griff sie mit einer heftigen Bewegung nach dem Teller, den ihr Irene gebracht hatte, reichte der grauen Katze, die sich wieder in das Gemach geschlichen, den Braten und wandte dabei das

Gesicht ab, denn der bloße Duft des Fasanen berührte sie wie eine Kränkung.

Dann, nachdem sich die Katze mit ihrer willkommenen Beute in eine Ecke der Kammer zurückgezogen, ergriff sie einen Pfirsich und erhob die Hand, um ihn durch die Oeffnung im Dach ihres Zimmers in's Freie zu schleudern. Aber sie führte dieß Vorhaben nicht aus, denn es kam ihr in den Sinn, daß sie Irene und den kleinen Philo, des Thürhüters Söhnchen, mit den süßen Früchten erfreuen könnte. Darum legte sie ihn auf den Teller zurück und griff nach dem Brod, denn der Hunger quälte sie sehr.

Schon wollte sie das goldgelbe Gebäck zerbrechen, aber einer schnellen Regung folgend, warf sie auch dieses auf den Teller zurück und murmelte:

„Am letzten möchte ich ihm auch nur das Geringste zu danken haben, aber ich werfe die Gottesgabe nicht fort, wie er meine Veilchen, denn das wäre Sünde! Mag das Brod einen Hungrigen satt machen, so bewirkt es doch etwas Gutes, das ihm vielleicht den Dank eines Gottes einträgt. Zwischen ihm und mir muß Alles vorbei sein, und erscheint er heute beim Aufzug und es gelüstet ihn, noch einmal mich anzuschauen, so werde ich meine Augen zu zwingen wissen, die seinen zu meiden; ich will es und führe es durch! Aber, ihr ewigen Götter, und du vor Allen, großer Serapis, dem ich willig diene, ein Anderes werd' ich nicht ohne euren Beistand vermögen, helfet, ja helft mir, ihn zu vergessen, damit meine Gedanken rein bleiben mögen!"

Bei diesen Worten warf sie sich vor der Kiste nieder, drückte ihre Stirn auf das harte Holz und versuchte zu beten.

Nur um Eines bat sie die Götter: um die Kraft, den Mann zu vergessen, der sie um die Ruhe ihrer Seele betrogen.

Aber wie schnelle Wolken zwischen einem Welt=körper und dem Auge des Sternsehers, das ihn zu beobachten begehrt, die Arbeit des Himmelskundigen störend, hin und her ziehen, wie der Lärm der Gasse ein schönes Lied, dem wir gern lauschen möchten, wieder und wieder unterbricht und mit wirren Ge=räuschen verdirbt, so kreuzte immer und immer das Bild des Römers Klea's Gebet um Befreiung von jedem Gedanken an ihn, und endlich wollt' es ihr scheinen, als gleiche sie einem Menschen, der einen Felsblock mit dem Aufgebot aller Kräfte aufzurichten wünscht, und der, statt den Stein zu erheben, von seiner Last zu Boden gedrückt wird; mußte sie doch empfinden, daß durch all' ihr Beten und Ringen der Feind, den sie weit von sich abzuweisen wünschte, ihr nur näher trat und statt zu fliehen, sich mit immer unabwendbareren Griffen ihrer Seele bemächtigte.

Endlich ließ sie von dem vergeblichen Kampfe ab, stand auf, kühlte ihr glühendes Antlitz mit frischem Wasser und zog die Riemen ihrer Sandalen fester an, denn im Tempel, in der Nähe des Gottes, hoffte sie der Ruhe, die sie hier nicht finden konnte, theil=haftig zu werden.

Vor der Thür ihrer Kammer traf sie Irene, die

ihr mittheilte, daß wegen des Aufzugs, der vier Stunden nach Mittag beginnen würde, die Gesangsübung ausgesetzt werden sollte.

Als Klea sich dann von ihr entfernte, um sich dem Tempel zu nähern, rief ihre Schwester ihr nach:

„Du bleibst doch nicht lange; es wird gleich wieder Wasser gebraucht für die Spenden."

„So gehe Du nur an die Arbeit," bat Klea, „es ist ja nicht viel nothwendig, denn bald ist der Tempel leer wegen des Aufzugs. Mit einigen Krügen wird es genug sein. Drinnen liegt ein Bröbchen und ein Pfirsich für Dich; den andern muß ich für den kleinen Philo aufheben."

Viertes Kapitel.

———

Ohne auf Irenens Einwand zu hören, ging Klea raschen Schrittes auf den Tempel zu.

Sie achtete nicht der Beter, die im Vorhof tief geneigt oder mit hoch er= hobenen Armen standen, oder auch, wenn sie von ägyptischer Herkunft waren, auf dem glatten Steinpflaster knieten, denn sie selbst hatte schon begonnen, sich flehend an die Gottheit zu wenden.

Nun betrat sie die große Halle des Heiligthums, die nur die Geweihten und die Bediensteten des Tem= pels, zu denen auch sie gehörte, betreten durften.

Hier erhoben sich rings um sie her viele schlanke Säulenschäfte, gekrönt mit schön gerundeten Blumen= glocken, wie die Stengel der Lilien, hier sah sie an der steinernen Decke zu ihren Häupten den nächtlichen Himmel und die glänzenden, nimmer rastenden und ewig ruhenden Gestirne, die Planeten und Firsterne aus ihren goldenen Barken still auf sie herniederschauen.

Ja, hier war es dämmerig und still genug für ein Zwiegespräch mit der Gottheit!

Wie ein Wald von Riesenpflanzen aus einer andern Welt erschienen ihr die sie umgebenden Säulen, und es war ihr, als strömten die bunten Blütenkapitäle, mit denen sie die Decke trugen, den Duft des Weihrauchs aus, der berauschend auf ihre von Fasten und innerer Erregung geschärften Sinne einbrang.

Ihre Augen waren zum Himmel gerichtet, ihre Arme über der Brust gekreuzt, während sie diese große Halle durchschritt und sich dann zögernden Fußes einem kleineren und niedrigeren Saale näherte, in dessen äußerstem, tief verdunkeltem Hintergrunde ein Vorhang von schwerem, kostbarem Stoff das eherne Thor des Allerheiligsten verdeckte.

Dieser geweihten Stätte zu nahen war auch ihr untersagt, heute aber wurde sie so ganz von der Sehnsucht nach dem Beistand des Gottes erfüllt, daß sie sich dem Allerheiligsten, trotz des von ihr noch nie verletzten Gebotes, ihm fern zu bleiben, näherte.

Von frommem Schauder erfüllt ließ sie sich neben der Pforte des heiligen Raumes nieder und schmiegte sich fest in den Winkel, den ein hervorragender Thorpfeiler mit der Hinterwand des Saales bildete.

Das sehnende Bedürfniß, eine die Bahn unserer Geschicke lenkende Kraft außer uns zu suchen, ist jedem Volke, jedem Menschen eigen, ja es wohnt den vernunftbegabten Wesen, so viel ihrer sind, so sicher inne, wie der Drang, nach Ursachen zu fragen, wenn wir Wirkungen wahrnehmen, wie der Trieb, zu schauen, wenn Licht die Erde beleuchtet, und zu hören, wenn die schwingenden Wellen des Tones unser Ohr berühren. Freilich wird wie jede andere Gabe so auch die der religiösen Empfindung Verschiedenen in verschiedenem Grade zu Theil. In Klea war sie von vornherein mächtig und eine fromme Mutter hatte durch Lehre und Beispiel sie gefördert, während ihr Vater sie immer nur Eins gelehrt hatte, nämlich wahr zu sein, unerbittlich wahr wie gegen Andere, so auch gegen sich selbst.

Täglich führte sie später der Dienst in den Tempel des Gottes, den sie für den größten und mächtigsten unter allen Himmlischen zu halten gewohnt war, denn oftmals hatte sie aus der Ferne gesehen, wie der Vorhang des Sanctuariums sich zur Seite schob, das Bild des Serapis mit dem Kalathos auf dem Haupte und dem Cerberus zu seinen Füßen sich im Halbdunkel des Allerheiligsten zeigte, ein Lichtstrahl, der durch ein Wunder aus der Finsterniß hervorbrach, ihm die Stirn streifte und den Mund küßte, wenn seine Güte von den Priestern im Liede gepriesen ward.

Zu anderen Zeiten entzündeten sich die Lichter zur Seite des Gottes oder erloschen plötzlich von selbst.

Dann feierte sie gern mit anderen Frommen den großen Herrn des Jenseits, der jeder erloschenen Sonne eine neue folgen, der Leben aus dem Tode erwachsen ließ, der den Verstorbenen neu belebte und ihn zu seiner eigenen Würde erhob, wenn er der

Wahrheit gehuldigt hatte auf Erden und wahrhaftig befunden wurde vor seinen Richtern in jener Welt.

Die Wahrheit, der zu folgen und als höchstes Lebensgut hoch zu halten ihr Vater sie gelehrt hatte, lohnte Serapis vor jeder anderen Tugend, mit der Wahrheit wurden vor ihm die Herzen gewogen, und so oft sich Klea sein Bild in Menschengestalt vorstellte, trug es die ernsten und doch milden Züge ihres Vaters, meinte sie ihn mit den Worten des Mannes sprechen zu hören, dem sie das Leben dankte, der ihr zu früh entrissen worden war, der um seiner Gerechtigkeit willen Schweres erdulbet und aus dessen Munde sie kein Wort vernommen hatte, das nicht des Gottes selbst würdig gewesen.

Wie dem Serapis, so fühlte sie sich ihrem Vater nahe, als sie, fest in die dunkle Ecke des Allerheiligsten geschmiegt, sich schonungslos anklagte, daß unreine Wünsche ihr Herz bewegt hätten und daß sie unwahr gewesen gegen sich selbst und Irene, ja daß sie, wenn es ihr nicht gelänge, das Bild des Römers aus ihrer Seele zu reißen, gezwungen sein würde, ihre Schwester zu belügen oder den unbefangenen und sorglosen Sinn des schnell erregbaren Kindes, dem sie als Mutter und Stütze zur Seite zu stehen gewohnt war, zu trüben.

So schwer wie sie auch das scheinbar Leichte be- drückte, so leicht wußte Irene auch Ernstes und Schweres, als wär' es ein Federchen, weit fort hin- aus in die Luft zu blasen. Sie war wie feuchter Thon, in dem auch des Schmetterlings zartes Füß=

chen eine Spur zurückläßt, ihre Schwester wie ein Spiegel, von dem der Hauch, der ihn trübt, schnell völlig verschwindet.

„Großer Gott," murmelte sie betend, „mir ist zu Sinne, als hätte der Römer ein tiefes Brandmal in meine Seele gepreßt. Hilf du mir nun, es zu tilgen, hilf mir, zu werden wie sonst, damit ich wieder rein und wahr und ohne Verstellung in Irenens Augen schauen kann und wie früher mir sagen darf, ich hätte so gedacht und gehandelt, daß mein Vater sich freuen würde, wenn er's vernähme."

Noch betete sie so, als sich die Schritte und Stimmen zweier Männer dem Allerheiligsten näherten und Klea aus ihrer Andacht rissen.

Jetzt trat es ihr plötzlich voll in's Bewußtsein, daß sie an einer verbotenen Stelle weile und man sie streng bestrafen würde, wenn man sie hier entdeckte.

„Verschließe die Thür dort!" raunte der eine Kommende seinem Gefährten zu und wies auf die aus der Säulenhalle in den Prosekos führende Pforte, „denn auch von den Geweihten braucht keiner zu sehen, was Du hier für uns verrichtest . . ."

Klea erkannte die Stimme des Oberpriesters und glaubte hervortreten und ihre Schuld bekennen zu sollen, aber obgleich es ihr sonst nicht an Muth gebrach, so that sie es doch nicht, sondern schmiegte sich fester in ihr Versteck, das völlig verdunkelt wurde, nachdem sich die eherne Thür des fensterlosen Saales, in dem sie sich befand, geschlossen hatte.

Nun nahm sie wahr, wie man den Vorhang und

die Pforten öffnete, welche das Sanctuarium ver=
schlossen, hörte, wie man den Feuerbohrer drehte, sah
einen Lichtschimmer aus dem Sanctuarium hervor=
brechen und vernahm dann Hammerschläge und Feilen=
striche.

Das stille Allerheiligste war zur Schmiedewerkstätte
geworden, aber so laut es auch darin herging, so wollte
es Klea doch scheinen, als poche ihr Herz noch lauter
als das eherne Werkzeug des Krates, eines der älte=
sten Priester des Serapis, der dem heiligen Geräth
vorstand, mit Niemand als dem Oberpriester zu sprechen
pflegte und wegen der Kunst, mit der er zerbrochenes
Metallgeschirr herzustellen, feste Schlösser zu fertigen
und Silber und Gold zu schmieden verstand, auch
unter seinen griechischen Landsleuten berühmt war.

Als die Schwestern vor fünf Jahren in den Tem=
pel kamen, hatte sich Irene vor diesem fast zwergen=
haft kleinen, breitschulterigen und starkknochigen Manne,
dessen faltenreiches Antlitz einem Korke glich und in
dessen Füßen eine schmerzhafte Krankheit wohnte, die
ihn oft zu gehen verhinderte, sehr gefürchtet, nicht zum
Verdruß, sondern zum Ergötzen des Schmiedes, der,
sobald ihm das damals elfjährige Kind begegnete, seine
Lippen zu der starken rothen Nase heraufzog, die
Augen verdrehte und schrecklich grunzte, um das
Grauen, das er der Kleinen einflößte, zu steigern.

Er war nicht böse, aber er besaß weder Weib
noch Kind, noch Brüder und Schwestern und Freunde,
und jeder Sohn einer Mutter fühlt so lebhaft den
Wunsch, daß Andere etwas für ihn empfinden, daß

es Vielen willkommener ist, gefürchtet zu werden, als unbeachtet zu bleiben.

Nachdem Irene ihre Angst vor dem Alten überwunden, hat sie manchmal den von allen anderen Tempelbewohnern für unnahbar und ernst gehaltenen Mann in der ihr eigenen herzbestrickenden, schmeichlerischen Weise, ihr noch einmal ein Gesicht zu schneiden, und das that er denn auch und lachte, wenn die Kleine wiederum zu ihrem eigenen und seinem Vergnügen sich ängstigte und davonlief. Als Irene vor wenigen Tagen wegen ihres verletzten Fußes das Zimmer hüten mußte, geschah das Unerhörte, daß er Klea voll Theilnahme fragte, was ihre Schwester denn triebe, und ihr für sie einen Kuchen gab.

Während Krates arbeitete, wurde kein Wort zwischen ihm und dem Oberpriester gewechselt. Jetzt legte er den Hammer fort und sagte:

„Arbeiten von solcher Art mach' ich nicht gern, aber diese hier ist, denk' ich, gelungen. Jeder hinter dem Altar verborgene Tempeldiener kann jetzt die Lichter verlöschen und anzünden, ohne daß selbst der Klügste die Täuschung zu bemerken vermöchte. Stell' Dich nun an die Thür der großen Halle und sprich das Wort."

Klea hörte, wie der Oberpriester diesem Wunsche nachkam und mit singender Stimme rief: „Und so gebietet er der Nacht und sie wird zum Tage, und der erloschenen Kerze und sie leuchtet mit Glanz. Wenn anders du uns nahe bist, Serapis, so zeige dich uns!"

Ein heller Lichtstrom ergoß sich nach diesen Worten

aus dem Sanctuarium und erlosch plötzlich, als der Oberpriester sang: „Also zeigst du dich als Licht den Kindern der Wahrheit, aber mit Finsterniß strafst du die Kinder der Lüge."

„Noch einmal?" fragte Krates wie Einer, welcher wünscht, daß die Antwort „Nein!" lauten möge.

„Ich muß darum bitten," antwortete der Oberpriester. „So, dießmal gelang das Spiel noch besser als vorhin. Ich war Deiner Kunst von vornherein sicher, aber bedenke, worauf es hier besonders ankommt. Beide Könige und die Königin werden vielleicht der Feier beiwohnen, Philometor und Kleopatra jedenfalls, und sie haben offene Augen; dazu wird der Römer, der nun schon zum vierten Male an der Prozession theilnahm, sie begleiten, und wenn ich ihn recht beurtheile, so gehört er wie so viele Große seines Volkes zu Denen, welche sich auf sich selbst verlassen, wenn's noth thut, sich mit den alten Göttern ihrer Väter begnügen und das, was wir ihnen als Wunder zu zeigen vermögen, nicht mit den Armen des Gemüthes an's Herz ziehen, sondern mit nüchternem Sinn messen und wägen. Leute von diesem Schlage, die sich nicht zu beten schämen, nicht philosophiren, sondern nur eben so viel denken, als noth thut, um richtig zu handeln, das sind die schlimmsten Verächter jedes übersinnlichen Vorgangs."

„Und die Naturforscher im Museum?" fragte Krates. „Die halten ja nichts für wirklich, als was sie sehen und beobachten können."

„Und sind gerade darum," entgegnete der Oberpriester, „recht oft besonders leicht durch Deine Künste zu täuschen, denn weil sie eine Wirkung ohne Ursache sehen, so sind sie geneigt, die nicht wahrnehmbare Ur=sache für übersinnlich zu halten. Oeffne jetzt wieder das Thor, laß uns durch das Seitenpförtchen in's Freie treten und übernimm Du es dießmal selbst, dem Serapis nachzuhelfen. Bedenke, daß Philometor nur dann die Ackerschenkung bestätigt, wenn er tief durchdrungen von der Größe unseres Gottes den Tempel verläßt. Wird es möglich sein, bis zum Geburtstag des Königs Euergetes, der in Memphis gefeiert werden soll, das neue Rauchfaß herzustellen?“

„Wollen sehen,“ gab Krates zurück. „Erst muß ich freilich das Schloß für die große Pforte der Apis=gruft zusammensetzen, denn so lang ich es bei mir in der Werkstätte habe, kann Jeder sie öffnen, der mit dem Nagel in das Loch über dem Riegel sticht, und Jeder sie schließen, der den eisernen Bolzen vorstößt. Laß mich nur rufen, bevor das Spiel mit den Lichtern beginnt; trotz meiner elenden Füße werd' ich erscheinen. Weil ich dieß Ding nun einmal übernommen und nur darum, will ich's vollenden, aber ich sollte doch meinen, daß auch ohne dergleichen betrügliche Mittel . . .“

„Wir betrügen nicht,“ unterbrach der Oberpriester streng verweisend seinen Helfer, „wir bringen nur für kurzsichtige Menschenkinder in sinnlich wahrnehmbarer, faßlicher Form das Walten der Gottheit zur Dar=stellung.“

Mit diesen Worten wandte der hohe Mann dem Schmied den Rücken und verließ durch eine Seiten=

pforte den Saal; Krates aber öffnete das eherne Thor und sagte, während er seine Werkzeuge zusammenlas, so laut vor sich hin, daß Klea es in ihrem Versteck deutlich vernahm: „Mir kann es recht sein, aber Betrug ist Betrug, mag nun ein Gott einen König oder ein Kind einen Bettler betrügen."

„Betrug ist Betrug," sprach Klea dem Schmiede nach und trat, nachdem der Letztere den Saal verlassen, aus ihrem Versteck hervor.

In der großen Halle blieb sie stehen und schaute sich um.

Zum ersten Male bemerkte sie die abgeriebenen Farben an den Wänden, die Beschädigungen, die die Säulen im Lauf der Zeiten erfahren, und die gelockerten Fliesen im Fußboden.

Widerlich süßlich erschien ihr der Duft des Weihrauchs, und als sie an einem Greise vorüberging, der mit heißer Inbrunst betend die Arme erhob, schaute sie mit einem Blick des Bedauerns auf ihn hin.

Nachdem sie die das eigentliche Heiligthum abschließenden Pylonen durchschritten hatte, wandte sie sich um und schüttelte, indem sie es betrachtete, verwundert das Haupt, denn sie wußte ja, daß seit einer Stunde kein Stein im Tempel des Serapis verändert worden sei, und dennoch erschien er ihr so fremd wie eine Landschaft, die wir im Frühlingsschmuck kennen lernten und mit entblätterten Bäumen im Winter wiedersehen, wie ein Frauenantlitz, das wir unter dem Schleier, der es verbarg, für schön gehalten und das uns ohne Hülle faltig und jeder Anmuth bar entgegenschaut.

Als sie des Schmiedes Wort „Betrug ist Betrug"
vernommen, hatte sie einen schneidenden Schmerz in
der Brust empfunden und den Thränen nicht zu weh=
ren vermocht, die sich in ihre des Weinens wenig ge=
wohnten Augen drängten; sobald sie aber mit ihren
eigenen Lippen des alten Krates hartes Urtheil nach=
gesprochen, waren ihre Zähren getrocknet, und nun sie
erregt und wie ein Wanderer, der von einem lieben
Freunde Abschied nimmt, den Tempel überschaute,
athmete sie leichter, richtete sie sich höher auf und
wandte dem Heiligthum des Serapis mit wundem
Herzen, aber stolz den Rücken.

Bei der Wohnung des Thorhüters kam ihr schwan=
kenden Ganges und mit hoch erhobenen Aermchen ein
Kind entgegen. Sie hob es in die Höhe, küßte es
und bat dann seine sie begrüßende Mutter um ein
Stück Brod, denn der Hunger begann sie empfindlich
zu quälen. Während sie das trockene Gebäck verzehrte,
blieb das Kind auf ihrem Schooße sitzen und folgte
mit seinen großen Augen den Bewegungen ihrer Hand
und ihres Mundes.

Es war ein Knabe von etwa fünf Jahren mit
so schwachen Beinchen, daß sie die Last seines Kör=
pers kaum zu tragen vermochten, aber einem besonders
hübschen Gesichtchen. Freilich erschien dasselbe recht
leblos, und nur als der kleine Philo Klea kommen
sah, hatten seine Augen freudig aufgeleuchtet.

„Nimm diese Milch," sagte des Knaben Mutter,
indem sie der Jungfrau ein irdenes Schälchen reichte.
„Es ist nicht viel, und ich könnte sie Dir gar nicht

bieten, wenn Philo essen wollte wie andere Kinder; aber es ist, als thäte das Schlucken ihm weh. Er trinkt zwei Tropfen und ißt einen Bissen, und nimmt nichts weiter, auch wenn man ihn prügelt.“

„Du hast ihn doch nicht wieder geschlagen?“ fragte Klea vorwurfsvoll und zog das Kind an sich.

„Mein Mann . . .“ entgegnete die Frau und zupfte verlegen an ihrem Gewande. „Das Kind ist an einem guten Tage und in guter Stunde geboren, und doch bleibt es schwach und lernt nicht sprechen, und das ärgert Pianchi.“

„Er wird Alles wieder verderben!“ rief Klea un= willig. „Wo ist er?“

„Er ward in den Tempel gerufen.“

„Freut es ihn denn nicht, daß Philo ihn ‚Vater‘ ruft und Dich ‚Mutter‘ und mich beim Namen, und daß er Mancherlei zu unterscheiden lernt?“ fragte das Mädchen.

„O gewiß,“ entgegnete das Weib. „Er sagt, Du lehrtest ihn reden, als wär’ er ein Staarmatz, und wir wissen Dir’s Dank.“

„Den begehr’ ich nicht,“ unterbrach sie Klea, „aber was ich verlange, das ist, daß ihr den Buben nicht scheltet und straft und euch mit mir freut, wenn ihr seht, wie sein armer, schlummernder Geist langsam er= wacht. Wenn es so fortgeht mit ihm, dann wird das liebe Bürschchen noch ganz klug und verständig. Wie heiß’ ich, mein Junge?“

„Ke=ea,“ antwortete der Kleine und lächelte seiner Freundin zu.

„Und nun koste einmal, was ich hier in der Hand habe. Was ist das? Ich sehe Dir's an, daß Du's weißt. Es heißt: nun sag' mir's nur leise in's Ohr. Ja, ja, so ist's recht, Mi — Mil — Milch, ja wohl, mein Junge; Milch ist es und heißt es. Nun thu' nur das Mäulchen auf und sprich mir's hübsch nach — nun noch einmal, nun wieder, und wenn Du es zwölfmal richtig gesagt hast, so geb' ich Dir auch einen Kuß. — Nun hast Du Dir auch das Küßchen ver= dient. Ich geb' es Dir hierhin oder auch dorthin. Was ist denn das da? Dein Oh —? Dein Ohr! Ja, so ist es gut — und das Deine Nase.“

Des Kindes Augen leuchteten heller und heller bei dieser freundlichen Lehre, und weder Klea noch ihr kleiner Schüler ermüdeten, bis nach einer Stunde der lang nachhallende Klang eines geschlagenen Erzes sie fortrief.

Als sie sich entfernen wollte, wankte der Kleine ihr weinend nach; sie aber nahm ihn auf den Arm, trug ihn zu seiner Mutter zurück und wandte sich dann ihrem Gemache zu, um ihre Schwester und sich selbst für den Aufzug zu schmücken.

Auf dem Wege zum Pastophorium gedachte sie wieder ihres Ganges in den Tempel und ihres Ge= betes.

„Vor dem Sanctuarium,“ sagte sie sich, „gelang es mir nicht, meine Seele zu befreien von dem, was sie trübte, wohl aber, als ich mich mühte, dem armen Jungen die Zunge zu lösen. Jede reine Stätte, sollte ich denken, kann sich ein Gott zum Allerheiligsten wäh=

len, und ist eines Kindes Seele nicht reiner als ein Altar, vor dem die Wahrheit verhöhnt wird?"

In ihrer Kammer trat ihr Irene entgegen. Sie hatte schon ihr Haar geordnet, die Granatenblüte in dasselbe gesteckt und fragte Klea, ob sie ihr so gefalle.

„Wie Aphrodite selbst siehst Du aus," gab Jene zurück und küßte ihre Stirn. Dann legte sie das Gewand ihrer Schwester in Falten, befestigte ihren Schmuck und begann sich selbst anzukleiden. Während sie ihre Sandalen anschnürte, fragte Irene: „Warum seufzst Du so schmerzlich?" und Klea erwiederte: „Mir ist, als hätten sie mir heute zum zweiten Male die Eltern genommen."

Fünftes Kapitel.

Der Aufzug war zu Ende.

Bei dem Dienste, welcher ihm im griechischen Serapeum vorangegangen war, hatte Ptolemäus Philometor der Priesterschaft desselben keineswegs die ganze, sondern nur einen mäßigen Bruchtheil der Ackerschenkung, um die sie mit vielen Bittschriften eingekommen war, bewilligt.

Nachdem der Hof wieder nach Memphis aufgebrochen war und die Prozession sich aufgelöst hatte, kehrten auch die Schwestern in ihr Gemach zurück, Irene mit gerötheten Wangen und lachendem Munde, Klea mit einem finsteren, fast bedrohlichen Glanz in den Augen.

Während Beide sich, ohne zu reden, ihrer Kammer näherten, rief ein Tempeldiener die ältere Schwester an und forderte sie auf, ihm zum Oberpriester zu folgen, der sie zu sprechen begehre.

Schweigend übergab nun Klea Irenen ihren Krug

und wurde in ein Gemach des Tempels geführt, welches zur Aufbewahrung des heiligen Geräthes diente. Dort ließ sie sich, um zu warten, auf einem Sessel nieder.

Auch die Männer, welche am Morgen das Pastophorium besucht hatten, waren mit der königlichen Familie dem Aufzuge gefolgt.

Nachdem die Feierlichkeit ihr Ende erreicht hatte, trennte sich der Römer Publius von seinen Begleitern und ging schnell, ohne Abschied zu nehmen und nach rechts oder links zu schauen, auf das Pastophorium und die Zelle des Klausners Serapion zu.

Der Alte vernahm schon von fern den Schritt des jungen Mannes, der auf starken Sohlen den Boden selbstbewußter und kräftiger trat, als die leise schreitenden Priester des Serapis, und begrüßte ihn freundlich mit Hand und Mund.

Publius dankte ihm kühl und ernst und sagte dann herb und mit schneidiger Kürze:

„Meine Zeit ist gemessen. Ich denke Memphis bald zu verlassen, aber ich versprach Dir, Deine Bitte anzuhören, und um Wort zu halten, such' ich Dich auf; heute schon, aber, wie gesagt, nur um Wort zu halten. Die Krugträgerinnen, von denen Du mir erzählen willst, gehen mich nichts an. Ich frage nach ihnen so wenig, wie nach den Schwalben, die dort über das Haus fliegen.“

„Und doch unternahmst Du heute morgen um Klea's willen einen weiten Spaziergang,“ entgegnete Serapion.

„Ich bin oft viel weiter gegangen, um einen Hasen zu schießen," gab der Römer zurück. „Wir Männer verfolgen das Wild nicht, weil sein Besitz uns lockt, sondern weil das Jagen uns freut, aber es gibt auch Jägernaturen unter den Frauen. Statt des Speers und Bogens versenden sie feurige Blicke, und wenn sie dann meinen, sie hätten ihr Wild mit ihnen getroffen, so kehren sie ihm den Rücken. Zu dieser Art gehört Deine Klea, und die hübsche Kleine von heute morgen sieht aus, als ließe sie sich gern jagen; mich lüstet es indessen ebensowenig, das Wild als der Jäger eines Mädchens zu sein. Drei Tage hab' ich noch unten in Memphis zu thun, dann kehr' ich diesem närrischen Lande auf immer den Rücken."

„Heute morgen," sagte Serapion, der zu ahnen begann, was den Groll, der deutlich aus den Worten des Römers herausklang, erweckt habe, „heute morgen schienst Du es mit der Abreise weniger eilig zu haben, als jetzt, darum willst Du mir selbst einem fliehenden Wild gleichen, die Klea aber kenn' ich besser als Du. Das Pürschen ist nicht ihre Sache, noch weniger aber läßt sie sich jagen, denn eine Eigenschaft, die Du, mein Publius Scipio, ja vor allen Anderen kennen und achten wirst, ist ihr eigen: sie ist stolz, sehr stolz, und darf es auch sein, wie verächtlich Du auch drein schaust, als wolltest Du sagen: Wie kommt eine Krugträgerin des Serapis, ein armes Ding, das schlecht genährt wird und immerhin Dienste verrichtet, zum Stolz, der ja sonst bei Denen nur mit einigem Rechte einkehrt, die die Menge, die sie umgibt, um irgend

eines Vorzugs willen hoch überragen? Dieß Mädchen
nun, das darfst Du mir glauben, hat viele Gründe,
ihr Haupt zu erheben, nicht nur weil sie freien und
edlen Eltern entstammt, weil seltene Schönheit sie
schmückt, weil sie, als sie noch ein junges Kind war,
selbstlos und treu wie die beste Mutter sich eines
anderen Kindes, ihrer jüngeren Schwester, annahm,
sondern besonders, und das wirst Du, wenn ich Dich
recht beurtheile, besser als andere Jünglinge zu be=
greifen vermögen, weil sie stolz bleiben muß, damit
sie bei den niederen Diensten, die sie ja leider zu ver=
richten gezwungen ist, niemals vergesse, daß sie ein
freies und edles Weib ist. Du kannst Deinen Stolz
beiseite setzen und wirst doch bleiben, was Du bist,
thäte sie's aber und lernte sie wie eine Dienerin füh=
len, so würde sie zuletzt in der That zu dem werden,
was sie nicht ist und doch sein muß. Ein edles Roß,
das man zwingt, Lasten zu ziehen, wird zum Karren=
gaule, sobald es verlernt, den Kopf zu heben und die
Füße frei zu bewegen. Klea ist stolz, weil sie's sein
muß, und wenn Du gerecht bist, so wirst Du der
Jungfrau nicht zürnen, die Dich vielleicht freundlich
anschaute, weil Dich die Götter so gebildet, daß Du
sicher sein darfst, jedem Weibe zu gefallen, die aber
Deine Werbung abweisen muß, weil sie sich für zu
gut hält, um selbst von einem Cornelier mit sich
spielen zu lassen, und doch für so gering, daß sie nie=
mals hoffen darf, ein Mann von Deiner Art werde
von seiner Höhe herabsteigen, um sie zum Weib zu
begehren. Daß sie Dich verletzt hat, unterliegt keinem

Zweifel; wodurch, vermag ich nur zu vermuthen. Geschah es durch abweisenden Stolz, so sollte Dich das nicht kränken, denn ein Weib ist wie ein Krieger, der den Harnisch nur anlegt, wenn er von einem Gegner bedroht wird, dessen Waffen er fürchtet."

Der Klausner hatte diese Worte mit Rücksicht auf seine Nachbarn mehr geflüstert als gesprochen und wischte sich, als er schwieg, den Schweiß von der Stirn, denn wenn irgend etwas sein Gemüth bewegte, so war er gewöhnt, seine gewaltige Stimme laut ertönen zu lassen, und es kostete ihm keine geringe Anstrengung, sie so lange zu dämpfen.

Publius hatte ihm zuerst frei in's Antlitz, dann aber zu Boden geschaut und Serapion bis an's Ende und ohne ihn zu unterbrechen angehört. Dabei war ihm Schamröthe wie einem Schulknaben in die Wangen gestiegen, und doch war er ein selbstbewußter, thatkräftiger Jüngling, der sich in schwierigen Lagen so sicher zu führen verstand, wie ein Mann auf der Höhe des Lebens.

Bei all' seinen Handlungen pflegte er genau zu wissen, was er wollte, und ohne Schwärmerei nur das zu thun, was ihm recht und nützlich erschien.

Bei des Klausners Rede drängte sich ihm nun die Frage auf, was er denn eigentlich von der Krugträgerin begehre, und weil es ihm an einer Antwort fehlte, so fühlte er sich unsicher, und diese Unsicherheit und Unzufriedenheit mit sich selbst steigerte sich, je zutreffender ihm das, was er hörte, zu sein schien und je weniger er im Grunde seines Herzens geneigt war, von dem Mädchen zu lassen, an das er seit mehreren Tagen fortwährend und auch gegen seinen Willen hatte denken müssen, von dessen Bild er sich gern frei gemacht hätte, und das ihm doch durch des Klausners Worte begehrenswerther vorkam denn je.

„Vielleicht bist Du im Rechte," entgegnete er nun nach kurzem Schweigen und dämpfte gleichfalls seine Stimme, denn eine leise Anrede pflegt eine nicht minder leise Entgegnung zur Folge zu haben. „Du kennst dieses Mädchen besser als ich, aber wenn Du sie richtig geschildert, so wird es gut sein, wenn ich auf meinem Willen bestehe und Aegypten, oder, sag' ich's nur gerade heraus, Deine Schützlinge fliehe, da mir durch sie doch nichts bevorsteht, als eine Niederlage oder ein Sieg, der mir nichts eintragen würde als Reue. Klea hat heute meinen Blick gemieden, als flöße aus meinen Augen Gift wie aus dem Zahn einer Viper, und ich habe also nichts mehr mit ihr zu theilen; aber wissen möcht' ich doch, wie sie in diesen Tempel gekommen ist, und wenn ich ihr nützen kann, so will ich es thun, — um Deinetwillen. Erzähle mir jetzt, was Du weißt, und sage mir, was Du von mir begehrst."

Der Klausner nickte Publius beifällig zu, winkte ihm, näher zu treten, und indem er sich zu dem nach ihm hingewandten Ohr des Römers tief herniederbeugte, fragte er leise:

„Will Dir die Königin wohl?"

Als Publius dieß bejaht hatte, begann Serapion mit einem Ausruf der Befriedigung also seinen Bericht:

„Heute morgen haft Du erfahren, wie ich selbst in diesen Käfig gekommen und daß mein Vater der Vorsteher der Tempelspeicher gewesen. Während ich mich in der Fremde herumtrieb, ward er seines Amtes entsetzt und wäre vielleicht im Gefängniß gestorben, wenn ihm nicht ein braver Mann geholfen hätte, seine Ehre und Freiheit zu retten. Das Alles würde Dich nichts angehen und könnte ich darum für mich behalten, aber dieser Mann ist Klea's und der kleinen Irene Vater gewesen; der Feind, durch den der meine unschuldig leiden mußte, ist der Strauchdieb Euläus. Du weißt, oder wahrscheinlich weißt Du's auch nicht, daß die Priesterschaft bestimmte Lieferungen dem Hofe des Königs zu steuern hat; Du weißt es? Nun freilich, ihr Römer kümmert euch mehr um Rechts= und Verwaltungssachen, als um Gebilde der Kunst und Gedankengespinnste. Meinem Vater also lag es ob, diese Abgaben auszuzahlen, dem Eunuchen, sie in Empfang zu nehmen, aber der gemästete bartlose Hamster, der Vielfraß, dem jeder Pfirsich, den er gegessen hat und in Zukunft vielleicht noch verzehren wird, zu Gift werden möge, unterschlug die Hälfte des Gelieferten, und als die Rechnungsführer bemerkten, daß im Schatze des Königs da, wo sie Korn und Gewebe zu finden hofften, nichts als eitle Luft sei, machten sie Lärm, der natürlich eher zu des am Hofe mächtigen Diebes Ohr, als zu dem meines armen Vaters gelangte. Du hast Aegypten wunderlich genannt oder so ähnlich, und das ist es auch wirklich, nicht nur wegen der steinernen Waizenkuchen da drüben, die ihr

Pyramiden nennt und dergleichen, sondern weil hier
Dinge geschehen können, die bei euch in Rom so un=
möglich sein würden, wie Mondschein um Mittag oder
ein Roß mit dem Schwanz an der Nase! Ehe es zu
einer Klage über Euläus kam, beschuldigte er meinen
Vater der Unterschlagung, und ehe der Epistates des
Gaues und seine Beisitzer einen Blick in die Akten
gethan, stand ihr Urtheil gegen den fälschlich Ange=
klagten schon fest, denn der Eunuch hatte einen Spruch
von ihnen gekauft, wie man einen Fisch oder Kohl=
kopf auf dem Markte einhandelt. In alter Zeit ward
hier zu Lande die Göttin der Gerechtigkeit mit ge=
schlossenen Augen abgebildet, jetzt blickt sie in die
Welt wie ein schielendes Weib, das mit einem Auge
nach dem Könige blinzelt, mit dem andern aber
nach dem Gold in den Händen der Kläger oder Ver=
klagten. Mein armer Vater ward natürlich verur=
theilt, und schon verzweifelte er im Gefängniß an der
Gerechtigkeit der Götter, als um seinetwillen das größte
Wunder geschah, das in diesem Lande der Wunder
jemals geschehen ist, seitdem Griechen in Alexandrien
herrschen. Ein ehrlicher Mann nahm sich ohne Menschen=
furcht der verlorenen Sache des armen Verurtheilten
an und ruhte nicht, bis er ihm Ehre und Freiheit
zurückgegeben. Aber die Haft, die Schande, der In=
grimm hatten die Kräfte des Gemißhandelten nach
und nach zerfressen, wie der Holzwurm einen Cedern=
stamm, und hinsiechend starb er. Seinem Retter,
Klea's Vater, erging es zum Lohn für seine muthige
That noch schlimmer als ihm, denn hier am Nil wird

die Tugend auf Erden bestraft, wie bei euch das Laster. Wo Ungerechtigkeit herrscht, da geschieht eben das Furchtbare, daß die Götter auf Seiten der Bösen zu stehen scheinen. Wer nicht auf eine Vergeltung im Jenseits hofft, der hütet sich hier, wenn er kein Thor ist oder ein Philosoph, — und das kommt ja häufig auf Eins heraus —, vor reinem Wandel.

„Der Krugträgerinnen Vater, Philotas, dessen Eltern aus Syrakus stammten, gehörte zu den Anhängern der Lehre des Zeno, die ja auch bei euch in Rom viele Freunde besitzt, und hatte es als Beamter weit gebracht, denn er war der Vorsteher der Chrematisten, das ist ein Richterkollegium, das außerhalb Aegyptens wohl kaum seinesgleichen besitzt und sich besser bewährt hat, als irgend ein anderes. Von Gau zu Gau zieht es umher und läßt sich, um Recht zu sprechen, in den Hauptstädten nieder. Wenn gegen ein Urtheil des an dem betreffenden Orte befindlichen Gerichtshofes, dem der Epistates des Gaues vorsteht, Einsprache erhoben wird, so wird dieser Fall vor den Chrematisten, welche dem Kläger und dem Beklagten fremd zu sein pflegen, noch einmal verhandelt, und so bleibt den Bewohnern der Provinz die Reise nach Alexandria, oder, seitdem das Reich getheilt ward, nach Memphis zu dem ohnehin schwer überbürdeten Obergerichtshofe erspart.

„Unter allen Vorstehern der Chrematisten hat keiner jemals eines höheren Rufes genossen, als Klea's und Irenens Vater Philotas. An ihn wagte sich die Bestechung so wenig heran, wie der Sperling an den

Falken, und er war so klug wie gerecht, denn mit dem alten Gesetz der Aegypter war er nicht weniger tief vertraut, als mit dem der Griechen, und mancher käufliche Richter hat sich, sobald es bekannt ward, daß er sich mit seinen Chrematisten auf Reisen begebe, vorgesehen und statt des falschen ein gerechtes Urtheil gefällt.

„Kleopatra, des Epiphanes Wittwe, hielt, als sie noch lebte und für ihre Söhne Philometor und Euergetes, die jetzt in Memphis und Alexandria regieren, die Vormundschaft führte, Philotas gar hoch und nahm ihn in den Rang der Verwandten des Königs auf, aber sie war eben gestorben, als der brave Mann meines Vaters Sache von Neuem in die Hand nahm und ihn aus seinem Kerker befreite.

„Der Räuber Euläus und sein Spießgeselle Lenäus standen jetzt auf dem Gipfel ihrer Macht, denn der junge, unmündige König ließ sich von ihnen wie ein Kind von seiner Wärterin leiten.

„Wenn mein Vater ein ehrlicher Mann war, so konnte nur der Eunuch der Spitzbube sein, und als jetzt die Chrematisten drohten, Euläus vor ihre Schranken zu rufen, da zettelte der Elende den Krieg um Coelesyrien gegen den Oheim des Königs, Antiochus Epiphanes, an.

„Du weißt, wie schmachvoll für uns dieß Unternehmen ablaufen sollte, wie Philometor bei Pelusium geschlagen wurde und sich mit seinen Schätzen auf Rath des Euläus nach Samothrace rettete, wie Philometor's Bruder Euergetes in Alexandria zum Könige eingesetzt ward, Antiochus Memphis einnahm und seinen älteren Neffen sodann allhier, als wär' er sein Vasall und Mündel, fortherrschen ließ.

„In dieser Zeit der Demüthigung nun wußte sich der Eunuch des Philotas zu entledigen, vor dem er sich gefürchtet haben mag, als wandle in der Person des Chrematisten sein eigenes Gewissen mit dem Richt= schwert in der Hand auf zwei Beinen unter den Menschen umher und erzähle ihnen, was er für ein Spitzbube sei.

„Memphis hatte, ohne großen Widerstand zu lei= sten, Antiochus die Thore der weißen Mauer geöffnet, und der syrische König, der ein seltsamer Herr war und es manchmal liebte, mit dem Volke zu verkehren, als wäre er selbst ein gemeiner Mann, den Philotas, der mit den ägyptischen Gebräuchen und Gesetzen ebenso vertraut war, wie mit den hellenischen, zu sich entboten, sich von ihm in die Gerichtsstuben und auf den Markt führen lassen und ihn in seiner Weise bald mit nich= tigem Lumpenzeug, bald mit fürstlichen Gaben beschenkt.

„Nachdem dann Philometor wieder durch euch Römer von der Vormundschaft des Syrers befreit worden war und in Memphis als selbstständiger Herr= scher regieren durfte, beschuldigte Euläus den Vater der Krugträgerinnen, Memphis dem Antiochus in die Hand gespielt zu haben, und ruhte nicht eher, als bis der schuldlose Mann seiner reichen Güter beraubt und mitsammt seinem Weibe zur Zwangsarbeit in die äthio= pischen Goldbergwerke geschleppt worden war. Ich saß, als dieß Alles geschah, schon in diesem Käfig, aber ich hörte durch meinen Bruder Glaukus, der die Sicherheitswache im Palast befehligt und Vieles früher erfährt als andere Leute, was dort unten vorging, und es gelang mir, des Philotas Töchter heimlich in diesen Tempel führen zu lassen und vor dem Geschick ihrer Eltern zu retten. Fünf Jahre ist das nun her, und nun weißt Du, wie es gekommen, daß eines edlen Mannes Töchter Wasser für den Altar des Serapis tragen und ich eher mir selbst als ihnen ein Leid zufügen lasse, dem Euläus aber viel eher giftige Wurzeln als süße Pfirsiche gönne."

„Und Philotas ist heute noch Zwangsarbeiter?" fragte der Römer und biß ingrimmig die Zähne zusammen.

„Ja, Publius," entgegnete der Klausner. „Und dieses Ja spricht sich leicht aus und es ballen sich dabei nicht weniger leicht die Hände zu Fäusten, aber schwer, sehr schwer ist es, an die Qualen zu denken, die ein Mann wie Philotas und ein edles, schuldloses Weib, das schön war, schön wie Hera und Aphrodite in einer Person, — bei harter, ungewohnter Arbeit unter einer brennenden Sonne und der Geißel der Vögte zu leiden haben. Vielleicht sind sie zu ihrem Glück schon ihren Qualen erlegen und ihre Töchter Waisen! Die Armen! Es weiß hier außer dem Oberpriester Keiner so recht, wer sie sind, erführ' es aber der Eunuch, so würd' er sie ihren Eltern nachschicken, so wahr ich Serapion heiße."

„Er soll es versuchen!" rief Publius und erhob drohend die Rechte.

„Leise, leise, mein Freund," bat der Klausner, „nicht nur jetzt, sondern bei Allem, was Du etwa für die Schwestern zu thun geneigt bist, denn ein Euläus hört nicht nur mit den eigenen, sondern mit tausend fremden Ohren, und fast Alles, was am Hofe geschieht, hat durch seine, des Epistolographen Hände zu gehen. Du sagtest, die Königin sei Dir gnädig gesinnt. Das ist viel werth, denn ihr Gatte soll thun, was sie will, und ein Euläus kann, wenn die Fürstinnen sind wie die anderen Weiber, welche ich kenne, der Kleopatra nicht sonderlich schätzenswerth erscheinen."

„Und wenn auch," unterbrach Publius den Klausner mit glühenden Wangen, „ich würde ihn dennoch zu Falle bringen, denn ein Mann wie Philotas darf nicht untergehen und seine Sache soll fortan meine eigene werden. Hier hast Du meine Hand, und wenn es mich freut, von edlen Ahnen zu stammen, so ist es sonderlich deßwegen, weil eines Corneliers Ver= sprechen nicht weniger gilt, als eines andern Menschen vollbrachte That."

Der Klausner schüttelte dem Jüngling die Rechte, nickte ihm liebreich zu und dabei strahlten seine Augen vor freudiger Rührung in feuchtem Glanz.

Hastig wandte er dann dem Römer den Rücken und erschien bald wieder mit einer umfangreichen Papyrusrolle in der Hand.

„Nimm das," sagte er, indem er sie dem Römer reichte. „Ich habe Alles, was ich Dir vorhin er= zählte, der Wahrheit gemäß mit eigener Hand aufge= zeichnet, und zwar in Form einer Bittschrift. Der=

gleichen Dinge, das weiß ich, werden bei Hof nur
ordnungsmäßig zu Ende geführt, wenn man sie schrift=
lich behandelt.   Ist die Königin geneigt, Dir den
Wunsch zu erfüllen, so übergib ihr diese Rolle und
bitte sie um einen Begnadigungsbrief.   Kannst Du
das erwirken, dann ist Alles gewonnen.“

Publius nahm die Rolle, reichte dem Klausner noch
einmal die Hand und dieser rief, sich selbst vergessend,
mit lauter Stimme:

„Die Götter mögen Dich segnen und durch Dich
den edelsten Mann von seinen Leiden erlösen.   Schon
hatt’ ich zu hoffen aufgehört, aber wenn Du uns bei=
stehst, so ist noch nicht Alles verloren.“

Sechstes Kapitel.

—————

Verzeiht, wenn ich störe."

Mit diesen Worten unterbrach der Eunuch Euläus, der sich leise und unbemerkt dem Pastophorium genähert hatte, indem er sich ehrerbietig vor Publius verneigte, den Ausruf des Klausners. „Ist es zu fragen erlaubt, zu welchem Bündniß einer der edelsten Söhne Roms diesem wunderlichen Manne die Hand reicht?"

„Das Fragen steht Jedem frei," entgegnete Publius schnell und herb, „aber das Antworten ist nicht Jedermanns Sache und heute auch nicht die meine. Ich sage Dir Lebewohl, Serapion, aber nicht auf lange Zeit, denk' ich."

„Gestattest Du mir, Dich zu begleiten?" fragte der Eunuch.

„Du bist mir auch ohne meine Erlaubniß gefolgt."

„Ich that es auf Befehl meines Königs, und er=

fülle nur sein Gebot, wenn ich Dir auch jetzt mein Geleit anbiete.“

„Ich gehe voran und kann Dir nicht wehren, wenn Du mir folgst.“

„Ich aber,“ entgegnete der Eunuch, „bitte Dich, zu bedenken, daß es mir übel anstehen würde, wie ein Diener hinter Dir her zu schreiten.“

„Ich achte den Willen meines Gastfreundes, des Königs, der Dir befahl, mir zu folgen,“ antwortete der Römer. „Vor dem Thor des Tempels kannst Du ohnehin Deinen Wagen, ich aber den meinen besteigen; ein alter Hofmann wird gern den Befehl seines Gebieters erfüllen.“

„Und er erfüllt ihn,“ gab Euläus dem Römer demüthig zurück, aber aus seinem Auge zuckte, wie die gespaltene Zunge aus dem Rachen der Schlange schnell erscheinend und noch schneller verschwindend, zuerst ein Blick voll drohenden Hasses und dann ein anderer, argwöhnischer, welcher der Rolle galt, die der Römer in seiner Hand hielt.

Publius achtete nicht dieser Blicke und schritt schnell auf den Akazienhain zu; der Klausner aber schaute dem ungleichen Paare nach, und als er den mächtigen Eunuchen hinter dem Jünglinge her gehen sah, stemmte er seine Hände in die Hüften, blies seine fleischigen Wangen auf und brach in ein lautes Gelächter aus, sobald das Paar hinter den Akazien verschwunden war.

Wenn Serapion's Zwerchfell einmal erschüttert war, so ließ es sich schwer zur Ruhe bringen und er lachte

noch immer, als einige Minuten nach dem Verschwinden
des Römers Klea vor seiner Klause erschien.

Munter wollte er seinen Schützling empfangen,
aber nachdem er ihm in's Antlitz geschaut hatte, rief
er besorgt:

„Du siehst aus, als sei Dir der Geist eines Abgeschiedenen begegnet. Deine rothen Lippen sind bleich
und tiefe Schatten seh' ich unter Deinen Augen. Was
ist Dir begegnet, Kind? Irene hat ja noch mit Dir
dem Aufzuge beigewohnt, ich weiß es. Ist Dir über
Deine Eltern schlimme Nachricht zugekommen? Du
schüttelst den Kopf. Nun, Kind, so denkst Du vielleicht mehr als Du solltest an Jemanden. Wie Dir
das Blut in die Wangen steigt! Gewiß, der schöne
Publius von Rom hat Dir zu tief in die Augen geblickt — ein prächtiger Junge ist er, ein rechter
Mann, ein braver Geselle . . .“

„Laß das,“ unterbrach Klea ihren Freund und
Beschützer, indem sie mit der Handfläche abweisend
die Luft theilte, als wollte sie Serapion's Rede in
zwei Hälften zerschneiden. „Ich darf nichts mehr von
ihm hören.“

„Ist er Dir unziemlich begegnet?“ fragte der
Klausner.

„Ja,“ rief Klea tief erröthend und mit einer
ihrem besonnenen Wesen sonst fremden Heftigkeit. „Ja,
mit herausfordernden Blicken verfolgt er mich unabläſſig.“

„Nur mit Blicken?“ fragte der Klausner. „Aber
wir schauen ja auch nach der erhabenen Sonne und

nach lieblichen Blumen so viel wir nur mögen und ohne daß sie es uns verargen!"

„Die Sonne ist zu hoch und die seelenlose Blume zu niedrig, als daß ein Mensch sie beleidigen könnte," entgegnete Klea; „aber der Römer ist nicht mehr und nicht weniger als ich, das Auge spricht so gut wie der Mund eine Sprache, und was das seine von mir verlangt, das treibt mir das Blut in die Wangen und erregt auch jetzt meinen Groll, da ich nur daran denke."

„Darum miedest Du auch seinen Blick so ängstlich."

„Wer sagte Dir das?"

„Publius selbst, und weil Deine Härte ihn schmerzte, wollte er Aegypten verlassen; nun aber hab' ich ihn zu bleiben bewogen, denn wenn es einen Sterblichen gibt, von dem ich für euch und die Euren Gutes erwarte . . ."

„So ist er's gewiß nicht!" sagte Klea fest. „Du bist ein Mann und meinst jetzt vielleicht, daß Du, so lange Du jung warst und frei in der Welt umher= zogst, nicht anders gehandelt hättest, wie er nach dem Rechte der Männer, aber könntest Du hier hineinsehen oder mit dem Herzen eines Weibes fühlen, so würdest Du anders denken! Wie der Wüstensand, der in die Aecker geweht wird und ihr freundliches Grün in häßliches Grau verwandelt, wie der Sturm, der den blauen Spiegel der Meeresfläche in ein krauses Ge= misch von schwarzen Strudeln und schäumendem Gischt verwandelt, so hat dieses Mannes herausfordernde Kühnheit meines Herzens Stille grausam gestört. Zum vierten Male verfolgten mich seine Blicke beim Aufzug. Gestern noch hatte ich die Gefahr nicht erkannt, aber heute, — ich muß Dir's sagen, denn Du bist ja wie mein Vater und wem sonst auf der Welt dürft' ich es anvertrauen? — aber heute hab' ich seinen Blick zu meiden gewußt, und doch fühlte ich während der langen, unendlich langen Stunden des Festes, daß sein Auge unabläſſig das meine ſuche. Daß mich kein Irrthum betrügt, hätt' ich gewußt, auch wenn Publius Scipio, — doch was soll dieser Name auf meinen Lippen? — auch wenn der Römer sich nicht vor Dir seines Angriffs auf ein schutzloses Mädchen gerühmt haben würde. Und daß Du, gerade Du Dich zu seinem Bundesgenossen hergeben magst! Das thätest Du nicht, nein, gewiß nicht, wenn Du wüßtest, wie mir beim Aufzug zu Muthe gewesen, während ich zu Boden schaute und wußte, daß sein Blick mich entweihe wie der Regen, der im vorigen Jahre von den sproſſen= den Reben des Tempels die Blüten spülte. Es war, als schnürte sich ein Netz um mein Herz; aber was für ein Netz! Als hätte man eine Flamme als Flachs= kunkel an den Spinnrocken gesteckt, sie zu dünnen Fäden ausgezogen und mit diesem glühenden Garn Maschen gestrickt, so war es! Ich fühlte die Fäden und Knoten in meine Seele hineinbrennen und konnte sie nicht entfernen und durfte mich selbst nicht wehren. Ja, blicke mich nur angstvoll an und schüttle den Kopf, so ist es gewesen, und die Brandnarben thun mir auch jetzt noch weh, so weh, ich kann's nicht be= schreiben!"

„Aber Klea," unterbrach Serapion das Mädchen, „Du bist außer Dir und wie von einem Dämon be= sessen. Geh' in den Tempel hinüber und bete, oder wenn das nicht hilft, zum Asklepios oder Anubis und lasse den Unhold bannen."

„Ich brauche keinen von Deinen Göttern," ent= gegnete das Mädchen in großer Erregung. „Ja ich wollte, Du hättest dem Schicksal seinen Lauf ge= lassen und wir dürften das Loos unserer Eltern theilen, denn was uns hier droht, ist schrecklicher noch, als im Sonnenbrand Goldstaub zu sieben, oder in Mörsern den Quarz zu verstampfen. Ich kam nicht zu Dir, um über den Römer zu reden, sondern um Dir zu erzählen, was mir der Oberpriester gleich nach dem Aufzuge eröffnet hat."

„Nun?" fragte Serapion gedehnt und beinahe ängstlich, indem er seinen Hals reckte, sein buschiges Haupt dem Mädchen näherte und seine Augen so weit öffnete, daß die Säckchen unter ihnen halb verschwanden.

„Er theilte mir erst mit," erwiederte Klea, „wie spärlich es mit den Einkünften des Tempels bestellt sei.."

„Es ist richtig," unterbrach sie der Klausner, „daß Antiochus den besten Theil des Tempelschatzes geraubt hat, und die Krone, die für die Heiligthümer der ägyp= tischen Götter immer Geld übrig hat, unsere Aecker mit großen Abgaben belastet; aber ihr werdet, sollt' ich meinen, schon karg genug, ja schlechter als billig gehalten, denn für euren Unterhalt ward, das weiß ich genau, denn sie ist durch meine Hände gegangen, — an den Tempel eine Summe gezahlt, von deren

Zinsen sich nicht nur zwei naschende Vögel wie ihr, sondern zehn hungrige Matrosen ernähren ließen; dazu verrichtet ihr ohne Entgelt mühsame Dienste. Wahrhaftig, es verspricht wohl größeren Nutzen, einem Bettler die Lumpen zu stehlen, als euch zu berauben! Was kann der Oberpriester denn wollen?"

„Er sagt, daß wir fünf Jahre lang von der Priesterschaft genährt und beschützt worden wären, daß durch uns heute noch dem Tempel Gefahren drohten, und daß wir entweder das Heiligthum verlassen oder uns entschließen müßten, an die Stelle der beiden Zwillingsschwestern Arsinoe und Doris, die bis jetzt an der Bahre des verstorbenen Gottes bei der Todtenfeier die Klagelieder in der Kleidung der Isis und Nephthys gesungen und die Spenden für die in den Tempel zur Einsegnung gebrachten Leichen unter Jammer und Klagegeschrei ausgegossen haben, zu treten. Diese Mädchen, sagt Asklepiodor, würden zu alt und unschön für solchen Zweck, aber der Tempel sei verpflichtet, sie bis an ihr Ende zu erhalten. Außer ihnen und uns noch zwei andere Dienerinnen des Gottes zu ernähren, reichten die Mittel des Tempels nicht aus, und so sollten Arsinoe und Doris nur noch die Spenden ausgießen, wir aber die Todtenklage an ihrer Stelle übernehmen."

„Aber ihr seid keine Zwillinge!" rief Serapion, „und nur solche, so verlangt es die Vorschrift, sollen als Isis und Nephthys den Osiris beweinen."

„Man will uns zu Zwillingen machen," entgegnete Klea, indem sie verächtlich die Lippe aufwarf; „Irenens

Haare sollen wie meine schwarz gefärbt und ihre Sohlen erhöht werden, damit sie meine Größe erreiche."

„Dich kleiner zu machen als Du bist, würde ihnen eben nicht glücken, und helle Haare lassen sich leichter dunkel als dunkle hell färben," sagte Serapion mit mühsam verhaltenem Ingrimm. „Was für eine Antwort gabst Du auf diesen immerhin durch seine Seltsamkeit ausgezeichneten Vorschlag?"

„Die einzige, die ich wohl geben konnte. Ich sagte Nein, erklärte mich aber bereit, nicht nur aus Furcht, sondern weil wir dem Tempel doch viel verdanken, mit Irenen jeden andern Dienst zu verrichten, nur nicht diesen."

„Und Asklepiodor?"

„Er hat mich mit keinem bösen Worte gekränkt und bewahrte auch, als ich ihm widersprach, seine vornehme Ruhe; ja manchmal maß er mich erstaunt mit den Augen, als wenn er etwas ganz Neues und Fremdes an mir entdeckte. Zuletzt stellte er mir vor, wie viel Mühe sich der Gesangmeister des Tempels mit uns gegeben habe, wie gut meine tiefere mit der hohen Stimme Irenens zusammenklänge, wie großen Beifall wir durch schönen Vortrag des Klagegesanges erringen könnten, wie gern er uns, wenn wir das Amt der Zwillinge anträten, eine bessere Wohnung und reichlichere Kost anweisen lassen wolle. — Wie man Falken durch Hunger zähmt, so hat er es, glaub' ich, versucht, uns durch schmale Kost gefügig zu machen. Vielleicht thue ich ihm Unrecht, aber ich fühle mich heut nur zu geneigt, von ihm und den anderen Vätern das Schlimmste zu denken. Sei dem, wie ihm wolle! Jedenfalls entgegnete er mir, als ich auf meiner Weigerung bestand, nichts weiter, sondern verabschiedete mich mit der Aufforderung, mich in drei Tagen wieder bei ihm melden zu lassen und ihm mitzutheilen, ob wir seinem Wunsche zu entsprechen oder den Tempel zu verlassen gedächten. Ich verneigte mich, näherte mich der Thür und stand schon auf der Schwelle, da rief er mich noch einmal zurück und sagte: ‚Gedenke auch Deiner Eltern und ihres Schicksals!‘ Das klang feierlich und beinahe bedrohlich, weiter aber sprach er nichts und kehrte mir schnell den Rücken. Was bezweckt er wohl mit dieser Mahnung? Denk' ich doch täglich und stündlich an Vater und Mutter und erinnere Irene an sie!"

Der Klausner brummte bei diesen Worten zuerst nachdenklich und unzufrieden vor sich hin, dann sagte er ernst:

„Asklepiodor hat mit seiner Rede mehr gewollt als Du glaubst. Jeder Satz, mit dem er einen Widerspenstigen entläßt, ist eine Nuß, deren Schale man erst zu öffnen hat, um den Kern zu finden. Wenn er Dir sagt, Du mögest Deiner Eltern und ihres traurigen Schicksals gedenken, so heißt das in seinem Munde und unter diesen Umständen kaum etwas Anderes, als daß ihr nicht vergessen sollt, wie leicht auch euch das Schicksal eures Vaters ereilen könnte, wenn ihr euch dem Schutze des Tempels zu entziehen versuchtet. Nicht umsonst hat Dir Asklepiodor, das erzähltest Du mir selbst neulich, eine Woche wird

es kaum her sein — mitgetheilt, wie oft den zur
Zwangsarbeit in den Bergwerken Verurtheilten ihre
Angehörigen nachgesandt werden. Ja, Kind, das
letzte Wort Asklepiodor's hat einen gräßlichen Sinn!
Die Ruhe und der Stolz, mit dem Du dreinschaust,
ängstigen mich und Du weißt doch, daß ich nicht zu
den Schreckhaften und Furchtsamen gehöre. Wider=
wärtig ist das gewiß, was man euch zumuthet, aber
nehmt es auf euch; es wird ja hoffentlich nicht auf
lange Zeit sein! Thu' es um meinet= und um der
armen Irene willen, denn Du wirst auch außerhalb
dieser Mauern in der rauhen, begehrlichen Welt Dich
selbst zu behaupten wissen, aber Irene, die kleine
Irene wird es nicht können. Und dann, meine Klea,
mein liebes Herz, wir haben jetzt Jemand gefunden,
der eure Sache zu der seinen macht und der groß ist
und mächtig; aber was sind drei Tage! Euch hinaus=
gestoßen zu sehen und zu denken, daß man euch mit
wüstem Gesindel in einem widrigen Fahrzeug in den
glühenden Süden und zu Arbeiten führt, die erst die
Seele tödten und dann den Leib, das ist ja nicht
möglich! Das wirst Du mir und Dir und Irene
nicht anthun lassen, nein, Du mein Liebling, nein,
mein Herz, das darfst Du, das sollst Du nicht thun!
Seid ihr denn nicht meine Kinder, meine Töchterchen
und all' meine Freude, und nun wollt' ihr mich in
diesem Käfig allein lassen, weil ihr so stolz seid!"

Dem starken Manne versagte die Stimme und
aus seinen Augen rann ein schwerer Thränentropfen

nach dem andern in den Bart und auf Klea's Arm, den er mit beiden Händen zu sich heraufgezogen hatte.

Auch über des Mädchens Blick breitete sich ein Schleier von warmen Zähren, als sie ihren rauhen Freund weinen sah, aber sie blieb standhaft und sagte, indem sie ihre Hand aus der seinen zu befreien suchte:

„Du weißt ja, Vater, daß mich Manches an diesen Tempel fesselt: meine Schwester und Du und des Thorhüters kleiner Philo. Euch zu verlassen, wird mir schwer fallen, furchtbar schwer, aber lieber will ich auch dieses Leid und jedes andere auf mich nehmen, als Irene gestatten, als Klagefrau in Arsinoë's oder der schwarzen Doris Stelle zu treten. Denke Dir das sonnige Kind bemalt und entstellt am Fußende einer Bahre knieen, mit falschen Klagen und er= zwungenen Zähren stöhnend und jammernd. Zu einer Lüge von Fleisch und Bein würde sie werden, sich selbst ein Ekel, und für mich, die ich ja doch bei ihr die Mutter vertrete, früh und spät ein marternder Vorwurf! Aber was frag' ich nach mir! Ohne eine Miene zu verziehen, würde ich mich mit dem Gewand der Göttin bekleiden und an die Bahre führen lassen und jammern und klagen, so daß es jeden Hörer bis in die Seele ergreifen sollte, denn mein Herz ist ja eine Heimat des Schmerzes und gleicht dem Auge des Blinden, der seine Sehkraft verliert, weil sich salzige Thränen immer und immer wieder darüber ergießen. Mir würden die Klagegesänge vielleicht die Seele er= leichtern, die so voll ist von Leid, wie ein über= strömender Becher; aber lieber wollt' ich, daß eine

Wolke mir ewig die Sonne verdunkle, ein Nebel mir jeden Stern verschleiere und schwarzer Rauch mir die Luft verderbe, die ich athmen muß, um zu leben, als daß ich ihren Leib entstellen, ihre Seele verfinstern, ihr helles Lachen in Klagegeschrei und ihren heitern Kindersinn in dumpfe Trauer umwandeln lasse. Lieber will ich fort von hier und von Dir, um mit den Eltern in Elend und Tod zu Grunde zu gehen, als das mit ansehen, als daß ich dieß leide."

Serapion drückte bei diesen Worten beide Hände vor sein Antlitz, Klea aber wandte ihm schnell den Rücken und schritt tief athmend ihrer Kammer zu.

Sonst pflegte Irene ihr, wenn sie ihre Schritte vernahm, entgegen zu eilen, heute aber wurde Klea von Niemand begrüßt, und in ihrer Kammer, welche schon von dem hereinbrechenden Dunkel der Nacht verfinstert zu werden begann, fand ihr Blick nicht sogleich ihre Schwester, denn sie hockte zusammengekauert in einem Winkel ihres Gemaches, hielt ihr Gesicht mit beiden Händen bedeckt und wimmerte leise.

„Was hast Du?" fragte Klea, indem sie sich besorgt der Weinenden näherte, sich über sie beugte und versuchte, sie aufzurichten.

„Laß mich," schluchzte Irene, wandte sich mit einer raschen Bewegung halb von ihrer Schwester ab und wehrte sich wie ein trotziges Kind gegen ihre Liebkosung.

Als Klea dann, um sie zu beruhigen, besorgt und liebreich ihr Haar streichelte, sprang sie auf und rief heftig und unter Thränen:

„Ich habe weinen müſſen und immer weinen ſeit einer Stunde. Der Korinther Lyſias hat nach dem Aufzug ſo freundlich mit mir geredet, aber Du, Du kümmerſt Dich gar nicht um mich und läßt mich ſo lange allein in dieſer ſtaubigen, widrigen Höhle. Gewiß, ich halt' es auch nicht länger hier aus, und wenn ihr mich feſthalten wollt, ſo flieh' ich aus dieſem Tempel, denn draußen iſt es hell und vergnügt, aber hier iſt es finſter und gräßlich.“

Siebentes Kapitel.

Inmitten der weißen Mauer, der von Bastionen und Wällen rings umgebenen Festung von Memphis, lag der alte Königspalast, ein stattliches, neu getünchtes Ziegelgebäude mit zahllosen Höfen, Gängen, Zimmern, Sälen, verandaartigen, bunt bemalten Anbauten von Holz und einem schönen säulenreichen Festbau in griechischem Styl.

Ueppig grünende Gartenanlagen umgaben ihn rings und eine ganze Schaar von Arbeitern pflegte die Blumenbeete und Schatten spendenden Gänge, die Sträucher und Bäume, hielt die Teiche rein und fütterte die Fische in ihnen, hegte die Thierparks, in denen es Vierfüßler jeder Art, von dem schwer einherschreitenden Elephanten an bis zu der leichtfüßigen Antilope, und bunte Vögel aus allen Ländern in großer Menge zu sehen gab.

Von den prächtig ausgestatteten Badehallen stiegen

leichte weiße Dämpfe auf, aus den Hundezwingern
tönte lautes Gebell und aus den langen offenen Ställen
der Rosse das Gewieher der Hengste, Hufestampfen
und das Geklirr der Halfterketten.

Ein halbkreisförmiges neues Bauwerk, das Theater,
schloß sich an den alten Palast und viele große Zelte
für die Leibwachen, Gesandten und Schreiberkollegien,
sowie andere, welche den Hofbeamten als Speisesäle
dienten, erhoben sich inmitten der Gärten und außerhalb der sie umgebenden Mauer.

Den Soldaten gehörte der große, von den Straßen
der Stadt in die Königsburg führende Raum, in dem
an der Seite von schattigen Höfen die Häuser der
Wachmannschaften und die Gefängnisse standen. Andere
Krieger lagen in Zelten hart bei den Mauern des
eigentlichen Palastes.

Das Geklirr ihrer Waffen und der griechische
Kommandoruf ihrer Führer schallte gerade jetzt bis zu
den Räumen hinauf, in denen die Königin weilte,
und diese Räume waren hoch gelegen, denn Kleopatra
hielt sich während der Sommerzeit am liebsten in
luftigen Zelten auf, welche sich unter breitblättrigen
Pflanzen des Südens und ganzen Hainen von blühen-
den Sträuchern auf dem flachen, mit marmornen
Bildsäulen überreich geschmückten Dache des Königspalastes erhoben.

Nur ein einziger Zugang führte zu diesem mit
fürstlicher Pracht ausgestatteten Asyl, das Tag und
Nacht vom Strome her von leisen Winden umweht
ward und in das kein Unberufener einzudringen und

die Ruhe der Königin zu stören vermochte; denn am Fuße der auf das Dach führenden breiten Treppe wachten Veteranen aus der Zahl des macedonischen Kriegeradels, welche Kleopatra nicht weniger unbedingten Gehorsam schuldeten, als dem Könige selbst.

Diese vornehme Schaar ward beim Untergang der Sonne abgelöst und die Königin vernahm die Befehle der an ihrer Spitze stehenden Offiziere und das Gerassel der an die Schwerter schlagenden und auf den Estrich prallenden Schilder, denn sie war aus ihrem Zelte in's Freie getreten und schaute nach Westen hin, wo die sinkende Sonne die gelbe, gräberreiche und völlig nackte Kette des libyschen Kalkgebirges und die gruppenweise zusammenstehende Reihe der Pyramiden mit wundervollen Farben übergoß, die nach und nach auch die leichten Silberwolken am klaren, das Thal von Memphis überwölbenden Himmel mit Rosenroth anhauchten und mit goldenen Rändern verbrämten.

Die Königin, welche jetzt mit einer jungen Griechin, der blonden Zoë, des Großjägermeisters Zenobotus Tochter, die ihr von den mit ihr aufgezogenen Spielgefährtinnen die liebste war, in's Freie trat, blieb, obwohl sie nach Westen schaute, unberührt von dem Zauber dieses glänzenden Schauspiels, denn während sie, um nicht geblendet zu werden, ihre Handfläche wie einen Schirm über die Augen breitete, sagte sie:

„Wo der Cornelier nur geblieben sein mag!" Als wir vor dem Tempel in den Wagen stiegen, war er verschwunden, und so weit ich den Weg in's Gebiet des Sokari und Serapis übersehen kann, läßt sich weder sein Fuhrwerk, noch das des Euläus, der ihn begleiten sollte, erblicken. Es ist wenig höflich, sich so ohne Abschied zu entfernen, ja ich könnt' es undankbar nennen, weil ich ihm in Aussicht gestellt hatte, ihm auf dem Heimwege von meinem Bruder Euergetes zu erzählen, der heute Mittag mit seinen Freunden angekommen ist und den er ja noch nicht kennt, weil Euergetes sich in Kyrene aufhielt, als Publius Cornelius Scipio in Alexandria an's Land trat. Siehst Du den schwarzen Schatten dort bei den Weinbergen von Kakem? Das ist er vielleicht! Aber nein, Du hast Recht, das sind nur Vögel, die dicht zusammengeschaart über den Weg fliegen. Auch Du siehst gar nichts weiter? Nein? Und wir haben doch Beide junge und scharfe Augen. Ich bin neugierig, wie Euergetes dem Publius Scipio gefallen wird. Es kann kaum zwei verschiedenere Wesen geben als sie, und doch haben sie etwas Wesentliches mit einander gemein."

„Sie sind Beide Männer," unterbrach Zoë die Königin und schaute sie dabei an, als erwarte sie für dieses Wort den Beifall ihrer Herrin.

„Das sind sie," entgegnete Kleopatra stolz. „Mein Bruder ist ja noch so jung, daß er, wenn er kein Sohn eines Königs wäre, kaum dem Kreis der Knaben entwachsen und unter anderen Epheben ein Jüngling sein würde, und doch findet er auch unter den Alten keinen, der ihn an Stärke des Willens und rücksichtsloser Thatkraft überträfe. Er hat schon, ehe ich Philometor's Weib ward, Alexandria und Kyrene an ſich geriſſen, das ja von Rechtswegen meinem Gatten gehören ſollte, der von uns Dreien der Aelteſte iſt, und das war wenig brüderlich von ihm gehandelt, und wir hätten gewiß auch manchen andern Grund, ihm zu zürnen, aber als ich ihn vorhin nach dreiviertel Jahren wieder ſah, mußt' ich das Alles vergeſſen und ihn begrüßen, als habe der junge Titan, von dem es Niemand wundern würde, wenn es ihm einmal gelänge, den Pelion auf den Oſſa zu thürmen, mir und ſeinem Bruder, der nun doch einmal nach der Sitte des Pharaonengeſchlechts und dem Gebrauch unſeres Hauſes mein Gatte iſt, nur Gutes erwieſen. Ich weiß ja, wie wild er oft ſein kann, wie zügel- und maßlos über alle Grenzen, aber ich verzeihe ihm leicht, weil auch in meinen Adern raſches Blut fließt und weil der Stamm, der ſeine Ausſchreitungen hervorbringt, Kraft iſt, echte und ſtarke Kraft. Solche markige Kraft iſt aber gerade das, was wir am liebſten an Männern bewundern, weil ſie die einzige Gabe iſt, die uns die Götter mit ſpärlicherer Hand zumeſſen als Jenen. Das Leben dämmt ſonſt wohl die übervollen Ströme ein, aber daß ihm das bei ſeinem ſtürmiſchen Lauf gelingen wird, möcht' ich bezweifeln. Immerhin kommt ſeinesgleichen raſch vorwärts und bleibt ſtark bis zum Ende, das ihn gewiß einmal plötzlich ereilt, und ſolch' ein wildes Waſſer iſt mir lieber als ein dünner Fluß in der Ebene, der Niemand ſchädigt und um ja recht lange zu leben, im Sumpfe verdunſtet. Wenn Einem, ſo darf man ihm das Toben verzeihen, denn maßlos und ſtaunenerregend wie seine Fehler, ja sag' ich's nur gerade heraus, seine Laster, sind doch auch, wenn er nur will, meines Bruders große, Alt und Jung bezaubernde Eigenschaften. Und wer übertrifft ihn in Griechenland und Aegypten an Schärfe und Schwungkraft des Geistes?"

„Du darfst stolz auf ihn sein," entgegnete Zoë. „So hoch wie Euergetes kann selbst ein Publius Scipio nicht fliegen."

„Aber dafür bleibt Euergetes die feste, ruhige Sicherheit des Corneliers versagt. Der Mann, der die guten Eigenschaften dieser Beiden in sich vereint, der braucht, mein' ich, keinem Gotte zu weichen."

„Er würde unter uns unvollkommenen Sterblichen der einzig Vollkommene sein," entgegnete Zoë. „Aber einen vollkommenen Menschen können die Götter nicht dulden, weil sie ja sonst die unbequeme Mühe auf sich nehmen müßten, mit einem ihrer Geschöpfe zu wetteifern."

„Da kommt dennoch Einer, an dem es nichts auszusetzen gibt," rief die junge Königin, indem sie einer reich gekleideten ältern Frau, die ihr ihr Kind, einen zweijährigen blassen Knaben, zuführte, entgegen eilte.

Zärtlich, aber voll stürmischer Heftigkeit, griff sie nach dem Kleinen, um ihn auf den Arm zu nehmen; aber das zarte Kind, welches ihr zuerst entgegen gelächelt hatte, erschrak, wandte sich rasch von ihr ab und versuchte sein schmales Gesichtchen in die Kleider seiner vornehmen Wärterin, die es mit den Händchen umschlang, zu verbergen.

Die Königin warf sich sogleich auf die Kniee nieder, erfaßte des Knaben Schulter und war erst mit Schmeichelworten, dann mit Gewalt bestrebt, ihn zu bewegen, daß er die ihn verbergenden Kleiderfalten loslasse und sich ihr zuwenden möge; aber obgleich ihr die Frau, die auch des Knaben Amme gewesen war, mit freundlicher Zurede beistand, so begann doch das geängstigte Kind heftig zu weinen und sich um so ungestümer gegen die Zärtlichkeitsbezeugungen seiner Mutter zu wehren, je leidenschaftlicher sich diese bemühte, es an sich zu ziehen.

Endlich hob die Wärterin den jungen Prinzen hoch auf und wollte ihn seiner Mutter reichen, nun aber artete das Weinen des widerstrebenden Kindes, das seine Aermchen krampfhaft fest um den Hals der Amme schlang, in lautes Geschrei aus.

Mitten während dieses wenig geschickt geführten Kampfes der Mutter gegen den Eigenwillen ihres Kindes erscholl im Palasthofe Rädergerassel und Hufschlag, und kaum hatte die Königin diesen vernommen, als sie sich von dem schreienden Knaben abwandte, nach der Brüstung des Daches hineilte und Zoë zurief:

„Publius Scipio kommt! Es ist die höchste Zeit, daß ich mich für das Festmahl kleide. Will das unartige Kind noch immer nicht hören? Trag' es fort, Praxinoa, und laß Dir sagen, daß ich unzufrieden mit Dir bin! Du entfremdest mir mein eigenes Kind, um den künftigen König für Dich zu gewinnen. Das ist nichtswürdig oder beweist doch, daß Du ungeschickt bist und dem Dir anvertrauten Amt nicht gewachsen. Die Pflicht der Amme hast Du erfüllt; aber ich werde eine andere Wärterin für den Knaben suchen und finden. Keinen Widerspruch! Keine Thränen; ich hab' an dem Geschrei des Kindes genug!"

Mit diesen laut und leidenschaftlich gesprochenen Worten wandte sie der wie versteinert dastehenden Praxinoa, der Gattin eines vornehmen macedonischen Adeligen, den Rücken und trat in ihr Zelt, in dessen Innenraum soeben einige vielarmige Lampen auf kleine Tischchen von zierlicher Arbeit gestellt wurden.

Diese letzteren, sowie alles Geräth im Ankleidezelte der Königin, bestanden aus schimmerndem Elfenbein, das sich schön von dem himmelblauen, mit silbernen Lilien und Aehren durchwirkten Zelttuche und den Tigerfellen abhob, mit denen alle Polster überzogen und die wolligen weißen, mit einem blauen Mäander umsäumten Teppiche auf dem Fußboden belegt waren.

Heftig warf sich die Königin auf einen Sessel vor ihrem Putztisch, schaute so lange in den Spiegel, als sähe sie ihr Gesicht und ihr volles blondrothes Haar zum ersten Male, und sagte dann, indem sie sich halb an Zoë wandte, halb an ihre Lieblingszofe aus Athen, die mit anderen Dienerinnen hinter ihr stand:

„Es war Thorheit, daß wir mein dunkles Haar blond färbten; jetzt mag es so bleiben, denn Publius Scipio, der von unseren Künsten nichts ahnt, hat diese Farbe selten und schön gefunden und braucht nicht zu wissen, woher sie stammt. Den ägyptischen Kopfputz dort mit dem Geierhaupt, in dem der König mich am liebsten sieht, findet Lysias und auch der Römer barbarisch, und so muß ein Jeder ihn nennen, den die Aegypter nichts angehen. Aber wir sind ja heute Abend unter uns, und so will ich denn den goldenen Aehrenkranz mit den Trauben von Saphir aufsetzen. Dazu meinst Du, Zoë, würde das durchsichtige Bombyrgewand passen, das gestern aus Kos ankam? Aber ich mag es nicht, denn es ist gar zu leicht gewebt, verbirgt gar nichts, und es fehlt mir gerade jetzt an der nöthigen Fülle. Man sieht wieder die Sehnen an meinem Halse, der Ellenbogen wird spitz und ich bin leichter geworden. Das kommt von dem ewigen Verdruß, der Erregung, den Sorgen. Wie mußt' ich mich gestern wieder im Rathe regen, denn mein Gatte gab immer nur nach, stimmte zu und wollte sich gefällig erweisen. Wo es zu verneinen gibt, da muß ich eintreten, so ungern ich es thue und so widersinnig ich es finde, daß ich den Groll, den Enttäuschung und Abweisung ja immer erregen, auf mich nehmen und mich für hart und herzlos halten lasse, um meinem Manne den zweifelhaften Ruhm, der weichste, freundlichste unter allen Männern und Fürsten zu sein, ungeschmälert zu erhalten. Daß mein Sohn seinen eigenen Willen hat, führt zu erregenden Auftritten, aber es ist besser so, als würfe Philopator sich Jedermann in die Arme. Die Erziehung eines Knaben müßte zunächst darin bestehen, daß man ihn lehrte ‚Nein‘ zu sagen. Ich sage ja selbst oft ‚Ja‘, wo ich's nicht sollte, aber ich bin ein Weib und wir sind schöner beim Nachgeben als beim Wider=

streben, und was gäbe es für uns Wichtigeres als
schön zu sein? Bleiben wir nur bei diesem lichtblauen
Gewande und legen wir darüber das Netz von Gold-
fäden mit den Saphiren über den Knoten. Es wird
gut zu dem Kopfschmucke passen. Behutsam doch mit
dem Kamme, Thais, Du thust mir ja weh! Ich
mag nicht mehr schwatzen. Zoë, reich' mir die Rolle
dort. Es verlangt mich, den Geist ein wenig zu
sammeln, ehe ich hinuntergehe, um mit den Männern
beim Gastmahl zu reden. Wenn man das Gebiet
des Todes und den Serapis besucht hat und an die
Unsterblichkeit unserer Seele und ihr Schicksal im
Jenseits erinnert worden ist, so überliest man gern
einmal wieder, was der liebenswürdigste unter allen
männlichen Denkern von verwandten Dingen zu sagen
weiß. Hier magst Du beginnen, Zoë!"

Die Gespielin Kleopatra's winkte den unthätigen
Dienerinnen, sich zurückzuziehen, ließ sich auf ein
niedriges Polster gegenüber der Königin nieder und
begann verständnißvoll und mit geübter Stimme zu
lesen und immer weiter zu lesen, von keinem Ton
unterbrochen, als von dem Klirren des Geschmeides,
dem Rauschen kostbarer Stoffe, dem Tropfenfall der
in Krystallschalen gegossenen Oele und Essenzen, den
kurzen, leise geflüsterten Fragen der die Königin
schmückenden Mädchen und den nicht minder raschen
und leisen Antworten Kleopatra's.

Alle, die nicht mit der Person der Königin beschäftigt waren, und es mochten wohl zwanzig jüngere
und ältere Frauen sein, die gruppenweise entlang den

Wänden des großen Zeltes standen oder auf Polstern am Boden saßen, harrten so regungslos des Augenblicks, in dem auch an sie die Reihe kommen würde, sich dienstlich zu erweisen, als habe sie das bannende Wort eines Zauberers gelähmt. Nur mit den Augen und leisen Fingerbewegungen verkehrten sie mit einander, denn sie wußten, daß die Königin es nicht liebte, gestört zu werden, wenn man ihr vorlas, und daß sie sich nicht scheute, Alles, was ihre Wünsche und Neigungen kreuzte, wie einen drückenden Schuh oder eine gerissene Saite weit von sich zu schleudern.

Ihre Züge waren unregelmäßig und scharf, ihre Backenknochen und Lippen, hinter denen schneeweiße, aber weit auseinanderstehende Zähne glänzten, zu stark entwickelt, aber so lange sie ihre kräftige Fassungsgabe aufgeboten und mit glänzenden Augen, die denen einer Seherin glichen, und mit halb geöffnetem Munde den Worten Plato's gelauscht hatte, ward sie von einem unbeschreiblichen feinen Anmuthsschimmer, der aus einer besseren, höheren Welt zu kommen schien, umflossen, war sie weit schöner gewesen als jetzt, da sie fertig geschmückt und, nachdem Zoë den Plato aus der Hand gelegt hatte, von den sie umringenden Frauen mit lauten und maßlosen Schmeichelworten umringt ward.

Kleopatra liebte es, sich so lebhaft gefeiert zu sehen, und um die Bewunderung Vieler zu genießen, mußte, wenn man sie schmückte, die Zahl der Frauen an ihrem Putztische groß sein. Von allen Seiten wurden ihr Spiegel vorgehalten, Falten besser gelegt und die mit Edelsteinen geschmückten Sandalenriemen gerade gezogen.

Hier pries man die Fülle ihrer Locken, dort die Schlankheit ihres Wuchses, die Zartheit ihrer Knöchel und die Kleinheit ihrer Kinderhände und Füße.

Ein Mädchen machte das andere, aber laut genug, um von ihr gehört zu werden, auf den Glanz ihrer Augen, der reiner sei als das Wasser der Saphire an ihrer Stirn und ihrem Gewande, aufmerksam, und die Zofe Thais aus Athen versicherte, Kleopatra sei stärker geworden, denn ihr goldener Gürtel sei heute weit weniger leicht zu schließen gewesen, als vor zehn Tagen.

Jetzt winkte die Königin, Zoë warf eine silberne Kugel in ein mit reicher getriebener Arbeit von gleichem Metall geschmücktes Becken, und bald darauf ließ sich vor dem Thore des Zeltes der Schritt der Leib=wächter hören.

Kleopatra trat in's Freie, überflog mit einem raschen Blick das. mit Pechpfannen und Fackeln hell erleuchtete Dach, die aus dunklen Laubgruppen weiß hervorglänzenden marmornen Bildwerke und näherte sich dann, ohne sich nach dem Zelte, in dem ihre Kinder ruhten, umzuschauen, der Sänfte, welche junge mace=donische Edle für sie auf das Dach getragen und dort niedergelassen hatten.

Zoë und die Athenerin Thais unterstützten sie, als sie in ihre Sänfte stieg, und ihre Gespielinnen, Dienerinnen und andere aus den benachbarten Zelten herbeigeeilte Frauen bildeten zu beiden Seiten ihres

Weges Spalier und brachen in laute Rufe der Be=
wunderung und des Entzückens aus, als ihre Herrin
nun hoch auf den Schultern ihrer Träger thronend
an ihnen vorbeischwebte.

Die Diamanten am Griff des Federwedels Kleo=
patra's blitzten hell auf, als sie ihren Frauen mit
jener gnädigen Herablassung zuwinkte, die den Be=
grüßten erinnert, wie tief er unter dem Grüßenden
steht. Jede ihrer Handbewegungen war königlich stolz
und gemessen, aus ihren Augen aber leuchtete unge=
zügelt und unverschleiert die Lust des jungen Weibes
an dem schön vollendeten Putz, die Freude an ihrer
eigenen Person und die Erwartung froher, festlicher
Stunden.

Jetzt verschwand die Sänfte im Thor der breiten
auf das Dach führenden Treppe und die Athenerin
Thais seufzte leise vor sich hin und dachte: „Könntest
du doch auch einmal in solcher zierlichen Muschel von
vielfarbig schimmernder Perlmutter wie eine Göttin
durch die Luft schweben, von schönen Jünglingen ge=
tragen, gefeiert und rings umjubelt! Da oben fährt
die wachsende Selene an den winzigen Sternen kühl
und lautlos vorbei, und so zog sie mit ihren Fackel=
trägern im Purpurgewand an all' den Flammen und
Lichtern hier zwischen den Zelten und an uns Armen
vorüber zum Festmahle, und zu welchem Schmaus
und zu welchen Gästen! Alles hier oben jubelte ihr
zu und es wollte mir scheinen, als hätte dort unter
den kühlen Marmorbildern selbst das ernste Antlitz
des Zeno seinen Mund geöffnet und ihr ein Schmeichel=

wort nachgerufen. Und doch wäre Zoë und die blonde Lysippa und die schwarzlockigen Töchter des Demetrius und auch ich armes Ding schöner, viel schöner als sie, wenn wir uns mit Kleidern und Juwelen putzen könnten, für welche Könige gern ihre Reiche verkauften, wenn wir wie sie es der Aphrodite gleich thun und in einer Muschel thronen dürften, die, als schwämme sie mitten im Meer, auf smaragdgrünem Glasflusse ruht, wenn mit Perlen und Türkisen besetzte Delphine unsere Fußschemel wären und uns zu Häupten weiße Straußenfedern wehten wie Silberwolken, die zu Athen an schönen Frühlingstagen den Himmel zieren. Mir würde das durchsichtige Gewand schön stehen, das sie sich nicht zu tragen getraut! Wär' es doch wahr, was gestern Zoë vorlesen mußte, daß es den Seelen der Menschen beschieden sei, in immer neuen Formen auf Erden zu wandeln! Vielleicht käme dann die meine noch einmal in einem Königskinde zur Welt! Ein Prinz möcht' ich nicht werden, denn von dem wird so Vieles gefordert, wohl aber eine Prinzessin. Wie wunderschön das doch wäre!"

Solches und vieles Aehnliche träumte Thaïs, während Zoë vor dem Zelt des Königskindes mit ihrer Base, der obersten Wärterin des Prinzen Philopator, ein leises, eifriges Gespräch führte.

Die Amme des fürstlichen Knaben trocknete von Zeit zu Zeit ihre Augen und schluchzte schmerzlich, indem sie sagte:

„Mein eigenes Kleines, meine anderen Kinder, meinen Gatten und unser schönes Haus in Alexandria hab' ich verlassen, um einem Prinzen die Brust zu reichen und ihn aufzuerziehen. Glück, Freiheit, den Schlaf meiner Nächte hab' ich geopfert um der Königin und dieses Knaben willen. Wie wird mir das Alles gelohnt! Als wär' ich eine gedungene Magd und nicht die Tochter und das Weib eines Edlen, kündigt mir dieses halbe Kind, das kaum neunzehn Jahre zählt, vor Dir und ihren Gespielinnen an jedem zehnten Tage den Dienst, und warum? Weil in ihrem Sohne das unbändige Blut ihres Geschlechts fließt und weil er nicht in die Arme einer Mutter fliegen mag, die tagelang nicht nach ihm fragt und sich nur in müßigen Augenblicken, wenn sie jede andere Laune befriedigt hat, um ihn kümmert. Die Fürsten vertheilen Gunst oder Ungunst nur so lange gerecht, als sie Kinder sind. Der Kleine weiß recht gut zu unterscheiden, was ich ihm bin und gewähre, was Kleopatra. — Brächt' ich's über's Herz, ihn heimlich zu mißhandeln, so würde dieser Mutter, wie sie nicht sein soll, bald der Wille geschehen sein. So schwer es mir fällt, das schwache Kind, das mir so fest an die Seele gewachsen ist, als wär' es mein eigenes, und fester, ja fester noch, — ich darf es wohl sagen, schon jetzt zu verlassen, so thu' ich es dießmal dennoch, selbst auf die Gefahr hin, daß Kleopatra uns, mich und meinen Gatten, in's Unglück stürzt wie schon so Manchen, der sich ihrem Willen zu widersetzen wagte."

Die Prinzenamme weinte laut auf; Zoë aber legte ihre Hand auf die Schulter der Betrübten und sagte begütigend:

„Ich weiß, daß Du mehr unter den Launen Kleo=
patra's zu leiden haſt, als wir Alle, aber übereile
Dich nicht! Morgen ſchickt ſie Dir, wie ſchon ſo häuſig,
nachdem ſie Dich kränkte, ein ſchönes Geſchenk, und
wenn ſie Dich wieder und wieder beleidigt, ſo wird
ſie es wieder und wieder gut zu machen verſuchen,
bis dieß Jahr vorbei, Deine Pflicht bei dem Prinzen
erfüllt iſt und Du wieder zu den Deinen zurückkehren
darfſt. Geduld zu üben thut uns Allen noth. Wir
leben wie Leute, die in einem baufälligen Hauſe
wöhnen und denen heute ein Stein, morgen ein
Balken auf das Haupt oder die Füße zu fallen droht.
Nehmen wir ruhig hin, was uns trifft, ſo ſucht man
unſere Wunden zu heilen, widerſprechen wir, ſo mögen
alle Götter uns gnädig ſein; Kleopatra iſt aber auch
wie ein geſpannter Bogen, dem der Pfeil entflieht,
ſobald auch nur ein Kind, eine Maus, ein Zugwind
die Sehne berührt, wie ein überfülltes Gefäß, das
überfließt, wenn ein Blatt, ein neuer Tropfen, eine
Thräne hineinfällt. Wir Alle würden bald bei ſolchem
Leben zu Grunde gehen, ſie aber braucht Unruhe, An=
ſpannung, Erregung in jeder Stunde. Spät kommt
ſie vom Schmauſe, kaum ſechs Stunden liegt ſie in
unruhigem Schlaf, und bis wir ſie wieder zum Mahle
ſchmücken, gönnt ſie ſich kaum ſo lange Ruhe, als das
Steinchen bedarf, um aus der Kralle des Kranichs zu
Boden zu fallen. Aus dem Rath geht es zu gelehr=
ten Geſprächen, von den Büchern in den Tempel zu
Opfern und Gebeten, aus dem Heiligthum in die
Werkſtätten der Künſtler, von den Gemälden und

Bildsäulen in den Audienzsaal, vom Empfang der Unterthanen und Fremden in die Schreibstube, von der Beantwortung der Briefe zum Festzug und wieder zum Opfer, von diesen Diensten hieher und in das Ankleidezelt, wo sie, während man sie schmückt, meiner Vorlesung aus schwierigen Werken zuhört, und wie zuhört! Kein Wort entgeht ihr und ganze Sätze weiß ihr Gedächtniß festzuhalten. Von all' diesem Hin- undher muß ihre Seele ja sein wie ein Glied, das von zu heftigen Anstrengungen wund ist und Schmerz empfindet, sobald man es unsanft berührt. Wir sind ihr nicht mehr und nicht minder als elende Mücken, nach denen man schlägt, wenn sie uns lästig fallen, und die Götter mögen dem gnädig sein, den die Hand dieser Königin trifft! Euergetes haut mit Schwertern entzwei, was ihm in den Weg kommt, Kleopatra sticht mit Dolchen und in ihrer Hand ist ja ihre eigene und ihres gefügigen Gatten Macht vereinigt. Reize sie nicht! Nimm hin, was Du nicht abzuwenden ver- magst, wie ich nicht murre, wenn ich mich beim Lesen verspreche und sie mir das Buch aus der Hand reißt oder vor die Füße wirft. Dabei habe ich doch nur für mich selbst, Du aber auch für Deinen Gatten und Deine Kinder zu fürchten."

Praxinoa neigte bei diesen Worten traurig, aber zustimmend das Haupt und sagte:

„Habe Dank für diese Worte. Ich denke immer nur mit dem Herzen, Du aber zumeist mit dem Kopfe. Du hast Recht, es bleibt mir auch dießmal nichts übrig, als mich zu gedulden; aber hab' ich erfüllt,

was ich hier auf mich genommen, und bin ich wieder
zu Hause, so laß ich wie eine von einer schweren
Krankheit Genesene dem Asklepius und der Hygiea
ein großes Opfer schlachten; das aber weiß ich schon
jetzt, daß ich lieber als arme Magd an der Hand-
mühle stehen, als mit dieser reichen und vergötterten
Königin tauschen möchte, die, um ihr Leben voll aus-
zugenießen, haftig und ruhelos an dem Besten vorbei-
eilt, was das Dasein den Sterblichen bietet. Schrecklich, erschrecklich denke ich mir solch' ein Leben ohne
Ruhe, und öde wie in der Wüste muß es in dem
Herzen einer Mutter aussehen, die mit anderen Dingen so viel zu thun hat, daß sie die Liebe des eigenen
Kindes, die jeder Tagelöhnersfrau entgegenblüht, nicht
zu gewinnen vermag. Lieber Alles, Alles geduldig
tragen, als solche Königin sein!“

—

Achtes Kapitel

Niemand, der mir entgegentritt?“ fragte die Königin, als sie am Fuße der letzten Porphyrstufen, die in den den Festsaal eröffnenden Vorsaal führten, angelangt war, und schaute, indem sie die kleine Hand zur Faust ballte, die sie begleitenden Kammerherren finster an: „Ich komme und Niemand ist hier!“

Es hatte freilich mit diesem „Niemand“ eine eigene Bewandtniß, denn auf den Marmorfliesen des weiten, rings von Säulengängen umgebenen und nur vom gestirnten Himmel überdachten Raumes, in den die Königin wies, standen mehr als hundert macedonische Leibwächter im reichsten Waffenschmuck und eben so viele vornehme Hofbeamte, die mit dem Titel der Väter und Brüder, der Verwandten und Freunde und ersten Freunde des Königs geschmückt waren.

Sie Alle empfingen die Herrscherin mit einem vielstimmigen „Heil!“; aber keiner von ihnen schien Kleopatra der Beachtung werth.

Diese Menge war ihr weniger noch als die Luft, die wir ja athmen müssen, um zu leben, sie war ihr wie lästiger Rauch, wie wirbelnder Staub, dem wir gern aus dem Wege gehen, und mit dem sich der Wanderer doch abfinden muß, um vorwärts zu kommen.

Die Königin hatte erwartet, daß die wenigen, nach ihrer und ihres Bruders Euergetes Wahl zum Schmause geladenen Gäste, sie hier an der Treppe bewillkommnen, sie, die sich in ihrer Muschel hoch in der Luft wie eine Göttin fühlte, heranschweben sehen würden, und sich auf des Römers staunende Bewunderung und des Korinthers Lysias feine Schmeichelei gefreut; nun aber war der wirkungsvollste Moment in der Rolle, die sie an diesem Abend zu spielen gedachte, im Sande ver= laufen, und es kam ihr in den Sinn, sich auf ihr Dach zurücktragen zu lassen und erst, wenn sie der Anwesenheit ihrer Gäste gewiß sein durfte, ihnen noch einmal entgegen zu schweben.

Aber weit mehr als alles Andere, selbst mehr als Schmerz und Reue fürchtete sie den Schein des Lächer= lichen. So ließ sie denn nur den Trägern befehlen, stille zu stehen, und während der Oberste der Ein= führer, seiner Würde vergessend, davontrabte, um ihrem Gatten mitzutheilen, daß sie sich nähere, winkte sie den vornehmsten Reichsgroßen zu, um mit kühler Freundlichkeit einige gnädige Worte an sie zu richten. Wenige nur, denn bald öffneten sich die den eigent= lichen Festsaal verschließenden Thüren von Thyiaholz, und der König trat mit seinen Freunden Kleopatra entgegen.

„Wie konnten wir Dich so früh erwarten!" rief Philometor seiner Gattin zu.

„Ist es in der That noch früh?" fragte die Fürstin, „oder überrasch' ich Dich nur; weil Du mich zu er= warten vergaßest?"

„Wie ungerecht Du bist!" entgegnete der König. „Mußt Du doch wissen, daß Du, wie früh Du auch erscheinen magst, für meine Wünsche immer zu spät kommst."

„Und für die unseren," rief der Korinther Lysias, „weder zu früh noch zu spät, sondern zur gelegensten Zeit; wie Glück und Siegeskränze und die Genesung."

„Die Genesung, die eine Krankheit voraussetzt?" fragte Kleopatra, und ihr Auge blitzte wiederum klug und heiter auf.

„Ich verstehe Lysias vollkommen," schnitt Publius dem Korinther das Wort ab, „denn ich bin einmal auf dem Marsfelde mit dem Pferde gestürzt, mußte wochenlang auf dem Lager liegen und weiß, daß es keine glückseligere Empfindung gibt, als wenn man genesend die geschwundenen Kräfte wiederkehren fühlt. Er will also sagen, daß man sich in Deiner Nähe besonders wohl fühlen muß."

„Vielmehr," unterbrach Lysias seinen Freund, „scheint mir unsere Königin wie die Genesung zu kommen, weil wir uns, so lange sie in unserer Mitte fehlte, krank gefühlt haben und leidend vor Sehnsucht. Dein Nahen, Kleopatra, ist die wirksamste Arznei und gibt uns die verlorene Gesundheit zurück!"

Kleopatra senkte huldreich und wie zum Danke

ihren Federwedel und drehte dabei seinen Stiel schnell in der Hand um, damit die an ihm befestigten Diamanten hell aufleuchten möchten; dann wandte sie sich an beide Freunde und sagte:

„Eure Worte sind freundlich gemeint und sie verhalten sich zu einander wie zwei Steine in einem Geschmeide, von denen der eine funkelt, weil er kunstreich geschliffen wurde und also Allem, was leuchtet, viele Spiegelflächen bietet, der andere aber, weil er echt ist und durch sein eigenes Feuer glänzt. Das Echte und das Wahre sind eins; die Aegypter haben auch für Beides nur ein Wort, und Deine freundliche Rede, mein Scipio, — aber ich darf Dich ja Publius nennen, — Deine freundliche Rede, Publius, scheint mir wahrer zu sein, als die auf eitlere Ohren als die meinen berechnete Deines gewandten Freundes. Ich bitte Dich, reiche mir jetzt Deine Hand!"

Die Muschel, in der sie saß, senkte sich zu Boden und von Publius und ihrem Gatten unterstützt stellte sich die Königin auf die Füße und begab sich mit ihren Gästen in den Festsaal.

Sobald sich der Vorhang dieses letzteren geschlossen und Kleopatra einige leise Worte mit ihrem Gemahl getauscht hatte, wandte sie sich wiederum an den Römer, zu dem jetzt der Eunuch Euläus getreten war, und sagte:

„Du kommst aus Athen, Publius, aber scheinst dort den Vorträgen über Logik nicht eben eifrig gefolgt zu sein, oder wie käme es sonst, daß Du, der Du die Gesundheit für das höchste Gut hältst, daß

Du, der eben erklärte, daß ihm nirgends so wohl sei als in meiner Nähe, mich doch nach dem Aufzuge ganz gegen die Abrede so schnell verlassen konntest? Darf man fragen, welche Geschäfte ..."

„Unser edler Freund," entgegnete, sich tief verneigend und ohne die Königin aussprechen zu lassen, der Eunuch, „scheint an den bärtigen Klausnern des Serapis besonderes Wohlgefallen gefunden zu haben und für seine Studien von Athen bei ihnen nach dem Schlußstein zu suchen."

„Daran thut er Recht," entgegnete Kleopatra, „denn von ihnen kann er lernen, auf dasjenige Drittheil des Lebens seine Aufmerksamkeit zu richten, von dem man in Athen am wenigsten spricht, auf die Zukunft, mein' ich —"

„Die gehört den Göttern," gab der Römer zurück. „Sie kommt früh genug und ich habe mit dem Klausner von ihr nicht gesprochen. Euläus mag wissen, daß im Gegentheil Alles, was ich von dem seltsamen Manne im Serapeum lernte, sich auf vergangene Dinge bezog."

„Aber wie ist es möglich," entgegnete der Eunuch, „daß Jemand, dem eine Kleopatra anbot, ihre Gesellschaft zu theilen, so lange an etwas Anderes dachte, als an die schöne Gegenwart?"

„Du hast völlig Recht," antwortete Publius schnell, „für die Gegenwart in die Schranken zu treten und Deiner Vergangenheit nicht gern zu gedenken."

„Sie war sorgen- und mühevoll," gab der Eunuch mit großer Selbstbeherrschung zurück, „das weiß meine

Fürstin durch ihre erhabene Mutter und aus eigener Erfahrnng und wird mich auch vor dem unverdienten Haß, mit dem mächtige Feinde mich zu verfolgen gewillt zu sein scheinen, zu schützen wissen. Gestatte mir, Königin, daß ich erst später beim Schmause erscheine. Dieser edle Herr ließ mich stundenlang im Serapeum warten, und die Vorschläge in Betreff des Neubaues im Isistempel von Philae müssen heute noch in's Reine gebracht werden, damit sie morgen früh im Rathe Deinem hohen Gatten und seinem erhabenen Bruder Euergetes . . ."

„Du bist beurlaubt," unterbrach Kleopatra den Eunuchen.

Nachdem Euläus sich entfernt hatte, trat die Königin näher an Publius heran und sagte:

„Du grollst diesem vielleicht nicht angenehmen, aber jedenfalls brauchbaren und verdienstvollen Manne. Darf ich fragen, ob Du Dich nur von seiner Persönlichkeit abgestoßen fühlst oder ob es Thatsachen sind, die Deine Abneigung, und wenn ich richtig gesehen habe, sogar bitter feindselige Empfindungen gegen ihn hervorgerufen haben?"

„Beides," entgegnete Publius. „In diesem Halbmanne vermuthete ich von vornherein nichts Gutes zu finden und weiß jetzt, daß, wenn ich mich in ihm irrte, es zu seinen Gunsten geschehen ist. Morgen bitte ich Dich um eine Stunde, in der ich Dir Einiges über ihn mittheilen möchte, das, weil es widerwärtig und traurig ist, für diesen der Freude gewidmeten Abend nicht paßt. Du brauchst nicht neugierig

zu sein, denn es sind der Vergangenheit angehörende
Dinge, die weder Dich noch mich berühren."

Der oberste Hausmeister und der Mundschenk unter=
brachen, indem sie zur Tafel riefen, diese Unterredung,
und bald lag das Königspaar mit seinen Gästen beim
Schmause.

Morgenländische Pracht und hellenische Formen=
schönheit vereinten sich in dem mittelgroßen Gemach,
in dem Ptolemäus Philometor am liebsten mit weni=
gen auserlesenen Freunden zu schmausen pflegte.

Wie die große Empfangshalle und der Männer=
saal mit seinen zwanzig Thüren und hohen Porphyr=
säulen, in dem sich des Königs Gäste versammelten,
empfing es sein Licht von oben, denn nur an den
Seiten trugen fensterlose Wände und zierliche Ala=
bastersäulen mit dem korinthischen Akanthuskapitäl eine
schmale Bedachung, in seiner Mitte aber war es un=
bedeckt.

Jetzt, da es von hundert Lichtern beleuchtet war,
breitete sich über die weite Oeffnung, durch welche
es bei Tage vom Glanz der Sonne erhellt ward,
ein goldenes, mit Halbmonden und Sternen von flim=
merndem Bergkrystall verziertes Netz mit so engen
Maschen, daß es die Fledermäuse und Falter, die in
der Nacht dem Lichte zuzufliegen pflegen, von ihm
fern hielt.

Des Königs Speisesaal war aber auch beinahe
tageshell erleuchtet, und zwar durch zahlreiche, viel=
armige Leuchter, welche von lieblichen Kindergestalten
aus Erz und Marmor gehalten wurden.

Jede Fuge in dem Mosaikgemälde am Fußboden, welches die Einführung des Herakles in den Olymp, das Mahl der Götter und des verblüfften Heros Staunen über die Pracht des himmlischen Gelages darstellte, war zu erkennen und hundert Flammen spiegelten sich in dem polirten, zu Hippo Regius gebrochenen gelben Marmor der Wände, in welchen geschickte Künstler Fruchtstücke, stattliche Gruppen von erlegtem Wildpret und andere von musikalischen Instrumenten mit kostbaren Steinen, wie Lapis Lazuli und Malachit, Quarz, Blutjaspis, Achat und Chalcedon eingelegt hatten; an den Pfeilern aber sah man die Masken der komischen und tragischen Muse, Fackeln, mit Epheu und Weinlaub umwundene Thyrsusstäbe und Panflöten. Dieß Alles war aus Gold und Silber getrieben, mit Halbedelsteinen besetzt und hob sich von seiner marmornen Unterlage ab wie die Metallbuckel von ledernen Schildern oder von Schwertscheiden reiche Beschläge.

Vom Friese schaute die schöne Reliefdarstellung eines dionysischen Zuges, den der Bildhauer Bryaxis für Ptolemäus Soter modellirt und in Elfenbein und Gold ausgeführt hatte, auf die Schmausenden hernieder.

Was auch dem Auge in diesem Gemach begegnen mochte, war schön, kostbar und besonders auch heiter gewesen, ehe Kleopatra den Thron bestiegen; sie aber hatte, wie in ihren Wohnräumen, so auch hier, die Büsten der größten hellenischen Philosophen und Dichter, von Thales dem Milesier bis zu Strato, der den Zufall auf den Thron Gottes setzte, von Hesiod bis Kallimachos, auf marmorne Hermen stellen und zu der Maske der komischen die der tragischen Muse fügen lassen, denn an ihrer Tafel, pflegte sie zu sagen, wünsche sie Niemand zu sehen, den ein gutes und ernstes Gespräch nicht höher ergötze, als Speise, Trank und Gelächter.

Statt wie andere Frauen auf einem Stuhl oder am Fußende des Lagers ihres Gatten in sitzender Stellung dem Gastmahle beizuwohnen, lag sie auf ihrem eigenen Ruhebette, hinter dem der Dichterin Sappho und der Freundin des Perikles, Aspasia, Büsten standen.

Für eine Philosophin und wenn auch für keine Poetin, so doch für eine feine Kennerin der Dicht= kunst und Musik gehalten zu werden, verlangte sie als ihr Recht, und warum hätte sie nicht lieber liegen als sitzen sollen, da sie doch wußte, wie gut es ihr stand, sich auf ihrem Polster malerisch auszustrecken und den Kopf mit dem auf der Lehne ihres Lagers ruhenden Arm zu stützen, der nicht eigentlich schön war, an dem es aber stets die edelsten Erzeugnisse der alexandrinischen Gemmenschneider und Goldarbeiter= kunst zu bewundern gab.

Aber sie wählte die liegende Stellung ganz be= sonders um ihrer Füße willen; besaß doch kein Weib in Aegypten und Griechenland kleinere und edler ge= baute als sie.

Darum waren auch ihre Sandalen so geschnitten, daß sie, wenn sie stand oder ging, nur die Sohle schützten, die zierlichen weißen Zehen mit den rosigen Nägeln und weiß schimmernden Halbmonden aber völlig unbedeckt ließen.

Beim Gastmahle legte sie wie die Männer die Schuhe völlig ab, um ihre Füße zunächst zu verbergen und erst wieder zu zeigen, wenn sie glaubte, daß die Eindrücke, welche die Sandalenriemen in ihrer zarten Haut zurückließen, völlig verschwunden wären.

Der Eunuch Euläus war der höchste Bewunderer dieser Füße, nicht, wie er vorgab, um ihrer Schönheit willen, sondern weil das Spiel der Zehen der Königin ihm gerade dann zeigte, was in ihr vorging, wenn er aus ihrem in der Kunst der Verstellung wohlgeübten Mund und Auge nichts, was ihre Seele erregte, zu erkennen vermochte.

Neun zu drei und drei in der Form eines Hufeisens geordnete Lager mit Lehnen von Ebenholz und Polstern von matt olivengrünem Brokat, über den zarte Muster von Silber und Gold leicht hingehaucht waren, luden die Gäste zur Ruhe.

Die Königin flüsterte achselzuckend und, wie es schien, wenig angenehm überrascht mit dem Kämmerer, und dieser wies sodann jedem einzelnen Geladenen seinen Platz an.

Auf der hintersten Lagergruppe nahm ganz rechts die Königin, ganz links ihr Gemahl Platz; das zwischen den ihren stehende Sopha blieb für Euergetes, den Bruder des fürstlichen Paares, unbesetzt.

Auf einem der drei Lager, die sich im rechten Winkel an die der fürstlichen Familie schlossen, fand

Publius neben Kleopatra Platz, und ihm gegenüber zunächst dem Könige der Korinther Lysias.

Zwei Sitze neben diesem Letzteren blieben frei, während zur Seite des Römers sich der tapfere und kluge Hierax, des Ptolemäus Euergetes Freund und treuester Diener, ausstreckte.

Der König wandte sich, während Diener das Gemach mit Rosenblättern bestreuten, wohlriechendes Wasser aussprengten und kleine Tische von Silber mit starken Platten von rothbraunem, weißgesprenkeltem, edlem Porphyr neben jeden Gastes Lager aufstellten, mit freundlichem Gruß an seine Gäste, indem er ihre kleine Zahl entschuldigte.

„Euläus," sagte er, „hat uns in Geschäften verlassen müssen und unser königlicher Bruder sitzt wohl noch mit Aristarch, der mit ihm aus Alexandria gekommen ist, hinter den Büchern, aber er hat fest zugesagt zu erscheinen."

„Je weniger wir sind," entgegnete Lysias, sich tief verneigend, „je ehrenvoller ist es, nach enger Wahl zu der Zahl Eurer Auserwählten zu gehören."

„Ich meinte schon von den Guten die Besten geladen zu haben," sagte die Königin, „aber meinem Bruder Euergetes müssen die wenigen von mir geladenen Freunde noch zu viel gewesen sein, denn er, der auch im fremden Hause wie in seinem eigenen gebietet, hat dem Kämmerer unsere gelehrten Freunde, unter denen Dir Agatharchides, mein und meiner Brüder trefflicher Lehrer, bekannt ist, sowie unsere jüdischen Freunde, die gestern an unserem Gastmahle theilnahmen und die ich auf die Liste gesetzt hatte, zu laden verboten. Mir kann es recht sein, denn ich liebe die Zahl der Musen und vielleicht wollte er Dir, Publius, eine Ehre erweisen, denn wir sind hier in römischer Weise versammelt. Dir und nicht ihm zu Ehren wollen wir heute ohne Musik bleiben; Du sagtest ja, daß Du sie beim Gastmahl nicht sonderlich liebtest. Euergetes schlägt selbst vortrefflich die Harfe. Es ist übrigens gut, daß er spät kommt wie immer, denn übermorgen ist sein Geburtstag und er will ihn hier bei uns und nicht in Alexandria verleben. Die im Bruchium versammelten priesterlichen Gesandten sollen hierher nach Memphis kommen, um ihm Glück zu wünschen, und wir müssen etwas Glänzendes vorbereiten. Du liebst Euläus nicht, Publius, aber er versteht sich am besten auf diese Dinge und ich hoffe, daß er bald zurückkehrt, um uns zu rathen."

„Am Morgen sollten wir einen großen Aufzug veranstalten," rief der König. „Euergetes liebt glänzende Schaustellungen und ich möchte ihm gern zeigen, wie sehr sein Besuch uns erfreut hat."

Des Königs hübsche Züge nahmen bei diesen aus dem Herzen kommenden Worten einen besonders gewinnenden Ausdruck an, seine Gattin aber sagte bedenklich:

„Ja, wenn wir in Alexandria wären, aber hier unter all' dem ägyptischen Volk —"

Neuntes Kapitel.

Ein lautes, von den harten Marmorwänden des festlichen Gemaches wiederhallendes Gelächter unterbrach die letzten Worte der Königin, welche erst zusammenschrak, dann aber freundlich lächelte, als sie ihren Bruder Euergetes erkannte, der, den Kämmerer zurückdrängend, an der Seite eines älteren Griechen zu den Schmausenden getreten war.

„Bei allen Bewohnern des Olymp und dem ganzen Götter- und Viehgesindel, das die Tempel am Nil bevölkert!" rief der Neuangekommene, indem er immer noch so laut lachte, daß seine fleischigen Wangen und sein ungeheuer starker junger Leib wankte und bebte. „Bei Deinen schönen, kleinen Füßen, Kleopatra, die sich so leicht verstecken ließen und die man doch immer sehen muß, bei all' Deinen sanften Tugenden, Philometor, ich glaube, daß ihr versucht, den großen Philadelphus oder unsern syrischen Oheim Antiochus zu überbieten, und einen Aufzug sondergleichen veranstalten wollt; und das zu meiner Ehre! Recht so! Ich nehme selbst Theil an dem Wunder und stelle mit meinem dicken Leib einen Eros dar mit Köcher und Bogen. Eine Aethiopierin muß dann meine Mutter Aphrodite spielen! Sie wird sich prächtig aus= nehmen, wenn sie mit ihrem schwärzlichen Fell aus dem weißen Meerschaum aufsteigt. Und was meint ihr zu einer Pallas mit kurzem Wollhaar, zu Chari= tinnen mit breiten äthiopischen Plattfüßen und einem Aegypter mit rasirtem Kopfe, in dem die Sonne sich spiegelt, als Phöbus Apollon?"

Mit diesen Worten warf sich der zwanzigjährige Riese auf das leere Lager zwischen seinen Geschwistern nieder und rief, nachdem sein Bruder ihm des Römers Namen genannt und er ihn nicht ohne Würde begrüßt hatte, einen der jungen macedonischen Edlen, welche die Schmausenden als Schenken bedienten, zu sich heran, ließ seinen Becher einmal und wieder und zum dritten Male füllen, trank ihn schnell und ohne ab= zusetzen aus und sagte dann laut, indem er mit bei= den Händen durch sein wirres blondes Haar fuhr, so daß es von seinem mächtigen Schädel und seiner brei= ten Stirn gerade in die Luft starrte:

„Ich muß nachholen, was ihr vor mir voraus habt. Noch einen Becher, Diokleides!"

„Unbändiger!" mahnte Kleopatra, indem sie ihm halb im Scherz, halb ernsthaft mit dem Finger drohte. „Wie Du aussiehst!"

„Wie Silen ohne Bocksfüße," entgegnete Euer= getes. „Gib einen Spiegel her, Diokleides! Folge

nur dem Blick der Königin, so wirst Du ihn finden.
Da wäre das Ding! Und wahrhaftig, das Bild, das
er mir zeigt, gefällt mir nicht übel. Ich sehe da
einen Schädel, auf dem zu den zwei Kronen Aegyp=
tens noch eine dritte Platz finden möchte, und in dem
so viel Hirn steckt, daß man damit die Köpfe von
vier Königen bis an den Rand füllen könnte; ich er=
blicke zwei Geieraugen, die immer scharf sind, selbst
wenn ihr Gebieter betrunken ist, und die nichts ge=
fährdet, als das Fleisch an diesen munteren Wangen,
welches, wenn es so zuzunehmen fortfahren wird, sie
endlich vom Lichte absperren muß wie das wachsende
Holz eine Drachme, die man in die Ritze eines Bau=
mes gesteckt hat, wie eine Lade, die man zuschiebt,
ein Fenster. Mit diesen Händen und Armen erwürgt
der Kerl dort im Spiegel zur Noth ein ausgewachsenes
Nilpferd, die Kette, die diesen Hals zieren soll, muß
doppelt so lang sein wie die, welche ein reichlich ge=
nährter ägyptischer Opferpriester gebraucht; ich sehe
in diesem Spiegel einen Mann, der aus einem tüch=
tigen Teigstück und aus einem fetteren, festeren Stoffe
gebacken ist, als andere Leute, und wenn das feine
Geschöpf dort auf der blanken Fläche ein durchsichtiges
Gewand trägt, was hast Du dagegen, Kleopatra? Für
den Einfuhrhandel in Alexandria müssen die ptolemäi=
schen Fürsten sorgen, das hat schon der große Sohn
des Lagus eingesehen, und wohin käme das Geschäft
mit Kos, wenn ich den feinsten Bombyx nicht kaufte,
da Du, die Königin, Denen, die damit handeln, nichts
zu verdienen gibst und Dich wie eine Vestalin in

Kleider von Teppichzeug hüllst? Einen Kranz auf mein Haupt und noch einen zweiten, und neuen Wein in den Becher! Auf Roms Wohl und auf Deines, Publius Cornelius Scipio, und, mein Aristarch, auf unsere letzte kritische Vermuthung, auf feines Denken und derbes Trinken!"

„Auf derbes Denken und feines Trinken," entgegnete der also Angeredete schnell, indem er den Becher hob, mit seinen blitzenden Augen in den Wein schaute und demselben langsam seine lange, schön geformte und leicht gebogene Nase und seine schmalen Lippen näherte.

„Oho, Aristarch!" rief Euergetes, indem er seine breite Stirn runzelte. „Du gefällst mir besser beim Säubern der Worte Deiner Dichter und Schreiber, als bei der Kritik der Trinksprüche eines zechenden Königs. ‚Fein Trinken‘ ist ‚nippen‘, und das Nippen überlasse ich den Dommeln und anderem Geflügel, das sich im Rohre wohl fühlt. Du verstehst mich doch? Im Rohre; mag es nun zum Schreiben geschnitten sein oder nicht!"

„Unter feinem Trinken," gab der große Kritiker völlig ruhig und indem er mit seiner schmalen Hand das weiche graue Haar von der hohen Stirn strich, dem jungen Fürsten zurück, „unter feinem Trinken verstehe ich das Trinken auserlesenen Weines, und hast Du jemals etwas Feineres gekostet, als dieses Rebenblut von Anthylla, das uns Dein erhabener Bruder vorsetzt? Dein umgekehrter Trinkspruch lobt Dich als kräftigen Denker und zugleich den gütigen Spender des besten Trankes."

„Gut gewendet," rief Kleopatra, in die Hände klatschend. „Siehst Du, Publius, das war eine Probe der Schnelligkeit einer alexandrinischen Zunge."

„Ja," fiel Euergetes ein, „wenn man mit Sylben statt mit Speeren zu Felde ziehen könnte, so würden die Herren vom Museum in der Stadt Alexander's mit ihrem Aristarch an der Spitze Roms und Karthagos verbündete Heere in zwei Stunden zu Paaren treiben."

„Aber wir sind nicht im Krieg, sondern beim friedlichen Schmause," sagte der König mit begütigender Freundlichkeit. „Du hast zwar unser Geheimniß erlauscht, Euergetes, und meine treuen Aegypter verspottet, an deren Stelle ich gern weiße Griechen setzte, wenn Alexandria noch mir und nicht Dir gehörte, es soll aber doch bei Deinem Feste nicht an einem stattlichen Aufzuge fehlen."

„Machen euch denn wirklich diese ewigen Gänsemärsche noch Freude?" fragte Euergetes und streckte sich auf seinem Lager aus, indem er die gefalteten Hände unter sein Hinterhaupt schob. „Lieber will ich mich an das feine Trinken des Aristarch gewöhnen, als diesem hohlen Gepränge stundenlang zuschauen. Nur unter zwei Bedingungen erklär' ich mich zum Stillehalten bereit und außerdem noch mich geduldig fast einen halben Tag zu langweilen wie ein Affe im Käfig: Erstens, wenn es unserem römischen Gastfreunde Publius Cornelius Scipio Vergnügen macht, solches Schauspiel anzusehen, das sich doch, seitdem unser Oheim Antiochus uns ausplünderte und wir

Brüder uns in Aegypten getheilt haben, mit den Triumphzügen römischer Sieger nicht im Entferntesten zu messen vermag, oder zweitens, wenn ihr mir gestattet, als handelnde Person an dem Zuge theilzunehmen."

„Um meinetwillen, mein König," entgegnete Publius, „braucht' es keine Festzüge zu geben, namentlich aber nicht solche, denen ich zuzuschauen gezwungen bin."

„Mir macht dergleichen noch immer Freude," sagte Kleopatra's Gatte Philometor. „Gut geordnete Gruppen und die froh bewegte Menge zu sehen werd' ich nicht müde."

„Und mich," rief Kleopatra, „überläuft es heiß und kalt und manchmal treten mir sogar Thränen in's Auge, wenn der Jubel am lautesten schallt. Eine große Vielheit, die sich zu einem einzigen Etwas verbindet, wirkt immer bedeutend. Ein Tropfen, ein Sandkorn, ein Baustein sind elende Dinge, aber erhebend wirken Millionen von ihnen, die zum Meer, zur Wüste, zur Pyramide vereint sind. Ein einzelner Jubelnder sieht aus wie ein dem Tollhaus entsprungener Narr, aber wenn Tausende von Menschen zusammen jubeln, so wird auch ein kaltes Herz gewaltig ergriffen. Wie kann gerade Dich, Publius Scipio, bei dem mir der kräftige Wille besonders glücklich entwickelt zu sein scheint, ein Schauspiel unberührt lassen, bei dem solch' ein gewaltiger Gesammtwille seine Wirkung übt?"

„Kann denn bei diesem Volksjubel," fragte der Römer, „überhaupt von Willen die Rede sein? Gerabe bei einem solchen wird Jeder zum willenlosen Nachahmer und Nachredner des Andern; ich aber lieb' es, meinen Weg selbst zu finden und mich von nichts abhängig zu machen, als den Gesetzen und den Pflichten, die der Staat, dem ich angehöre, mir auferlegt."

„Ich aber," sagte Euergetes, „habe den Aufzügen von Kind an stets vom besten Platze aus zugeschaut und dafür straft mich das Schicksal durch Gleich= gültigkeit gegen sie und alles Aehnliche, während die armen Schlucker, die immer nur die Nasen, die Haar= spitzen oder Rückseiten der Mitwirkenden zu sehen be= kommen, sich stets von Neuem an dem Gepränge er= götzen. Auf Publius Scipio brauch' ich, wie ihr hört, so gern ich's auch thäte, keine Rücksicht zu nehmen. Was würdest Du nun sagen, Kleopatra, wenn ich selbst an meinem Aufzuge, ich sage an meinem, denn mir zu Ehren wird er ja veranstaltet, theilnähme; das wäre endlich einmal etwas Neues und dazu ergötzlich."

„Mehr neu und ergötzlich als rühmlich, sollt' ich meinen," entgegnete Kleopatra herb.

„Aber das müßte euch recht lieb sein," lachte Euergetes, „denn außer eurem Bruder bin ich auch noch euer Nebenbuhler, und einen solchen sieht man lieber hinab= als hinaufsteigen."

„Zu diesen Worten," fiel der König abweisend und mit einem Ton des Bedauerns in der weichen Stimme ein, „berechtigt Dich nichts. Wir lieben Dich, gönnen Dir Deinen Besitz neben dem unsern und bitten Dich, damit alles Vergangene vergessen bleibe, selbst im Scherz dergleichen Worte zu meiden."

„Und nicht,“ fügte Kleopatra hinzu, „Deine Würde als König und Deinen Ruf als Gelehrter durch Possenspiel zu beflecken.“

„Schulmeisterin! Weißt Du denn, was ich im Sinne hatte? Ich würde mit einem Gefolge von Flötenspielerinnen mit Aristarch, der den Sokrates spielen müßte, als Alcibiades erscheinen; es wird mir ja immer gesagt, daß der und ich — in manchen Stücken, sagen die aufrichtigeren, in allen, die höflicheren Freunde, einander ähnlich sähen.“

Publius maß bei diesen Worten den unförmigen, in durchsichtige Gewänder gehüllten Leib des jungen königlichen Wüstlings mit den Augen, und da er dabei einer herrlichen Statue des Lieblings der Athener gedachte, die er am Ilissus gesehen, umflog seinen Mund ein spöttisches Lächeln.

Dieses letztere blieb von Euergetes nicht unbemerkt und es verletzte ihn, da er nichts lieber sah, als sich mit dem Neffen des Perikles verglichen zu sehen; aber er unterdrückte seinen Groll, denn Publius Cornelius Scipio war der nächste Verwandte der einflußreichsten Männer am Tiber, und wenn er selbst die Macht eines Königs besaß, so waltete doch Rom über ihm wie der Wille der Gottheit.

Kleopatra bemerkte, was in ihrem Bruder vorging, und um ihm das Wort abzuschneiden und neue Gedanken in ihm anzuregen, sagte sie heiter:

„So geben wir denn den Aufzug preis und denken an eine andere Feier Deines Geburtstages. Du, Lysias, mußt ja in solchen Dingen erfahren sein,

denn Publius erzählte mir, daß Du bei allen Schaustellungen in Korinth der Führer wärest. Was sollen
wir vornehmen, um Euergetes und uns zu erheitern?“

Der Korinther schaute einen Augenblick in seinen
Becher, bewegte ihn langsam auf der marmornen Platte
des Tischchens an seiner Seite zwischen Austernpasteten
und frischen Spargeln hin und her und sagte dann,
indem er Beifall fordernd umherschaute:

„Bei dem großen Aufzuge, der unter Ptolemäus
Philadelphus stattfand und dessen Beschreibung durch
den Augenzeugen Kallixenus Agatharchides mir gestern
zu lesen gab, wurden allerlei Szenen aus dem Leben
der Götter dem Volke vorgeführt. Bleiben wir in
diesem herrlichen Palaste und bringen wir selbst schöne
Gruppen zur Darstellung, welche die großen Künstler
der älteren Zeiten gemalt oder geformt haben, aber
wählen wir nur weniger Bekanntes.“

„Prächtig!“ rief Kleopatra lebhaft angeregt. „Wem
gliche mein gewaltiger Bruder wohl mehr als dem
Herakles, und zwar dem Sohn der Alkmene, wie Ly-
sippus ihn aufgefaßt und gebildet hat! Stellen wir
also das Leben des Herakles nach großen Vorbildern
dar und überlassen wir Euergetes überall die Rolle
des Heros.“

„Ich übernehme sie,“ fiel der junge König ein,
indem er die ungeheuren Muskeln an seiner Brust
und an seinen Armen betastete. „Und daß ich's übernehme, könnt ihr mir hoch anrechnen, denn dem
Schlangenwürger hat es am Besten gefehlt und Ly-
sippus bildete ihn nicht ohne Bedacht mit einem kleinen

Kopf auf dem gewaltigen Leibe; — aber ich werde ja nichts zu reden haben."

„Willst Du mir, wenn ich die Omphale darstelle, zu Füßen sitzen?" fragte Kleopatra.

„Wer säße nicht gern neben diesen Füßen?" entgegnete Euergetes. „Wählen wir nun sogleich noch Anderes aus der großen Fülle des Vorhandenen, aber wie Lysias warne ich vor dem ganz Bekannten."

„Es gibt freilich Gemeinplätze für das Auge, wie für das Ohr," sagte Kleopatra, „aber das anerkannte Gute pflegt stets das Schönste zu sein."

„Erlaubt mir," nahm nun Lysias das Wort, „daß ich euch auf ein Marmorbildwerk in erhabener Arbeit aufmerksam mache, das alt ist und schön und doch Wenigen unter euch bekannt sein möchte. Es befindet sich am Brunnen meines väterlichen Hauses zu Korinth und ward schon vor mehreren Jahrhunderten von einem großen peloponnesischen Künstler geschaffen. Publius war von diesem Werke entzückt und es ist auch über alle Beschreibung herrlich.

„Es bringt die Vermählung des Herakles mit der Hebe, des zum Gott erhobenen Helden mit der ewigen Jugend köstlich zur Anschauung. — Willst Du Dich von Pallas Athene und Deiner Mutter Alkmene zur Hochzeit mit Hebe führen lassen, mein König?"

„Warum nicht?" fragte Euergetes; „aber die Hebe muß schön sein. Nur Eins macht mich bedenklich. Wie bekommen wir den Brunnen aus Deines Vaters Haus bis morgen oder übermorgen hieher? Aus dem Gedächtniß, ohne das Urbild, läßt sich solche

Gruppe nicht stellen, und wenn man auch erzählt, die Statue des Serapis sei von Sinope nach Alexandria geflogen, und wenn es auch zu Memphis Zauberer gibt…"

„Die brauchen wir nicht," unterbrach Publius den König. „Während ich als Gast im Hause der Eltern meines Freundes weilte, das übrigens prächtiger ist als die alte Königsburg des Gyges zu Sardes, ließ ich nach dem köstlichen Bildwerke Gemmen als Hochzeitsgeschenke für meine Schwester schneiden. Sie sind sehr wohl gelungen und liegen in meinem Zelte."

„Hast Du eine Schwester?" fragte die Königin, indem sie sich zu dem Römer neigte. „Du wirst mir von ihr erzählen müssen."

„Sie ist ein Mädchen wie alle anderen," entgegnete Publius, zu Boden schauend, denn es widerstrebte ihm, in Gesellschaft eines Euergetes von seiner Schwester zu reden.

„Du bist ungerecht wie alle Brüder," lächelte Kleopatra, „und ich muß mehr von ihr hören, denn" — und bei diesen Worten flüsterte sie leise und schaute Publius innig an, — „denn Alles hat Bedeutung für mich, was Dich angeht."

Während dieses Zwiegespräches hatten die königlichen Brüder sich mit Fragen über die Vermählung des Herakles und der Hebe an den Korinther gewandt und alle Tafelgenossen hörten diesem Letztern aufmerksam zu, als er sagte:

„Es stellt dieß schöne Werk nicht eigentlich eine Hochzeit, sondern die Stunde dar, in der der Bräutigam der Braut zugeführt wird.

„Der Heros, mit der Keule auf der Schulter und mit dem Löwenfelle geschmückt, geht, von Pallas Athene geführt, die die Lanze bei diesem Werk des Friedens senkt und den Helm in der Hand trägt, begleitet von seiner Mutter Alkmene, dem Brautzuge entgegen. Diesen eröffnet, den Hymenäus zur Laute singend, kein Geringerer als Apollon selbst. Mit ihm tritt seine Schwester Artemis auf, dann aber die Mutter der bräutlichen Hebe, der als Gesandter des Zeus der Götterbote Hermes das Geleit gibt.

„Nun kommt die Hauptgruppe, die zu den aller= schönsten Werken der griechischen Kunst gehört, die ich kenne.

„Hebe schreitet dem Bräutigam entgegen, sanft fortgezogen von Aphrodite, der Herrin der Liebe; Peitho aber, die Göttin der Ueberredung, legt die Hand auf den Arm der Braut, drängt sie unmerklich vorwärts und wendet ihr Antlitz ab, denn was gesagt werden mußte, hat sie gesagt, und sie lächelt in sich hinein, denn Hebe hat ihrer Stimme ihr Ohr nicht verschlossen, und wer Peitho einmal angehört hat, der muß thun, was sie will.“

„Und Hebe?“ fragte Kleopatra.

„Sie schlägt die Augen nieder und hält den Arm, auf dem die Hand der Ueberredung ruht, mit einer abwehrenden Bewegung der Finger, auf deren Spitzen ein unentblättertes Röslein schwebt, in die Höhe, als wollte sie sagen: ‚Ach laß mich; ich fürchte mich vor dem Manne‘ — und fragen: ‚Wär’ es nicht besser, ich blieb’, was ich bin, und folgte nicht Deiner Lockung

und Aphrodite's Gewalt?' Diese Hebe ist wunder=
reizend und Du, Königin, solltest sie darstellen!"

„Ich?" fragte Kleopatra. „Aber Du sagtest, daß
sie die Augen zu Boden schlägt."

„Das thut sie sittig und schüchtern; und zaghaft
und jungfräulich muß auch ihr Gang sein. In schlichten
Falten fällt ihr langes Gewand auf die Füße, wäh=
rend Peitho das ihre schalkhaft und sich des neuen
Sieges verstohlen freuend mit dem Daumen und Zeige=
finger in die Höhe hebt. Auch die Gestalt der Peitho
würde sich wundervoll für Dich eignen."

„Ich denke, daß ich die Peitho darstelle," unter=
brach die Königin den Korinther. „Hebe ist eine
Knospe, eine noch nicht völlig erschlossene Blüte, ich
aber bin Mutter, schmeichle mir, daneben ein wenig
Philosophin zu sein . . ."

„Und," unterbrach sie Aristarch, „darfst Dir mit
Recht sagen, bei allem Zauber der Jugend Eigen=
schaften zu besitzen, die der Peitho zukommen, der
Göttin, welche nicht nur die Herzen, sondern auch die
Geister zu bezaubern versteht. Wie Rosen — so sind
auch Mädchenknospen reizend anzuschauen, aber wer
nicht nur die Farbe liebt, sondern auch den Duft,
ich meine Erfrischung, Anregung, Bereicherung für die
Seele, der soll sich der erschlossenen Blüte zuwenden,
wie die Rosenzüchter beim Mörißsee nur die Knospen
ihrer Pfleglinge in schnell verblühende Sträuße und
Kränze winden, sie aber nicht brauchen können, um
edles Oel von unvergänglichem Duft daraus zu be=
reiten; zu diesem Zweck bedürfen sie der voll erblühten

Blume. Stelle die Peitho dar, meine Königin; die Göttin selbst darf auf solche Vertreterin stolz sein!"

„Wäre sie's doch ebenso," rief Kleopatra, „wie ich glücklich bin, solche Worte aus dem Munde Aristarch's zu hören! Es bleibt dabei; ich gebe die Peitho. Meine Spielgefährtin Zoe mag die Artemis darstellen und ihre ernste Schwester Pallas Athene. Für die Mutter stehen uns viele Matronen zu Gebote, des Epitropen älteste Tochter scheint mir geschickt zu sein für die Rolle der Aphrodite; sie ist wunderschön."

„Ist sie auch dumm?" fragte Euergetes. „Das gehört zu der ewig lächelnden Kypris."

„Genügend, denke ich, für diesen Zweck," lachte Kleopatra. „Wo aber nehmen wir eine Hebe her, wie Du sie beschrieben hast, Lysias? Des Arabarchen Ahmes Tochter ist ein reizendes Kind."

„Aber sie ist braun, so braun wie dieser trefflliche Wein und gar zu echt ägyptisch," sagte der die jungen macedonischen Aufwärter überwachende oberste Mundschenk, sich tief verneigend, und machte bescheiden auf seine eigene sechzehnjährige Tochter aufmerksam; gegen diese aber hatte die Königin einzuwenden, daß sie viel größer sei als sie selbst, die doch neben ihr zu stehen und die Hand auf ihren Arm zu legen haben würde.

Andere Mädchen wurden aus anderen Gründen abgewiesen, und schon schlug Euergetes vor, nach Alexandria eine Brieftaube zu schicken, und von dort ein schönes hellenisches Kind auf einem schnellen Viergespann nach Memphis, wo die dunklen ägyptischen

Götter und Menschen besser gediehen als die griechischen, holen zu lassen, als Lysias ausrief:

„Ich habe heute das Mädchen gesehen, das wir brauchen, eine Hebe, als wär' sie aus dem Marmor meines Vaters herausgetreten und als hätte sie ein Gott mit Bewegung und Farbe und Wärme begabt. Jung, schüchtern, weiß und roth und von Deiner Größe ist sie, meine Königin. Wenn ihr gestattet, so sag' ich euch nachher, wer sie ist, aber erst geh' ich und hole aus unserem Zelte die Gemmen mit der Nachbildung unseres Marmors.“

„Du findest sie in dem Elfenbeinkästchen auf dem Boden meiner Kleidertruhe,“ sagte Publius. „Hier hast Du den Schlüssel.“

„Eile Dich,“ rief die Königin, „denn wir Alle sind neugierig zu hören, wo Du hier in Memphis Deine weiße und rothe, schüchterne Hebe entdeckt hast.“

Zehntes Kapitel.

Eine Stunde war über die Gäste des Königspaares, seitdem Lysias sie verlassen, dahingegangen, die Becher waren oft gefüllt und geleert worden, der Eunuch Euläus hatte sich wieder zu den Schmausenden gesellt und das Gespräch seine Form völlig geändert, denn der gleiche Gegenstand beschäftigte nicht mehr alle Anwesenden, vielmehr unterhielten sich beide Könige mit Aristarch über die in Griechenland zerstreuten Handschriften älterer Dichter und Gelehrtenwerke und die Mittel und Wege, sie zu erwerben oder genaue Abschriften von ihnen für die Bibliothek des Museums zu erlangen.

Hierax erzählte dem Eunuchen von dem letzten dionysischen Fest und den Aufführungen der neuesten Komödien in Alexandria, und Euläus gab sich geschickt genug das Ansehen, ihm mit beiden Ohren zu lauschen, unterbrach ihn auch manchmal mit verständigen, sich an seine Worte schließenden Fragen, und

doch war seine Aufmerksamkeit ausschließlich der Kö=
nigin zugewandt, die sich des Römers Publius völlig
bemächtigt hatte, ihm leise von ihrem ihre Kräfte ver=
zehrenden Leben, ihrem unbefriedigten Herzen und ihrer
Begeisterung für Rom und männliche Kraft erzählte.

Dabei glühten ihre Wangen und leuchteten ihre
Augen, denn je ausschließlicher sie das Wort behielt,
je besser glaubte sie unterhalten zu sein, und Publius,
der nichts weniger war als gesprächig, unterbrach sie
nur selten, mischte aber, wo es anging, ein schmeichel=
haftes Wort in ihre Rede, denn er gedachte des Rathes,
den ihm der Klausner gegeben, und wünschte Kleopatra
für sich zu gewinnen.

Der Eunuch verstand trotz seines feinen Gehörs
nur wenig von ihrer Flüsterrede, denn des Königs
Euergetes gewaltige Stimme übertönte laut das übrige
Gespräch, aber Euläus verstand es, die abgerissenen
Sätze schnell im Geist zu verbinden und wenigstens
im Allgemeinen den Sinn des von ihr Gesagten auf=
zufassen.

Die Königin verschmähte den Wein, aber sie ver=
stand es, bei Gelagen sich durch ihre eigenen Worte
zu berauschen, und jetzt, gerade als ihre Brüder und
Aristarch auf's Lebhafteste erregt Rede und Gegenrede
mit einander tauschten, hob sie ihren Becher, berührte
ihn mit den Lippen und reichte ihn Publius, während
sie seinen Pokal ergriff.

Der junge Römer wußte, was diese rasche That
zu bedeuten hatte.

So tauschte auch in seiner Heimat ein von Amor

getroffenes Weib mit dem Geliebten den Pokal oder den von ihren weißen Zähnen zerschnittenen Apfel.

Wie einen Wanderer, der, nach dem Mond und den Sternen schauend, sorglos seines Weges dahin zieht und plötzlich den Abgrund bemerkt, der ihm tief und schwarz zu seinen Füßen entgegen gähnt, so überlief Publius ein kalter Schauer. Wie ein Blitz schoß ihm der Gedanke an seine Mutter und ihre Warnung vor den verführerischen Ränken der Aegypterinnen und besonders der Frau, die ihn jetzt gar nicht königlich, sondern bang und verlangend anschaute, durch die Seele, und gern hätte er zu Boden geblickt und den Becher unberührt gelassen, aber ihr Auge hielt das seine wie mit Schlingen und Banden gefangen, und den Pokal von sich zu weisen, schien dem furchtlosesten Sohn des muthigsten Volkes ein unausführbar kühnes Wagniß.

Und wie hätte er es auch vermocht, die höchste Gunst mit einer Beleidigung zu vergelten, die kein Weib, am wenigsten aber eine Kleopatra, jemals vergeben konnte?

Ja manches Lebensglück ist verscherzt, manche Sünde begangen worden, weil Frauenhuld für jeden Mann ein Ehrengeschenk ist, das ihm, auch wenn es aus ungeliebten und unwürdigen Händen kommt, schmeichelt; Schmeichelei aber ist ein Schlüssel zum Herzen, und steht dieß letztere halb offen, so fehlt es niemals an der Stimme des Versuchers, welche spricht: „Durch Zurückweisung würdest du kränken.“

Aehnliche Erwägungen waren es, die des jungen

Römers erregten Sinn rasch durchkreuzten, als er den Becher der Königin ergriff und ihn an derselben Stelle, an der ihre Lippen ihn gestreift, mit den seinen berührte.

Während er dann in langen Zügen den Pokal leerte, erfaßte ihn plötzlich ein großer Widerwille gegen das sehr gesprächige, überreich geschmückte, bewegliche Weib ihm gegenüber, das ihm ihre Neigung, um die er nicht geworben, aufdrängte, und plötzlich trat ihm das Bild der armen Krugträgerin greifbar deutlich vor die Seele und er sah Klea vor sich, wie sie stolz und abweisend, seine Blicke meidend, weit königlicher einherschritt, als die mit dem Diadem geschmückte Herrscherin an seiner Seite es jemals vermocht hätte.

Kleopatra freute sich über sein langes, langsames Trinken, denn sie meinte, der Römer wolle damit andeuten, daß er nicht aufhören könne, sich wegen der ihm erwiesenen Huld glücklich zu preisen.

Keinen Blick wandte sie von ihm und nahm mit Vergnügen wahr, wie Roth und Blaß auf seinen Wangen wechselte, und bemerkte nicht, daß Euläus mit blitzenden Augen Alles beobachtete, was zwischen ihr und Publius vorging.

Endlich setzte der Römer den Becher nieder und suchte befangen nach einer Antwort auf ihre Frage, wie der Wein ihm gemundet.

„Herrlich, vorzüglich,“ gab er endlich stammelnd zurück, sah aber dabei nicht mehr Kleopatra an, sondern Euergetes, der eben laut ausrief:

„Stundenlang hab' ich über diese Stelle nach=

gedacht, Dir meine Gründe entwickelt und Dich sprechen lassen, Aristarch, aber ich bleibe dabei, und wer es leugnen wollte, der thäte Homer Unrecht, daß hier statt iu — siu gelesen werden muß."

Euergetes sprach diese Worte so heftig erregt, daß er alle anderen Gäste laut überschrie, Publius aber klammerte sich an sie, um der Nothwendigkeit zu entgehen, Gefühle zu heucheln, die er nicht hegte, und so sagte er denn, indem er sich halb an den Redenden, halb an Kleopatra wandte:

„Was nützt es zu wissen, ob es so oder so, iu oder siu heißt! Ich finde Vieles an Anderen berechtigt, was mir selbst fremd ist, aber das vermag ich nicht zu begreifen, daß ein thatkräftiger Mann, ein umsichtiger Fürst und tüchtiger Zecher wie Du, Euergetes, sich stundenlang hinter bröcklige Papyrusrollen setzen und sich den Kopf zerbrechen kann, ob dieses oder jenes Wort im Homer so oder anders gelautet habe."

„Du versuchst Dich eben an anderen Dingen," gab Euergetes zurück. „Ich halte das, was unter diesem goldenen Stirnreifen steckt, für mein Bestes und übe meinen Witz an dem Feinsten und Kleinsten, wie ich die Kraft meiner Arme gern an dem stärksten Athleten versuche. Fünf hab' ich das letzte Mal in den Sand geworfen, und sie zittern in der timagetischen Ringbahn, wenn ich erscheine. Es gäbe keine Kraft, wenn kein Widerstand auf der Welt wär', und Niemand wüßte, daß er stark ist, wenn es ihm nicht gelänge, Hindernisse zu finden. Ich suche mir solche, die meiner Eigenart zusagen, und wenn sie nicht nach

Deinem Geschmack sind, so kann ich nicht helfen. Ein edles Roß, dem Du diese vortrefflich bereitete Languste vorsetzest, wird sie verschmähen und nicht begreifen, wie die thörichten Menschen so etwas Salziges wohlschmeckend finden können. Salz ist eben nicht jeden Geschöpfes Sache! Dem fern vom Meere Geborenen munden die Austern nicht, ich aber als Feinschmecker öffne sogar ihre Schalen selbst, damit sie ganz frisch sind, wenn ich sie ausschlürfe und ihren Saft mit dem Weine vermische."

„Ich liebe keine übersalzigen Speisen und überlasse das Oeffnen der Seethiere gern meinen Dienern," entgegnete Publius. „Dadurch spare ich Zeit und unnütze Arbeit."

„Ich weiß," rief Euergetes. „Ihr haltet euch griechische Sklaven, die für euch lesen und schreiben müssen. Gibt es denn keinen Markt, auf dem man Leute kauft, die nach durchzechten Nächten unsern Kopfschmerz ertragen? Man liebt andere Dinge am Tiber mehr als das Lernen."

„Und," fiel Aristarch ein, „man beraubt sich dadurch der edelsten und feinsten Genüsse, denn die reinste Lust ist immer diejenige, welche wir mit dem Einsatz von Unlust und Anstrengungen erwerben."

„Aber was ihr durch diese Art der Arbeit gewinnt," entgegnete Publius, „ist klein und wenig bedeutend. Ihr kommt mir dabei vor wie ein Mann, der im Schweiße seines Angesichts einen Steinblock heranschleppt, um ihn auf eine Sperlingsfeder zu legen, damit sie der Wind nicht fortweht."

„Was ist klein und was ist groß?“ fragte Aristarch. „Entgegengesetzte Ansichten über das gleiche Ding können gleich wahr sein, denn von uns allein und unseren Empfindungen hängt es ab, wie die Dinge uns erscheinen, ob kalt oder warm, lieblich oder widerwärtig, und wenn Protagoras sagt, der Mensch sei das Maß aller Dinge, so ist das die annehmbarste von allen sophistischen Lehren; übrigens hat, das wirst Du verstehen, selbst das Kleinste um so höhere Bedeutung, je vollendeter das Ding ist, zu dem es als eins seiner Theile gehört. Schneide einem Karrengaul ein Ohr ab, was schadet es, aber denke, dasselbe geschähe einem edlen Roß, das Du auf dem Marsfelde tummelst! Im Antlitz eines Bauernweibes hat eine Runzel, ein Zahn mehr oder weniger keine Bedeutung, aber in dem einer gefeierten Schönen ist's anders. Zerkratze über und über das Menschenbild, mit dem die groben Finger des Töpfers einen Wasserkrug zierten, und es wird dem armen Gefäße zu geringem Schaden gereichen, aber ritze nur mit der Nadel die Gemme mit den Bildern des Ptolemäus und der Arsinoë, die Kleopatra's Gewand an ihrem schönen Halse zusammenhält, und die reichste Fürstin wird sich bekümmern, als hätte sie einen schweren Verlust erfahren.

„Was gibt es nun Vollendeteres und der Erhaltung Würdigeres, als die edelsten Werke der großen Denker und Dichter?

„Sie vor Schaden zu wahren, sie von den Flecken zu säubern, die sich mit der Zeit in ihr tabelloses

Gefüge eingeschlichen haben, das ist unsere Aufgabe, und wenn wir Steinblöcke wälzen, so thun wir es nicht, um eine Sperlingsfeder zu belasten, damit der Wind sie nicht fortwehe, sondern um das Thor zu verschließen, hinter dem ein kostbarer Schatz bewahrt ist, und diesen vor Schaden zu hüten.

„Der Mädchen Reden am Brunnen sind werth, daß der Wind sie verwehe und Niemand ihrer gedenke, aber kann einem Sohne ein Wort von denen bedeutungslos scheinen, die ihm sein sterbender Vater als Richtschnur für das Leben mit auf den Weg gab? Wenn Du nun selbst solch' ein Sohn wärst und Dein Ohr hätte die Rathschläge des Scheidenden nur unvollständig verstanden: wie viel Talente würdest Du Dem wohl zahlen, der die fehlenden Worte zu ergänzen vermöchte? Die unsterblichen Werke der großen Dichter und Denker, was sind sie nun Anderes, als solche heilige Mahnungsworte, die sich freilich nicht an einen Einzelnen, sondern an alle Nichtbarbaren wenden, so viel ihrer sind. Erheben, belehren, erfreuen werden sie wie heute noch nach tausend Jahren die Nachgeborenen, und diese werden, wenn sie keine mißrathenen Söhne sind, auch Denen Dank zollen, die ihres Lebens beste Kraft daran setzen, um das, was ihre großen Vorfahren sagten, so zu ergänzen und herzustellen, wie es gelautet haben muß, ehe es durch Sorglosigkeit und Thorheit verstümmelt und verderbt ward.

„Wer wie König Euergetes im Homer eine einzige richtige Sylbe an die Stelle einer falschen setzt, der

hat den Folgegeschlechtern, sollt' ich meinen, einen
Dienst und zwar einen großen Dienst geleistet." —

„Was Du da sagst," entgegnete Publius, „klingt
überzeugend, aber völlig leuchtet es mir doch nicht
ein; gewiß, weil ich von früh an gelernt habe, Thaten
den Worten vorzuziehen. Am leichtesten versöhn' ich
mich mit eurer mühevollen Kleinarbeit, wenn ich mir
denke, daß euch die Herstelluug des Wortlauts von
Gesetzen, deren Bedeutung durch ein fehlendes Wort
verkehrt ausfallen könnte, anvertraut sei; oder daß
mir ein schlechter Bericht über eine einzelne Handlung
oder den Lebenslauf eines Freundes oder Blutsver=
wandten vorläge und es stünde bei mir, ihn von Fehlern
und Mißverständnissen zu säubern."

„Aber was sind denn die Werke der Sänger von
Heldengedichten und der Geschichtsschreiber anders als
dichterisch ausgeschmückte oder wahrheitsgemäß erzählte
Lebensläufe unserer Väter?" rief Aristarch. „Ihnen
widmet sich mein König und Studiengenosse gerade
mit besonderem Eifer."

„Wenn er nicht zecht und schwärmt und regiert,
und mit Opfern und Prozessionen und anderen Thor=
heiten seine Zeit vergeudet," fiel Euergetes ein. „Wär'
ich kein König, vielleicht würde aus mir ein Aristarch
geworden sein, jetzt bin ich ein halber Fürst, denn
eine Hälfte meines Reichs gehört ja Dir, Philometor
— und ein halber Gelehrter, denn wann fänd' ich
wohl völlige Ruhe zum Denken und Schreiben?

„Halb, halb ist Alles an mir, der ich, wenn das
Gewicht den Ausschlag gäbe, ein ..." und er schlug

auf seinen Leib und seine Stirn, „ein doppelter Mann sein würde.

„Ganz, m e h r als ganz bin ich allein beim Gelage, wenn in den Bechern der Wein und in den hübschen Köpfen der Flötenspielerinnen zu Alexandria und Kyrene die Augen blitzen; vielleicht auch manchmal im Rathe, wenn es darauf ankommt, und überall, wo es etwas Ungeheuerliches zu thun gibt, wovor mein Bruder und ihr Alle, und vielleicht nur die Römer nicht zurückschrecken würden. So ist's und ihr werdet's erfahren!"

Diese letzten Worte hatte Euergetes mit gerötheten Wangen, unruhig hin und her schießenden Augen und, indem er den Kranz und den goldenen Stirnreifen vom Kopf nahm und mit den Händen wiederum durch sein Haar fuhr, mehr geschrieen als gesprochen.

Seine Schwester hielt sich dabei beide Ohren zu und sagte:

„Du thust mir weh! Da Dir Niemand widerspricht und Du ja als geistreicher Mann nicht wie die Scythen durch lautes Reden zu bekräftigen gewohnt bist, was Du behauptest, so würdest Du gut thun, das Metall Deiner Stimme für weitere Reden zu sparen, mit denen Du uns heute hoffentlich noch erfreuen wirst. Vor Deiner Kraft, die Du rühmst, haben wir uns ja mehr als einmal beugen müssen, aber jetzt beim fröhlichen Mahle wollen wir daran nicht denken, sondern lieber bei dem Gespräche bleiben, das uns ergötzt und so schön begonnen wurde. Durch solche warme Vertheidigung dessen, was in Alexandria die Besten unter den Hellenen erfreut, gelingt es vielleicht unserem Publius Scipio und durch ihn wohl auch vielen jüngeren Römern, Achtung vor einer Geistesrichtung einzuflößen, die er nur verurtheilen konnte, so lang ihm das Verständniß dafür abging.

„Oft macht uns ein treffendes Dichterwort auf einen Schlag deutlich, was wir nach langen gelehrten Darlegungen nicht zu fassen vermögen, und ich kenne ein solches, das ein Ungenannter verfaßt hat, und das euch, und auch Dir, Aristarch, gefallen möchte.

„Es faßt den Kern unseres Gesprächs hübsch zusammen und lautet also:

> ,Sitzt das kleine Menschenkind
> An dem Ocean der Zeit,
> Schöpft mit seiner kleinen Hand
> Tropfen aus der Ewigkeit.
>
> ,Sitzt das kleine Menschenkind,
> Sammelt flüsternde Gerüchte,
> Schreibt sie in ein kleines Buch
> Und darüber: „Weltgeschichte".'

„Einem klugen Freunde danken wir diese Verse und ein Anderer ergänzte sie also:

> ,Schöpfte nicht das kleine Menschenkind
> Tropfen aus dem Ocean der Zeit,
> Was geschieht, verwehte wie der Wind
> In den Abgrund öder Ewigkeit.'

„Und weiter:

‚Tropfen aus dem Ocean der Zeit
  Schöpft das Menschenkind mit kleiner Hand,
Spiegelt doch dem Lichte zugewandt
  Sich darin die ganze Ewigkeit.‘*)

„Kleine Menschenkinder sind wir Alle, aber die Tropfensammler unter uns sollen wir doch gewiß nicht geringer schätzen als Diejenigen, welche am Ufer des Oceans ihr Leben verbringen mit Spiel und Streit...“

„Und Liebe,“ fiel der Eunuch Euläus leise ein, indem er auf Publius blickte.

„Die Verse Deiner Dichter sind hübsch und treffend,“ nahm jetzt Aristarch das Wort, „und ich lasse mich gern mit dem tropfenschöpfenden Kinde bergleichen. Es gab eine Zeit, die leider mit dem großen Aristoteles ihren Abschluß gefunden, in der es unter den Griechen Männer gab, die den Ocean, von dem Du redest, mit neuen Zuflüssen speisten, denn die Götter hatten sie mit der Kraft beschenkt, Quellen zu wecken, wie jenen Wunderthäter Mose, von dem uns neulich der Jude Onias erzählte und dessen Geschichte ich in dem heiligen Buch der Hebräer nachlas. Der — den Moses mein’ ich — schlug freilich nur Wasser für den Leib aus dem Felsen, während wir unseren Philosophen und Dichtern nie versiegende Labung für Geist und Seele danken.

„Jetzt ist die Zeit vorüber, in der solche göttergleiche, schöpferische Geister geboren werden, und das

---

*) Siehe im Vorwort S. XII.

haben eure Väter, meine Könige, wohl erkannt, als sie
das Museum in Alexandria und die Büchersammlung,
deren Hüter ich bin und deren Ergänzer ich mich durch
euren Beistand nennen darf, gründeten.

„Das in größeren Tagen Entstandene ließ sich
nicht durch neue erhabene Werke mehren, als Ptolemäus Soter das Museum in's Leben rief; aber er
stellte uns tropfensammelnden Kindern die Aufgabe,
es zusammenzutragen, zu sichten und zu reinigen,
und dieser Aufgabe, denk' ich, zeigen wir uns gewachsen.

„Man sagt, es sei nicht weniger schwer, ein Vermögen zu erhalten, als es zu verdienen, und so mag
auch uns, die wir solche ‚Erhalter‘ sind, immerhin
einiges Lob gebühren, und das um so mehr, weil
wir das Vorgefundene recht zu ordnen, auszubeuten,
anzuwenden, zu erklären und zu verwerthen verstehen.

„Wo Neues in unserem Kreise geschaffen wird,
knüpfen wir überall an das Alte an, aber es ist uns
doch auch gelungen, dieses letztere auf vielen Gebieten,
und namentlich auf dem der Erfahrungswissenschaften,
zu überflügeln. Der erhabene Geist unserer Ahnen
schaute überall in's Weite, unser kürzerer Blick erfaßt
schärfer das Naheliegende. Den sicheren Weg für alle
Arbeiten des Geistes, die wissenschaftliche Methode,
haben wir gefunden, und die scharfe Beobachtung der
Dinge, wie sie sind, gelingt uns besser als all' unseren
Vorgängern, und so kommt es, daß in unserem Kreise
auf dem Gebiet der Naturwissenschaften, der Mathe-
matik, der Himmelskunde, Mechanik und Erdbeschreibung

Unübertroffenes geleistet wird. Auch der Sammelfleiß meiner Genossen —"

„Der ist groß!" rief Euergetes. „Aber mit dem Staub, den sie zusammenkramten, ersticken sie das frische Denken, und weil es ihnen vor allen Dingen um das ‚viel' des Erworbenen zu thun ist, vergessen sie zu sichten, was groß und was klein ist, und geben dem Publius Scipio und seinesgleichen, die über die Arbeit der Gelehrten die Achsel zucken, Ursache genug, ihnen in's Gesicht zu lachen. Unter je Vieren von euch möcht' ich am liebsten immer Dreien das Hand= werk legen und ich thu' es auch noch eines Tages, ich thu's — und jage sie sammt ihrem elenden Zeug aus dem Museum und meiner Hauptstadt hinaus.

„Bei Dir, Philometor, der Du Alles bewunderst, was Du selbst nicht kannst, der Du Alles zu besitzen liebst, was ich verwerfe, und Diejenigen hätschelst, die ich verdamme, können sie dann Aufnahme finden, und Kleopatra spielt vielleicht bei ihrem Einzug in Memphis die Harfe."

„Vielleicht," antwortete die Königin mit bitterem Lächeln, „läßt es sich doch erwarten, daß Dein Zorn auch würdige Männer treffen wird. Ich werde mich bis dahin in der Musik üben und dazu das Werk benützen, das Du über die Harmonie zu schreiben be= gonnen. Du lieferst uns heute Proben, wie weit Du in der Erlangung des Gleichklanges in Deiner eigenen Seele gelangt bist."

„So gefällst Du mir," rief Euergetes. „So lieb' ich Dich, Schwester! Es steht dem Jungen des

Adlers schlecht, wenn es girrt wie ein Täubchen, und Du hast scharfe Krallen, so sehr Du sie auch unter den weichen Federn versteckst.

„Daß ich über die Harmonie schreibe, ist wahr, und ich thu' es mit Leidenschaft, gehört sie doch zu den unserer Vorstellung zugänglichen Erscheinungen, die unvergänglich sind, weil sie auch kein Gott ganz und ungetrübt in der Wirklichkeit zu entdecken vermöchte. Wo fände sich Harmonie in dem Ringen und sich Verschlingen des kosmischen Lebens, und unser mensch= liches Dasein gibt im verkleinernden Spiegelbilde den Werde= und Vernichtungsprozeß wieder, der an allem sinnlich Wahrnehmbaren sich vollzieht, bald unmerklich und allmälig, bald gewaltsam und krampfhaft, aber nie in harmonischer Weise.

„In der Ideenwelt und nur da ist sie zu Hause, diese Harmonie, die selbst dem Leben der Götter fremd ist, diese Harmonie, die ich kenne und doch nicht zu erfassen vermag, die ich liebe und doch nicht besitze, nach der ich mich sehne und die mich flieht.

„Ein Durstender bin ich, sie aber ist der ferne, unerreichbare Quell, auf offener See schwimm' ich und sie ist ein Land, das je weiter zurücktritt, je mehr ich mich ihm zu nähern wähne.

„Wer nennt mir das Reich, in dem sie ungestört und ungetrübt als Königin waltet? Wem ist es ernster zu thun um die Schöne: Einer, der schlafend in ihren Armen ruht, oder ein Anderer, den die Leidenschaft nach ihr verzehrt?

„Ich suche, was ihr zu besitzen meint; — zu besitzen!

„Seht euch um in der Welt und im Leben, seht euch mit mir in diesem Gemache um, auf das ihr stolz seid! Ein Grieche hat es gebaut, aber weil euch der einfache Gesang schön zusammenklingender Formen nicht mehr genügt und die Pracht des Morgenlandes, in dem ihr geboren, euch zusagt, weil sie eurer Eitelkeit schmeichelt und euch, so oft ihr sie anschaut, in's Gedächtniß ruft, daß ihr reich seid und mächtig, so befahlt ihr dem Baumeister, abzusehen von der einfachen Würde und solch' ein buntes Unding herzustellen wie dieses, das dem Festsaal eines Perikles nicht ähnlicher steht, als ich oder Du, Kleopatra, in unserem Putze einem schlicht gewandeten Gott oder einer Göttin des Phidias. Nichts für ungut! Aber Dir, Kleopatra, sei gesagt: Ich schreibe jetzt über die Harmonie und später vielleicht auch über Gerechtigkeit, Wahrheit, Tugend; obgleich ich weiß, daß das lauter Dinge sind, die weder in der Natur, noch in unserem Leben vorkommen, und von denen ich bei meinen Handlungen absehe, die mir aber immerhin der Untersuchung werth scheinen, wie jeder andere Irrthum, durch dessen Auflösung man zum bedingt Wahren gelangt. Weil der Eine den Andern fürchtet, hat man jene Beschränkungen — Gerechtigkeit, Wahrheit und wie sie sonst heißen mögen — mit hochklingenden Namen belegt, zu Eigenschaften der Götter gestempelt und unter den Schutz der Himmlischen gestellt; ja so weit ging die Besorgniß, daß man lehrte, es sei schön und gut, sich um dieser Trugbilder wegen den freien Genuß des Daseins zu verkümmern. Denkt an Antisthenes und seine hündischen Nacheiferer, denkt an die im Serapistempel eingeschlossenen Narren! Nur was frei ist, ist schön, und unfreier ist Keiner, als wer seine Triebe zu jeder Zeit und dabei meistens vergebens zu knebeln sucht, um im Sinne furchtsamer Schwächlinge tugendhaft, gerecht und wahrhaftig zu leben. Ein Thier frißt das andere, nachdem es ihm gelungen, es im offenen Kampfe oder mit trügerischer List zu erbeuten; die Schlingpflanze erwürgt den Baum, der Wüstensand tödtet die Felder, Sterne fallen vom Himmel und Erdbeben verschlingen die Städte. Ihr glaubt an Götter und ich thue es meinetwegen gleichfalls; wenn nun diese das Leben auf allen Gebieten des Daseins so geordnet haben, daß dem Stärkeren der Sieg über den Schwächeren zufällt, warum soll ich meine Kraft nicht benützen und sie einschränken lassen von jenen vielgepriesenen Schlummersäften, die kluge Vorfahren mischten, um mir und meinesgleichen das heiße Blut zu kühlen und die nervige Faust zu lähmen.

„Euergetes, der ‚Gutthäter‘, heiß' ich von meiner Geburt an, aber wenn man mich einst ‚Kakergetes‘, den Uebelthäter, nennen wird, so soll mich das nicht verdrießen, denn was ihr gut nennt, heißt eingeschränkt, und was ihr böse nennt, frei und mit ungezügelter Kraft waltend. Nur für träg und müßig möcht' ich nicht gelten, denn bewegt und thätig ist Alles in der Natur, und da ich als höchstes Gut mit Aristipp die Lust erkannt habe, so möcht' ich mir den Ruhm erwerben, mehr genossen zu haben als jeder Andere, zunächst mit dem Geiste, nicht minder aber auch mit diesem Leib, den ich liebe und pflege."

Während dieser Rede waren viele Zeichen des Unwillens laut geworden und Publius, der zum ersten Male in seinem Leben so lästerlich sprechen hörte, folgte den Worten des unbändigen Jünglings entsetzt und staunend.

Er fühlte sich diesem starken, in allen Künsten des Denkens und Redens fein geschulten Geiste nicht gewachsen, aber er konnte das, was er vernommen hatte, nicht unerwiedert lassen und sagte darum, als Euergetes schwieg, um seinen frisch gefüllten Becher zu leeren:

„Wollten wir Alle Deinen Grundsätzen folgen, so würde es, sollt' ich meinen, in einigen Jahrhunderten Keinen mehr geben, der sich zu ihnen zu bekennen vermöchte, denn die Erde wäre entvölkert; die Schriftrollen aber, in denen Du sorglich die ‚iu‘ in ‚siu‘ verwandelst, würden kräftige Mütter nehmen, wo sie sie fänden, um in diesem holzarmen Lande ihren Kindern damit die Suppe zu kochen. Vorhin noch rühmtest Du Dich, dem Alcibiades zu gleichen, aber das, was Jenen auszeichnete und den Athenern werth machte — die Schönheit, mein' ich — ist mit diesen Lehren, die aus den Menschen denkende Raubthiere machen müßten, am wenigsten vereinbar, denn wer schön erscheinen will, der muß, das hab' ich schon in Rom und nicht erst in Athen vernommen und wohl behalten, vor allen Dingen verstehen sich zu beschränken und Maß zu halten. Wie Du hat vielleicht ein Titane gedacht und geredet, ein Alcibiades schwerlich!"

Euergetes schoß bei diesen Worten das Blut in's

Gesicht, aber er unterdrückte die scharfe, verletzende Antwort, die ihm auf den Lippen schwebte, und der Sieg über seine zornige Wallung ward ihm erleichtert, denn Lysias trat gerade jetzt zu den Schmausenden, entschuldigte sein langes Ausbleiben und legte dann zuerst Kleopatra und ihrem Gatten die Gemmen seines Freundes Publius vor.

Sie fanden reichen Beifall, mit dem auch Euergetes nicht geizte, und jeder unter den anwesenden Tischgenossen gestand, nur selten etwas Schöneres und Anmuthigeres gesehen zu haben, als die verschämt zu Boden schauende Hebe und die ihre Hand auf den Arm der Braut legende Göttin der Ueberredung.

„Ich stelle die Peitho dar," sagte Kleopatra entschieden.

„Und ich den Herakles!" rief Euergetes.

„Wer aber," fragte der König Philometor, „ist die Schöne, die Du, Lysias, für dieß unvergleichliche, liebliche Hebebildniß in's Auge gefaßt hast? Während Du fort warst, hab' ich mir das Aussehen aller Frauen und Mädchen, die unsere Feste besuchen, in's Gedächtniß gerufen, aber nur um Eine nach der Andern zu verwerfen."

„Die Schöne, welche ich meine," entgegnete Lysias, „hat weder diesen, noch irgend einen andern Palast jemals betreten, und ich fürchte beinahe, daß ich zu kühn bin, wenn ich der erhabenen Königin vorschlage, einem bescheidenen Kinde, wenn auch nur im Spiel, den Platz an ihrer Seite einzuräumen."

„Ich werde auch ihren Arm mit meiner Hand zu berühren haben," sagte die Königin besorgt und indem sie die Finger einzog, als sollten sie etwas Unreines berühren. „Wenn Du eine Blumenhändlerin meinst, eine Flötenspielerin oder dergleichen . . ."

„Wie würde ich so Unziemliches vorzuschlagen wagen?" unterbrach Lysias lebhaft die Fürstin. „Die Jungfrau, welche ich meine, mag sechzehn Jahre zählen, ist die in Fleisch und Bein verwandelte Unschuld und sieht aus wie eine Knospe, die schon der Frühregen, der vielleicht dieser Nacht folgt, öffnen könnte, die aber doch noch geschlossen in ihren Kelchblättern ruht. Sie ist hellenischen Stammes, von Deiner Größe, Kleopatra, hat wundervolle Gazellenaugen in dem von braunem, vollem Haar geschmückten Köpfchen, wenn sie lächelt, reizende Grübchen in den Wangen, und sie wird schon lächeln, wenn solche Peitho ihr zuspricht."

„Du spannst unsere Neugier!" rief der König Philometor. „In welchem Garten wächst diese Blume?"

„Und wie kommt es," fragte Kleopatra, „daß mein Gatte diese Blume nicht schon längst bemerkt und in unsern Palast verpflanzt hat?"

„Vermuthlich," entgegnete Lysias, „weil Derjenige, welcher Dich, die schönste Rose Aegyptens, besitzt, die Veilchen am Wege für zu gering achtet, um nach ihnen zu schauen. Uebrigens ist die Hecke, an der mein Knösplein heranwuchs, an einem finstern Orte gelegen, schwer zugänglich und wird mißtrauisch bewacht. Daß ich kurz bin: unsere Hebe ist eine der Krugträgerinnen im Tempel des Serapis und heißt Irene."

Elftes Kapitel

Lysias war einer von Denen, in deren Munde nichts klingen will, als wäre es ernstlich gemeint.

Seine Mittheilung, daß er eine Dienerin des Serapis für passend halte, die Hebe darzustellen, klang so munter und harmlos, als erzähle er Kindern ein Mär=chen, aber seine Worte wirkten auf seine Hörer wie das Geräusch des Wassers, das in ein geborstenes Schiff dringt.

Publius hatte sich völlig entfärbt und erst nachdem sein Freund den Namen Irene ausgesprochen, seine Ruhe einigermaßen zurückgewonnen, Philometor seinen Becher auf den Tisch gestoßen und lebhaft ausgerufen:

„Eine Dienerin des Serapis als Hebe bei einem lustigen Festspiel! Hältst Du das für möglich, Kleo=patra?"

„Unthunlich, völlig unthunlich ist es," gab die Königin entschieden zurück.

Euergetes, der freilich gleichfalls bei des Korinthers

Rede die Augen weit geöffnet hatte, schaute, während seine Geschwister auch ferner ihrer Ueberraschung und Mißbilligung Ausdruck gaben und von der Verehrung und Rücksichtnahme sprachen, die auch Könige den Priestern und Dienern des Serapis schuldeten, lange Zeit schweigend in den Becher.

Endlich nahm er den Kranz und Stirnreifen ab, lockerte wieder mit beiden Händen sein Haar auf und sagte dann völlig ruhig und entschieden:

„Wir brauchen eine Hebe und nehmen sie her, wo wir sie finden. Wenn ihr euch scheut, das Mädchen holen zu lassen, so soll es auf meinen Befehl geschehen. Die Priesterschaft des Serapis besteht zum größten Theil aus Griechen und ihr Vorsteher ist ein Hellene. Seinesgleichen fragt nach einem halb erwachsenen Kinde nicht viel, wenn er euch oder mir gefällig sein kann. Er weiß so gut wie wir Alle, daß eine Hand die andere wäscht. Es fragt sich nur, — denn Weibergeschrei möcht' ich vermeiden, — ob das Mädchen gern oder ungern kommt, wenn wir es rufen. Was meinst Du, Korinther?"

„Ich glaube, daß sie lieber heute als morgen aus ihrem Gefängniß befreit sein möchte," entgegnete Lysias. „Irene ist heitern Sinnes, lacht rein und hell wie ein spielendes Kind, und man läßt sie noch dazu in ihrem Käfige hungern."

„So hol' ich sie morgen!" rief Euergetes.

„Aber," unterbrach Kleopatra ihren Bruder, „Asklepiodor hat uns und nicht Dir zu gehorchen, und wir, ich und mein Gatte..."

„Ihr wollt es mit dem Priestervolk nicht verderben!" lachte Euergetes. „Wenn es noch Aegypter wären! Denen greift man nicht ungebissen in ihre Tempelnester, aber hier handelt es sich, wie gesagt, nur um Griechen. Was habt ihr von denen zu fürchten? Meinetwegen laßt denn unsere Hebe, wo sie ist, aber ich habe mich einmal auf diese Bilder gefreut und reise morgen, sobald ich ausgeschlafen, nach Alexandria zurück, wenn ihr sie nicht zu Stande bringt und mir, dem Herakles, die ihm von den Göttern erwählte Braut vorenthaltet. Was ich sage, hab' ich gesagt, und das Nachgeben war nie meine Sache. Uebrigens ist es Zeit, daß wir uns den hier neben uns schmausenden Freunden zeigen. Sie werden schon munter und es kann nicht mehr früh sein."

Euergetes erhob sich bei diesen Worten von seinem Lager und winkte Hierax und einem Kämmerer, der ihm die Falten seines durchsichtigen Gewandes zurecht zog, während Philometor und Kleopatra mit einander achselzuckend und kopfschüttelnd flüsterten, und Publius, indem er seine Rechte fest um das Handgelenk des Korinthers preßte, diesem zuraunte:

„Du wirst ihnen nicht helfen, wenn unsere Freundschaft Dir lieb ist. Sobald es angeht, brechen wir auf."

Euergetes wartete nicht gern.

Schon wandte er sich der Thür zu, als Kleopatra ihn zurückrief und freundlich, aber mit leisem Vorwurf sagte:

„Du weißt, daß wir gern der ägyptischen Sitte folgen, Alles zu erfüllen, was ein Freund und Bruder für seinen Geburtstag zu haben wünscht, aber gerade darum ist es nicht recht von Dir, daß Du etwas zu ertrotzen versuchst, was wir schwer versagen und doch nicht, ohne uns schlimmen Widerwärtigkeiten auszusetzen, erfüllen können. Fordere, wir bitten Dich, etwas Anderes, und wir gewähren es Dir gewiß, wenn wir können."

Der junge Riese beantwortete diese Bitte seiner Schwester mit einem lauten Gelächter, schwenkte den Arm, schüttelte die Hand abweisend hin und her und rief dann:

„Das Einzige, das ich gern haben möchte von dem, was ihr besitzet, gebt ihr doch nicht freiwillig heraus, und so muß es denn bei dem Gesagten bleiben. Ihr schafft mir meine Hebe oder ich zieh' meiner Wege."

Von Neuem wechselte Kleopatra mit ihrem Gatten kurze Worte und schnelle Blicke, und Euergetes schaute sie dabei mit vollem Gesichte an, indem er die Beine auseinander spreizte, seinen gewaltigen Oberkörper vorbeugte und seine Fäuste auf die Hüften stemmte.

In dieser Stellung lag so viel Uebermuth und kecke, knabenhafte, unbändige Herausforderung, daß Kleopatra nur mit Mühe einen Ausruf des Unwillens zurückhielt, ehe sie sagte:

„Wir sind nun einmal Geschwister und um des mühsam wiederhergestellten und erhaltenen Friedens willen geben wir nach. Das Beste wird sein, wir bitten Asklepiodor . . ."

Hier unterbrach Euergetes laut in die Hände klatschend die Königin und lachte:

„So ist es recht, Schwester! Schafft mir nur meine Hebe! Wie ihr das zu Stande bringt, kann mir gleich sein und ist eure Sache. Morgen Abend wird Probe gehalten und übermorgen gibt es eine Darstellung, von der sich die Enkel erzählen werden. An einer glänzenden Zuschauerschaft soll es auch nicht fehlen, denn meine Gratulanten mit der Priesterbinde und im Waffenschmuck treffen hoffentlich rechtzeitig ein. Kommt, ihr Herren, wir wollen sehen, was es da brinnen an der Tafel Gutes zu hören und zu trinken gibt."

Die Thore öffneten sich, Musik, lautes Gespräch, Bechergeklirr und Gelächter scholl durch dieselben in das Speisezimmer der Fürsten und sämmtliche Gäste des Königspaares mit Ausnahme des Eunuchen folgten dem Euergetes.

Kleopatra ließ sie schweigend ziehen; nur Publius rief sie ein „Auf Wiedersehen!" zu, den Korinther aber hielt sie zurück und sagte:

„Du, Lysias, hast diese schlimmen Dinge veran= laßt. Suche sie nun gut zu machen, indem Du das Mädchen zu uns führst. Weigere Dich nicht! Ich werde sie hüten, sorgfältig hüten, verlaß Dich darauf!"

„Sie ist eine sittsame Jungfrau," entgegnete Ly= sias, „und würde mir sicher nicht guttwillig folgen. Als ich sie für die Rolle der Hebe vorschlug, dacht' ich gewiß, ein Wort aus eurem, der Könige, Munde würde genügen, die Vorsteher des Tempels zu be= stimmen, sie euch auf einige Stunden zu einem harm= losen Spiele anzuvertrauen. Verzeihe, wenn auch ich

Dich verlasse. Ich habe den Schlüssel zur Lade meines Freundes noch bei mir und muß ihn ihm bringen."

„Sollte man sie heimlich entführen?" fragte Kleopatra, nachdem auch der Korinther den anderen Gästen gefolgt war, ihren Gatten.

„Nur keine Uebergriffe, nur nichts Gewaltsames!" rief der König Philometor besorgt. „Das Beste wäre, wenn ich Asklepiodor schriebe und ihn freundlich bäte, diese Ismene oder Irene oder wie das Unglückskind sonst heißt, Dir, Kleopatra, der sie gefallen, auf einige Tage anzuvertrauen. Ich kann ihm ja eine Vergrößerung der Ackerschenkung von heute, deren Umfang weit hinter seiner Forderung zurückblieb, in Aussicht stellen."

„Laß Dich bitten, erhabener Herr," sagte Euläus, der nun mit dem Königspaar allein war, unterwürfig, „laß Dich bitten, bei dieser Gelegenheit nichts Großes zu versprechen, denn sobald dieß geschieht, wird Asklepiodor Deinem Wunsche eine Wichtigkeit beilegen..."

„Die er nicht hat und nicht haben soll," fiel die Königin ein. „Schmählich ist es; um ein hungriges Geschöpf, eine wassertragende Dirne, so viele Worte zu verlieren, so viel Unruhe zu erdulden, aber wie machen wir dem Allen ein Ende? Was räthst Du, Euläus?"

„Dank für diese Frage, hohe Fürstin," gab der Eunuch zurück. „Mein Herr, der König, sollte, so denke ich, das Mädchen entführen lassen, aber nicht mit Gewalt von einem Manne, dem sie kaum so schnell, wie es noth thut, folgen würde, sondern von einem Weibe.

„Ich denke an das alte ägyptische Märchen von den beiden Brüdern, das euch ja bekannt ist.

„Der Pharao wünschte die Frau des jüngeren von ihnen zu besitzen, die auf dem Cedernberg wohnte, und sandte bewaffnete Leute aus, um sie zu holen; aber von ihnen kam nur Einer zurück, denn Batau hatte alle anderen erschlagen. Darauf ward eine Frau ausgeschickt mit reichem Schmuck, wie die Weiber ihn lieben, und der ist dann die Schöne ohne Widerstand in den Palast gefolgt.

„Sparen wir die Boten und fangen wir gleich mit dem Weibe an. Deine Gespielin Zoë wird diesen Auftrag vortrefflich ausrichten. Wer kann uns etwas vorwerfen, wenn eine putzsüchtige Dirne ihren Wächtern entläuft?"

„Aber alle Welt wird sie als Hebe sehen," seufzte Philometor, „und uns, die Schutzherren des Serapisdienstes, wenn Asklepiodor es ihnen vorspricht, für Tempelschänder erklären. Nein, nein, erst muß der Oberpriester gütlich gebeten werden. Im Fall er Schwierigkeiten bereitet, aber nicht früher, mag Zoë ihr Heil versuchen."

„So soll es denn sein," sagte die Königin, als käme es ihr zu, dem Vorschlag ihres Gatten die Bestätigung zu ertheilen.

„Laß mich Deine Gespielin begleiten," bat Euläus, „und Asklepiodor eure Bitte vortragen. Während ich mit dem Oberpriester rede, soll Zoë das Mädchen auf

alle Fälle gewinnen, und was wir thun wollen, muß
schon morgen geschehen, sonst kommt uns der Römer
zuvor. Ich weiß, daß er ein Auge auf Irene ge=
worfen, die in der That sehr schön ist. Er beschenkt
sie mit Blumen, füttert sein Vögelchen mit Fasanen
und Pfirsichen und anderen süßen Dingen, läßt sich
von dem Schätzchen, so oft es nur geht, in's Sera=
peum locken, bleibt dort ganze Stunden, macht fromm
die Aufzüge mit, um die Veilchen, die Du ihm in
Deiner Gnade verehrst, seiner Schönen, die königliche
Blumen wohl lieber trägt als andere, zu schenken…"

„Lügner!" schrie die Königin, den Höfling unter=
brechend, in so heftiger Erregung, so maßlos empört
und außer sich, daß ihr Gatte erschrocken von ihr
zurücktrat.

„Ein Verleumder bist Du und schnöder Ehr=
abschneider! Der Römer tritt Dir mit offenen Waffen
entgegen, Du aber schleichst im Dunklen wie der
Skorpion und suchst Deinen Feind in die Sohle zu
stechen. Apelles der Maler hat uns Enkel des Lagus
in seinem Gemälde gegen Antiphilus vor Leuten von
Deinem Gelichter gewarnt. Seh' ich Dich an, so
denke ich an seinen Dämon der Verleumdung. Der
Ingrimm, die Bosheit, die aus den listigen Augen
funkelt, und die Wuth, die, ihr Opfer begehrend, von
dem geröteten Antlitz leuchtet, ist euch Beiden gemein.
Du möchtest wohl, daß der Jüngling, den des Apelles
Verleumbung an den Haaren vor sich her zerrt, unser
Publius wäre und Dir wie ihr die sieche, hohläugige
Gestalt des Neides und die hassenswerthen Weiber

Lift und Betrug Beistand leisteten? Aber ich erinnere
mich der hoch zum Himmel erhobenen, den Schutz der
Göttin und des Königs anrufenden Arme und des
treuen, wahrhaftigen Blickes des zu Boden gerissenen
Knaben, und wenn Publius Scipio auch Manns genug
ist, sich gegen offene Angriffe zu vertheidigen, so werde
ich ihn vor Ueberfall aus dem Hinterhalt schützen!
Fort aus diesem Gemach! Fort, sage ich Dir, und
Du wirst sehen, wie wir Verleumder bestrafen!"

Euläus warf sich bei diesen Worten vor der Kö=
nigin nieder, sie aber blickte tiefathmend mit fliegen=
den Nüstern über ihn fort, als sähe sie ihn nicht, bis
ihr Gatte zu ihr herantrat und mit einer Stimme
von herzgewinnender Weichheit sagte:

„Verdamme ihn nicht ungehört und hebe ihn auf.
Jedenfalls gib ihm Gelegenheit, Deinen Groll zu be=
sänftigen, indem er uns die Krugträgerin, ohne As=
klepiodor zu erzürnen, herbeischafft. Mach' Deine
Sache gut, Euläus, und Du wirst in uns einen Für=
sprecher bei Kleopatra finden."

Der König wies mit dem Finger auf die Thür,
Euläus entfernte sich tiefgebeugt, indem er rückwärts
schreitend den Ausgang suchte; Philometor aber, der
nun mit seiner Gattin allein war, sagte mit sanftem
Vorwurf:

„Wie konntest Du Dich nur Deinem Groll so
maßlos hingeben? Einen so treuen und klugen Diener,
der ja zu den wenigen Lebenden gehört, die unserer
Mutter lieb waren, jagt man doch nicht fort wie einen
ungeschickten Aufwärter. Und was hat er denn Großes

verbrochen? Ist das eine Verleumdung, über die man in Zorn geräth, wenn ein nachsichtiger Alter von einem jungen Manne, dem die Welt gehört, und der nichts von der finsteren Heiligkeit des Serapis weiß, harmlos erzählt, daß ihm ein Mädchen, welches doch Jeder, der es gesehen, bewundert, gefallen habe, daß er es aufsuche und seine Schönheit mit Blumen ehre . . .“

„Mit Blumen ehrt?“ fragte Kleopatra, von Neuem aufbrausend. „Nein, man bezichtigt ihn, daß er eine Jungfrau, die dem Serapis angehört, dem Serapis, sag’ ich, verfolge. Aber das ist einfach nicht wahr, das ist erlogen, und Du würdest wie ich empört sein, wenn es Dir überhaupt gegeben wäre, männlichen Grimm zu empfinden, und wenn Du Euläus nicht brauchtest zu vielen Dingen, von denen ich weiß und anderen noch, die es Dir mir zu verschweigen beliebt. Laß ihn das Mädchen nur holen; aber haben wir es hier und finde ich des Römers Klage gegen Euläus, die ich morgen anhören will, begründet, so wirst Du sehen, daß in mir männliche Strenge genug für uns Beide wohnt. Komm’ jetzt, denn die da drinnen warten auf uns.“

Die Königin rief, Kämmerer und Diener eilten herbei, ihre muschelförmige Sänfte erschien wieder und bald zog sie neben ihrem Gatten hoch in der Luft schwebend in den großen Peristyl ein, woselbst auf langen Lagerreihen die Großen des Hofes, die Befehlshaber der Truppen, die höchstgestellten der aus der Provinz gekommenen ägyptischen Beamten, viele

Künstler und Gelehrte, sowie die Gesandten fremder Mächte lagen und — denn die eigentliche Mahlzeit war bereits beendet — dem Weine zusprachen.

Die Griechen und die dunkler gefärbten Aegypter waren etwa gleich zahlreich vertreten in dieser bunten Gesellschaft, aber es befanden sich unter ihr und namentlich unter den Gelehrten und Soldaten auch viele Israeliten und Syrer.

Das königliche Paar wurde von den Schmausenden mit Jubel und Ehrfurchtsbezeugungen empfangen; Kleopatra lächelte so süß wie je und winkte auch noch, nachdem sie ihrer Sänfte entstiegen, mit dem Fächer, doch schenkte sie keinem unter den Anwesenden auch nur die geringste Aufmerksamkeit, denn sie suchte Publius zuerst in der Nähe des für sie bereit gehaltenen Lagers, dann unter den anderen Hellenen, den Aegyptern, Juden und Gesandten, doch fand sie ihn nicht, und als sie endlich den obersten Kämmerer an ihrer Seite fragte, wo sich der Römer befinde, wurde sogleich der Gesandtenpfleger gerufen. Dieser war ein sehr hoher Beamter, dem es oblag, für die Vertreter der fremden Mächte zu sorgen, und er war nahe zur Hand, denn er harrte längst auf die Gelegenheit, Kleopatra des Publius Cornelius Scipio Gruß zu entbieten und ihr in seinem Namen mitzutheilen, daß er sich in sein Zelt zurückgezogen habe, weil Briefe aus Rom für ihn angekommen wären.

„Ist das wahr?" fragte die Königin, indem sie ihren Wedel sinken ließ und den Gesandtenpfleger streng anschaute.

„Der Dreiruderer Proteus, der von Brundisium kommt,“ gab der Gefragte zurück, „ist gestern im Hafen des Eunostus eingelaufen, und vor einer Stunde brachte ein reitender Bote den Brief, und zwar keinen gewöhnlichen, sondern ein Schreiben des Senats; ich kenne die Form und das Siegel.“

„Und der Korinther Lysias?“

„Er begleitete den Römer.“

„Hat der Senat auch an i h n geschrieben?“ fragte Kleopatra gereizt und spöttisch, und fuhr dann, indem sie dem Gesandtenpfleger ohne Gruß den Rücken kehrte und sich wieder dem Kämmerer zuwandte, schneidig, als habe sie eine Gerichtssitzung zu leiten, also fort:

„König Euergetes sitzt dort mitten unter den Aegyptern neben den Gesandten der Tempel vom oberen Lande. Es sieht aus, als hielte er ihnen eine Rede und sie hängen an seinem Munde. Was spricht er und was hat dieß wieder zu bedeuten?“

„Ehe Du kamst, saß er bei den Syrern und Juden und theilte ihnen mit, was die Kaufleute und Schreiber, die er in den Süden gesandt, von den Ländern berichtet, die unfern der Seen liegen, durch welche der Nilstrom fließen soll. Er meint, es hätten sich unweit des Ursprungs des heiligen Flusses, der kaum, wie die Aelteren meinten, dem Ozean entströmen kann, neue Quellen des Reichthums gezeigt.“

„Und jetzt?“ fragte Kleopatra, „was macht er dort den Aegyptern weis?“

Der Kämmerer eilte auf das Lager des Euergetes zu und kehrte bald darauf zu der Königin zurück, welche indessen freundliche Worte mit dem jüdischen General Onias gewechselt hatte, um ihr mit gedämpfter Stimme mitzutheilen, daß der König eine Stelle aus dem Timäus des Plato interpretire, in der Solon der hohen Weisheit der Priester von Sais rühmend gedenkt; er rede sehr schwungvoll und die Aegypter zollten ihm lauten Beifall.

Kleopatra's Züge verfinsterten sich mehr und mehr, aber sie verbarg sie hinter ihrem Wedel, winkte Philometor, näher an sie heranzutreten, und flüsterte ihm zu:

„Bleibe in Euergetes' Nähe, er macht sich bedenklich viel mit den Aegyptern zu schaffen. Er legt es darauf an, ihnen zu gefallen, und wem er ernstlich zu gefallen wünscht, den bestrickt dieser liebenswürdige Unhold. Mir hat er den Abend verleidet und ich laß euch allein.

„Auf Wiedersehen morgen!

„Ich werde die Klage des Römers auf meinem Dache mit anhören, denn da weht immer ein kühleres Lüftchen.

„Willst Du dabei sein, so laß ich Dich rufen, aber erst möcht' ich ihn allein sprechen, denn er hat Briefe vom Senat bekommen, die Wichtiges enthalten können. Also auf morgen!"

Zwölftes Kapitel.

———

Während in dem großen Peristyl viele
Becher geleert und die Zechenden im=
mer lebendiger und lauter wurden,
während Kleopatra die sie auskleiden=
den Dienerinnen und Gespielinnen
schalt und ungeschickt und böswillig nannte, weil jede
Berührung sie schmerzte und jede Nadel, die man ihr
abnahm, ihr wehe that, gingen der Römer Publius
und sein Freund Lysias heftig erregt in ihrem Zelte
auf und nieder.

„Sprich leiser,“ sagte der Korinther, „denn jeder
Greif, der in diese luftigen Wände gewebt ist, scheint
mir auf der Lauer zu liegen und uns zu behorchen.

„Ich habe mich sicher nicht geirrt.

„Als ich, um die Gemmen zu holen, hieher kam,
da leuchtete mir ein Lichtschimmer aus der Thür ent=
gegen, aber der Eindringling muß gewarnt worden
sein, denn gerade als ich zu der Laterne vor dem

Dienerzelte gelangte, erlosch er, und die Fackel, die sonst vor unserem Thore brennt, war gar nicht ange=zündet worden, aber es fiel doch ein Lichtschimmer auf den Weg, und durch diesen hin huschte wie durch eine Lache ein glatter schwarzer Molch mit glänzenden Flecken, eine Männergestalt in langem Gewande, be=hängt mit Goldschmuck, den ich funkeln sah, als ihn der dünne Lichtschein des Lämpchens in der Laterne traf.

„Du weißt, daß ich gute Augen habe, und eines davon geb' ich her, wenn ich mich geirrt habe und die Katze, die sich zu uns einschlich, nicht der Eunuch Euläus gewesen ist.“

„Und warum ließest Du ihn nicht festhalten?“ fragte Publius unwillig.

„Weil es neben unserem Zelte stockfinster war,“ entgegnete Lysias, „und der Dicke so behend ist wie ein fetter Dachs, wenn die Hunde hinter ihm her sind. Eulen, Fledermäuse und alles Gethier, das in der Nacht auf Beute ausgeht, ist häßlich, und dieser Euläus, der wie eine Hyäne grinst, wenn er lacht ...“

„Dieser Euläus,“ unterbrach Publius seinen Freund, „wird mich kennen lernen und erfahren, daß man nicht gut thut, mit dem Sohne meines Vaters anzubinden.“

„Aber Du hast ihn zuerst nicht eben glimpflich und höflich behandelt,“ sagte Lysias, „und das war nicht weise.“

„Weise hin, weise her!“ rief der Römer auf=brausend. „Er ist ein Schurke. Das geht mich nichts an, so lang er mir fern bleibt; wenn er sich aber, wie das schon seit mehreren Tagen geschieht, fortwährend an mich drängt, um mich zu belauern, und mich so behandelt, als wär' er meinesgleichen, so zeig' ich ihm eben, daß er sich irrt. Ueber meine Offenheit hat er sich nicht zu beklagen; er weiß, was ich von ihm halte und daß ich ihm auf den Leib zu rücken gewillt bin. Wollt' ich seinen Listen mit List begegnen, so würde ich den Kürzeren ziehen, denn im Ränkespinnen ist er mir überlegen. Mit meiner unversteckten Kampfart, die ihm neu ist und ihn verblüfft, komm' ich ihm gegenüber am weitesten, und sie ist ja auch angemessener meiner Art und mir bequemer, als eine andere. Er ist schlau, ja mehr als das, er ist scharfsinnig, und so hat er sogleich die Anklage, mit der ich ihm drohte, mit der Schrift in Zusammenhang gebracht, die mir der Klausner Serapion in seiner Gegenwart reichte.

„Da liegt sie.

„Schau' nur!

„Weil er aber nicht nur schlau, sondern auch schurkisch ist — zwei Eigenschaften, die sich einander übrigens widersprechen, denn entgegen den Gesetzen kann Keiner leben, der in Wahrheit klug ist, — so hat er den Faden, mit dem sie verschlossen war, heimlich geöffnet. Aber sieh' nur, er fand keine Zeit, die Rolle wieder zu schließen! Er wird sie ganz oder theilweise gelesen haben, und ich gönn' ihm die Freude an dem Spiegelbild seiner eigenen Person, das er darin gefunden. Der Klausner führt eine kräftige

Feder und malt mit derben Pinselstrichen und grell leuchtenden Farben. Hat er die Schrift dort zu Ende gelesen, so erspart mir das die Mühe, ihm zu erklären, was ich gegen ihn vorzubringen gedenke; hast Du ihn bei Zeiten gestört, so werd' ich bei meiner Anklage ausführlicher zu sein haben. So oder so, mir kann es gleich sein!"

„Nein, gewiß nicht," rief Lysias, „denn Euläus wird im ersteren Falle Zeit haben, Lügen zu erdenken und für seine Vertheidigung Zeugen zu erkaufen. Solche wichtige Schriften würde ich, wenn mir überhaupt Jemand welche anvertrauen wollte und wenn ich es nicht wie Du zu thun vergäße, sorgfältig einschließen oder versiegeln. Wo hast Du denn das Schreiben des Senats, das Dir der Bote vorhin überbrachte?"

„Das liegt längst verschlossen in diesem Kasten," entgegnete Publius und bewegte die Hand, als wollt' er sie fest auf die Kleider drücken, unter die er es behutsam verborgen.

„Darf man nicht wissen, was es enthält?" fragte der Korinther.

„Nein! es ist auch jetzt keine Zeit für dergleichen, denn zunächst gilt es zu bedenken, wie das letzte Unheil, das Du angerichtet hast, wieder gut gemacht werden kann. Ist es nicht schmählich von Dir, daß Du das anmuthige Geschöpf, dessen kindliche Befangenheit uns heute Morgen erfreut hat und von dem Du selbst bei unserer Heimkehr sagtest, daß es Dich an Deine liebliche Schwester erinnere, an den wildesten aller Wüstlinge, der mir jemals begegnet ist, an dieses Ungethüm, dessen Lust das Unerhörte, dessen Ruhm das Laster ist, ausliefern willst? Was hat Euergetes — —"

„Bei unserem Herrn Poseidon," rief Lysias, indem er seinen Freund eifrig unterbrach, „ich dachte gar nicht an diesen doppelten Alcibiades, als ich auf sie hinwies. Was thut der Leiter eines Schauspiels nicht Alles, um sich den Beifall der Zuschauer zu sichern! Und — daß ich ehrlich bin! — für mich selbst wollte ich Irene in den Palast schaffen, denn ich glühe für sie; sie hat es mir angethan."

„Wie Kallista und Phryne und die Flötenspielerin Stephanion," unterbrach ihn der Römer, die Achsel zuckend.

„Wie denn anders?" fragte der Korinther und schaute seinen Freund mit Erstaunen an. „Eros hat viele Pfeile in seinem Köcher, einer trifft tiefer, der andere weniger tief, und ich glaube, daß mich die Wunde, die ich heute empfangen, wochenlang schmerzen würde, wenn ich dieses Kind, das noch reizender ist, als die vielbewunderte Hebe an unserem Brunnen, aufgeben müßte."

„An diesen Gedanken rathe ich Dir aber, Dich je eher je lieber zu gewöhnen," sagte Publius ernst und stellte sich dem Korinther mit gekreuzten Armen gegenüber. „Was thätest Du wohl mit mir, wenn es mir beikommen wollte, Dein anmuthiges Schwester= chen, dem ja — ich wiederhol' es — Irene gleichen soll, mit List aus dem Hause Deiner Eltern zu locken?"

„Ich verbitte mir solche Vergleiche," rief der Korinther sehr entschieden und so aufrichtig entrüstet, wie ihn der Römer noch niemals gesehen hatte.

„Du ereiferst Dich mit Unrecht," entgegnete Publius ruhig und ernst. „Deine Schwester ist eine anmuthige Jungfrau, die Zier eures stattlichen Hauses, und doch darf ich die arme Irene ..."

„Mit ihr vergleichen, willst Du sagen," brauste Lysias von Neuem auf. „Das ist ein schlechter Dank für die Gastlichkeit, die Dir bei meinen Eltern zu Theil ward, und die Du sonst zu rühmen wußtest. Ich bin ein guter Kerl, der sich von Dir mehr gefallen läßt, als von irgend einem andern Menschen, — ich weiß selbst nicht warum; — in diesen Dingen aber verstehe ich keinen Spaß! Meine Schwester ist die einzige, viel umworbene Tochter des reichsten und edelsten Hauses von Korinth. Sie ist um nichts schlechter, als Deiner eigenen Eltern Kind, und ich möchte wohl sehen, was Du sagen würdest, wenn ich mich unterstehen wollte, die stolze Lucretia mit diesem armen Ding zu vergleichen, das Wasser trägt wie eine dienende Magd ..."

„Thu' es nur!" unterbrach Publius den Korinther gelassen. „Ich nehme Dir auch Deinen Zorn nicht übel, denn Du weißt nicht, wer die Schwestern im Serapistempel sind. Sie füllen übrigens für keinen Menschen, sondern für einen Gott die Krüge. Da nimm diese Rolle und lies sie durch, während ich das Schreiben aus Rom beantworte. He! Spartacus, zünde noch einige Lampen an!"

Bald darauf saßen die jungen Männer an dem in der Mitte ihres Zeltes stehenden Tische einander gegenüber.

Publius schrieb eifrig und schaute nur auf, wenn sein Freund, der den Bericht des Klausners las, unwillig mit der Hand auf den Tisch schlug oder von seinem Sitze aufsprang und bittere Worte der Entrüstung vor sich hin rief.

Beide wurden zu gleicher Zeit fertig, und als der Cornelier seinen Brief gefaltet und gesiegelt, Lysias aber die Rolle auf den Tisch geworfen hatte, fragte der Römer, indem er seinen Freund fest anblickte, mit gedehnter Stimme:

„Nun?"

„Ja nun!" wiederholte Lysias. „Nun befind' ich mich wieder in der schmählichen Lage, mich für dümmer zu halten als Dich, und Dir Recht geben und abbitten zu müssen, daß ich Dich für unverschämt und dergleichen gehalten habe. Aber wie konnt' ich auch wissen! Nein, eine so verdammte, nichtswürdige Geschichte wie die in dem Ding da hab' ich niemals gehört, und dergleichen kann auch nur in diesem verruchten Aegypten vorkommen!

„Die arme kleine Irene!

„Und wie das gute Kind sich nur bei alledem solchen sonnigen Blick bewahren konnte!

„Prügeln möchte ich mich wie einen Schulknaben, daß gerade ich Narr der Narren den mächtigsten und zügellosesten Mann in diesem ganzen Lande, daß ich gerade Euergetes auf dieses Mädchen aufmerksam machen mußte!

„Was kann man nur thun, um Irene vor ihm zu retten?

„Unerträglich ist mir der Gedanke, sie in seine Klauen gerathen zu sehen, und ich will's auch nicht leiden!

„Meinst Du nicht, daß wir uns der Krugträgerinnen annehmen sollten?“

„Wir sollten nicht nur, sondern wir müssen,“ sagte Publius entschieden; „und thäten wir es nicht, so wären wir Wichte.

„Seit mich der Klausner in's Vertrauen gezogen, kommt es mir vor, als wäre es meine Schuldigkeit, über diese Mädchen, denen man die Eltern gestohlen, wie ein Vormund zu wachen, und Du sollst mir helfen, mein Lysias!

„Die ältere der Schwestern ist mir nicht eben freundlich begegnet, aber darum acht' ich sie nicht geringer. Die jüngere scheint weniger ernst und streng gesinnt zu sein, als Klea. Ich sah wohl, wie sie Dein Lächeln erwiederte, als die Prozession sich auflöste. Später bist Du so wenig wie ich sogleich nach Hause gefahren, und ich möchte glauben, daß Irene es war, die Dich zurückhielt. Sei offen, ich bitte Dich dringend, und sage mir Alles, denn wir müssen ganz einig und sehr besonnen handeln, wenn es glücken soll, Euergetes das Spiel zu verderben.“

„Viel hab' ich nicht eben zu erzählen,“ entgegnete der Korinther. „Nach dem Aufzuge ging ich in's Pastophorium; — natürlich um Irene zu sehen, und ließ mir, um nicht aufzufallen, von den Pilgern erzählen, welche Gesichte ihnen der Gott im Traum gesandt und was man ihnen im Tempel des Asklepius gegen ihre eigenen und die Leiden ihrer Vettern und Basen zu thun gerathen.

„Wohl eine halbe Stunde verging so, bis Irene kam.

„Sie trug ein Körbchen, in dem der Goldschmuck lag, den sie beim Feste getragen und den sie nun dem Schatzmeister zurückbringen mußte.

„Meine Granate, die sie heute morgen angenommen hatte, leuchtete mir schon von fern entgegen, und als sie mich dann bemerkte und über und über erröthend die Augen niederschlug, da mußt' ich zum ersten Mal denken: Gerade wie die Hebe an unserem Brunnen!

„Sie wollte an mir vorbei gehen, ich aber hielt sie an, bat sie, mir den Schmuck in ihrer Hand zu zeigen, sagte ihr mancherlei Dinge, die ein Mädchen gern hört, und fragte sie dann, ob man sie streng bewache und ob man ihre feinen Händchen und Füßchen, die zu weit besseren Dingen als zum Wassertragen taugten, viel in Bewegung setze.

„Sie blieb mir keine Antwort schuldig, aber bei Allem, was sie sagte, schlug sie nur selten die Augen auf.

„Je länger man sie anschaut, je lieblicher erscheint sie, und sie ist doch noch ein ganzes Kind, aber freilich eines, dem es nicht mehr zu Hause gefällt und das von Glanz und Freude und Freiheit träumt, während man es an einer trübseligen, finstern Stätte einschließt und darben läßt.

„Niemals dürfen die armen Dinger den Tempel verlaffen, außer bei Aufzügen oder bevor die Sonne fich zeigt.

„Es klang gar zu reizend, als fie fagte, daß fie immer fo entfetzlich müde wäre und fo gern noch etwas fchliefe, wenn fie geweckt würde, um gerade, wenn es vor Sonnenaufgang am kühlften wär', in das kalte Halbdunkel hinaus zu gehen. Dann muß fie aus einer Cifterne, die fie den Sonnenbrunnen nennen, Waffer fchöpfen.“

„Weißt Du, wo diefer Brunnen liegt?“ fragte Publius.

„Hinter dem Akazienhaine,“ antwortete Lyfias. „Der Frembenführer zeigte ihn mir. Er foll befon= ders heiliges Waffer enthalten und es darf bei Sonnen= aufgang dem Gotte mit keinem andern gefpendet wer= den. Die Mädchen müffen fo früh aufftehen, damit es, wenn das junge Licht fich zeigt, am Altar des Serapis nicht an Waffer aus diefem Brunnen fehle. Als Trankopfer wird es von den Prieftern auf die Erde gegoffen.“

Publius hatte, fcharf aufhorchend, kein Wort aus dem Munde feines Freundes verloren.

Nun wandte er ihm fchnell den Rücken, öffnete das Zeltthor, trat in's Freie und fchaute, um fich über ihren Stand zu unterrichten, nach den Geftirnen auf, die in unzählbarer Menge ftill und wundervoll glänzend am blauen Himmel ihre ewigen Bahnen be= fchrieben.

Der Mond war bereits untergegangen und der

Morgenstern, dessen Glanz und Größe der Römer, seitdem er .in der Pyramidenstadt weilte, allnächtlich bewunderte, längst aufgegangen.

Ein kalter Hauch streifte des Jünglings Stirn, und während er fröstelnd sein Gewand über seiner Brust zusammenzog, dachte er der bald in die frische Morgenluft hinaustretenden Schwestern. Noch einmal hob er seinen Blick von der Erde zum Firmament in die Höhe, und dabei war es ihm, als sähe er Klea's stolze Gestalt, umwallt von einem mit Sternen besäeten Mantel, vor seinen Augen.

Das Herz ging ihm auf und es war ihm, als sei der Lufthauch, den seine sich höher hebende und tiefer senkende Brust einsog, rein und frisch wie der das Elysium umschwebende Aether und dabei von mächtiger, seinen Athem beengender Kraft. Noch immer meinte er Klea's Bildniß vor sich zu sehen, aber sobald er seine Hand nach der wundervollen Erscheinung ausstreckte, zerrann sie, denn Hufschlag und Rädergerassel ließen sich hören und mahnten Publius, der nicht gewohnt war, sich Träumen hinzugeben, wenn es zu handeln galt, an die Ursache, die ihn in's Freie geführt hatte.

Wagen auf Wagen fuhr heran, während er in sein Zelt trat.

Hier empfing ihn Lysias, der während seiner Abwesenheit nachdenkend auf und nieder geeilt war, mit der Frage:

„Wie lange hat es noch Zeit bis zum Sonnenaufgang?“

„Kaum zwei Stunden,“ entgegnete der Römer,

und diese müssen benützt werden, wenn wir nicht zu spät kommen wollen.“

„Das dacht’ ich auch,“ rief der Korinther. „Bald sind die Schwestern beim Sonnenbrunnen außerhalb des Tempels, und ich veranlasse Irene, mir zu folgen. Du glaubst nicht, daß ich das fertig bringe? Ich eigentlich auch nicht; aber vielleicht kommt sie doch, wenn ich ihr etwas Schönes zu zeigen verspreche und sie nicht ahnt, daß es gilt, sie von ihrer Schwester zu trennen, denn sie ist wie ein Kind.“

„Aber Klea,“ unterbrach ihn Publius bedenklich, „ist ernst und besonnen, und ihr gegenüber wird der leichte Ton, in dem Du gern redest, schlecht angebracht sein. Bedenke das und wage den Versuch; — nein, Du darfst sie nicht täuschen! Erzähl’ ihr, ohne daß Irene es hört, die volle Wahrheit, so ernst, wie diese Sache es fordert, und sie wird ihre Schwester nicht zurückhalten, wenn sie weiß, wie groß und nah die Gefahr ist, die sie bedroht.“

„Gut,“ sagte der Korinther. „Ich werde so feier=lich ernst sein, daß der an Stirnrunzeln reichste und graubärtigste Censor in Deiner Vaterstadt wie ein dionysischer Tänzer gegen mich aussehen soll. Ich werde reden wie euer Cato, als er sich bitter beklagte, daß jetzt die Leckermäuler in Rom für ein Fäßchen neuer Häringe mehr bezahlten, als für ein Joch Ochsen. Du sollst mit mir zufrieden sein! Aber wohin führ’ ich Irene? Vielleicht kann ich einen der Wagen des Königs benützen, die da dutzendweise vor=fahren, um die Gäste nach Hause zu bringen?“

„Das dacht' ich auch," entgegnete Publius. „Be=
gleite den Obersten der Diadochen, dessen stattliches
Haus uns gestern gezeigt ward. Es liegt auf dem
Wege zum Serapeum und neulich beim Gastmahl hast
Du Dich ja unaufhörlich mit ihm unterhalten. Ent=
ledige Dich dort mit einem Goldstück des Lenkers,
damit er uns nicht verräth, und fahre nicht hieher
zurück, sondern zum Hafen. Bei dem kleinen Tempel
der Isis werde ich mit unserem Reisewagen und
meinen eigenen Pferden warten, Irene in Empfang
nehmen und sie in ihr neues Asyl führen, während
Du das Fuhrwerk des Euergetes zu seinem Lenker
zurückführst."

„Das will mir doch nicht gefallen," gab Lysias
bedenklich zurück. „Meine Granate hätt' ich Dir
vielleicht gestern für Irene überlassen, aber sie
selbst . . ."

„Ich will nichts von ihr," rief der Römer un=
willig. „Aber Du solltest, mein' ich, Dich beflissener
zeigen, mir zu helfen, sie vor dem Unglück zu be=
wahren, das sie durch Dein Verschulden bedroht.

„Hieher können wir sie nicht führen, aber ich
glaube, daß ich einen sicheren Versteck für sie gefun=
den habe.

„Erinnerst Du Dich des Bildhauers Apollodor,
an den mein Vater uns empfohlen hatte, und seines
freundlichen Weibes, das uns den herrlichen Wein von
Chios vorsetzte? Der Mann ist mir verpflichtet, denn
mein Vater hat ihm und seinen Gehülfen die Ausführung
des Mosaikbodens in der neuen Bogenhalle, die er

auf dem Capitol erbauen ließ, übertragen, und später rettete ihn wieder mein Vater, als seine neidischen Kunstgenossen ihm nach dem Leben trachteten. Du hast es mit angehört, wie er mir sich selbst und Alles, was ihm gehört, zur Verfügung stellte."

„Gewiß, gewiß," fiel Lysias ein. „Aber sage, ist es Dir nicht auch als höchst befremdlich aufgefallen, daß gerade die Künstler, das heißt Diejenigen, welche ihr Leben hingebender als andere Menschen idealen Bestrebungen weihen, sich besonders willig den niedrigsten Regungen, wie Neid, Mißgunst und . . ."

„Aber Mensch!" rief Publius, den Korinther unwillig unterbrechend, „kannst Du denn keine zehn Augenblicke bei derselben Sache bleiben und gar keinen Einfall für Dich behalten? Wir hätten jetzt, dächt' ich, über wichtigere Dinge zu reden, als die Mißgunst, mit der die Künstler und meinetwegen auch die Gelehrten einander verfolgen. Der Bildhauer Appollobor, der mir verpflichtet ist, wohnt also seit sechs Monaten hier mit seinem Weib und seinen Töchtern, denn er hat für Philometor die Philosophenbüsten und Thierbilder auszuführen gehabt, die den Platz vor den Apisgräbern schmücken. Seine Söhne stehen seiner großen Werkstatt in Alexandria vor, und wenn er, was oft geschieht, in seinem eigenen Nilboot dahinfährt, so kann er Irene mitnehmen und sie auf ein Schiff setzen.

„Wohin wir sie schaffen lassen, um sie vor Euergetes zu retten, das wollen wir später mit Apollobor überlegen."

„Gut, sehr gut,“ sagte der Korinther beistimmend. „Ich bin, beim Herakles, nicht mißtrauisch, aber daß Du Irene selbst zu Apollodor bringen willst, das gefällt mir doch nicht, denn wenn man Dich mit ihr sieht, so kann unser ganzes Unternehmen scheitern. Schick' doch des Bildhauers Weib, das in Memphis wenig bekannt ist, zum Isistempel, und zwar mit einem Schleier und Mantel, um das Mädchen zu verbergen. Grüß' auch die muntere Milesierin von mir und sage. ihr — nein, sag' ihr nichts — ich sehe sie ja nachher selbst beim Tempel der Isis.“

Die letzten Worte hatten die Jünglinge mit einander getauscht, während ihnen ihre Sklaven die Mäntel umlegten.

Jetzt traten sie gemeinsam vor das Zelt, wünschten einander gutes Glück und schritten rasch vorwärts, der Römer, um seine eigenen Rosse anschirren zu lassen, Lysias, um mit dem Obersten der Diadochen einen Wagen des Königs zu besteigen und gemäß dem mit Publius besprochenen Plane zu handeln.

Dreizehntes Kapitel.

—————

Wagen auf Wagen jagte aus der hohen Pforte des Königspalastes in die vom Schlummer der Nacht umfangene Stadt.

In dem großen Festsaale war es still geworden, und dunkelfarbige Sklaven begannen beim spärlichen Lichte einiger Lampen, die nicht ver= löscht worden waren, den Mosaikfußboden, auf dem Rosen= und andere, aus welkenden Epheu= und Pappel= kränzen gefallene Blätter umherlagen und verschütteter Wein dunkel glänzte, mit Besen und Schwämmen zu säubern.

Ein junger Flötenspieler saß, übermannt von Schläfrigkeit und Wein, in einer Ecke.

Der Pappelkranz, der seine Locken geschmückt hatte, war ihm von der Stirn geglitten und verdeckte sein hübsches Gesicht, seine Flöte aber hielt er auch im Schlafe fest mit den Fingern umspannt.

Die Diener ließen ihn ruhen und hantirten gleich=
gültig um ihn herum; nur ein Aufseher zeigte auf
ihn mit dem Finger und sagte lachend:

„Seine Kameraden gingen auch nicht nüchterner
nach Hause, als Der da. Ein hübscher Junge ist es
und dazu der Liebste der schönen Chloë; die wird ihn
heute umsonst erwarten.“

„Vielleicht auch morgen,“ entgegnete der Andere,
„denn wenn der Dicke sie sieht, so hat sie dem armen
Damon am längsten gehört.“

Aber der Dicke, wie die Alexandriner und mit
ihnen die anderen Aegypter den König Euergetes be=
nannten, dachte in dieser Stunde an keine Chloë und
ihresgleichen.

Er befand sich in dem zu seiner glänzend einge=
richteten Wohnung gehörenden Bade.

Völlig entkleidet stand er in dem lauwarmen Naß,
welches ein großes Bassin von weißem Marmor ganz
erfüllte. In der blanken Oberfläche des duftenden
Wassers spiegelten sich die Bildsäulen von jungen
Nymphen, die vor verliebten Satyrn flohen, und das
glänzende Licht vieler von der Decke herabhängender
Lampen.

An der einen Schmalseite dieses Beckens lag die
bärtige Männergestalt des Nilgottes, auf der sechzehn
Kindergestalten, welche die Zahl der Ellen verbild=
lichten, deren der Strom Aegyptens zu einem günsti=
gen Wachsthum bedurfte, zu ihrer eigenen und ihres
stattlichen Vaters Lust und Freude umherkletterten.

Aus der Vase, auf welche der würdige Greis

seinen Arm stützte, quoll ein reichlicher Strom von kaltem Wasser, das fünf schöne Jünglinge in schlank geformten Alabastervasen auffingen, um es über das Haupt, die ungeheuren Muskelberge an der Brust, dem Rücken und den Armen des jungen badenden Königs zu gießen.

„Mehr, mehr, immer mehr!" rief Euergetes, da die Jünglinge mit dem Schöpfen und Gießen inne zu halten begannen, und als sich nun ein neuer Wasserstrom über ihn ergoß, schnaufte und prustete er vor Behagen und weithin spritzten dichte Wasser=strahlen, sobald der Sturmhauch seiner Lungen das über ihn fortstürzende Naß berührte.

Endlich rief er ein lautes „Genug!", stürzte sich mit seiner ganzen Schwere in das Wasser, so daß es so hoch aufspritzte, als habe man einen Felsblock hineingeschleudert, hielt sich eine Zeitlang unter der Oberfläche des feuchten Elementes und stieg dann auf marmornen Stufen aus dem Bade, schüttelte dabei muthwillig und kräftig sein Haupt, um mit knaben=haftem Uebermuth seine am Rande des Beckens stehen=den Freunde und Diener völlig zu durchnässen, ließ sich mit schneeweißen und durchsichtig feinen leinenen Tüchern umwickeln, mit kostbaren Essenzen von zartem Duft bespritzen und trat in ein kleines, rings mit bunten Teppichen bekleidetes Gemach.

Dort warf er sich auf einen Hügel von weichen Kissen nieder und sagte tief athmend:

„Nun ist mir wohl und ich bin wieder so nüch=tern wie ein Kind, das noch nichts Anderes als die

Milch seiner Mutter zu kosten bekam. Pindar hat Recht! Nichts ist besser als Wasser! Es löscht auch die heiße Glut, die der Wein in unseren Herzen und Köpfen entzündet. Hab' ich vorhin viel dummes Zeug geschwatzt, Hierax?"

Der also Angeredete, der Befehlshaber der Truppen des Königs und sein bevorzugter Freund, warf einen fragenden Blick auf die übrigen Anwesenden; da ihm Euergetes aber unbekümmert zu reden befahl, so entgegnete er:

„Bis zur Thorheit entkräftet selbst der Wein nie einen Geist wie den Deinen, aber unvorsichtig bist Du gewesen. Ein Wunder wär' es, wenn Philometor nicht gemerkt haben sollte . . . ."

„Vortrefflich!" unterbrach ihn der König und richtete sich auf seinen Kissen in die Höhe. „Ihr, Hierax, und Du, Komanus, bleibt hier; ihr Anderen mögt gehen. Aber entfernt euch nicht zu weit, damit ihr rasch zur Hand seid, wenn ich euch brauche. Es kommen jetzt Tage, in denen so viel vorgehen muß, wie sonst in Jahren."

Die Entlassenen zogen sich zurück, nur der Ankleider des Königs, ein vornehmer Macedonier, blieb zaudernd an der Thüre stehen, diesem aber winkte Euergetes, sich gleichfalls zu entfernen, und rief ihm nach:

„Ich bin munter und werde gar nicht in's Bett gehen. Drei Stunden nach Sonnenaufgang erwarte ich Aristarch, — und zwar zur Arbeit. Lege die Handschriften aus, die ich mitnahm. Wartet der Eunuch Euläus im Vorzimmer? Ja? Um so besser!

„Nun wären wir allein, meine weisen Freunde
Hierax und Romanus, und ich muß euch eröffnen, daß
ihr mir vor lauter Klugheit dießmal nichts weniger
als klug zu sein scheint.

„Klug sein heißt über einen weiten Gedankenkreis
unbeschränkt herrschen, so zwar, daß uns das Nahe
so wenig widersteht wie das Ferne; unklug, nur das
Eine sehen oder das Andere. Das Gebiet der be=
schränkten Köpfe ist das, was dicht neben ihnen liegt,
das der Narren und Phantasten die Ferne. Ich
will euch nicht schelten, denn auch mancher Weise
hat seine unklugen Stunden, ihr aber vergeßt heute
ganz gewiß über dem Schauen in's Weite das Nahe=
liegende, und so seh' ich euch stolpern. Wäret ihr
nicht diesem Fehler verfallen, so hättet ihr kaum so
verwundert drein geschaut, als mir vorhin mein ‚Vor=
trefflich!‘ entfuhr.

„Gebet nun Achtung!

„Philometor und meine Schwester wissen sehr gut,
wie ich gesinnt bin und was sie von mir zu erwarten
haben.

„Hätt' ich mir die Maske eines zufriedenen Mannes
auf die Nase gedrückt, dem das genügt, was er hat,
so würden sie sich gewundert und Unrath gewittert
haben; so aber zeigt' ich mich ihnen gerade so wie
immer und rücksichtsloser noch als gewöhnlich, und
sprach so offen von dem, was ich begehre, daß sie
sich jeder Gewaltthat für die Zukunft von mir ver=
sehen, aber schwerlich eine listige Ueberrumpelung
am morgenden Tage erwarten werden, denn wer

seinen Feind von hinten überfallen will, macht keinen Lärm.

„Glaubt' ich an eure Tugendlehre, so würd' ich denken, das von hinten Ueberfallen sei nichts sonder= lich Schönes, denn auch ich sehe lieber das Gesicht als die Rückseite der Menschen, und namentlich meiner Geschwister, die ja zu den wohlgebildeten Leuten ge= hören.

„Aber was soll man thun?

„Der Beste ist schließlich immer noch Der, der den Sieg erringt und im Spiele gewinnt.

„Meine Kampfart kann auch unter den Weisen Vertheidiger finden.

„Wer Mäuse fangen will, braucht Speck, wer Menschen in's Garn locken will, muß wissen, wie sie empfinden und denken, und zunächst bestrebt sein, sie zu verwirren.

„Der Stier ist am ungefährlichsten, wenn · er wüthend geradeaus rennt, und sein Gegner auf zwei Beinen, wenn er nicht weiß, woran er ist und tastend bald nach rechts, bald nach links läuft.

„Dank für euren Beifall, denn ich hab' ihn ver= dient und hoffe ihn Dir zurückgeben zu können, mein Hierax. Ich bin begierig auf Deinen Bericht. Lockere mir das Kissen hier unter meinem Haupte, und nun magst Du beginnen.“

„Es scheint mir Alles vortrefflich zu stehen,“ ant= wortete der Oberst. „Unsere Kerntruppen, die Hetären und Diadochen, zweitausendfünfhundert Mann, sind hieher unterwegs und beziehen schon morgen nördlich von Memphis das Lager. Fünfhundert werden mit den Priestern und anderen Gratulanten Einlaß in die Feste finden, um Dich zu Deinem Geburtstag zu beglückwünschen, die anderen Zweitausend bleiben versteckt in den Zelten. Der Führer der Philobasilisten Deines Bruders Philometor ist bestochen und steht zu uns; aber er war theuer, denn Komanus mußte ihm zwanzig Talente bieten, ehe er anbiß.“

„Die soll er haben,“ lachte der König, „und er soll sie auch behalten, bis es mir gefällt, ihn verdächtig zu finden und ihn, indem ich seine Güter einziehe, nach Verdienst zu belohnen. Sprich weiter!“

„Um den Aufstand in Theben zu dämpfen, sandte Philometor vorgestern die besten Söldner, die Standarte des Destlaus und die von Arsinos nach Süden. Es hat freilich nicht wenig gekostet, die Rädelsführer zu werben und die Unruhen zum Ausbruch zu bringen.“

„Mein Bruder erstattet uns diese Auslagen,“ unterbrach ihn der König, „wenn wir seinen Schatz in den unsern schütten. Nun weiter.“

„Den schwersten Stand werden wir mit den Priestern und Juden haben. Die Ersteren halten zu Philometor, weil er der älteste Sohn Deines Vaters ist und namentlich den Tempeln von Apollinopolis und Philä Vieles gewährt hat; die Juden hängen ihm an, weil er sie fast mehr als die Griechen begünstigt, sich mitsammt seiner Gattin, Deiner erhabenen Schwester, um ihre eitlen Glaubenszänkereien kümmert, mit ihnen über die in ihrem Buch enthal-

tenen Lehren disputirt und sich bei Tisch mit Niemand lieber unterhält, als mit ihnen."

„Ich werd' ihnen den Wein und Braten versalzen,
mit denen sie sich hier mästen," rief Euergetes heftig.
„Heute hab' ich mir schon ihre Anwesenheit bei Tafel
verbeten, denn sie besitzen helle Augen und Geister,
die so scharf und spitz geschnitten sind wie ihre
Nasen.

„Am gefährlichsten sind sie da, wo sie zu fürchten
oder auf Gewinn zu rechnen haben.

„Dabei kann man nicht leugnen, daß sie treu sind
und zähe, und weil die Meisten von ihnen etwas besitzen, so machen sie namentlich in Alexandria selten
mit der schreienden Menge gemeinsame Sache.

„Daß sie auch fleißig und unternehmend sind,
kann ihnen nur der Neid zum Vorwurfe machen,
denn ihr und ihrer phönizischen Verwandten Beispiel
hat die Rührigkeit der Hellenen gesteigert.

„In ruhigen Tagen geht es ihnen am besten, und
weil es unter meinen Geschwistern stiller hergeht, als
unter mir, so hängen sie ihnen an, borgen meinem
Bruder Geld und besorgen für meine Schwester geschnittene Steine, Saphire und Smaragden, schöne Stoffe
und andern Weiberkram gegen beschriebenen Papyrus,
der bald nicht mehr werth sein wird, als die Feder,
die dem grünen Schreihals dort auf der Stange aus
dem Flügel gefallen.

„Unbegreiflich ist es mir, daß so kluge Leute nicht
einzusehen vermögen, daß es nichts Beständiges gibt,
als den Unbestand, nichts Gewisses, als daß nichts

gewiß ist, und daß sie darum ihren Gott für den einzig wahren, ihre Lehren für absolut und ewig richtig halten und das, was die anderen Völker glauben, verachten.

„Dieser Dünkel macht sie zu Narren, aber vielleicht gerade wegen ihres geschraubten Selbstbewußtseins und ihrer festen Zuversicht auf ihren luftigen Gott auch zu guten Soldaten.“

„Ja, das sind sie,“ fiel Hierax bestätigend ein, „aber sie lassen sich lieber und um geringeren Preis für Deinen Bruder werben, als für uns.“

„Ich werde ihnen zeigen,“ rief der König, „daß ich diese Geschmacksrichtung verkehrt und strafwürdig finde. Die Priester brauche ich, denn sie lehren das Volk, gehorsam zu sein und seine Noth geduldig zu tragen; die Juden aber,“ und bei diesen Worten rollten seine Augen mit wildem Feuer, „rotte ich aus, wenn die Zeit gekommen.“

„Das wird auch für unsere Schatzkammer gut sein,“ lächelte Komanus.

„Und für die Tempel des Landes,“ ergänzte Euergetes, „denn andere Feinde suche ich zu vertilgen, die Priester aber gewinne ich mir lieber, muß ich mir zu gewinnen suchen, wenn Philometor's Reich mir zufällt, denn die Aegypter verlangen einen Gott zum Könige; zu einem rechten Gotte, zu dem meine braunen Unterthanen mit Vergnügen und ohne mir das Leben durch Aufstände sauer zu machen, gern beten mögen, kann ich's aber nur bringen, wenn mich die Anerkennung der Priester dazu erhebt.“

„Und dennoch," entgegnete Hierax, der einzige Diener des Euergetes, der sich nicht scheute, ihm in wichtigen Fragen zu widersprechen, „und dennoch wird heute noch um Deinetwillen an den Oberpriester des Serapis eine schwere Zumuthung gestellt werden. Du bringst auf die Auslieferung einer Dienerin des Gottes und Philometor wird nicht versäumen . . ."

„Wird nicht versäumen," fiel Euergetes ein, „dem mächtigen Asklepiodor mitzutheilen, daß er die süße Kleine nicht für sich, sondern für mich verlange. Wißt ihr, daß Eros mein Herz getroffen hat und ich für die holde Irene glühe, obgleich es diesen Augen noch nicht vergönnt war, sie zu sehen?

„Ihr glaubt mir's, ich seh' es euch an, und ich rede die lautere Wahrheit, denn diese kleine Hebe will ich besitzen, so wahr ich den Thron meines Bruders zu erwerben hoffe, aber ich pflanze meine Bäume nicht nur, um meinen Garten zu zieren, sondern auch, um Nutzen aus ihnen zu ziehen. Ihr werdet ja sehen, wie ich mir zugleich mit dem schönsten Liebchen den Oberpriester des Serapis gewinne, der zwar ein Grieche, aber doch ein schwer zu beugender Mann ist.

„Mein Werkzeug wartet schon draußen!

„Verlaßt mich jetzt und befehlt, den Eunuchen Euläus zu mir zu führen."

„Du bist wie die Gottheit," sagte Komanus, sich tief verneigend, „und wir sind nur sterbliche Menschen. Dunkel und unfaßlich erscheint unserem schwächeren Geiste oftmals Deine Handlungsweise, aber wenn das, was uns zu keinem guten Ausgang zu führen scheint, sich erfüllt, so müssen wir staunend erkennen, daß Du zwar oft einen verschlungenen, aber immer den besten der Wege gewählt hast.“

Kurze Zeit blieb der König allein, zog die Augenbrauen zusammen und schaute ernst nachdenkend zu Boden.

Sobald er die leisen Schritte des Eunuchen und die lauteren seines Einführers nahen hörte, nahm er wieder die Miene des ausgelassenen und sorglosen Genußmenschen an, rief Euläus ein munteres Willkommen entgegen und erinnerte ihn an seine, des Königs, Knabenzeit, und wie oft er, der Eunuch, ihm geholfen habe, seine Mutter zu bestimmen, ihm Wünsche, die sie schon abgeschlagen, dennoch zu erfüllen.

„Aber, mein Alter,“ fuhr der König fort, „die Zeiten haben sich geändert und heute heißt es bei Dir: Alles für Philometor und nichts mehr für den armen Euergetes, der gerade als der Jüngere Deiner Hülfe am meisten bedürfte!“

Der Eunuch verneigte sich mit einem Lächeln, welches andeutete, daß er gut verstehe, wie wenig ernst gemeint die letzten Worte des Königs waren, und sagte:

„Ich war gewillt und glaube auch jetzt noch dem Schwächeren unter euch Beiden zu dienen.“

„Du meinst meine Schwester?“

„Die Herrin Kleopatra gehört dem Geschlechte an, das wir oft mit Unrecht das schwächere nennen. Obgleich Du gewiß zu scherzen beliebtest, als Du Deine letzte Frage stelltest, so halte ich mich doch für verbunden, Dir bestimmt zu antworten, daß ich nicht sie, sondern den König Philometor meinte."

„Philometor? Du glaubst also nicht an seine Stärke, hältst mich für kräftiger als ihn und hast mir doch heute beim Gastmahl Deine Dienste angeboten und mir erzählt, es sei Dir die Aufgabe zugefallen, die Auslieferung der kleinen Dienerin des Serapis im Namen des Königs von dem Oberpriester Asklepiodor zu verlangen.

„Heißt das dem Schwächeren dienen?

„Vielleicht warst Du trunken, als Du mir das mittheiltest?

„Nein?

„Du bist mäßiger gewesen als ich?

„So ist wohl gar eine Sinnesänderung in Dir vorgegangen?

„Das sollte mich wundern, denn Deine Grundsätze gebieten Dir ja, den schwächeren Sohn meiner Mutter..."

„Du spottest meiner," unterbrach der Höfling mit leisem Vorwurf und doch mit bittender Stimme den König. „Wenn ich mich Dir zuwandte, so ist es nicht aus Wankelmuth geschehen, sondern gerade, weil ich dem einzigen Zwecke meines Lebens treu zu bleiben begehrte."

„Und der wäre?"

„Für das Wohl dieses Landes im Sinne Deiner erhabenen Mutter, deren Rathgeber ich war, zu sorgen."

„Du vergißt den andern, Dich selbst so gut zu stellen, wie möglich."

„Ich vergaß ihn nicht, aber ich sprach ihn nicht aus, denn ich weiß, wie knapp gemessen die Zeit der Könige ist, und zudem will es mir so selbstverständlich erscheinen, auch an seine eigene Person zu denken, als daß wir, wenn wir ein Pferd kaufen, auch seinen Schatten mit ihm erwerben.“

„Wie fein! Aber ich table Dich ja auch ebensowenig wie ein Mädchen, das sich vor den Spiegel stellt, um sich für seinen Geliebten zu schmücken, und sich nebenbei auch an seiner eigenen Schönheit ergötzt.

„Doch kommen wir jetzt auf Deine erste Aeußerung zurück.

„Um Aegyptens willen glaubst Du, wenn ich Dich recht verstanden, mir die Dienste, die Du bisher meinem Bruder weihtest, anbieten zu sollen?“

„Du sagst es! In dieser schwierigen Zeit bedarf es des Willens und der Hand eines kräftigen Leiters.“

„Und Du hältst mich für einen solchen?“

„Für einen Riesen an Willensstärke, Körper und Geist, dem sein Wunsch, beide Theile Aegyptens wieder zu vereinigen und allein zu besitzen, nicht fehlschlagen kann, wenn er rüstig zugreift und wenn...“

„Wenn?“ sprach der König dem Eunuchen nach und schaute ihm so scharf in die Augen, daß er die seinen niederschlug und leise erwiederte:

„Wenn Rom keine Einsprache erhebt.“

Euergetes zuckte die Achseln und gab ernst zurück:

„Das ist wie das Schicksal, das überall den Ausschlag gibt bei Allem, was wir thun. An ungeheuren Opfern, um diese unabwendbare Macht zu besänftigen, ließ ich's wahrhaftig nicht fehlen, und mein Agent, durch dessen Hände größere Summen gehen, als durch die der Zahlmeister meiner Truppen, schreibt mir, man sei mir nicht ungünstig gesinnt im Senate."

„Das Gleiche wissen wir auch von dem unsern. Du besitzest am Tiber mehr Freunde als Philometor, mein König, aber unser letzter Brief ist schon mehrere Wochen alt und in den letzten Tagen haben sich Dinge ereignet . . ."

„Sprich!" rief Euergetes und richtete sich in seinen Kissen straff in die Höhe. „Aber legst Du mir eine Schlinge und redest Du jetzt als meines Bruders Werkzeug, so laß ich Dich, und wolltest Du auch zu der entlegensten Höhle der Troglodyten entfliehen, so laß ich Dich, so wahr ich meines Vaters echter Sohn zu sein hoffe, einfangen und bei lebendigem Leibe in Stücke zerreißen."

„Ich würde solche Strafe verdienen," entgegnete Euläus demüthig und fuhr fort: „Wenn ich recht gesehen, so stehen uns schon in den nächsten Tagen große Dinge bevor."

„Ja!" sagte Euergetes entschieden.

„Aber gerade jetzt wird Philometor besser in Rom vertreten sein, als je zuvor. Du hast den jungen Publius Scipio an der Tafel des Königs kennen gelernt und Dich wenig beflissen gezeigt, seine Gunst zu erwerben."

„Er ist ein Cornelier," fiel der König ein, „ein

vornehmer Gesell, der mit Allem verwandt ist, was sich groß dünkt am Tiber, aber er ist kein Gesandter, reist von Athen nach Alexandria, um sich zu unterrichten, was ihm mehr als noth thut, und trägt den Kopf nur höher und bewegt seine Lippen nur freier, als es ihm Königen gegenüber geziemt, weil die Jungen denken, es stünde ihnen gut, sich wie die Alten zu geberden."

„Er bedeutet mehr als Du glaubst."

„So lad' ich ihn nach Alexandria und gewinne ihn mir dort in drei Tagen, so wahr ich Euergetes heiße."

„Es wird dann zu spät sein, denn er hat heute, das weiß ich gewiß, Vollmacht vom Senat erhalten, im Nothfall, bis der Gesandte, den man uns wiederum schicken will, hier eintrifft, in seinem Namen zu reden."

„Und das erfahr' ich erst jetzt!" rief der König und sprang von seinem Lager auf. „Taub und blind und lahm sind meine Freunde, wenn ich überhaupt welche habe, meine Diener und Boten!

„Widerwärtig ist mir der hochmüthige, anmuthslose Bursche, aber ich lade ihn morgen, lade ihn heute schon zu einem fröhlichen Gastmahl und sende ihm das schönste Viergespann von denen, die ich mit aus Kyrene gebracht habe. Ich werde . . ."

„Es wird das Alles vergeblich sein," sagte Euläus ernst und gelassen, „denn er besitzt in des Wortes vollster und ausgedehntester Bedeutung die Gunst, ja ich erlaube mir, es frei heraus zu sagen, die mehr als warme Zuneigung der Königin Kleopatra, und

genießt diese holdeste der Gaben dankbaren Herzens.
Philometor läßt, wie überall, die Dinge gehen wie
sie mögen und Kleopatra und Publius, Publius und
Kleopatra freuen sich auch öffentlich ihrer Liebe, schauen
sich einander in die Augen, wie nur je ein Schäfer=
paar in Arkadien, tauschen ihre Becher und küssen mit
ihren Lippen die Stelle des Randes, die der Mund
des Andern berührt hat. Versprich und gewähre
diesem Manne, was Du auch willst, er wird für
Deine Schwester einstehen und, wenn es Dir gelingt,
sie vom Throne zu drängen, wie Popilius Laenas
um Deinen Oheim Antiochus, um Deine Person frech
einen Kreis ziehen und Dir sagen, wenn Du diesen
zu überschreiten versuchen solltest, so werde Rom Dir
entgegentreten."

Euergetes hörte diese Worte schweigend an, riß
dann die ihn umhüllenden Tücher von seinem Leibe
und ging stürmisch bewegt und von Zeit zu Zeit auf=
stöhnend und brüllend wie ein wilder Stier, der sich
von Stricken und Banden gebändigt fühlt und all'
seine Kräfte vergeblich anstrengt, um sie zu zerreißen,
in seinem Gemache auf und nieder.

Endlich blieb er vor Euläus stehen und fragte:

„Was weißt Du noch von dem Römer?"

„Er, der Dir nicht gestatten wollte, Dich mit
Alcibiades zu vergleichen, sucht es dem Liebling der
Mädchen Athens zuvorzuthun, denn es ist ihm nicht
genug, einem Könige das Herz seiner Gattin zu rau=
ben, vielmehr streckt er seine Hände nach der schönsten

Dienerin des höchsten der Götter aus. Die Krug=
trägerin, welche des Römers Freund Lysias als Hebe
empfahl, ist des Corneliers Geliebte, deren Gunst er
leichter in eurem heiteren Palaste, als im finsteren
Tempel des Serapis genießen zu können erwartet.“

Der König schlug sich bei dieser Rede vor die
Stirn und schrie:

„Ein König zu sein, ein Mann, der es aufnimmt
mit Zehn, und sich das achselzuckend bieten lassen zu
müssen wie ein Bauer, dessen Saat meine Reiter zer=
stampfen!

„Alles kann er verderben, Alles; meine Pläne
wie meine Wünsche, und es bleibt mir nichts übrig,
als die Fäuste zu ballen und vor Wuth zu ersticken!

„Aber dieß Stöhnen und Knirschen ist so nutzlos
wie mein Toben und Fluchen am Lager meiner ster=
benden Mutter, die doch tobt blieb und nicht wieder
aufstand.

„Wäre der Cornelier ein Grieche, ein Syrer, ein
Aegypter, ja wär’ er mein eigener Bruder, ich sage
Dir, Euläus, er sollte mir nicht lange im Wege stehen,
aber er ist Roms Bevollmächtigter, und Rom ist das
Schicksal, Rom ist das Schicksal!“

Der König warf sich schwer aufathmend und wie
gebrochen auf seine Kissen zurück, indem er sein Antlitz
in das weiche Gepolster drückte, Euläus aber trat un=
hörbar letse zu dem jungen Riesen heran und flüsterte
ihm mit feierlicher Langsamkeit zu:

„Rom ist das Schicksal, aber auch Rom kann
nichts gegen das Schicksal. Der Cornelier muß sterben,

weil er Deiner Mutter Tochter verdirbt und Dir, dem Retter Aegyptens, im Wege steht. Einen Mord an ihm würde der Senat furchtbar rächen, aber was will er thun, wenn wilde Thiere seinen Bevollmächtigten überfallen und in Stücke zerreißen?"

„Köstlich, herrlich!" schrie Euergetes auf, indem er wieder auf die Füße sprang und die großen Augen so überrascht und glückselig strahlend erhob, als habe sich der Himmel vor ihnen geöffnet und er gewahre die erhabene Schaar der an goldenen Tafeln schmausenden Götter.

„Du bist ein großer Mann, Euläus, und ich werde Dich zu belohnen wissen; aber kennst Du die wilden Thiere, die wir brauchen, und wissen sie sich auch so zu benehmen, daß Niemand es wagen darf, auch nur den Schatten einer Vermuthung zu hegen, daß die Wunden, die ihre Zähne und ihre Klauen reißen, von Dolchen herkommen, von Haken oder Lanzenspitzen?"

„Sei unbesorgt," entgegnete Euläus, „diese Raub=thiere sind hier in Memphis schon thätig gewesen und stehen im Dienste des Königs . . ."

„Sieh' Einer meinen sanften Bruder!" lachte Euer=getes. „Er rühmt sich ja, außer in der Schlacht noch Niemand getödtet zu haben, und nun . . ."

„Philometor hat auch eine Gattin," fiel der Eunuch dem König in's Wort, und Euergetes rief:

„Ja, die Frauen, was man nicht Alles von ihnen erlernt!"

Dann fuhr er leise fort:

„Wann können Deine Bestien an's Werk gehen?“

„Die Sonne ist längst aufgegangen. Bis sie untergeht, werde ich meine Vorbereitungen zu treffen haben, aber um Mitternacht kann, sollt' ich denken, die That vollbracht sein. Wir versprechen dem Römer ein Stelldichein, locken ihn zum Tempel des Serapis, und auf seinem Heimweg durch die Wüste . . .“

„Ja dann!“ rief der König, stieß mit der Hand, als hätte er einen Dolch in derselben, auf seine eigene Brust und fügte mahnend hinzu: „Aber stark wie Löwen müssen Deine Leute sein und vorsichtig, vorsichtig wie Katzen. Wenn Du Gold gebrauchst, so wende Dich an Komanus; oder besser, nimm diesen Beutel.

„Es ist genug? So muß ich Dich fragen: Hast Du selber Grund, den Römer zu hassen?“

„Ja,“ gab Euläus bestimmt zurück. „Er ahnt, daß ich um Alles weiß, was er treibt, und hat mich mit falschen Anklagen verfolgt, die mich heute in ernste Gefahr bringen könnten. Wenn Du hörst, daß er die Königin bestimmt, mich gefangen zu setzen, so sorge sogleich für meine Befreiung.“

„Es soll Dir Niemand ein Haar krümmen; verlaß Dich darauf. Ich sehe, daß Du Grund hast, das gleiche Spiel mit mir zu spielen, und das freut mich, denn mit ganzer Kraft arbeitet man nur für sich selbst; und nun als mein Letztes: Wann holst Du die kleine Hebe?“

„In einer Stunde geh' ich zu Asklepiodor, aber erst morgen können wir das Mädchen brauchen, denn heute muß sie als Lockspeise für den Cornelier im Tempel bleiben."

„Ich will mich gedulden, doch hab' ich Dir noch einen Auftrag zu geben. Stelle dem Oberpriester die Sache so dar, als wünsche mein Bruder eine meiner Launen zu befriedigen, indem er die Krugträgerin für mich herausfordert, entschieden herausfordert.

„Verletze den Mann, so weit es geht, ohne Verdacht zu erregen, und wenn ich ihn recht kenne, so besteht er auf seinem Rechte und weigert sich standhaft.

„Nach Dir kommt dann mein Komanus mit Grüßen und Geschenken und Verheißungen von mir.

„Morgen, wenn das, was mit dem Römer geschehen muß, gethan ist, so hole Du das Mädchen im Namen meines Bruders mit List oder Gewalt, und übermorgen, wenn mir die Götter gnädiglich halfen, beide Theile Aegyptens in meiner Hand zu vereinen, dann eröffne ich Asklepiodor, daß ich Philometor für den an seinem Tempel begangenen Frevel gestraft und des Thrones entsetzt habe.

„Serapis soll sehen, wer sein Freund ist!

„Wenn Alles geht, wie es gehen soll, so ernenn' ich Dich, das gelob' ich Dir bei den Seelen meiner verstorbenen Ahnen, zum Epitropen des neu vereinigten Reiches. Ich bin heute für Dich in jeder Stunde zu sprechen."

Der Eunuch entfernte sich so leichten Schrittes, als habe ihm sein Gespräch mit dem Könige die Jugend zurückgegeben.

Als Hierax, Komanus und andere Beamte wieder

in das Gemach traten, gab ihnen Euergetes den Befehl, seinem Freunde Publius Cornelius Scipio seine
vier edelsten kyrenischen Rosse zwischen Morgen und
Mittag als ein Zeichen seiner Verehrung und Liebe
zuzuführen. Dann ließ er sich ankleiden, suchte Aristarch auf und setzte sich mit ihm an die Arbeit.

Vierzehntes Kapitel.

———

In tiefer Ruhe lag der Tempel des Serapis, eingehüllt vom Dunkel, das seine vielfältige Gliederung dem Auge entzog und ihm das Ansehen einer einzigen, mit blauschwarzem Dunst umzogenen Felsmasse verlieh.

Auch außerhalb des Tempels war Alles still; jetzt aber ließ sich in der jedes Geräusch verdoppelnden Stille der Nacht Hufschlag und Rädergerassel vernehmen.

Bevor das Fuhrwerk, welches dieses Geräusch veranlaßt hatte, zu dem Tempel gelangt war, hielt es an, und zwar hinter dem Akazienhaine des Gottes, denn von dort aus ließ sich nun das Gewieher eines Pferdes hören.

Der Hengst, der es ausstieß, war eines von den Rossen des Königs.

Der Korinther Lysias band ihn soeben an einen

dem Wege benachbarten Baum am Saume des Wäld=
chens, warf seinen Mantel über den Rücken der
dampfenden Thiere, tastete sich von Akazie zu Akazie
und fand bald den Sonnenbrunnen, auf dessen Brü=
stung er sich niederließ.

Von Osten her erhob sich jetzt als Vorbote des
Sonnenaufgangs ein schneidig kalter Lufthauch, und
graues Dämmerlicht begann die Kronen der stattlichen
Bäume, die das Dunkel zu einem einzigen schwarzen
Dache verbunden hatte, allmälig zu trennen.

Aus dem Hof des Asklepiustempels klang Hahnen=
gekräh, und als der Korinther sich fröstelnd erhob,
um durch schnelles Aufundniederschreiten sein Blut
zu erwärmen, hörte er in der Gegend der Umfassungs=
mauer des Tempels, dessen Umrisse immer schärfer
umgrenzt aus dem Dunkel hervortraten, eine Thür
knarren.

Mit gespannter Aufmerksamkeit schaute er nun den
Weg hinunter, den das nahende Licht mehr und mehr
von den auf ihm lagernden Schatten befreite, und
schneller begann sein Herz zu schlagen, als er eine
Gestalt wahrnahm, die raschen Schrittes auf den
Brunnen zuging.

Das, was da nahte, war ein menschliches Wesen
und kein zweites befand sich in seiner Begleitung; es
war wohl auch kein Mann, sondern ein Weib in
langem Gewande. Aber er hielt Die, die er suchte,
für kleiner als die sich ihm mehr und mehr nähernde
Frauengestalt.

Kam die ältere und nicht die jüngere Schwester,

um die es ihm doch allein zu thun war, heute zum Brunnen?

Jetzt unterschied er schon ihren leichten Schritt, jetzt war sie nur noch durch einen jungen Akazien=strauch, der ihn ihren Blicken entzog, von ihm getrennt, jetzt stellte sie zwei Krüge zu Boden, jetzt zog sie einen Eimer leicht in die Höhe und füllte das Gefäß, das sie in der linken Hand getragen, jetzt wandte sie ihr Antlitz dem sich mehr und mehr mit glanzlosem Lichte erhellenden Horizonte zu, jetzt glaubte Lysias Irene erkannt zu haben, und nun, Dank allen schützenden Göttern, wußt' er's genau, vor ihm stand die jüngere und nicht die ältere Schwester, stand das Mädchen, welches er suchte.

Von dem Akazienwildlinge immer noch halb ver=borgen und mit leiser Stimme, um Irene nicht zu erschrecken, rief er ihren Namen, aber der Jungfrau, die hier noch niemals zu dieser Stunde von einem Menschen überrascht worden war, erstarrte dennoch das Blut vor Entsetzen.

Wie angewurzelt stand sie da und preßte zusammen=schaudernd den kalten und feuchten goldenen Krug des Gottes an ihre Brust.

Lysias rief·sie jetzt lauter als vorher beim Namen und fügte immer noch mit gedämpfter Stimme hinzu:

„Erschrick nicht, Irene, ich bin Lysias der Korinther, Dein Freund, dessen Granate Du gestern trugst und der Dich nach dem Aufzuge ansprach. Laß Dir einen fröhlichen Morgen bieten!"

Das Mädchen nahm bei diesen Worten ihren Krug

in die linke Hand, ließ sie mit ihrer Last niedersinken, drückte die rechte auf ihr Herz und sagte tief athmend:

„Wie gräßlich Du mich erschreckt hast! Ich dachte, mich hätte eine wandelnde Seele gerufen, die noch nicht in die Unterwelt zurückgekehrt ist, denn erst die aufgehende Sonne verscheucht die Geister.“

„Aber nicht Menschen von Fleisch und Bein, die Gutes im Sinne haben. Ich, das darfst Du glauben, bliebe gern bei Dir, bis Helios wieder untergeht, wenn Du's erlaubtest.“

„Ich habe Dir nichts zu gestatten und nichts zu verbieten,“ entgegnete Irene, „aber wie kommst Du zu dieser Stunde hieher?“

„Auf einem Wagen,“ entgegnete Lysias lächelnd.

„Thorheit! ich will wissen, was Du in dieser Stunde an dem Brunnen der Sonne suchst?“

„Wen anders als Dich? Du sagtest mir gestern, Du schliefest gern, und das thue ich auch; doch um Dich wieder zu sehen, habe ich meine Nachtruhe mit Vergnügen sehr kurz gehalten.“

„Aber wie konntest Du wissen?“

„Du sagtest mir gestern ja selbst, zu welcher Zeit ihr den Tempel verlassen dürft.“

„Sagt' ich's Dir? Großer Serapis, wie hell es schon wird! Ich werde bestraft, wenn der Krug nicht vor Aufgang der Sonne auf dem Altare steht, und da ist auch noch der meiner Klea.“

„Ich fülle ihn Dir gleich. So, das wäre ge= than! Und nun trage ich beide für Dich bis an's Ende des Hains, wenn Du mir versprichst, bald wiederzukommen, denn ich habe Dich Manches zu fragen."

„Vorwärts, nur vorwärts," drängte das Mädchen. „Ich weiß nur wenig, frage aber nur immer zu, denn es wird doch nicht viel ausmachen, was ich zur Antwort gebe."

„Doch, doch! Wenn ich Dich zum Beispiel bäte, mir von Deinen Eltern zu erzählen? Mein Freund Publius, den Du ja kennst, und ich haben gehört, wie hart und ungerecht sie bestraft worden sind, und thäten gern Vieles, um sie zu befreien."

„Ich komme, ich komme gewiß," rief Irene laut und lebhaft. „Soll ich auch Klea mitbringen? Sie ward heute mitten in der Nacht zu dem Thorhüter gerufen, dessen Kind schwer erkrankt ist. Meine Schwester hat es sehr lieb und Philo nimmt nur von ihr Arznei. Der Kleine war in ihrem Schooße eingeschlafen, und da kam seine Mutter und bat mich, für uns Beide das Wasser zu tragen. Nun gib mir die Krüge, denn es darf noch Keiner außer uns den Tempel betreten."

„Da hast Du sie! Störe nur um meinetwillen Deine Schwester nicht bei der Pflege des kleinen Kranken, denn ich möchte Dir wohl auch noch Dieß oder Das sagen, was sie nicht zu hören braucht und Dich vielleicht freuen wird. Ich gehe jetzt zum Brunnen zurück. Leb' nun wohl und laß nicht zu lang auf Dich warten!"

Diese Worte sprach Lysias in zärtlicher und bestrickender Weise, und die sich rasch entfernende Jungfrau antwortete ihm leise und schnell:

„Ich komme, wenn die Sonne heraus ist.“

Der Korinther schaute ihr nach, bis sie in dem Tempel verschwunden war, und das Herz wurde ihm weich, so weich wie nie seit vielen Jahren.

Er mußte der Zeit gedenken, in der er seine jüngste Schwester, als sie noch ein kleines Kind war, gern auf die Probe stellte und sie mit ernstem Gesichte bat, ihm ihren Kuchen oder ihren Apfel, den er gar nicht haben wollte, zu schenken.

Fast immer hatte die Kleine ihm, was er begehrte, mit den niedlichen Händchen zum Munde geführt und dabei war ihm dann häufig ganz ähnlich zu Sinne gewesen wie jetzt.

Irene war ja auch noch ein Kind und nicht weniger sorglos, als sein Liebling im elterlichen Hause, und wie seine Schwester ihm ihr Bestes gereicht hatte, so vertraute sie ihm, dem leichtfertigen Lysias, vor dem die ehrbaren Frauen in Korinth die Augen nieder=schlugen und die Väter ihre heranwachsenden Söhne warnten, ihr jungfräuliches, ja so wollt' es ihm scheinen, ihr heiliges Selbst an.

„Ich thue Dir nichts, Du liebes Kind,“ murmelte er vor sich hin, als er sich endlich umwandte, um dem Brunnen der Sonne entgegen zu gehen.

Rasch begann er vorwärts zu schreiten, aber schon nach wenigen Schritten hemmte er den Fuß, denn ein über=raschendes, wundervolles Bild zeigte sich seinen Augen.

Ward Memphis ein Raub der Flammen?

Verzehrte Feuer den Nebelschleier, der seinen Weg zum Tempel umhüllt hatte?

Da standen die Stämme der Akazien wie schwärzliche Säulen auf einer Brandstätte, hinter der die gefräßige Lohe hoch aufschlug zum Himmel.

Zwischen den Zweigen, den dornigen Aesten, den weißen Blütentrauben und den Blättern mit dem paarweise geordneten Gefieder glänzte und gleißte goldenes und purpurnes Licht, und die Wolken am Himmel prangten in lichteren Farben als die der Rosen, mit denen Kleopatra sich beim Gastmahl geschmückt hatte.

So ging die Sonne nicht auf in seiner Heimat!

Oder hatte er vielleicht nur aufmerksamer nach der Erde als nach dem Himmel geschaut, wenn er zu Korinth oder Athen beim Anbruch des Morgens trunken von den Gastmählern heimgewankt war?

Jetzt wieherten seine Hengste laut auf, als wollten sie das Viergespann des nahenden Sonnengottes begrüßen.

Er eilte durch den Hain zu ihnen hin, klopfte ihnen mit beruhigenden Worten die glänzenden Hälse und überschaute dann die Riesenstadt zu seinen Füßen, über die sich ein veilchenfarbener Duft breitete, die ernsten Pyramiden, denen der Morgen ein heiteres rosenfarbenes Festgewand umgeworfen, den ungeheuren Tempel des Gottes Ptah mit den hohen Kolossen vor seinen Pylonen, den Nilstrom, in dem sich die Herrlichkeit der Tinten des Himmels spiegelte, und das Kalkgebirge hinter den Flecken Babylon und Troja, von dem ein Jude am Tische des Königs gestern erzählt hatte, es gehe unter seinen Landsleuten die

Sage, daß dieß Gebirge all' seinen Baumschmuck her=
gegeben, um die Hügel der heiligen Stadt Hierosolyma
damit zu schmücken.

Wie im Schimmer der Kerzen der große Rubin,
der des Königs Euergetes durchsichtiges Gewand beim
Gastmahl an seinem Stierhalse zusammengehalten,
leuchteten jetzt die felsigen Wände dieses nackten Ber=
ges, und nun sah Lysias, wie sich hinter ihm das
Tagesgestirn blendend erhob und seine Strahlen wie
Millionen von goldenen Pfeilen versandte, um seinen
Feind, das nächtige Dunkel, in die Flucht zu treiben
und zu vernichten.

Eos, Helios, Phöbus Apollon waren ihm, der,
wenn er nicht schwelgte und sich in den Bädern, beim
Ringspiel im Gymnasium, bei Hahnen= und Wachtel=
kämpfen, im Theater und bei dionysischen Aufzügen
vergnügte, seinen Geist in den Schulen der Philo=
sophen zu üben liebte, um auch im Wortgefecht bei
den Gastmählern glänzen zu können, längst nichts mehr
und nichts weniger als Namen, mit denen sich gewisse
Erscheinungen, Vorgänge und Begriffe bequem be=
zeichnen ließen; heute aber und diesem Sonnenaufgang
gegenüber glaubte er wie in seiner Kinderzeit an den
Gott, sah ihn im Geiste auf seinem goldenen Wagen
und mit seinem glänzenden, Fackeln tragenden und
Blumen streuenden, leicht hinschwebenden Gefolge das
schäumende Viergespann seiner Rosse bändigen, hob
andächtig beide Arme in die Höhe und betete laut:
„Mir ist heute so heiter und leicht im Herzen. Das
dank' ich wohl Deiner Gegenwart, Phöbus Apollon,

der Du ja selber das Licht bist. O laß es so bleiben . . ."

Hier unterbrach er seine Bitte und ließ seine Arme sinken, denn er hörte Schritte, die sich ihm nahten.

Lächelnd über seine kindliche Schwäche, denn wie eine solche kam es ihm vor, daß er gebetet, und doch froh über diese fromme That, kehrte er der nun völlig hervorgetretenen Sonne den Rücken und stand Irene gegenüber, welche ihm zurief:

„Ich meinte schon, Du wärest ungeduldig geworben und fortgegangen, als ich Dich nicht mehr am Brunnen fand. Das hätte mir leid gethan; aber Du hast wohl nur dem Aufgang des Helios zugeschaut. Den seh' ich alle Tage, und doch ängstige ich mich immer, wenn es so roth ist wie heute, denn unsere ägyptische Pflegerin hat mir erzählt, wenn der Osten am Morgen recht roth sei, dann habe der Sonnengott seine Feinde erschlagen und ihr Blut färbe den Himmel und den Berg und die Wolken."

„Aber Du bist ja eine Griechin," fiel Lysias ein, „und mußt wissen, daß Eos diese Farben erweckt, wenn sie mit ihren Rosenfingern den Horizont berührt, ehe Helios erscheint. Heute bist Du für mich die Morgenröthe gewesen, die einen schönen Tag verkündet."

„Solches Roth wie heute," gab Irene zurück, „bringt große Hitze, Sturm und vielleicht auch Gewitter, sagt der Thorhüter, der immer mit den Horoskopen zu thun hat, die auf den Thürmen neben der Tempelpforte die Sterne und Himmelszeichen beobachten.

„Er ist der Vater des armen kleinen Philo.

„Ich wollte Klea doch mitbringen, denn sie weiß mehr von den Eltern als ich, aber er bat mich, sie nicht fortzurufen, denn des Kindes Hälschen sei wie zugewachsen, und wenn es viel schreie, soll der Arzt gesagt haben, müsse es ersticken, und doch ist es nur ruhig, wenn Klea es auf dem Arm hält.

„Sie ist auch so gut und denkt niemals an sich.

„Seit Mitternacht wiegt sie nun schon den schweren Jungen auf ihrem Schooße." —

„Wir wollen später auch mit ihr reden," sagte der Korinther, „heute aber bin ich um Deinetwillen gekommen; Du hast so frohe Augen und Dein Mündchen sieht aus, als wär' es zum Lachen gebildet und nicht um Klagelieder zu singen. Wie hältst Du es nur in dem verschlossenen Kerker dort bei all' den ernsten, weiß und schwarz gekleideten Männern aus?"

„Es sind auch gute und freundliche unter ihnen. Am liebsten hab' ich den alten Krates; der macht Allen ein finsteres Gesicht, nur mit mir spaßt und redet er und zeigt mir manchmal so hübsche und kunstreich gearbeitete Sachen."

„Ich sagte Dir ja, daß Du wie die Morgenröthe bist, vor der nichts Finsteres Bestand hat."

„Wenn Du nur wüßtest, wie unbesonnen ich sein kann, wie oft ich Klea, die mich doch niemals schilt, Kummer bereite, so würdest Du Dich wohl hüten, mich einer Göttin ähnlich zu finden. Der kleine Krates vergleicht mich auch manchmal mit den lieblichsten Dingen, aber das klingt immer so komisch, daß ich lachen muß. Dir hör' ich schon lieber zu, wenn Du mir schmeichelst."

„Dafür bin ich auch jung und Jugend paßt zu der Jugend. Deine Schwester ist älter und so viel ernster als Du. Hast Du nie eine Altersgenossin gehabt, mit der Du spielen und der Du Alles vertrauen mochtest?"

„Doch, als ich ganz klein war; aber seit die Eltern in's Unglück geriethen und wir hier im Tempel sind, bin ich nur immer mit Klea zusammen. Was wolltest Du über den Vater wissen?"

„Das frag' ich Dich später. Jetzt sage mir nur: hast Du Dich nie mit andern Mädchen versteckt und gehascht? Durftest Du nie bei den Dionysischen Festen dem fröhlichen Treiben auf der Straße zuschauen? Bist Du schon je auf einem Wagen gefahren?"

„Vielleicht früher; aber das hab' ich vergessen. Wie sollt' ich wohl zu alledem hier im Tempel kommen? Klea sagt, es tauge auch nicht, daran zu denken. Sie erzählt mir viel von den Eltern, wie die Mutter für uns gesorgt und was der Vater gesagt hat. Ist denn etwas vorgefallen, das sich zu seinen Gunsten wenden ließe? Sollte der König die Wahrheit erfahren haben? Stelle doch gleich Deine Frage, denn ich bin schon zu lange hier draußen geblieben."

Während dieser Worte wieherten die ungeduldigen Hengste von Neuem auf und Lysias, dem das Geplauder mit Irene zauberhaft reizend erschien, der dabei aber doch den Zweck seiner Fahrt keinen Augenblick vergaß, wies nun rasch auf den Platz hin, an dem seine Pferde standen, und sagte:

„Hast Du das Gewieher der muthigen Pferde gehört? Sie haben mich hierher gebracht und ich verstehe sie gut zu lenken; ja mit meinem eigenen Viergespann hab' ich bei den letzten isthmischen Spielen den Kranz gewonnen. Du sagst, daß Du noch nie auf einem Wagen gestanden. Wie wär' es, wenn Du einmal versuchen wolltest, wie das ist? Ich fahre Dich gern ein wenig hinter dem Hain auf und nieder."

Irene lauschte mit leuchtenden Augen diesen Worten und rief in die Hände klatschend: „Auf einem Wagen mit muthigen Pferden wie die Königin soll ich fahren? Das ist ja nicht möglich! Wo stehen Deine Rosse?"

Vergessen hatte sie in diesem Augenblicke Klea, das kranke Kind, die Pflicht, die sie in den Tempel zurückrief, ja selbst ihre Eltern, und mit beflügeltem Schritt folgte sie dem Korinther, schwang sich auf den zweiräbrigen Wagen und hielt sich an seiner Brüstung fest, als Lysias sich neben sie hinstellte, die Zügel ergriff und das Feuer der muthigen Thiere mit starker und wohlgeübter Hand bändigte.

Ganz preisgegeben dem Entführer, stand sie völlig sorglos und unbefangen neben ihm, als das Fuhrwerk von dannen brauste; aber ohne daß sie es ahnte, deckten sie freundliche Mächte mit Schild und Panzer, ihrer kindlichen Unschuld und dem Gedanken an ihre Eltern, den der Entführer selbst in ihr wachgerufen, und der bald wieder in ihr lebendig wurde.

Hochaufathmend und erfüllt von dem Wonnegefühl, das der Vogel empfinden mag, der sich zum ersten Male aus seinem finsteren Neste in den Aether hinaufschwingt, rief sie ein Mal über das andere:

„Das ist schön, das ist herrlich!" und dann:

„Wie wir die Luft zerschneiden, als wären wir hurtige Schwalben! Schneller, Lysias, schneller! Nein, das ist wieder zu rasch! Halt' an, damit ich nicht falle! O nein, ich ängstige mich nicht! Es ist zu schön, so wie ein Nilschiff beim Sturme den Strom, mit Brust und Antlitz den Wind zu zerschneiden."

Lysias stand dicht neben ihr.

Als er auf ihren Wunsch die Rosse zum schnellsten Lauf angetrieben und er sie schwanken sah, streckte er unwillkürlich die Hand aus, um sie um ihren Gürtel zu legen; Irene aber wich ihm aus, schmiegte sich eng an die Wagenbrüstung, neben der sie stand, und jedesmal, wenn er sie berührte, drückte sie ihre Arme fest an sich und zog sich zusammen wie das zarte Blatt einer Sinnpflanze, das von einem fremden Körper gestreift wird.

Jetzt bat sie den Korinther, ihr zu gestatten, auch einmal die Zügel zu halten, und er gewährte sogleich diese Bitte, übergab ihr die Leinen, behielt aber, hinter sie tretend, vorsichtig ihre Enden in seiner eigenen Hand.

Nun schaute er auf ihr glänzendes Haar, das zierliche Rund ihres Hauptes und ihren weißen, leicht nach vorn geneigten Hals hernieder, und es überkam ihn eine unnennbare Sehnsucht, seine Lippen auf ihren

Scheitel zu drücken; aber er unterließ es, denn er gedachte der Worte seines Freundes, daß er gewillt sei, für diese Mädchen wie ein Vormund zu handeln.

Das wollte er auch thun und mehr als das, wie ein Vater wollt' er für sie sorgen.

So oft aber der Wagen an einen Stein stieß und er sie, um sie zu stützen, berührte, erwachte die zurückgedrängte Sehnsucht auf's Neue, und einmal, als ihr Haar seinen Lippen ganz nahe kam, küßt' er es dennoch, aber nur wie ein Freund und ein Bruder.

Sie mußte den Hauch seiner Lippen gefühlt haben, denn sie wandte sich schnell zu ihm um, gab ihm die Zügel zurück, drückte ihre Hand auf die Stirn und sagte mit völlig verändertem Ton, in den sich ein leiser Klagelaut mischte:

„Es ist nicht gut so; ich bitte Dich, wende die Rosse."

Ehe Lysias, der, statt ihr zu gehorchen, an den Zügeln riß, um die Pferde zu immer schnellerem Lauf zu ermuntern, die rechte Antwort gefunden, hatte Irene zu der Sonne aufgeschaut, und indem sie mit der Hand nach Osten wies, rief sie:

„Wie spät es schon ist! Was soll ich nun sagen, wenn man mich sucht und sie fragen, wo ich so lange gewesen? Warum kehrst Du nicht um, warum sagst Du mir nichts von den Eltern?"

Die letzten Worte waren ihr heftig von den Lippen gebraust, und als Lysias nicht sogleich eine Entgeg= nung fand und sich auch nicht anschickte, den Lauf der Pferde zu hemmen, griff sie selbst in die Zügel und rief:

„Willst Du nun wenden, ja oder nein?"

„Nein," gab der Korinther entschieden zurück, „aber . . ."

„Also so ist's gemeint?" schrie das Mädchen außer sich, „Du denkst mich mit List zu entführen; aber warte nur, warte . . ."

Ehe Lysias es hindern konnte, hatte Irene sich umgedreht und den Versuch gemacht, von dem rasch dahinrollenden Fuhrwerk zu springen; ihr Begleiter aber war schneller als sie, erfaßte erst ihr Gewand, dann ihren Gürtel, legte seinen Arm um ihre Hüften und zog die Widerstrebende in die Mitte des Wagens.

Bebend, mit dem kleinen Fuße stampfend und mit Thränen im Auge suchte sie seine Hand von ihrem Gürtel zu entfernen; er aber zwang jetzt seine Rosse zum Stillestehen und sagte freundlich, aber ernst:

„Was ich gethan, ist zu Deinem Besten geschehen, und ich will auch, wenn Du befiehlst, die Rosse wen=
den, aber erst mußt Du mich hören, denn als ich Dich mit List auf diesen Wagen lockte, hatt' ich's ge=
than, weil ich fürchtete, daß Du Dich weigern würdest, mir zu folgen, und ich doch wußte, daß jeder Auf=
schub Dich schrecklichen Gefahren aussetzen würde. Den Namen Deines Vaters hab' ich gewiß nicht freventlich gemißbraucht, denn mein Freund Publius Scipio, der sehr mächtig ist, gedenkt Alles zu thun, ihm die Freiheit zurück zu verschaffen und euch wieder mit ihm zu vereinigen. Aber, Irene, das würde nimmer geschehen,

wenn wir Dich da gelassen hätten, wo Du bisher geweilt hast.“

Das Mädchen schaute Lysias während dieser Rede verwundert an und unterbrach ihn mit dem Ausruf: „Aber ich habe ja Niemand etwas zu Leide gethan, wem kann es Gewinn bringen, mich armes Ding zu verfolgen?“

„Dein Vater war der gerechteste unter den Männern,“ entgegnete Lysias, „und dennoch ward er als Verbrecher in’s Elend geschleppt. Man verfolgt nicht nur das Unrecht, nicht nur die Bösen. Hast Du von König Euergetes gehört, den man bei seiner Geburt ‚Wohlthäter‘ nannte und der sich durch seine Frevelthaten den Namen des Uebelthäters erworben? Der hat gehört, daß Du schön bist, und will nun den Oberpriester veranlassen, Dich ihm auszuliefern. Gibt Asklepiodor nach, und was vermag er gegen die Gewalt eines Königs, so wirst Du zu den Flötenspielerinnen und geschminkten Dirnen gesellt, die bei seinen wilden Gelagen mit den berauschten Männern beim Schmause toben, und wenn Deine Eltern Dich so wieberfänden, dann wär’ es ihnen doch besser . . . .“

„Ist das wahr, was Du sagst?“ fragte Irene mit glühenden Wangen.

„Ja,“ entgegnete Lysias fest. „Sieh, Irene, ich habe auch einen Vater und eine liebe Mutter und eine Schwester, die Dir gleich sieht, und bei ihren Häuptern, bei ihnen, deren Namen nie vor einem andern Weibe, um das ich warb, über meine Lippen gekommen, schwör’ ich Dir, daß ich die lautere Wahr heit geredet, daß ich nichts will, als Dich retten, daß ich, wenn Du es gebieten solltest, Dich, sobald ich Dich geborgen weiß, niemals wiedersehen will, so furchtbar schwer mir gerade das auch fiele, denn ich habe Dich lieb, so lieb, Du arme, süße, kleine Irene, Du kannst es nicht glauben."

Lysias faßte des Mädchens Hand, sie aber entzog sie ihm schnell und sagte, indem sie die in Thränen schwimmenden Augen zu ihm aufschlug, laut und bestimmt:

„Ich glaube Dir, denn so kann Keiner reden, der einen Andern betrügt. Aber woher weißt Du das Alles? Wohin willst Du mich bringen? Wird Klea mir folgen?"

„Bei einer braven Bildhauerfamilie sollst Du für's Erste verborgen werden. Klea wollen wir heute noch von Allem, was mit Dir geschehen ist, unterrichten, und wenn wir die Freiheit eurer Eltern erwirkt haben, dann — aber — Hilf, rettender Zeus! Siehst Du dort den Wagen? Ich meine, es sind des Eunuchen Euläus Schimmel, und wenn der uns hier sähe, dann wäre Alles verloren!

„Jetzt halte Dich fest, denn wir müssen jagen wie auf der Rennbahn!

„So — nun verbirgt uns der Hügel, und dort bei dem kleinen Isistempel erwartet Dich schon die würdige Gattin Deines künftigen Gastfreundes; in dem verschlossenen Wagen neben den Palmen wird sie wohl sitzen.

„Ja gewiß, gewiß, Klea soll Alles erfahren, da-

mit sie sich nicht um Dich ängstigt! Gleich sag’ ich
Dir Lebewohl, und dann später, liebe Irene, wirst
Du wohl auch manchmal an den armen Lysias denken,
oder hat ihm wirklich die Aurora, die ihn heute
Morgen so lieblich und glückverheißend begrüßte,
keinen schönen Tag, sondern Kummer und Leid ver=
kündet?“

Während dieser Worte zog der Korinther die Zü=
gel an, zwang die Rosse zu langsamem Schritt und
schaute Irene voll Zärtlichkeit in die Augen.

Sie erwiederte diesen Blick mit herzlicher Innig=
keit, aber Thränen verschleierten ihren sonst so sonni=
gen Blick.

„Sage mir etwas,“ bat der Korinther. „Wirst
Du mich nicht vergessen? Darf ich Dich bald bei
Deinem Gastfreunde besuchen?“

Irene hätte so gern Ja und wieder Ja und tausend=
mal Ja gerufen, und doch fand sie, die sich so willig
von jeder kleinen Regung des Herzens fortreißen ließ,
in dieser ernsten Stunde die Kraft, ihre Hand, die
der Korinther ergriffen, aus der seinen zu ziehen und
ihm ernst zu entgegnen:

„Denken will ich an Dich immer und immer,
aber aufsuchen darfst Du mich erst, wenn ich wieder
mit meiner Klea vereint bin.“

„Aber Irene, bedenke doch, wenn nun . . .“ rief
Lysias erregt.

„Du hast mir bei den Häuptern der Deinen ge=
schworen, meinen Willen zu achten,“ unterbrach ihn
das Mädchen. „Gewiß, ich glaube, und ich glaube

so gern, daß Du mir gut bist, aber ich glaube es nicht mehr, wenn Du nicht Wort hältst.

„Sieh', da kommt uns eine Frau entgegen, die freundlich aussieht.

„Da winkt sie mir schon!

„Ja, zu der geh' ich gern, und doch ist mir so bang, so bang, ich kann es nicht sagen; aber so dankbar fühl' ich mich auch! Denke Du nur zuweilen an mich, Lysias, und an unsere Fahrt und unser Geplauder und an meine Eltern. Bitte, bitte, thue für sie, was Du nur immer vermagst. Wenn ich das Weinen nur zurückhalten könnte, aber ich kann's nicht!“

Fünfzehntes Kapitel.

Lysias hatte recht gesehen.

Der mit den Schimmeln bespannte Wagen, dem er bei seiner Flucht mit Irenen ausgewichen war, gehörte dem Eunuchen Euläus.

Des kühlen Morgens wegen und weil ihn Kleopatra's Gespielin Zoë begleitete, bediente er sich eines geschlossenen Fuhrwerks, in dem er auf weichen Kissen neben. der Macedonierin saß und sie durch eifriges, in seiner Weise witziges Geplauder für sich zu gewinnen suchte.

Auf der Hinfahrt, dacht' er, mache ich sie mir ganz gewogen, bei der Heimkehr rede ich auch von meinen eigenen Angelegenheiten.

Schnell und angenehm verging Beiden die Fahrt und weder sie noch er achteten auf den Hufschlag der Rosse, die Irene entführten.

Hinter dem Akazienhain stieg Euläus aus und bat die Macedonierin, sich die Stunde nicht lang werben zu laffen, in ber er mit bem Oberpriefter zu verhanbeln habe; vielleicht, bemerkte er, könne fie auch bie Zeit bes Wartens ausnutzen, indem fie zu ber falfchen Hebe in Beziehung zu treten beginne.

Irene war längft im Haufe bes Bildhauers Apollo=bor freunblich aufgenommen worden, als Beibe fich wieber bei ber Kutfche zufammenfanben, Euläus nur fcheinbar, Zoe in ber That höchft unzufrieden mit bem, was im Tempel auszurichten gewefen war.

Der Oberpriefter hatte bie Aufforberung Philo=metor's, bie Krugträgerin am Geburtstage bes Königs Euergetes in ben Palaft zu fenben, mit einer Ent=fchiebenheit zurückgewiefen, bie ber Eunuch bem früher zu manchem vermittelnben Schritte geneigten Manne nie zugetraut haben würbe, und Zoe bie Krugträgerin nicht einmal gefehen.

„Ich glaube," fagte bie kluge Freunbin Kleopatra's, „baß ich Dir zu fpät gefolgt bin und baß, als ich eine halbe Stunbe nach Dir ben Tempel betrat, vor bem mich erft ber alte Arzt Imhotep und bann ein Gehülfe bes Bildhauers Apollobor mit neuen Philo=fophenbüften aufgehalten hatte, von bem Oberpriefter fchon ber Befehl ertheilt worben war, bas Mäbchen verborgen zu halten, benn als ich es zu fehen begehrte, führte man mich erft in ihr elenbes Gemach, bas mir für Bauern ober Ziegen paffenber zu fein fchien, als für eine Hebe, felbft für eine falfche, — aber ich fanb es völlig leer.

„Dann wies man mich in ben Serapistempel, wo ein Priefter einige Mäbchen im Singen unterwies,

dann hier= und dorthin und endlich, nachdem ich nir=
gends eine Spur der berühmten Irene gefunden, zu
der Wohnung eines Thorwächters dieses Tempels.

„Ein unschönes Weib öffnete mir die Thür und
sagte, Irene sei schon längst nicht mehr bei ihr, wohl
aber ihre ältere Schwester, die ich dann zu mir zu
kommen ersuchen ließ.

„Aber was erhielt ich zur Antwort?

„Die Göttin Klea, so nenn' ich sie, weil sie doch
die Schwester einer Hebe ist, habe ein krankes Kind
zu pflegen und wenn ich sie sehen wolle, möchte ich
sie aufsuchen.

„Das klang etwa so, als wollte sie mir sagen
lassen, daß es ja eben so weit von mir zu ihr, als
umgekehrt wäre.

„Immerhin hielt ich es der Mühe werth, mir die
selbstbewußte Krugträgerin anzuschauen, und ich trat
in ein niedriges Gemach — mich ekelt noch, wenn
ich an den Geruch der Armuth denke, der es erfüllte,
— und da saß sie mit einem blödsinnigen, sterbenden
Kind auf dem Schooß.

„Alles, was mich umgab, war so abschreckend und
traurig, daß es mich noch nach Wochen im Traum
ängstigen und mir die heiteren Stunden verderben
wird.

„Ich blieb auch nicht lange bei den unseligen
Leuten, aber gestehen muß ich, daß, wenn Irene der
Hebe so ähnlich sieht, wie ihre ältere Schwester der
Hera, Euergetes Grund hat zu zürnen, wenn ihm
Asklepiodor das Mädchen vorenthält.

„Manche Königin, und nicht am letzten eine, der wir beide am nächsten stehen, gäbe wohl ihr halbes Reich darum, wenn sie solche Gestalt und solche Haltung besäße, wie diese dienende Dirne.

„Und mit welchen Augen sie mich ansah, als sie sich mit dem hustenden Leichnam im Arme erhob und mich fragte, was ich von ihrer Schwester begehre!

„Ein gewaltiger, finsterer Ernst glühte in diesem Auge, das aus einem Medusenhaupt in ihren schönen Kopf versetzt zu sein schien. Es lag darin selbst eine Drohung, die sich nicht anders auffassen ließ, als etwa also: ‚Verlange von ihr nichts, was mir nicht gefällt, oder Du wirst auf der Stelle in einen Felsen verwandelst.‘ Keine zwanzig Worte antwortete sie auf meine Fragen, und als ich draußen wieder frische Luft schöpfte, die mir noch nie so gut gemundet hat, wie vor der Thür dieser widrigen Höhle, da wußt’ ich weiter nichts, als daß Niemand den Schlupfwinkel kenne oder kennen wolle, in dem sich die schöne Irene verborgen, und ich gut thun würde, nicht weiter nach ihr zu fragen.

„Was wird Philometor nun thun?

„Was wirst Du ihm rathen? —“

„Was man nicht durch leichte Reden erlangt, das läßt sich zuweilen durch ein schweres Geschenk erkaufen,“ entgegnete der Eunuch. „Du weißt ja, von allen Worten, die es gibt, ist diesen Herren keines weniger geläufig, als das kleine ‚genug‘; aber wer bequemt sich wohl leicht, es zu sagen?

„Da erzählst Du mir von dem Stolz und der

strengen, abweisenden Haltung der Schwester unserer Hebe.

„Ich habe sie auch gesehen und finde, daß ihr Bild in der Stoa als glückliche Vermenschlichung der strengen Tugend aufgestellt werden könnte, und doch pflegen die Kinder den Eltern zu gleichen; ihr Vater aber war der größte Nimmersatt und listigste Spitzbube, der mir je vorgekommen ist, und mußte mit nur zu gutem Grund in die Goldbergwerke geschickt werden.

„Wegen der Tochter eines Verbrechers wirst Du jetzt durch den Staub und Sonnenbrand gejagt und mußt Dir Hohn und Abweisung gefallen lassen, mir aber droht durch die Dirne ernste Gefahr, denn Du weißt, daß Kleopatra jetzt die Laune hat, den Römer Publius Scipio auszuzeichnen; der aber läuft unserer Hebe nach, hat ihr versprochen, für ihren Vater die unverdiente Begnadigung zu erwirken, und wird nun versuchen, auf mich die Schuld des Diebes zu wälzen.

„Heute noch will ihn die Königin hören, und Du weißt nicht, wie viel Feinde sich ein Jeder erwirbt, der, wie ich, lange Jahre zu den Leitern eines großen Staates gehört. Der König erkennt mit Dankbarkeit an, was ich für seine Mutter und ihn geleistet; wenn Publius Scipio aber Kleopatra in der Stunde, in der er mich anklagt, besser gefällt als in einer andern, so bin ich verloren.

„Du bist ja stets in der Umgebung der Herrin; sage Du ihr, wer diese Dirnen sind und was den Römer veranlaßt, mich mit der Schuld ihres Vaters zu belasten. Es wird sich ja wohl die Gelegenheit finden, Dir und den Deinen einen andern Freundschaftsdienst zu erweisen."

„Schändliches Gesindel!" rief Zoë. „Verlasse Dich darauf, ich werde nicht schweigen, denn ich thue immer was recht ist und mag auch nicht sehen, daß Andere Unrecht erleiden, am wenigsten aber, daß ein Mann von Deinen Verdiensten an seiner Ehre geschädigt wird, weil einem übermüthigen Fremden ein hübsches Lärvchen und eine aufgeblasene Puppe gefällt."

———

Wenn Zoë die Luft in der Wohnung des Thorhüters abscheulich gefunden, so war sie im Rechte, konnte doch die arme, unverwöhnte Irene sie ebensowenig ertragen, wie die anspruchsvolle Gespielin einer Königin. Auch Klea kostete es Ueberwindung, in dem elenden Gemach zu verweilen, das eine ganze Familie beherbergte, in dem auf einem rauchigen Herbe gekocht und während der Nacht eine Ziege und ein paar Hühner beherbergt wurden; aber sie hatte im Dienste dessen, was sie für Recht hielt, schon Schwereres erduldet und sie liebte den kleinen Philo so sehr, ihre Sorge für die allmälige Erweckung seines schlummernden Geistes hatte ihr so viel Befriedigung und die zärtliche Dankbarkeit dieses Kindes so reichen Lohn gewährt, daß sie, sobald sie fühlte, wie nöthig ihre Gegenwart und Pflege dem kleinen Kranken sei, völlig vergaß, in einer wie widerwärtigen Umgebung sie sich befand.

Imhotep, der berühmteste unter den priesterlichen Aerzten im Asklepiustempel, ein Mann, der mit der ägyptischen Medizin so wohl vertraut war wie mit der griechischen, und den man, seitdem er von dem Könige Philometor aus Alexandria nach Memphis berufen worden war, den neuen Herophilus nannte, hatte dem schlummernden und nach und nach sich belebenden Geiste des kleinen Philo, den er täglich sah, wenn er den Tempel betrat, längst seine Aufmerksamkeit zugewandt und kam, bald nachdem Zoë die Wohnung des Thorhüters verlassen, zum dritten Mal, um nach dem kleinen Kranken zu sehen.

Klea hielt, als er eintrat, Philo noch immer auf ihrem Schooße.

Vor ihr auf einem hölzernen Sessel stand in einem Kohlenbecken ein kleiner kupferner Kessel, den der Arzt gebracht hatte, und an dem ein langes Rohr befestigt war.

Dieß letztere bestand aus zwei Theilen, welche durch einen ledernen Cylinder verbunden waren, der das obere Stück hin und her zu bewegen gestattete.

Die Krugträgerin führte das Rohr von Zeit zu Zeit an die Brust des Kindes und ließ es nach Imhotep's Vorschrift den heißen Wasserdampf, der ihm entströmte, einathmen.

„Hat es lösend gewirkt, wie es sollte?" fragte der Arzt.

„Ich glaube wohl," entgegnete Klea, „es rasselt doch nicht mehr so in der Brust, wenn der arme Schelm Luft schöpft."

Der Alte näherte sein Ohr dem Munde des Kleinen, legte seine Hand auf seine Stirn und sagte:

„Wenn das Fieber sich mäßigt, so hoffe ich das Beste. Dieß Dampfathmen ist ein gutes Mittel für solche böse Verschleimung, und ehrwürdig ist es dazu, denn schon in den ältesten Schriften des Hermes wird angerathen, es in Fällen wie diesem da anzuwenden.

„Aber nun ist's damit genug!

„Dieser Dampf, dieser Dampf!

„Weißt Du, daß er stärker ist als Pferde und Stiere und die vereinte Kraft einer Schaar von Riesen? Der fleißige Hero von Alexandria fand es vor Kurzem.

„Unser Kranker hat jetzt genug davon, denn wir dürfen ihn nicht zu sehr erhitzen.

„Nimm jetzt ein leinenes Tuch; das da wird's thun, wenn's auch nicht schön ist. Leg' es zusammen, feuchte es mit kaltem Wasser hübsch an, — da steht ja welches in dem elenden Ding da — wie soll man es nennen? — und nun zeig' ich Dir, wie man es dem Kinde um den Hals legt.

„Du brauchst mir nicht zu beweisen, daß Du mich verstehst, Klea, denn Du hast Hände, Hände und dazu eine Geduld! Fünfundsechzig Jahre leb' ich nun und war immer gesund, aber ich möchte beinahe einmal krank werden, nur um mich von Dir pflegen zu lassen.

„Das arme Ding da hat's gut, besser als manches leidende Königskind, dem gedungene Wärterinnen Alles thun und reichen, was es auch braucht, aber nur Eines nicht geben können, weil sie's nicht haben, ich meine die liebevolle, freundliche, niemals müde Geduld, mit der Du an dem Geiste dieses Kindes ein Wunder verrichtet und nun auch an seinem Leibe ein zweites zu thun im Begriffe stehst.

„Nein, nein, mein Mädchen, nicht mir, sondern Dir hat dieses Weib da zu danken, wenn ihm sein Kind erhalten bleibt.

„Hörst Du es, Frau?

„Sag' es auch Deinem Manne; und wenn ihr die Klea nicht ehrt wie eine Göttin und ihr die Hände nicht unter den Fuß legt, so soll euch — nun ich will euch nichts Böses wünschen, denn ihr habt ja auch so schon des Guten nicht eben zu viel."

Bei diesen Worten trat des Thorhüters Weib scheu auf den Arzt und das kranke Kind zu, strich sich ihr wirres, ungeordnetes Haar ein wenig aus der Stirn, kreuzte die hageren Arme langgestreckt auf dem Rücken, blickte mit weit vorgeneigtem Halse auf den Knaben hernieder, sah mit dummem Erstaunen auf die nassen Tücher und fragte dann zaghaft:

„Sind die bösen Geister heraus aus dem Kinde?"

„Freilich," entgegnete der Arzt, „die Klea dort hat sie beschworen und ich hab' ihr geholfen; nun weißt Du's."

„Dann darf ich wohl etwas fort? Ich habe das Pflaster im Vorhof zu fegen."

Nachdem sie sich, einem zustimmenden Winke Klea's folgend, entfernt hatte, sagte der Arzt:

„Mit wie vielen bösen Dämonen haben wir es doch zu thun und mit wie wenigen guten! Es glauben die Menschen auch viel lieber und leichter an schädliche, als an freundliche und hülfreiche Geister, denn wenn es ihnen schlecht geht, und daran sind sie doch gewöhnlich selbst schuld, dann erscheint es ihnen tröstlich und thut ihrer Eitelkeit gut, wenn sie's einem Andern, wenn sie's bösen Geistern in die Schuhe zu schieben vermögen; aber wenn sie sich wohl befinden, wenn das Glück ihnen lacht oder ihnen etwas Schweres gelungen, dann wollen sie das natürlich sich selbst, ihrem Geschicke und ihrer hohen Einsicht zu danken haben und lachen Den aus, der sie an die Erkenntlichkeit mahnt, die sie den hülfreichen Dämonen schulden. Ich für mein Theil halte mehr von den guten, als von den bösen Geistern, und zu den besten von allen gehörst Du ohne Zweifel, mein Mädchen.

„Von Viertelstunde zu Viertelstunde wechselst Du den Umschlag, und dazwischen gehst Du in's Freie und spülst Dir die Brust mit frischer Luft aus, denn Deine Wangen sind bleich. Um Mittag gehst Du etwas in Dein Stübchen und versuchst zu schlafen. Man darf kein Ding übertreiben und Du wirst mir gehorchen.“

Klea nickte dem Arzte töchterlich freundlich zu, Imhotep strich ihr mit der Hand über das Haar und entfernte sich; sie aber blieb in dem dumpfen, heiß und heißer werdenden Raum allein mit dem kranken Kinde, wechselte die Umschläge und freute sich über seinen immer freier und geräuschloser wehenden Athem.

Dazwischen überfiel sie eine kleine Müdigkeit und sie schloß die Augen ein wenig, aber immer nur auf kurze Zeit, und dieses mit Träumereien durchflochtene, bloß dann und wann von einer leicht und gern zu erfüllenden Pflicht unterbrochene Halbwachen, diese Aufhebung der Spannkraft aller Glieder besaß eine gewisse Süßigkeit, deren sie sich auch bewußt ward.

Sie fühlte sich hier am rechten Platze; die guten Worte des Arztes hatten ihr wohl gethan, und der Angst um ein geliebtes Leben war die wohlbegründete Hoffnung auf seine Erhaltung gefolgt.

Schon in der Nacht hatte sie den festen Entschluß gefaßt, dem Oberpriester zu erklären, das Amt der an der Bahre des Osiris klagenden Zwillingsschwestern nicht annehmen zu können und lieber versuchen zu wollen, für sich und Irene — denn daß auch diese ernst= lich thätig sein könne, kam ihr nicht in den Sinn — zu Alexandria, wo auch Blinde und Lahme Beschäftigung fanden, durch ihrer Hände Arbeit das Brod zu ver= dienen.

Auch diese Aussicht, die sie gestern noch erschreckt hatte, begann ihr jetzt freundlich zu winken, denn sie eröffnete ihr die Möglichkeit, die mächtige, sie er= füllende Thatkraft selbstständig zu bewähren.

Dann und wann stellte sich auch das Bild des Römers Publius Scipio vor ihr inneres Auge, und jedesmal, wenn das geschah, wurde sie roth bis zur Stirn.

Aber sie gedachte heute des Störers ihrer Ruhe ganz anders als gestern, denn gestern hatte sie sich mit Scham von ihm besiegt gefühlt, heute aber wollte es ihr scheinen, als habe sie beim Aufzug am ver=

gangenen Nachmittag über ihn triumphirt, indem sie seinen Blicken standhaft auswich und ihm, als er es wagte, sich ihr zu nähern, entrüstet den Rücken kehrte.

So war es gut, denn wie mochte nun der stolze Mann sich noch einmal einer Demüthigung aussetzen!

„Aus, aus! für immer aus!" murmelte sie vor sich hin, und ihre Augen und ihre Stirn, auf denen bis dahin ein Lächeln geschwebt hatte, nahmen wieder den Ausdruck abweisender Härte an, der gestern den Römer zurückgeschreckt und empört hatte.

Aber bald milderte sich die Strenge ihrer Züge, denn sie sah vor sich den bittenden Blick des ernsten Jünglings, sie erinnerte sich des Lobes, das ihm der Klausner gespendet, und als ihr dann wieder mitten unter diesen Gedanken die Augen zufielen und der Schlummer ihren Geist für wenige Augenblicke berührte, sah sie im Traum den Cornelier, der festen Schrittes auf sie zutrat, sie wie ein Kind auf seinen Arm nahm, ihre gegen ihn ankämpfenden Hände an den Knöcheln ergriff, sie mit rauher Gewalt zusammenpreßte und sie selbst in einen am Ufer des Nils ankernden Kahn warf.

Mit aller Kraft kämpfte sie gegen diesen Ueberfall an, schrie laut auf vor Entrüstung und erwachte vom Klang ihrer eigenen Stimme.

Jetzt erhob sie sich, trocknete ihre in Thränen schwimmenden Augen, legte einen neuen Umschlag auf den Hals des Kindes und trat dann, dem Rathe des Arztes folgend, in's Freie.

Die Sonne stand bereits in der Mittagshöhe und

ihre Strahlen prallten kräftig auf die gelben Sand=
steinplatten des Vorhofs hernieder.

Nur einer von den diesen weiten, unbedachten
Raum umgebenden Säulengängen warf einen schmalen,
kaum armbreiten Schatten, und sie betrat ihn nicht,
denn es standen unter seinem Dache mehrere Betten,
auf denen Pilger lagen, die hier in der Wohnung des
Gottes Träume zu empfangen hofften, welche einen
Einblick in die Zukunft gewährten.

Klea's Haupt war unbedeckt, und eben wollte sie,
weil sie die Glut des Mittags fürchtete, sich in das
Haus des Thorhüters zurück begeben, als sie einen
jungen, weißgekleideten, im besondern Dienste Askle=
piodor's thätigen Schreiber über den Hof kommen und
ihr mit Lebhaftigkeit winken sah.

Sie ging ihm entgegen, aber schon ehe sie ihn er=
reicht hatte, rief er ihr die Frage entgegen, ob sich
ihre Schwester Irene im Wächterhause befinde. Der
Oberpriester verlange sie zu sprechen, aber sie sei nir=
gends zu finden.

Klea entgegnete ihm, daß sie bereits von einer vor=
nehmen Frau vom Hofe der Königin nach ihr gefragt
worden sei, und daß sie sie vor Anbruch des Tages,
als sie die Krüge für den Altar des Gottes aus dem
Sonnenbrunnen füllen wollte, zum letzten Male ge=
sehen habe.

„Das Wasser für die früheste Spende,“ antwor=
tete der Priester, „stand zu rechter Zeit auf dem
Altar, aber für die zweite und dritte mußten Doris
und ihre Schwester sie holen. Asklepiodor ist un=

willig, nicht auf Dich, denn er weiß von Imhotep, daß Du Dich eines kranken Kindes annimmst, wohl aber auf Irene. Denke nach, wo sie sein kann. Es muß auch etwas Wichtiges vorgefallen sein, das der Oberpriester ihr mitzutheilen begehrt."

Klea erschrak, denn es kamen ihr Irenens Thränen vom gestrigen Abend und ihr Sehnsuchtsschrei nach Freude und Freiheit in den Sinn.

Hatte die Unbesonnene diesem Verlangen nach= gegeben und sich ohne ihr Wissen, wenn auch nur auf wenige Stunden, fortgestohlen, um die Stadt und das glänzende Leben in ihr zu sehen?

Sie nahm sich zusammen, um dem Boten nicht ihre Besorgniß zu verrathen, und sagte mit nieder= geschlagenen Augen:

„Ich werde sie suchen."

Eilend begab sie sich in das Haus zurück, sah noch einmal nach dem kranken Kinde, rief seine Mutter, zeigte ihr, wie sie die Umschläge zu machen habe, schärfte ihr ein, sorgfältig und pünktlich bis zu ihrer Rück= kehr die Verordnungen Imhotep's zu beachten, gab Philo einen zärtlichen Kuß auf die Stirn, empfand an ihren Lippen, daß der Kleine weniger heiß sei als am Morgen, und begab sich zuerst in ihre Wohnung.

Dort lag und stand Alles noch ebenso, wie sie es in der Nacht verlassen, nur die goldenen Krüge fehlten.

Das steigerte Klea's Angst, aber der Gedanke, Irene könnte die kostbaren Gefäße mit sich genommen haben, um sie zu verkaufen und ihr Leben durch den

Erlös zu fristen, blieb ihr fern, denn ihre Schwester, das wußte sie, war unvorsichtig und leicht erregbar, aber keiner schlechten Handlung fähig.

Wo sollte sie die Verlorene suchen?

Der Klausner Serapion, den sie zuerst ansprach, wußte nichts von ihr.

Am Altar des Serapis, wohin sie sich nun begab, fand sie beide Krüge und trug sie in ihre Wohnung zurück.

Vielleicht hatte Irene den alten Krates besucht, und während sie seiner Arbeit zuschaute und mit ihm plauderte, Zeit und Stunde vergessen; aber der priester= liche Schmied, den sie in seiner Werkstätte aufsuchte, wußte nichts von der Verschwundenen.

Er hätte Klea gern geholfen, seinen Liebling zu suchen, aber das neue Schloß für die Apisgräber mußte bis Mittag fertig sein und seine geschwollenen Füße thaten ihm weh.

Vor der Thür des Alten blieb Klea nachdenklich stehen, und es fiel ihr ein, daß Irene manchmal in freien Stunden in den Taubenschlag des Tempels ge= klettert war, um von dort aus in die Ferne zu blicken, den brütenden Thieren zuzusehen, ihren Jungen Futter in die breiten Schnäbel zu stecken und den aufwir= belnden Schwärmen nachzuschauen.

Die aus Töpfen und Nilschlamm zusammengefüg= ten Taubenhäuser standen auf dem Speicher, der sich an die südliche Umfassungsmauer des Tempels schloß.

Sie eilte über sonnige Höfe und spärlich beschat= tete Gänge dorthin und erstieg das flache Dach des

Vorrathshauses, aber sie fand dort weder den alten Taubenwärter, noch seine beiden, ihn in seiner Arbeit unterstützenden Enkelknaben, denn alle drei theilten im Vorraum der Küche die Mahlzeit der Tempeldiener.

Klea rief einmal, zwei=, zehnmal den Namen ihrer Schwester, aber Niemand antwortete ihr.

Es war, als ob die Glut der Sonne jeden von ihren Lippen tönenden Laut verzehre.

Jetzt schaute sie in den ersten Schlag, dann in den zweiten und dritten bis zu dem letzten.

Wie erhitzte Oefen strahlten die zahlreichen irdenen Wohnungen der schnellen Thiere brennende Wärme aus, aber das hinderte sie nicht, jeden versteckten Winkel in ihnen zu durchsuchen.

Schon glühten ihre Wangen, heller Schweiß perlte auf ihrer Stirn und es kostete sie Mühe, sich von dem Staub der Taubenschläge zu säubern, aber noch war sie nicht entmuthigt.

Vielleicht war Irene in das Anubidium oder das Heiligthum des Asklepius gegangen, um nach der Meinung eines seltsamen Gesichts, das sie gehabt haben konnte, zu forschen, denn dort lebte neben den ärztlichen Priestern auch eine Priesterin, welche die Träume der Heilung Suchenden noch besser zu deuten wußte, als einer der Klausner, welcher gleichfalls diese Kunst zu üben verstand.

Die Fragenden hatten vor dem Asklepiustempel oft lange zu warten.

Diese Erwägung ermuthigte Klea und machte sie

unempfindlich gegen den heißen Südwestwind, der sich
zu erheben begann, und die Glut des Tagesgestirns,
aber als sie langsam, wie ein Krieger nach der verlorenen Schlacht, zum Pastophorium zurückging, litt
sie schwer unter der Hitze, und Angst und Ungewiß-
heit bedrängten ihre Brust.

Sie hätte so gern geweint und manchmal versuchte
sie auch, vor sich hin zu stöhnen, als ob sie schluchze,
aber der Trost der das Herz erleichternden Thränen
blieb ihr dennoch versagt.

Ehe sie Asklepiodor mittheilte, daß ihr Suchen
vergeblich gewesen, drängte es sie, noch einmal mit
ihrem Freunde, dem Klausner, zu reden, aber schon
ehe sie seine Zelle zu erblicken vermochte, trat ihr der
Schreiber des Oberpriesters von Neuem in den Weg
und befahl ihr, ihm in den Tempel zu folgen.

Hier mußte sie in tödtlicher Ungeduld länger als
eine Stunde in einem Vorzimmer warten.

Endlich führte man sie in einen Saal, wo Asklepiodor und die gesammte höhere Priesterschaft des
Serapis versammelt war.

Zagend trat Klea vor die vielen mächtigen Männer und hatte wieder minutenlang zu harren, ehe
der Oberpriester sie fragte, ob sie gar keine Auskunft
über das Verbleiben des Flüchtlings zu geben vermöge und ob sie nichts bemerkt oder erfahren habe,
was auf ihre Spur leiten könne, denn er, Asklepiodor, wisse, daß, wenn Irene sich heimlich aus dem
Tempel entfernt habe, dieß sie selbst ebenso bekümmern
werde wie ihn.

Klea mußte mühsam nach Worten suchen und ihre Kniee bebten, als sie nun zu reden begann, aber sie wies den Stuhl ab, den ihr Asklepiodor zu bringen befahl.

Der Reihe nach zählte sie alle Orte auf, an denen sie ihre Schwester vergeblich gesucht hatte, und als sie auch das Heiligthum des Asklepius nannte und ihr dabei das Bild einer vornehmen Frau, die mit vielen Sklavinnen und Dienerinnen gekommen war, um sich einen Traum deuten zu lassen, in die Vorstellung trat, fiel ihr auch Zoë's Besuch und ihre erst überfreundlichen, dann aber höhnischen und immer hochmüthigeren Fragen nach ihrer Schwester ein.

Sogleich unterbrach sie sich in ihrer eigenen Rede und sagte:

„Aus freiem Antrieb, heiliger Vater, ist Irene gewiß nicht geflohen, aber vielleicht hat sie Jemand verlockt, den Tempel und mich zu verlassen; sie ist ja noch ein Kind mit schwankendem Herzen. Könnt' es wohl sein, daß eine vornehme Frau sie verführt hat, mit ihr zu gehen? Eine solche suchte mich heute im Hause des Thorhüters auf. Sie war reich gekleidet, trug einen goldenen Halbmond im blonden, lockigen, mit seidenen Bändern durchflochtenen Haar und fragte mit Dringlichkeit nach meiner Schwester. Der Arzt Imhotep, der ja häufig den Palast des Königs besucht, hat sie gesehen und mir gesagt, daß sie Zoë heiße und eine Gespielin der Königin Kleopatra sei."

Bei diesen Worten ergriff eine große Erregung die versammelten Priester und Asklepiodor rief:

„Weiber, Weiber! So hattest Du dennoch Recht, Philammon; ich konnte und wollt' es nicht glauben! Kleopatra hat Manches gethan, was man nur Königinnen verzeiht, aber daß sie sich zum Werkzeuge der wilden Leidenschaften ihres Bruders hergibt, das hieltest selbst Du, Philammon, der eher das Böse als das Gute erwartet, für wenig wahrscheinlich. Aber was läßt sich nun thun? Wie können wir uns gegen Gewalt und Uebermacht wehren?“

Klea war mit hochgerötheten Wangen und glühend von der Hitze des Mittags zu den Priestern getreten, aber bei den letzten Worten Asklepiodor's wich alles Blut aus ihrem tief erbleichenden Antlitz und ein kalter Frost durchschüttelte ihre Glieder.

Ihres Vaters Kind, ihre heitere, unschuldige Irene geraubt, listig geraubt für Euergetes, den wildesten Wüstling, dessen Treiben ihr Serapion erst gestern Abend beschrieben, als er ihr die Gefahren ausmalte, die sie und Irene, wenn sie den Tempel verlassen sollten, bedrohen würden.

Ja gewißlich!

In Glanz und Wohlleben hatte man ihr geliebtes Sorgenkind, ihren Trost und ihre Freude gelockt, damit sie in Schande untergehe!

Sie mußte sich an der Lehne des Stuhles, den sie verschmäht hatte, festhalten, um nicht zusammen zu sinken.

Aber nur wenige Augenblicke ward sie von dieser Schwäche beherrscht, dann schritt sie mit zwei raschen Schritten auf den Tisch los, hinter dem der Oberpriester saß, klammerte sich mit der Rechten an die

Platte desselben und ihre sonst so wohllautende tiefe Stimme hatte einen heisern Klang, als sie rief:

„Ein Weib hat sich dem Laster zum Werkzeug geboten, um ein anderes Weib des Namens eines Weibes unwerth zu machen, und ihr, die ihr die Hüter seid des Rechten und der Tugend, die ihr im Sinne der Götter, denen ihr dient, zu handeln berufen seid, ihr fühlt euch zu schwach, es zu hindern? Wenn ihr das duldet, wenn ihr diesem Frevel nicht steuert, so seid ihr, ja, ich lasse mich nicht unterbrechen, so seid ihr des heiligen Namens, der Ehrfurcht, die ihr beansprucht, nicht würdig, so klag' ich . . .“

„Schweig', Mädchen!“ unterbrach Asklepiodor die furchtbar Erregte. „Zu den Gotteslästerern ließ' ich Dich sperren, wenn ich nicht den Schmerz zu achten wüßte, der Dich um den Verstand bringt. Wir werden für die Geraubte einzutreten wissen, Du aber wirst Dich schweigend gedulden. Du, Kallimachus, befiehlst sogleich dem Boten Ismael, dem Rappen den Zaum anzulegen, um nach Memphis zu reiten und ein Schreiben von mir der Königin zu überbringen; laßt es uns gemeinsam abfassen und unterschreiben, sobald wir völlig gewiß sind, daß Irene aus diesen Mauern entführt ward. Befiehl jetzt, das große Blech zu schlagen, Philammon, das alle Bewohner des Tempels zusammenberuft, und Du, Mädchen, verlaß diesen Saal und geselle Dich dann zu den Anderen.“

Sechzehntes Kapitel.

———

Klea war dem Geheiß des Priesters so=
gleich gefolgt und schritt, ohne recht zu
wissen wohin, aus einem Gang der
großen Gebäudemasse in den andern,
bis der laute Klang der kräftig geschla=
genen ehernen Scheibe, dessen zitternde Schwingungen
auch den verstecktesten Winkel des Tempels erreichten,
sie aufschreckte.

Auch ihr galt dieser Ruf, und darum trat sie in
den Versammlungshof, in dem es lebendig und immer
lebendiger zu werden begann.

Die Tempeldiener und Pfleger der Thiere, die
Thorhüter, die Sänften= und Wasserträger strömten
von der unterbrochenen gemeinsamen Mahlzeit herbei,
wischten sich beim eiligen Laufe den Mund oder hielten
ein Stück Brod, einen Rettig, eine Dattel zwischen
den Fingern, um sie noch schnell zu verzehren; mit
nassen Händen kamen die Wäscher und Wäscherinnen

der weißen Priestergewänder, und mit triefender Stirn
die Köche von ihrer noch unvollendeten Arbeit. Weit=
hin dufteten die noch ungesäuberten Hände der Pasto=
phoren, die in den Laboratorien mit der Bereitung
von Räucherungsstoffen beschäftigt gewesen waren; aus
der Bibliothek und Schreibestube kamen mit wirrem
Haar und mit rother oder schwarzer Farbe am dünnen
Arbeitskittel die Beamten der Bücherei und der Ver=
waltungskammer des Tempelgutes. Wohlgeordnet, so
wie sie bei der Chorgesangübung vereint gewesen war,
zog die Schaar der Sänger und Sängerinnen heran,
und mit ihr das verblühte Zwillingsschwesternpaar, zu
dessen Nachfolgerinnen Asklepiodor Klea und Irene
ausersehen hatte.

Lärmend und vergnügt über den unterbrochenen
Unterricht, drängten, von ihren Lehrern geführt, die
Zöglinge der Tempelschule in den Hof.

Die ältesten von ihnen wurden abgesandt, um den
großen Baldachin herbei zu tragen, unter dem sich die
Leiter des Heiligthums versammelten.

Ganz zuletzt erschien Asklepiodor und überreichte
einem jüngeren Schreiber die Liste der Namen sämmt=
licher Bewohner und Mitglieder des Tempels, damit
er sie verlese.

Dieß geschah.

Jeder Aufgerufene antwortete mit einem vernehm=
lichen „Hier“, und bei jedem Fehlenden wurde schnell
Auskunft über sein Verbleiben ertheilt.

Klea hatte sich zu den Sängerinnen gesellt und
wartete mit athemloser Spannung lange, unendlich

lange auf den Namen ihrer Schwester, denn erst, nachdem auch der kleinste Schüler und der unterste Viehknecht sein „Hier" gerufen, las der Schreiber: „Die Krugträgerin Klea", und nickte ihr zu, als sie „Hier" rief.

Dann erhob er seine Stimme lauter als vorher und las:

„Die Krugträgerin Irene."

Als auf diesen Ruf keine Antwort erfolgte, bemächtigte sich eine leise Bewegung, wie das Gewoge eines reifenden Kornfeldes, wenn der Morgenwind über die Aehren dahinzieht, der versammelten Tempelgenossen, die in lautlosem Schweigen verharrten, als Asklepiodor hervortrat und mit weithin vernehmbarer Stimme sagte:

„Auf meinen Ruf seid ihr Alle in dieser Stunde zusammengekommen. Die Einzigen, die ihm nicht folgten, sind die dem Serapis geweihten heiligen Männer, denen ein Gelübde verbietet, ihren Verschluß zu sprengen, und die Krugträgerin Irene.

„Noch einmal rufe ich laut zum ersten, zweiten und dritten Male ‚Irene' und noch immer bleibt sie die Antwort schuldig.

„So wende ich mich denn an euch, ihr versammelten Großen und Kleinen, Männer und Weiber im Dienste des Serapis! Weiß Einer von euch Kunde von dem Verbleiben dieses Mädchens zu geben? Hat sie Einer, seitdem sie bei Anbruch des Tages die erste Spende aus dem Brunnen der Sonne vor den Altar des Gottes stellte, gesehen?

„Ihr schweigt Alle?

„Es ist also Keiner von euch ihr am heutigen Tage begegnet?

„Nun noch einige Fragen, und wer sie beantworten kann, der trete vor und rede der Wahrheit gemäß.

„Aus welchem Thor entfernte sich die vornehme Frau, die den Tempel heute früh besuchte? — Aus dem des Ostens! — Gut. —

„War sie allein? — Sie war es.

„Aus welchem Thor entfernte sich der Epistolograph Euläus? — Aus dem des Ostens.

„War er allein? — Er war es.

„Ist Einer von euch dem Wagen der vornehmen Frau oder des Epistolographen begegnet?"

„Ich!" rief ein Fuhrknecht des Tempels, der mit seinem Ochsengespann täglich nach Memphis ging, um von dort Vorräthe für die Küche und andere nothwendige Dinge zu holen.

„Rede!" befahl der Oberpriester.

„Ich habe," entgegnete der Mann, „die Schimmel des Herrn Euläus, die ich gut kenne, bei den Weinbergen vor Kakem gesehen. Sie zogen eine verschlossene Kutsche, und in der hat außer ihm selbst noch ein Frauenzimmer gesessen."

„War es Irene?" fragte Asklepiodor.

„Ich weiß nicht," antwortete der Fuhrknecht, „denn sehen konnte ich Keinen, der in dem Kasten saß, aber ich hörte des Eunuchen Stimme und dann auch, wie eine Frauensperson lachte. Das klang so luftig, daß ich selbst das Maul verziehen mußte, so hat's mich gekitzelt."

Während Klea bei diesen Worten Irenens heiteres Lachen, an das sie heute zum ersten Mal mit Schmerz gedachte, zu hören vermeinte, rief der Oberpriester:

„Thorhüter von der Pforte des Ostens, betraten und verließen der Epistolograph und die vornehme Frau unser Heiligthum gemeinsam?"

„Nein," lautete die Antwort. „Sie kam eine halbe Stunde später als er und verließ den Tempel lange nach dem Eunuchen ganz allein."

„Und Irene ging nicht durch Deine Pforte, kann nicht durch dieselbe gekommen sein? Das frage ich Dich im Namen des Gottes!"

„Es wäre doch möglich, heiliger Vater," entgeg=
nete der Thorhüter ängstlich. „Ich habe ein krankes Kind; um nach ihm zu sehen, bin ich manchmal in unser Zimmer gegangen, aber immer nur auf kurze Zeit; doch die Pforte steht offen; es herrscht ja jetzt Ruhe in Memphis."

„Du hast unrecht gehandelt," entgegnete Askle=
piodor streng, „aber weil Du die Wahrheit geredet, so magst Du ungestraft bleiben. Wir wissen genug. Ihr Thorhüter mögt mich jetzt hören. Alle Pforten des Tempels werden sorgsam verschlossen und Keiner, auch nicht einer der Pilger oder ein Großer aus Memphis, so hoch er auch stehe, darf ihn betreten oder verlassen ohne meine besondere Erlaubniß. Seid wachsam, als wenn sich's um einen Ueberfall handelte, und nun gehe Jeder an seine Arbeit."

Die Versammlung löste sich auf.

Der Eine begab sich hierhin, der Andere dorthin.

Klea fühlte nicht, daß Viele sie mißbilligend, als trage sie die Verantwortung für die Handlungsweise ihrer Schwester, oder mit Bedauern anschauten, sie sah auch nicht die Zwillingsschwestern, an deren Stelle sie selbst und Irene treten sollten, und das that den guten alternden Mädchen leid, die so viel zu klagen hatten, wenn sie gar nichts dabei empfanden, daß sie jede Gelegenheit mit Ungeduld und Eifer ergriffen, um ihre Empfindungen zum Ausdruck zu bringen, wenn sie einmal wirkliches Bedauern fühlten.

Aber es wagten auch weder diese mitleidigen Ge= schöpfe, noch andere Tempelbewohner, welche mit der Absicht, Klea auszufragen oder zu beklagen, auf sie zugetreten waren, sie anzureden, ein so schwerer, furcht= barer Ernst schaute aus ihren zu Boden gerichteten Augen.

Endlich war sie ganz allein in dem weiten Hofe.

Ihr Herz schlug schneller als gewöhnlich und in ihrem Geiste ging etwas Bedeutendes vor.

Das Eine schien ihr sicher zu sein: Euläus, der ruchlose Feind und Verderber ihres Vaters, führte nun auch des zu Grunde gerichteten Mannes Kind in's Verderben, und ohne daß sie es wußte, theilte der Oberpriester diesen Verdacht.

Sie, Klea, war freilich nicht gewillt, dieß, ohne sich zu wehren, geschehen zu lassen, und auch, daß sie verpflichtet sei, ohne Aufschub zu handeln, ward ihr klarer und klarer.

Zunächst wollte sie ihres Freundes Serapion Rath erbitten, aber als sie sich seiner Klause näherte, ertönte das Erz, das die Priester zum Dienste des Gottes rief und sie an ihre Pflicht mahnte, Wasser zu schöpfen.

Unwillkürlich und doch nur an Irenens Rettung denkend, verrichtete sie jetzt das, was sie alle Tage in Folge dieses Klanges zu thun gewohnt war; sie ging in ihre Wohnung, um die goldenen Krüge des Gottes zu holen.

Als sie in das öde Gemach trat, sprang ihr ihre Katze mit zwei munteren Sätzen entgegen, krümmte ihren Rücken, rieb ihren runden Kopf an ihren Füßen und streckte ihren, mit schönen schwarzen Reifen gezierten Schwanz so gerade in die Luft, wie sie nur zu thun pflegte, wenn sie sich freute.

Klea wollte das behende Thier streicheln, es sprang aber von ihr zurück, starrte sie scheu und wie es ihr vorkommen wollte, böse mit den grünen Augen an und zog sich in eine Ecke neben Irenens Lager zurück.

„Sie hat sich geirrt," dachte Klea. „Selbst dem Thiere erscheint meine Irene liebenswerther als ich, und diese Irene, diese Irene . . ."

Laut stöhnte sie auf bei diesen Worten und wollte sich, um auf neue Mittel und Wege zu denken, die sie doch alle als thöricht und unausführbar verwerfen mußte, auf ihre Lade niederlassen, aber auf dieser lag ein Hembchen, das sie für den kleinen Philo zu nähen begonnen, und nun erinnerte sie sich zum ersten Mal wieder des kranken Kindes und dann ihrer Pflicht, Wasser zu schöpfen.

Ungesäumt ergriff sie die Krüge, und während sie zu dem Tempelbrunnen ging, mußte sie der letzten Lehre gedenken, die ihr ihr Vater, den sie einmal im Gefängniß besuchen durfte, mit auf den Weg gegeben.

Nur einzelne Sätze aus dieser letzten, mahnenden Rede kamen ihr jetzt in den Sinn, und doch war ihr kein Wort aus derselben entfallen und sie hatte also gelautet:

„Es möchte wohl scheinen, als wenn ich für mein Handeln nach dem, was ich für recht und tugendhaft hielt, übeln Lohn von den Göttern empfinge, aber es scheint doch nur so, und so lange es mir gelingt, in Uebereinstimmung mit der ewigen Gesetzen folgenden Natur zu leben, wird Niemand berechtigt sein, mich zu beklagen. Es wird mich besonders die Ruhe der Seele nicht verlassen, so lang ich, den Lehren des Zeno und des Chrysippus gehorsam, mich selbst nicht in Widerspruch setze zu den Grundbedingungen meines eigenen inneren Wesens. Diese Ruhe kann sich Jeder, kannst auch Du, ein Weib, Dir erhalten, wenn Du stets das thust, was Du für Recht erkannt hast, und das erfüllst, was Du als Pflicht auf Dich genommen. Die Gottheit selbst liefert den Beweis für die Richtig= keit dieser Lehre, indem sie Dem, der ihr folgt, jene Ruhe des Gemüthes verleiht, die ihr genehm sein muß, weil sie der einzige Zustand der Seele ist, in den sie weder hemmend noch treibend einzugreifen scheint; dagegen kommt Derjenige, der sich vom Wege

der Tugend und ihrer Tochter, der strengen Pflicht=
erfüllung, entfernt, nie zur Ruhe und mit Schmerz
empfindet er den harten Griff einer seine Seele vor=
wärts und rückwärts zerrenden, unzufriedenen und
feindlichen Macht. — Wer ein ruhiges Gemüth be=
wahrt, der ist auch im Unglück nicht elend, und dank=
bar lernt er in jeder Lage des Lebens sich zufrieden
zu fühlen, schon weil ihn die schönste, dem edelsten
Theil seines Wesens am meisten angemessene Empfin=
dung — ich meine die des Rechten und Guten — er=
füllt. Also, mein Kind, handle gemäß dem Recht
und der Pflicht, ohne nach dem Zweck zu fragen, ohne
zu bedenken, ob Dein Thun Dir Lust oder Unlust
bereiten könnte, ohne Furcht vor dem Urtheil der
Menschen und dem Neid der Götter, und Du wirst
Dir die Ruhe der Seele erhalten, die den Weisen
vom Unweisen unterscheidet, und auch in widrigen
Lagen glücklich sein können, denn das einzige wahre
Uebel ist die Herrschaft des Schlechten, das ist, der
naturwidrigen Unvernunft über uns; das einzig wahre
Glück liegt im Besitze der Tugend, diese aber darf
nur Der sein eigen nennen, der sie ganz besitzt und
auch im Kleinen nicht gegen sie fehlt, denn weder das
Gute noch das Böse hat verschiedene Grade, und auch
die geringste Handlung gegen die Pflicht, das Recht
und die Wahrheit, selbst gegen das von keinem Gesetz
bestrafte Schlechte steht im Gegensatz zu der Tugend.

„Irene,“ so hatte Philotas geschlossen, „kann diese
Lehren noch nicht verstehen, Du aber bist ernst und
verständig über Deine Jahre hinaus. Wiederhole sie

Dir täglich und flöße sie, wenn die rechte Zeit ge=
kommen, Deiner Schwester, der Du die Mutter ersetzen
sollst, als letztes Vermächtniß ihres Vaters in's Herz."

Während Klea jetzt, um Wasser zu schöpfen, zu
dem Brunnen im Innern der Umfassungsmauer ging,
wiederholte sie sich manches von diesen mahnenden
Worten und fühlte sich neu ermuthigt durch sie und
fest entschlossen, ihre Schwester nicht ohne Kampf dem
Verführer preiszugeben.

Nachdem die Libationsgefäße am Altar gefüllt
waren, ging sie zu dem kleinen Philo zurück, dessen
Zustand ihr nicht mehr Besorgniß erregend erschien,
blieb länger als eine Stunde bei ihm und verließ
dann des Thorhüters Wohnung, um Serapion's Rath
einzuholen und ihm mitzutheilen, was sie in der Ruhe
des Krankenzimmers ersonnen.

Der Klausner pflegte sonst ihren Schritt von
Weitem zu erkennen und ihr aus seinem Fenster ent=
gegenzuschauen, wenn sie ihn besuchte; heute aber hörte
er ihn nicht, denn er wiederholte wieder und wieder
die wenigen Schritte, die ihm der enge Raum seiner
winzigen Zelle zu machen gestattete.

Wenn er auf und nieder ging, so gelang ihm das
Nachdenken am besten, und er sann jetzt und sann,
denn er hatte Alles vernommen, was man im Tempel
von Irenens Verschwinden wußte, und er wollte, er
mußte sie retten, aber je mehr er seinen Geist an=
strengte, je deutlicher sah er ein, daß jeder Versuch,
das entführte Kind seinen mächtigen Räubern zu ent=
reißen, vergeblich sein würde.

„Und doch; es darf, es darf nicht geschehen!" rief er und stampfte, kurz bevor Klea seine Klause erreichte, mit dem kräftigen Fuße; aber sobald er ihrer ansichtig wurde, gab er sich Mühe, ganz unbefangen zu scheinen, und rief mit der ihm auch in weniger verhängnißvollen Lagen eigenen Lebendigkeit:

„Wir denken nach, wir sinnen, wir grübeln, mein Kind, denn die Götter haben heute Morgen geschlafen und wir müssen dafür doppelt wach sein.

„Irene, unser Irenchen!

„Wer hätte das gestern gedacht!

„Nichtsnutzige, unglaublich nichtswürdige Bubenstreiche sind das, und was thut man jetzt, um dem gemästeten Ungethüm, dem wilden Raubthiere seine Beute zu entreißen, ehe es unser Kind, unser liebes Kindchen verschlingt?

„Oft schon habe ich mich über meine Dummheit geärgert, aber so dumm, so gottverlassen dumm wie heute fühlt' ich mich noch niemals. Wenn ich nachsinnen will, so ist es mir, als hätte man mir diese schwere Lade vor den Kopf genagelt. Ist Dir ein Gedanke gekommen? Mir keiner, dessen sich nicht der größte Esel schämen müßte, kein einziger!"

„Du weißt also Alles?" fragte Klea, „und auch das, daß wahrscheinlich des Vaters Feind Euläus das arme Kind mit List verlockt hat, ihm zu folgen?"

„Doch, doch!" rief Serapion. „Wo es einen Schurkenstreich gibt, da muß er so sicher dabei sein, wie Mehl, wenn man Brod backt! Neu ist mir, daß er dießmal für Euergetes in's Zeug ging. Der alte

Philammon hat mir Alles erzählt. Vorhin kam auch der Bote aus Memphis zurück und brachte einen Wisch von Papyrus, auf den im Namen Philometor's ein jammervoller Sudler geschrieben hatte, daß man am Hofe nichts von Irene wisse und tief beklage, daß Asklepiodor sich nicht scheue, ein falsches Spiel mit dem König zu spielen. Sie denken also gar nicht daran, unser Kind freiwillig herauszugeben."

„So thu' ich denn, was meine Pflicht ist," sagte Klea entschieden. „Ich gehe nach Memphis und hole mir meine Schwester."

Der Klausner starrte das Mädchen erschrocken an und rief:

„Das ist ja Unsinn, Verrücktheit, Selbstmord! Willst Du ihnen statt eines zwei Opfer in den Rachen schleudern?"

„Ich weiß mich selbst zu beschützen, und in Irenens Sache will ich Kleopatra's Hülfe anrufen. Sie ist ein Weib und mächtig und kann nicht dulden . . ."

„Was gäb's auf der Welt, das sie nicht dulden könnte, wenn es ihr zum Vortheil oder Vergnügen gereicht? Wer weiß, wie lustig das Ding ist, das ihr Euergetes für unser Mädchen versprochen?! Nein, beim Serapis, nein, Kleopatra wird Dir nicht helfen; aber — und das ist ein Einfall — Einer könnt' es gewißlich. An den Römer Publius Scipio gilt es sich zu wenden, und zu ihm läßt es sich unschwer gelangen."

„Von ihm," rief Klea erröthend, „will ich weder Gutes noch Böses empfangen; ich kenne ihn nicht und mag ihn nicht kennen."

„Aber Kind, Kind," unterbrach sie der Klausner mit ernstem Vorwurf. „Wiegt denn Dein Stolz so viel schwerer, als Liebe, Pflicht und Besorgniß? Was, bei allen Göttern, hat Publius Dir angethan, daß Du ihn ängstlicher meidest, als wenn ihn Aussatz bedeckte? Jedes Ding hat seine Grenze, und jetzt, ei was, her= aus muß es dennoch, denn jetzt ist es nicht an der Zeit, sich blind zu stellen, wenn man mit beiden Augen erkennt, was da vorgeht: Dein Herz ist voll von dem Römer und es zieht Dich zu ihm, aber Du bist ein braves Mädchen, und um es zu bleiben, fliehst Du ihn, denn Du mißtraust Dir selbst und weißt nicht, was da geschehen würde, wenn er Dir sagte, daß auch ihn der Pfeil des Eros getroffen.

„Werde nur blaß und roth und sieh' mich an, als wär' ich Dein Feind und schwatzte verächtliches Zeug. Viel Seltenes hab' ich gesehen, aber vor Dir doch Keinen, der aus lauter Tapferkeit feige geworden, und dabei steht unter allen Weibern, die ich kenne, Furchtsamkeit keiner so wenig, als meiner entschlossenen Klea.

„Der Gang ist schwer, den Du thun sollst, aber lege nur einen Panzer um Dein armes Herz und wag' es, dem Römer, der ein braver Gesell ist, ge= trost entgegen zu treten. Gewiß wird das Bitten Dir schwer werden, aber darfst Du Dir denn die wenigen Schritte über spitzige Steine schenken? Da steht unser armes Kind am Rande des Abgrunds! Kommst Du nicht zu rechter Zeit und mit dem rechten Worte an den Einzigen, der hier noch zu helfen ver=

mag, so wird es in den schwarzen Sumpf hinunter=
gestoßen und geht in ihm unter, weil seine muthige
Schwester sich vor sich selber gefürchtet."

Klea hatte bei den letzten Worten des Klausners
die Augen niedergeschlagen, blickte eine Zeitlang finster
und schweigend zu Boden und sagte endlich mit zuckenden
Lippen und so dumpf, als habe sie sich ihr eigenes
Urtheil zu sprechen:

„So werd' ich den Römer um Hülfe bitten; aber
wie kann ich zu ihm gelangen?"

„Nun ist meine Klea wieder ganz ihres Vaters
Tochter," entgegnete Serapion, streckte ihr aus dem
Fensterchen seiner Zelle beide Arme entgegen und fuhr
dann fort:

„Ich kann Dir den schlimmen Weg immerhin
etwas ebnen. Mein Bruder Glaukus, der die Sicher=
heitswache im Palaste befehligt, ist Dir ja bekannt.
Ich gebe Dir für ihn einige empfehlende Worte mit,
und um Dir Deine Aufgabe zu erleichtern, auch einen
kleinen Brief an Publius Scipio, der Alles enthalten
soll, um was es sich handelt. Will der Cornelier
Dich selber sprechen, so gehe zu ihm und vertraue
ihm, aber mehr noch Dir selbst.

„Geh' jetzt, und wenn Du noch einmal die Krüge
gefüllt hast, so kehre zu mir zurück und hole Dir die
Schreiben. Je früher Du gehen kannst, je besser,
denn es wäre gut, wenn Du vor dem Einbruch der
Nacht den Wüstenweg, auf dem es im Dunkeln an
gefährlichen Strolchen nicht fehlt, hinter Dir hättest.
Bei meiner Schwester Leukippa, die beim Zollhause

am großen Hafen wohnt, findest Du, wenn Du ihr
diesen Ring zeigst, freundliche Aufnahme und ein Lager
für Dich, und wenn Dir die Himmlischen helfen, auch
für Irene."

„Ich danke Dir, Vater," sagte Klea und nichts
weiter, dann verließ sie ihn mit raschen Schritten.

Serapion sah ihr erst liebreich nach; dann nahm
er zwei mit Wachs bekleidete Holztäfelchen aus seiner
Lade und ritzte mit einem Metallstift auf das eine
einen kurzen Brief an seinen Bruder, auf das andere
einen längeren an den Römer, welcher also lautete:

„Serapion, der Klausner des Serapis, an Publius Cornelius Scipio Nasica, den Römer.

„Serapion grüßt den Publius Scipio und theilt
ihm mit, daß der Krugträgerin Klea jüngere Schwester
Irene aus diesem Tempel verschwunden ist und
zwar, wie er vermuthet, durch die List des uns
Beiden bekannten Epistolographen Euläus, der im
Auftrage des Königs Ptolemäus Euergetes gehandelt
zu haben scheint. Suche zu erfahren, wo sich Irene
befindet. Rette sie, wenn Du kannst, vor ihren Ent-
führern und geleite sie in diesen Tempel zurück, oder
übergib sie in Memphis meiner Schwester Leukippa,
der Gattin des Hafenaufsehers Hipparch, die im Zollhause wohnt. Serapis möge Dich und Dein Thun
beschützen."

Als Klea zu dem Klausner zurückkehrte, hatte dieser
soeben seine Briefe beendet.

Das Mädchen verbarg sie in den Brustfalten ihres
Gewandes, sagte ihrem Freunde Lebewohl und blieb

ernst und gefaßt, während Serapion ihr mit feuchten
Augen das Haar streichelte, ihr Segenswünsche er-
theilte und ihr zuletzt auch noch ein heilbringendes
Amulet, das seine Mutter getragen — es war ein
Auge von Bergkrystall mit einer schützenden Inschrift
— um den Hals hängte.

Ohne Aufenthalt schritt sie dann auf das Thor
des Tempels zu, welches sie in Folge der Verordnung
des Oberpriesters verschlossen fand.

Sein Hüter, der Vater des kranken Philo, saß auf
einer steinernen Bank, Wache haltend, neben demselben.

Klea forderte ihn freundlich auf, es ihr zu öffnen,
aber der besorgte Beamte willfahrte nicht sogleich ihrem
Wunsche, sondern erinnerte sie an Asklepiodor's strenge
Weisung und theilte ihr mit, daß vor etwa drei Stunden der große Römer Einlaß in den Tempel begehrt
habe, doch auf des Oberpriesters besonderen Befehl
abgewiesen worden wäre. Er hätte auch nach ihr
gefragt und morgen wiederzukommen verheißen.

Bei dieser Nachricht schoß das Blut heiß in Klea's
Haupt und Augen.

Konnte Publius es so wenig unterlassen, an sie
zu denken, wie sie an ihn?

Hatte Serapion recht gesehen?

„Der Pfeil des Eros“, dieß Wort des Klausners
flog ihr, als wär' es selbst ein gefiedertes Geschoß,
durch Herz und Sinn und erschreckte sie und that ihr
doch wohl, aber nur auf eine kurze Sekunde, denn
schon erfaßte sie wieder strenge Mißbilligung gegen
ihre eigene Schwäche und schaudernd sagte sie sich,

daß sie auf dem Wege sei, dem Zudringlichen nach=
zugehen und ihn aufzusuchen.

Die ganze Furchtbarkeit ihres Unternehmens trat
ihr in's Bewußtsein und wäre sie jetzt umgekehrt, so
würde es ihr nicht an einer Entschuldigung vor ihrem
eigenen Innern gefehlt haben, denn das Thor des
Tempels war ja verschlossen und durfte Niemand und
auch ihr nicht geöffnet werden.

Einen Augenblick fand sie Wohlgefallen an dieser
verführerischen Erwägung, aber sobald sie wieder
Irenens gedachte, stand ihr Entschluß von Neuem fest,
und dem Thorhüter näher tretend, sagte sie mit großer
Entschiedenheit:

„Du öffnest mir ohne Säumen das Thor, denn
Du weißt, daß ich nichts Unrechtes zu thun und zu
verlangen pflege. Ich bitte Dich, schiebe sogleich den
Riegel zurück."

Der Mann, dem Klea des Guten viel erwiesen
und dem der große Arzt Imhotep erst heute gesagt
hatte, sie sei der gute Geist seines Hauses und er solle
sie ehren wie eine Gottheit, folgte, wenn auch bedenk=
lich und zaudernd, ihrem Geheiß.

Der schwere Riegel flog zurück, das eherne Thor
öffnete sich, die Krugträgerin trat in's Freie, warf
einen dunklen Schleier über ihr Haupt und begann
ihre Wanderung.

Siebenzehntes Kapitel.

Von dem griechischen Tempel des Serapis führte eine gepflasterte Straße, die mit Sphinxen zu beiden Seiten umsäumt war, zu den in den Felsen gehauenen Apisgrüften und den neben und über ihnen errichteten Tempelbauten und Kapellen, in denen der osirische oder verstorbene Apisstier verehrt ward, der, so lange er lebte, zu Memphis im Tempel des Gottes Ptah, dem er angehörte, gepflegt und angebetet wurde. Nach seinem Tode empfing dieses an besonderen Abzeichen kenntliche heilige Thier eine außerordentlich köstliche Bestattung und man nannte es nun den auferstandenen Ptah und betrachtete es als Abbild der Seele des Osiris, durch dessen zeugende Kraft alles Verstorbene und Vergehende: der dahingeschiedene Mensch, die verdorrte Pflanze und auch die untergegangenen Himmelskörper zu neuen Geburten und neuem Leben gelangten.

Den Wandlungen, welchen das scheinbar Vergehende bis zu seiner Umgestaltung zu einem andern Sein in neuen Formen unterworfen war, stand der neben dem Osiris-Apis verehrte Osiris-Sokari vor, und ägyptische Priester walteten in ihren in rein ägyptischem Styl über den Grüften der heiligen Stiere schon in alter Zeit errichteten Tempeln.

Aber auch die zu Memphis angesessenen griechischen Diener des Serapis, einer Gottheit, die von den Ptolemäern aus Asien in das Nilthal eingeführt worden war, um ihren hellenischen und ägyptischen Unterthanen ein Verehrungswesen zu schenken, an dessen Altären sie sich zu gemeinsamem Gebet vereinigen konnten, opferten, ihren Fürsten folgend, gern dem Osiris-Apis, der nicht nur dem Namen, sondern auch seiner innern Bedeutung nach nahe mit dem Serapis verwandt war.

Vor Kapellen in griechischem Styl außerhalb des ägyptischen Heiligthums, in denen steinerne Stierbilder standen, gaben sie sich dem Dienst des zu Osiris gewordenen Apis hin und ließen sich gern in die höhere Bedeutung seines Wesens einweihen; bezogen sich doch auch sämmtliche religiöse Mysterien in ihrer griechischen Heimat auf die Unsterblichkeit und die Schicksale der Seele im Jenseits.

Wie zwei einander gegenüberliegende Städte durch eine Brücke, so war der griechische Tempel des Serapis, zu dem die Krugträgerinnen gehörten, mit dem ägyptischen des Osiris-Apis durch die schön gepflasterte Prozessionsstraße verbunden, auf welcher Klea nun dahinschritt.

Es gab einen nähern Weg nach Memphis, aber sie wählte diesen, weil die Sandhügel zu beiden Seiten der mit Sphinxen besetzten Straße, welche täglich vom Wüstenstaube befreit werden mußte, sie den Blicken ihrer Tempelgenossen entzogen; auch führte von einem mit Philosophenbüsten geschmückten Halbrund in der Nähe des Haupteinganges der neueren Apisgräber aus der beste und sicherste Weg in die Stadt.

Sie schaute weder nach den Löwenleibern mit Menschenköpfen an der Seite ihres Weges, noch nach den Thiergestalten an der ihn umsäumenden Mauer hin, noch hatte sie Acht auf die dunkelfarbigen Tempel= sklaven des Osiris=Apis, die das Pflaster mit großen Besen vom Sand befreiten, denn sie dachte nur an Irene und ihre schwierige Aufgabe, und schritt rasch mit zu Boden gesenkten Blicken vorwärts.

Aber schon nachdem sie wenige Schritte zurückgelegt hatte, ward sie aus nächster Nähe beim Namen ge= rufen, und als sie erschreckt die Augen aufschlug, stand ihr der kleine Schmied Krates gegenüber, trat dicht auf sie zu, faßte ihren Schleier, schob ihn, ehe sie's hindern konnte, ein wenig zurück und fragte:

„Wohin denn, Mädchen?"

„Halte mich nicht auf," bat Klea. „Du weißt, daß Irene, der Du ja gut bist, geraubt ward; viel= leicht kann ich sie retten, aber wenn Du mich verräthst und sie mir folgen . . ."

„Ich hindere Dich nicht," unterbrach sie der Alte, „ja wenn ich die geschwollenen Füße nicht hätte, so käm' ich wohl mit Dir, denn das arme liebe Ding kommt mir nicht aus dem Sinn; aber so will ich froh sein, wenn ich wieder in meiner Werkstätte still sitzen kann; 's ist gerade, als hauste in jeder meiner großen Zehen so ein Werkmeister wie ich und hantirte in ihnen herum mit Feilen und Hämmern und Meißeln und Nadeln. Vielleicht glückt es Dir doch, Deine Schwester zu finden, denn einem listigen Weibe ist schon Manches gelungen, was weisen Männern zu schwer war. Geh' nur, und wenn sie auch nach Dir suchen, der alte Krates verräth Dich nicht."

Freundlich nickte er Klea zu und hatte ihr schon halb den Rücken gewandt, als er sich noch einmal umkehrte und ihr zurief:

„Warte noch einen Augenblick, Mädchen, Du kannst mir einen kleinen Dienst erweisen! Ich habe vorhin das neue Schloß in das Thor der Apisgrüfte dort drüben eingesetzt. Es gelang mir vortrefflich; aber mit dem einen Schlüssel, den ich machte, ist's nicht genug; wir brauchen deren vier, und die sollst Du in meinem Namen bei dem Schlosser Heri, der vor dem Thor des Sokari wohnt — links neben der Brücke, die über den Kanal führt — Du kannst ihn nicht fehlen — auf übermorgen bestellen. So gern ich Neues erfinde und herstelle, so widerwärtig ist mir das Nachmachen; und nach einem Vorbilde arbeiten kann Heri ebensogut wie ich. Wären nicht meine Beine, so gäb' ich dem Manne selbst meinen Auftrag, denn wer immer durch den Mund eines Andern spricht, der wird oft falsch und manchmal gar nicht verstanden."

„Ich nehme Dir gern den Gang ab," entgegnete Klea, während der Schmied sich auf das Fußgestell eines Sphinx zur Seite des Weges setzte, die lederne Tasche, welche an seiner Seite hing, abnahm und ihren Inhalt ausschüttete.

Einige Feilen, Meißel und Nägel, dann der Schlüssel und endlich auch ein scharfes und spitzes Messer, mit dem Krates die Höhlung für das Schloß in das Holz der Thür geschnitten hatte, fielen in den Schooß des Schmiedes, der noch mit einigen Feilenstrichen an dem Vorbild für den Handwerker in Memphis herumbesserte und dann bedenklich brummend und den Kopf unschlüssig von einer Seite zur andern wendend ausrief:

„Du mußt mich doch noch einmal zu der Thür begleiten, denn ich verlange von Anderen genaue Arbeit und muß darum auch streng gegen mich selbst sein."

„Aber ich möchte, bevor es dunkelt, nach Memphis kommen," bat Klea.

„Einen Augenblick dauert das Ganze, und wenn Du mir den Arm reichst, so geht es doppelt schnell. Da sind die Feilen, da ist das Messer."

„Gib es mir," bat Klea. „Diese Klinge ist spitz und blank, und als ich sie ansah, war mir's, als sagte sie mir, ich sollte sie nehmen. Vielleicht komm' ich in der Nacht allein durch die Wüste."

„Und," unterbrach sie der Schmied, „auch der Schwache wird stärker, wenn er eine Waffe besitzt. Steck' das Messer nur zu Dir, mein Kind, aber nimm

Dich in Acht, daß Du Dir nicht selbst daran wehe thust. Jetzt laß mich Deinen Arm nehmen und nun immer vorwärts, aber doch nicht so schnell!"

Klea führte den Schmied vor die von ihm bezeichnete Thür, sah voll Bewunderung, wie sicher, wenn man den einen Thorflügel an den andern warf, der Riegel hervorsprang und wie leicht ihn der Schlüssel wieder zurückschob, führte Krates bis zu dem Sphinx zurück, bei dem sie ihn getroffen, und setzte dann im raschesten Schritte ihren Weg fort, denn die Sonne stand schon recht tief und es schien kaum mehr möglich, vor ihrem Untergange nach Memphis zu kommen.

In der Nähe einer Schenke, in der Soldaten und schlechtes Gesindel einzukehren pflegten, begegnete ihr ein betrunkener Sklave.

Ohne Bangen schritt sie ihm entgegen und an ihm vorüber, denn das Messer in ihrem Gürtel, auf dessen Griff sie ihre Hand legte, stärkte ihren Muth, und es wollte ihr scheinen, als hätte sie damit eine dritte Hand gewonnen, die kräftiger und furchtloser sei als ihre eigenen.

Vor dem Wirthshause lagerte eine Abtheilung Soldaten und ließ sich den Wein von Kakem, der hier am Ostabhang der Hügel des libyschen Gebirges wuchs, trefflich schmecken.

Die Leute waren sehr munter, denn nachdem sie monatelang als Wächter der Apisgräber und der Tempel in der Nekropole gelegen hatten, war heute Mittag plötzlich ein Anführer der Diadochen aus Memphis gekommen, der ihnen befahl, sogleich auf=

zubrechen und vor dem Einbruch der Nacht in die
Residenz einzuziehen.

Erst am folgenden Morgen sollten sie von anderen
Söldnern abgelöst werden.

Das Alles erfuhr Klea von einem Boten des
ägyptischen Tempels in der Tobtenstadt, der sie er=
kannte und nach Memphis ging, um im Auftrage der
Priester des Osiris-Apis und -Sokari ein Schreiben
an den König zu bringen, in dem um baldigen Er=
satz für die abberufenen Truppen gebeten wurde.

Eine Zeitlang ging sie neben dem Boten her, aber
bald vermochte sie nicht mehr gleichen Schritt mit dem
eilenden Manne zu halten und mußte hinter ihm zu=
rückbleiben.

Vor einer zweiten Schenke saßen die Befehlshaber
der Soldaten, deren Geschrei ihr aus der ersten ent=
gegengetönt war, beim Weine und sahen dem Tanz
zweier ägyptischen Dirnen zu, die bei ihren tollen
Sprüngen wie gackernde Hühner aufkrähten und die
Aufmerksamkeit ihrer Zuschauer, welche, in die Hände
klatschend, den Takt für sie schlugen, so sehr zu fesseln
wußten, daß die schnell dahinschreitende Klea unbe=
merkt an den wilden Gesellen vorbeikam.

Ihr Treiben und Alles, was ihr auf der Land=
straße begegnete, erschreckte die an die Stille und das
ernste Leben im Tempel des Serapis gewöhnte Jung=
frau; darum schlug sie nun einen Nebenweg ein, der
sie auch zur Stadt führen mußte, die sie bereits, mit
ihren Phylonen, ihrer Burg und ihren Häusern von
dem Duft des Abends umschleiert, vor sich liegen sah.

In einer Viertelstunde konnte sie wohl die Wüste hinter sich und das Fruchtland erreicht haben, dessen blaugrüne Decke sich immer dunkler und dunkler zu färben begann.

In ihrem Rücken ging bereits die Sonne hinter den libyschen Bergen zur Ruhe und bald, denn die Dämmerung ist kurz in Aegypten, umfing sie das Dunkel der Nacht.

Der Westwind, der sich schon am Mittag erhoben hatte, begann jetzt schneller zu wehen, verfolgte sie mit seinem heißen Hauche und dem Sande, den er aus der Wüste entführte.

Jetzt mußte sie dem Wasser nahe sein, denn sie hörte Rohrbommeln pfeifen und meinte feuchtere Luft zu athmen.

Noch wenige Schritte und ihr Fuß versank im Schlamm und sie bemerkte nun, daß sie an einem breiten Graben stand, in dem Papyrusstauden hoch aufwuchsen.

Der Nebenweg, den sie eingeschlagen, mündete bei dieser Pflanzung, und es blieb ihr nichts übrig, als umzukehren und nun gegen den Wind und den ihr in's Antlitz wehenden Staub ihre Wanderung fortzusetzen.

Das Licht der Schenke zeigte ihr die Richtung, die sie einzuschlagen hatte, denn der Mond stand zwar am Himmel, aber schwarzes Gewölk jagte oft über ihm hin und verdeckte ihn und die kleineren Himmels-körper auf lange Minuten.

Noch fühlte sie keine Ermüdung, aber das Geschrei der Männer und das heisere Jauchzen der Weiber, das ihr aus der Schenke entgegenklang, erfüllte sie wiederum mit Angst und Ekel.

Durch Sanddünen watend und ihr Gewand an Disteln und Dornen zerreißend, die muthig in der Wüste Wurzel geschlagen und in ihr groß geworden waren wie häßliche Kinder im Hause eines Bettlers, umging sie in weitem Bogen das Wirthshaus.

Während sie dann auf der großen Straße vorwärts eilte, schlug immerfort das widrige Lachen und das Freudengekräh' der Tänzerinnen an ihr inneres Ohr.

Ihr Blut rollte schneller durch ihre Adern, ihr Haupt glühte, sie sah Irene vor sich, greifbar deutlich, mit fliegendem Haar, flatternden Gewändern, wie eine Mänade bei den dionysischen Festen im rasenden Wirbeltanze sich drehen, von einem Arm in den andern fliegen und zügelloser kreischen und jubeln, als die unglücklichen Mädchen, denen sie aus dem Wege gegangen.

Eine Angst um ihre Schwester, so grenzenlos, wie sie sie noch nie zuvor empfunden, erfaßte sie, und da der Wind ihr nun wieder folgte, ließ sie sich von ihm vorwärts treiben, hob die Füße zu schnellem Lauf und eilte, ohne sich umzusehen und an den Auftrag des Schmiedes Krates zu denken, wie von Erinnyen getrieben in die Stadt und den mit Bäumen bepflanzten Weg entlang, der, wie sie wußte, beim Thore der Königsburg mündete.

Achtzehntes Kapitel.

———

Vor der hohen Pforte des Königspalastes saß eine Anzahl von Bittstellern, welche hier vom frühen Morgen bis zur späten Nacht zu warten pflegten, bis man sie zur Empfangnahme der Antwort auf die von ihnen eingereichten Schreiben in den Palast rief.

Klea fühlte sich, als sie bei ihrem Ziel angelangt war, so erschöpft und verwirrt, daß sie die Nothwendigkeit empfand, Ruhe und Sammlung zu suchen, und so setzte sie sich denn zu diesen Leuten neben einem Weibe aus Oberägypten nieder.

Kaum hatte sie mit einem stummen Gruß den Platz an seiner Seite eingenommen, als ihr ihre redselige Nachbarin mit großer Ausführlichkeit zu erzählen begann, warum sie nach Memphis gekommen sei und wie ungerecht die Richter, die mit ihrem schlechten Manne ein gemeinsames Spiel spielten, denn die

Männer wären immer gegen die Frauen verschworen, ihr Alles absprächen, was ihr durch ihren Ehekontrakt für sie und ihre Kinder zugesichert worden sei.

Zwei Monate, sagte sie, warte sie nun schon von früh bis spät vor der hohen Pforte und sie verzehre in der theuren Stadt ihre letzte Baarschaft, aber das sei ihr gleich, und zur Noth würde sie auch noch ihren Goldschmuck verkaufen, denn einmal käme ihre Sache doch auch vor den König und dann würde dem schlechten Kerl und seinen Spießgesellen schon gezeigt werden, was Recht sei.

Klea hörte nur wenig von diesen Worten.

Sie kam sich ihnen gegenüber vor wie Einer, der es nicht wehren kann, daß ihm ein Anderer Wasser und immer neues Wasser über den Kopf gießt.

Endlich bemerkte ihre Nachbarin, daß die Neuangekommene gar nicht auf ihre Klagen höre, stieß sie mit der Hand an die Schulter und sagte:

„Du scheinst nur an Deine eigenen Sachen zu denken; die werden freilich nicht darnach sein, daß man sie Anderen erzählen könnte. Was meine angeht, so steht es darum besser.“

Die Stimme, mit der diese Sätze gesprochen wurden, war so eintönig und dabei so scharf, daß sie Klea wehe that und sie sich schnell erhob, um sich dem Thore zu nähern.

Ein unfreundliches Wort ihrer Nachbarin folgte ihr nach; sie aber achtete nicht darauf, sondern zog ihren Schleier fester vor dem Gesicht zusammen und trat durch die Pforte des Königspalastes in einen

weiten, durch Pechpfannen und Fackeln hell erleuch=
teten Hof, in dem es von Fußsoldaten und berittenen
Mannschaften wimmelte.

Die Wache am Thore hatte sie vielleicht nicht be=
achtet, vielleicht auch um ihres hochaufgerichteten Gan=
ges willen unangerufen vorübergehen lassen, und die
vielen waffentragenden Männer, an benen sie nun
vorbeischritt, schienen mit ihren eigenen Angelegenheiten
so beschäftigt zu sein, daß keiner ihr seine Aufmerk=
samkeit zuwandte.

In einem schmalen, zu einem zweiten Hofe führen=
den, mit Laternen beleuchteten Gange kam ihr einer
der Leibwächter, die man Philobasilisten nannte, ein
junger, übermüthiger Gesell, in gelben Reiterstiefeln
und mit einem Panzerhemb über dem rothen Waffen=
rock, hoch zu Rosse entgegen, bemerkte sie, versuchte es,
sie zwischen die Mauer und sein Pferd zu brängen
und streckte die Hand aus, um ihr den Schleier vom
Gesichte zu ziehen; Klea aber wich ihm aus und hielt
die Hände abwehrend dem Kopf des Rosses, der sie
beinahe berührte, entgegen.

Der Reiter, welcher sich an ihrer Furcht ergötzte,
rief ihr zu:

„Bleibe nur stehen; er ist nicht böse."

„Dein Pferd ober Du?" fragte Klea, und das
mit solchem Ernste in der tiefen Stimme, daß der
Leibwächter einen Augenblick die Fassung verlor und
ihr baburch Zeit ließ, sich aus der Nähe seines Pferdes
zu entfernen.

Aber der Jungfrau scharfes Wort hatte den jun=

gen und verwöhnten Gesellen geärgert, und wenn es ihm auch selbst an Zeit gebrach, sie zu verfolgen, so rief er doch einigen cyprischen Söldnern, an denen das geängstigte Mädchen vorbeigehen wollte, aufmunternd zu:

„Seht doch der Dirne einmal unter den Schleier, Kameraden, und wenn sie so hübsch ist wie schlank gewachsen, so wünsch' ich euch Glück zu dem Fange."

Lachend drückte er die Weichen seines Brandfuchses mit den Schenkeln und trabte langsam von dannen, während die Cyprer Klea geflissentlich Zeit ließen, den zweiten Hof, der noch heller beleuchtet war als der erste, zu betreten, um sie dort mit ausgelassener Zudringlichkeit zu umringen.

Der Hülflosen, Verfolgten erstarrte das Blut in den Adern, und während einiger Augenblicke sah sie nichts als ein wirres Durcheinander von blitzenden Augen und Waffen, von Bärten und Händen, hörte sie nur Worte und Laute, von denen sie gar nichts verstand und wußte, als daß sie widerwärtig waren, gräßlich, vielleicht auch Tod und Verderben bringend.

Sie hatte ihre Arme über der Brust gekreuzt, jetzt aber erhob sie die Hände, um ihr Antlitz zu bedecken, denn sie fühlte, wie ihr eine kräftige Faust den Schleier vom Kopfe riß.

Diese rohe That wandelte ihre Erstarrung in zornige Erregung, und mit blitzenden Augen ihre bärtigen Gegner messend, rief sie:

„Schande über euch, die ihr in des Königs eigenem Hause ein wehrloses Weib wie die Wölfe überfallt, die ihr an friedlicher Stätte einer Jungfrau den Schleier vom Kopfe reißt. Eure Mütter müssen sich über euch schämen und eure Schwestern ‚Pfui‘ über euch rufen, so wie ich es jetzt thue.“

Ueberrascht von Klea's vornehmer Schönheit, erschreckt von dem zornigen Glanz ihrer Augen und dem tiefen Brustton ihrer vor Erregung bebenden Stimme, waren die Cyprer von ihr zurückgetreten und derselbe wüste Gesell, der ihr den Schleier vom Kopfe gerissen, trat ihr näher und rief:

„Wer wird um einen morschen Schleier so viel Lärm machen! Willst Du mein Schatz werden, so kauf' ich Dir einen neuen und noch Anderes dazu!“

Dabei versuchte er es, sie mit seinem Arme zu umschlingen, sie aber fühlte bei seiner Berührung, daß das Blut ihr aus den Wangen wich und mit purpurner Röthe in die Augen trat, und zu gleicher Zeit erfaßte, von einem unwiderstehlichen innern Triebe gezwungen, ihre Hand den Griff des Messers, das ihr der Schmied Krates geliehen, schwang es hoch, aber mit zitterndem Arm in die Höhe und rief:

„Du läßt mich frei, oder beim Serapis, in dessen Diensten ich stehe, ich stoße Dich nieder.“

Der Krieger, dem diese Drohung galt, war nicht der Mann, sich von einem Blättchen Eisen in der Hand eines Weibes einschüchtern zu lassen und faßte mit einem schnellen Griff ihr Handgelenk, um sie zu entwaffnen; aber obgleich Klea das Messer fallen lassen mußte, so rang sie doch gegen ihn, um sich von seiner Faust zu befreien, und dieser Kampf eines

Mannes gegen ein Weib, das doch mehr zu sein schien, als worauf seine schlichte Kleidung deutete, erschien auch den meisten Cyprern so unwürdig und im Palast des Königs so wenig am Platze, daß sie ihren Genossen von Klea zurückrissen, während wieder Andere dem sich kräftig wehrenden Raufbold zu Hülfe kamen.

Mitten in diesem, mit großem Geschrei verbundenen Handgemenge stand Klea mit fliegendem Athem da.

Ihr zu Boden gerissener Widersacher hielt, indem er sich mit der Rechten gegen seine Genossen wehrte, mit der Linken noch immer ihr Handgelenk fest, und sie versuchte mit Kraft und List, es ihm zu entziehen, denn mitten in der höchsten Gefahr und Erregung war es ihr, als hätte ein plötzlicher Windstoß jede Befangenheit aus ihrer Seele gefegt, und von Neuem fühlte sie in sich die Fähigkeit, ihre Lage klar und sicher zu überschauen.

Wenn ihre Hand frei war, so konnte sie vielleicht den Streit ihrer Gegner benützen und ihre Reihe an einer offenen Stelle durchbrechen.

Zwei-, drei- und viermal versuchte sie, ihren Knöchel den ihn umklammernden Fingern durch einen schnellen Ruck zu entziehen, aber immer vergebens.

Plötzlich ertönte unter ihr ein lauter, langgezogener, von den hohen Mauern des Palasthofes wiederhallender Klageschrei, und im selben Augenblicke fühlte sie, wie sich die Finger ihres Gegners so langsam und allmälig von ihrem Arme trennten, wie Sandalenriemen, die der Arzt behutsam von einem gebrochenen Knöchel löst.

„Der hat sein Theil," rief der älteste Mann unter den Chyprern, „so schreit man nur einmal im Leben! Wahrhaftig, dicht unter der neunten Rippe steckt ihm der Dolch! Unsinniges Zeug! Das bist Du wieder gewesen, Lykos, Du wüthender Wolf!"

„Er hat mich beim Kampf tief in den Finger gebissen . . ."

„Und stets und immer nur um die Weiber zerfleischt ihr einander," unterbrach der Alte den Andern, seine Entschuldigung überhörend. „Ich hab's auch einmal nicht besser gemacht und Keiner wird's ändern! Fort jetzt, denn wenn der Epistrateg erfährt, daß es wieder zu Dolchstichen unter uns kam . . ."

Der Chyprer hatte noch nicht ausgesprochen und seine Landsleute standen noch im Begriff, die Leiche ihres Kameraden aufzuheben, als eine Abtheilung Sicherheitswächter in geschlossener Reihe aus dem Gange, vor dem sich der Kampf um die Jungfrau entsponnen hatte, in den Hof stürmte und den zur Flucht Bereiten den Weg verlegte, denn den Thorweg, in dem Klea von dem Reiter bedrängt worden war, mußten Alle durchschreiten, die in's Freie zu gelangen wünschten.

Jeder andere Ausgang des zweiten Burghofes führte zu den stark bewachten Gärten und Gebäuden des eigentlichen Königspalastes.

Der laute Streit um Klea und der Schrei des Verwundeten hatte die Sicherheitswache herbeigelockt, bald befanden sich die Chyprer und das Mädchen in ihrer Mitte und wurden durch eine enge Seitengasse in den Hof der Gefängnisse gebracht.

Nach einem kurzen Verhör ließ man die festgenommenen Männer unter Bedeckung zu ihrer Phalanx führen, Klea aber folgte gern dem Befehlshaber der Sicherheitswache zu einer weniger hell beleuchteten Stelle des Gefängnißhofes, denn sie erkannte in ihm sogleich des Klausners Bruder Glaukus und er in ihr die Tochter des Mannes, der für seinen Vater Alles gethan und geopfert, und mit der er manchmal im Tempel des Serapis Grüße getauscht und geredet hatte.

„Was ich vermag," sagte dieser noch höher, aber weniger breit als sein Bruder gewachsene Mann, nachdem er des Klausners Briefchen gelesen und Klea ihm eine Reihe von Fragen beantwortet hatte, „was ich vermag, das will ich mit Freuden für Dich und Deine Schwester thun, denn ich habe nicht vergessen, was wir eurem Vater schulden; aber ich muß bedauern, daß Du Dich in solche Gefahr begeben hast, denn es ist für eine schöne Jungfrau immer mißlich, diesen Palast in später Stunde zu betreten, heute aber ganz besonders, denn es wimmeln die Höfe nicht nur vom Kriegsvolk Philometor's, sondern auch von dem seines Bruders, das zur Geburtstagsfeier seines Gebieters hieher gekommen ist. Die Leute sind gut bewirthet worden, und der Soldat, der dem Dionysus geopfert, greift nach den Gaben des Eros und der Aphrodite, wo er sie findet. Den Brief meines Bruders an den Römer Publius Cornelius Scipio werd' ich sogleich besorgen, aber wenn Du seine Antwort empfangen, würdest Du gut thun, Dich zu meiner Frau oder Schwester, die in der Stadt wohnt, führen zu lassen und bei der Einen oder Andern den Morgen zu erwarten. Hier kannst Du keine Minute unbehelligt bleiben, während ich fort bin. — Wie soll nur ... Ja! Die einzige sichere Stelle, die ich Dir zu bieten vermag, ist das Gefängniß dort drüben. Die Kammer, in der man die Unterbefehlshaber einsperrt, die etwas verbrochen haben, steht gerade leer, und in die werd' ich Dich führen. Sie wird sauber gehalten und es steht auch ein Bänkchen darin."

Klea folgte dem, wie seine hastige Weise deutlich bewies, in wichtigen Geschäften unterbrochenen Mann zu dem Gefängnisse, das sie in wenigen Schritten erreichte, bat Glaukus, ihr des Römers Antwort möglichst schnell zu überbringen, erklärte sich gern bereit, im Dunkeln zu bleiben, weil sie einsah, daß das Lampenlicht sie verrathen könne und sie sich nicht vor der Finsterniß fürchtete, und ließ sich dann einschließen.

Als sie hörte, wie der eiserne Bolzen kreischend in sein ehernes Bett eindrang, überlief sie ein leiser Schauer, und obwohl das Zimmer, in dem sie sich befand, nicht schlechter und kleiner war als ihre und ihrer Schwester Wohnung im Serapistempel, so beengte es sie doch, und es schien ihr sogar, als hemme ein unbestimmbares Etwas ihren Athem, da sie sich sagte, daß sie eingeschlossen und der Freiheit zu gehen und zu kommen beraubt sei.

Durch die in den beleuchteten Hof schauende vergitterte einzige Fensteröffnung ihres Gefängnisses drang mattes Licht in dasselbe und zeigte ihr eine kleine Bank von Palmenstäben, auf die sie sich setzte, um die Ruhe zu suchen, deren sie so nöthig beburfte.

Jede Empfindung des Mißbehagens wich langsam mit dem neu erwachenden Gefühl der Erholung von ihr, und schon begannen sich in die Erinnerung an das vor Kurzem erlebte Entsetzliche freundlichere Zuversicht und Hoffnung zu mischen, als es vor dem Gefängnisse lebendig wurde und sich außerhalb desselben Pferdegetrappel und Kommandoruf vernehmen ließ.

Sie erhob sich von der Bank und sah, wie etwa zwanzig Reiter, in deren goldenen Helmen und Panzerhemden sich das Licht der Laternen spiegelte, den weiten Hof zu ihren Füßen von allen Menschen säuberten, indem sie dieselben, wie die Flammen das Wild auf einer brennenden Haide, vor sich hertrieben und in einen zweiten Hof drängten, um daselbst wie in dem ersten zu verfahren. Wenigstens hörte Klea sie dort wie hier laut „Im Namen des Königs!" rufen.

Zuletzt kehrten die Reiter zurück und stellten sich zu Zehn und Zehn an jeden der beiden in den Hof führenden Eingänge als Wachtposten auf.

Klea schaute diesem ihr völlig neuen Schauspiele nicht ohne Theilnahme zu, und als eines der edlen Rosse, vom Laternenlicht geblendet, scheu wurde und zur Seite sprang, sich bäumte und wieder bäumte und seinen Reiter abzuwerfen drohte, dieser Letztere es aber bändigte und zum Stillstehen zwang, verwandelte sich der macedonische Kriegsmann vor ihr in Publius, der

gewiß nicht weniger gut als jener ein Roß zu be=
zwingen vermochte.

Kaum war der durch die Leibwächter gesäuberte
Hof völlig leer von Menschen, als etwas Neues Klea's
Aufmerksamkeit in Anspruch nahm.

Zuerst hörte sie in dem, ihrem Gefängniß benach=
barten Raum Schritte, dann fielen helle Lichtstreifen
durch die Spalten der dünnen, ihre Aufenthaltsstätte
von dem letztern trennenden Scheidewand, dann wurden
die neben dem ihren befindlichen beiden Fenster=
öffnungen mit schweren Laden geschlossen, dann rückte
man Stühle oder Bänke und legte verschiedene Gegen=
stände auf einen Tisch, endlich aber wurde die Thür
des Nachbarzimmers so heftig aufgerissen und zuge=
schlagen, daß auch die Pforte, welche das ihre ver=
schloß, und die Bank, neben der sie sich hingestellt
hatte, erbebend wankte.

Zu gleicher Zeit rief eine tiefe, klangvolle Stimme
mit lautem, aus voller Brust kommendem Gelächter:

„Einen Spiegel, einen Spiegel her, Euläus!
Beim Himmel, nach Gefängnißkost seh' ich nicht aus,
wohl aber wie Einer, in dessen großem Schädel es
nicht an guten Anschlägen fehlt, wie Einer, der seinen
Gegner mit einem Griff seiner Faust erdrosselt und
jedes Beutestück rasch verwerthet, um, ehe ihm der
Strick an den Hals kommt, in jeder Stunde die Lust
eines ganzen Tages zusammenzudrängen und auszu=
kosten! So wahr ich Euergetes heiße, mein Oheim
Antiochus hatte Recht, wenn er's liebte, sich unter das
Volk zu mischen!

„Wie an jedem Theil ihres Leibes, so hängen all'
die glänzenden Gliederpuppen, die uns Könige um=
geben, Hüllen und Lappen um den Ausdruck jeder
kräftigen Empfindung; und schwindelig möchte man
werden, wenn man bedenkt, daß man, um nicht be=
trogen zu werden, jedes Wort, das man hört — und
o weh! wie viele Worte hat man zu hören! — im
Geiste umdenken muß. Das Gesindel hingegen, das
schon meint, es sei hübsch angezogen, wenn ihm ein
fadenscheiniges Schurztuch um die braunen Hüften
hängt, ist besser daran!

„Wenn solchem nackten Weisen, der Alles bei
sich trägt, was er besitzt, ein Anderer von seinem
Schlage sagt, er wäre ein Hund, so schlägt er ihm
als Antwort mit der Faust in's Gesicht, und wie
könnte man deutlicher sein! Wenn ihm dagegen
gesagt wird, er wäre ein prächtiger Kerl, so glaubt
er's ohne Rückhalt und hat volles Recht, es zu
glauben.

„Hast Du gesehen, wie der gedrungene Kleine mit
der Stulpnase und den krummen Beinen, der so breit
ist wie lang, vor Vergnügen grinsend die Zähne wies,
als ich seine sichere Hand lobte? So lacht eine Hyäne,
und ein gottverhaßtes Ungethüm nennt jeder gute
Hausvater diesen Burschen, aber wie werth müssen
ihn die Himmlischen halten, die ihm solch' tadelloses
Gebiß in das Maul steckten, und es ihm fünfzig
Jahre, denn so alt muß der Biedermann sein —
freundlich erhielten! Wenn dem Gesellen der Dolch
zerbricht, so beißt er sein Opfer mit den Zähnen todt,

wie der Fuchs eine Ente, oder er bricht ihm mit den
Fäusten die Knochen entzwei."

„Aber, mein Gebieter," entgegnete trocken und mit
einem gewissen sachlichen Ernst der Eunuch Euläus
dem König Euergetes, denn dieser war mit ihm in
den, dem Zimmer Klea's benachbarten Raum getreten,
„aber der kleine, dürre Aegypter mit dem dünnen,
schlichten Haar ist noch zuverlässiger und zäher und
geschmeidiger, und darum auch wohl noch schätzens-
werther als sein Genosse. Der Eine stürzt sich polternd wie ein vom Dache fallender Felsblock auf seine
Beute, der Andere aber schlägt ihm seinen Giftzahn
unversehens in's Fleisch wie eine im Sande versteckte
Natter. Der Dritte, auf den ich gute Hoffnung setzte,
ist vorgestern ohne mein Wissen geköpft worden, aber
das Paar, das Du mit eigenen Augen zu prüfen die
Gnade hattest, genügt. Sie dürfen weder Dolch noch
Lanze gebrauchen, aber sie kommen auch leicht mit
Schlingen und Haken und vergifteten Nadeln, welche
Wunden verursachen, die dem Stich einer Natter
gleichen, zum Ziele. Man darf sich auf diese Bursche
verlassen."

Wiederum lachte Euergetes laut auf und rief:

„Welche Kritik! Gerad' als wären diese Blut-
hunde Tragödienspieler, von denen der Eine durch
Feuer und Pathos, der Andere durch die Feinheit
seiner Auffassung besser zu wirken vermag.

„Das nenn' ich ein unbefangenes Urtheil!

„Aber warum soll man auch nicht groß sein können
im Morden?

„Aus welcher Henkerschlinge hast Du den Hals des Einen gezogen? Auf welchem Richtblocke lag der Kopf des Andern, als Du ihn fandest?

„Die Stunde, in der man Neues erblickt, gehört zu den guten und, beim Herakles, Kerlen wie denen da bin ich Zeit meines Lebens noch nicht begegnet. Ich bereue es nicht, sie besucht und, als wär' ich ihresgleichen, mit ihnen verkehrt zu haben.

„Nimm mir jetzt den zerrissenen Rock vom Leibe und hilf mir, mich umzukleiden. Ehe ich zum Gastmahl gehe, werfe ich mich übrigens schnell in mein Bad, denn es juckt mich an allen Gliedern; es ist mir, als wär' ich in ihrer Nähe schmutzig geworden.

„Da liegen meine Kleider und meine Sandalen. Schnüre sie mir an und erzähle dabei, wie Du den Römer in's Netz lockst.“

Klea konnte jedes Wort dieser furchtbaren Unterhaltung verstehen und faßte sich dabei schaudernd an die Stirn, denn es fiel ihr schwer, an die Wirklichkeit der entsetzlichen Bilder, die ihr hier gezeigt wurden, zu glauben.

Wachte sie oder war sie von einem gräßlichen Traume befangen?

Sie wußte es nicht und begriff auch von Allem, was sie da hörte, kaum die Hälfte, bis des Römers Name genannt ward.

Als träfe der Stich einer dünnen und scharfen Klinge ihr Gehirn und durchbohrte es in schräger Richtung von der rechten zur linken Seite, so war es ihr, als nun in ihr der Gedanke aufblitzte, daß gegen ihn, daß gegen Publius des Euläus reißende Thiere in Menschengestalt gehetzt werden sollten, und wieder gewann sie im Angesicht des Gräßlichsten, des Unerhörtesten die volle Klarheit ihres Geistes zurück.

Leise schlich sie zu derjenigen Spalte der Scheidewand, durch die der breiteste Lichtschimmer in ihr dunkles Gemach fiel, näherte derselben ihr Ohr und sog nun, wie ein Verschmachtender in der Wüste das widrige Wasser einer salzigen Lache, in furchtbarer Spannung, Sylbe für Sylbe, den Bericht ein, welchen der Eunuch seinem verbrecherischen Gebieter, der ihn oft mit Einwürfen, Worten des Beifalls oder einem kurzen Auflachen unterbrach, erstattete.

Was sie vernahm, war wohl geeignet, ihr die Besinnung zu rauben, aber mit je bestimmteren Thatsachen sich das, was sie nun hören mußte, beschäftigte, je schärfer lauschte sie, je fester nahm sie ihre Gedanken zusammen.

In ihrem eigenen Namen hatte Euläus den Römer bestimmt, um Mitternacht in der Wüste in der Nähe der Apisgräber zu einem Stelldichein zu erscheinen.

Der Eunuch wiederholte die Worte, die er zu diesem Zweck auf eine Scherbe geschrieben, und welche Publius baten, ganz allein an der angegebenen Stelle zu erscheinen, denn im Tempel dürfe sie nicht mit ihm reden. Zuletzt ward er gebeten, ihr auf der Rückseite des Thonstücks seine Antwort zu ertheilen.

Klea hätte, als sie diese Worte, die ein Bösewicht ihr in den Mund legte, vernahm, am liebsten laut aufgeschluchzt vor Herzensangst, Scham und Ingrimm, aber es galt jetzt, nur die Ohren offen zu halten, denn Euergetes fragte sein furchtbares Werkzeug:

„Und wie hat des Corneliers Antwort gelautet?"

Der Eunuch mußte dem König die Scherbe über= reicht haben, denn der Letztere lachte abermals laut auf und rief:

„Er geht also in's Garn, kommt spätestens eine halbe Stunde nach Mitternacht und läßt Klea von ihrer Schwester Irene grüßen. Er treibt die Liebe und das Entführen im Großen und kauft die Krug= trägerinnen paarweise wie Tauben auf dem Markt oder Sandalen in eines Schusters Bude.

„Sieh' nur, wie der Tropf griechisch schreibt! Da macht er in den wenigen Worten zwei Fehler, zwei richtige Schuljungenschnitzer!

„Der Bursch hat heute einen zu glücklichen Tag, als daß er bei der üblen Gewohnheit der Götter, die Hand, mit der sie ihre Günstlinge lange geliebkost haben, in eine schlagende Faust zu verwandeln, nicht auf einen schlimmen Abend rechnen müßte.

„Amalthea's Horn ward heute über ihm ausge= schüttet: erst schnappte er mir meine kleine Hebe, die Irene aller Irenen, die ich morgen von ihm zu erben hoffe, vor der Nase fort, dann bekam er von mir meine besten kyrenäischen Rosse geschenkt und zugleich mit ihnen die schmeichelhafte Versicherung meiner kost= baren Freundschaft, dann ward er von meiner schönen Schwester empfangen, und es kitzelt das Herz eines Republikaners mehr als man glauben sollte, wenn Kronenträger ihnen gnädig gesinnt sind, und endlich ruft ihn die Schwester seiner reizenden Liebsten, die, wenn Du und Zoë die Wahrheit reden, zu den Schönheiten im großen Styl gehört, zum Stelldichein.

„Das ist für einen Bewohner dieser höchst mangelhaft eingerichteten Welt und für einen einzigen Tag, der bald zu Ende ist, wenn er begonnen, zu viel des Guten, und die Gerechtigkeit fordert, daß wir dem Schicksal nachhelfen und diesen Mohnkopf, der sich über seine Brüder erheben will, abhauen. Die Tausende, denen es weniger gut geht, hätten sonst ja Grund, sich über Zurücksetzung zu beklagen.“

„Ich sehe Dich mit Freuden in einer glücklichen Stimmung,“ sagte Euläus.

„Sie ist, wie sie ist,“ unterbrach ihn der König. „Ich glaube, daß ich das lustige Liedchen nur pfeife, um mir im Dunkeln den Muth zu erhalten. Stände ich mit dem, was andere Leute Angst nennen, auf besserem Fuße, so hätte ich wohl Grund, mich zu fürchten, denn bei dem Wachtelkampf, den wir da begonnen, hab' ich eine Krone eingesetzt und mehr noch als das.

„Erst morgen wird sich's entscheiden, ob das Spiel gewonnen ward oder verloren, aber das weiß ich schon heute, daß ich lieber mein Unternehmen gegen Philometor und meine Hoffnungen auf die Krone beider Aegypten, als unsern Anschlag gegen das Leben des Römers scheitern sähe, denn ehe ich König wurde, war ich ein Mensch, und würde es bleiben, wenn mein jetzt doch nur auf zwei Beinen stehender Thron unter meiner Last zusammenkrachte.

„Meine Herrscherwürde ist nur ein Kleid, wenn auch das kostbarste aller Gewänder. Wer mir das befleckt und beschädigt, dem könnt' ich, wenn das Vergeben überhaupt meine Sache wäre, recht wohl verzeihen, aber wer dem Menschen Euergetes zu nahe tritt und diesen Leib und den Geist, den er birgt, anzutasten und das, was er begehrt und fordert, zu kreuzen wagt, den trete ich unerbittlich zu Boden, den will ich in Stücke zerreißen! Dem Römer ist sein Urtheil gesprochen, und wenn Deine Mordgesellen ihre Schuldigkeit thun und die Götter das Opfer annehmen, das ich ihnen beim Sonnenuntergange für das Gelingen meines Vorhabens schlachten ließ, so wird in zwei Stunden Publius Cornelius Scipio verblutet sein.

„Er ist über mich, den Menschen, zu lachen berechtigt, aber dafür habe ich als Mensch das Recht und als König auch die nöthige Macht, dafür zu sorgen, daß dieses Lachen sein letztes sei. Könnt' ich Rom ermorden wie ihn, so sollt' es mich freuen, denn nur Rom hindert mich, unter den großen Königen unserer Zeit der größte zu werden, morgen aber werd' ich höhere Freude empfinden, wenn es heißt: den Publius Cornelius Scipio haben wilde Thiere zerrissen und sein Leichnam ist so verstümmelt, daß ihn seine eigene Mutter nicht wiederzuerkennen vermöchte, als wenn ein Bote die Nachricht brächte, Karthago habe die Macht der Römer gebrochen."

Mit einer Stimme, die wie das Rollen des Donners bei einem schnell heraufziehenden Gewitter immer lauter und tiefer und heftiger grollte, hatte Euergetes diese letzten Worte gesprochen.

Als er endlich schwieg, sagte Euläus:

„Diese Freude, mein Gebieter, werden Dir die Unsterblichen nicht vorenthalten. Die tüchtigen Bursche, die Du zu sehen und zu prüfen die Gnade hattest, treffen so sicher wie der Blitz des Vaters Zeus, und da wir durch den Rosselenker des Römers wissen, wo er Irene verborgen hält, so wird sie Dir so wenig entgehen, wie die Krone von Ober= und Unterägypten. — Gestatte mir jetzt, Dir den Mantel umzulegen und dann die Leibwächter zu benachrichtigen, damit sie Dich umringen, während Du in Deine Wohnung zurück= kehrst.“

„Noch Eines,“ rief der König, indem er den Eunuchen zurückhielt. „Bei den Apisgräbern standen stets Truppen, welche die heiligen Stätten zu bewachen hatten; können sie Deinen Freunden nicht hinderlich werden?“

„Ich habe,“ entgegnete Euläus, „alle Soldaten und bewaffneten Wächter bis auf den letzten nach Memphis beschieden und in der weißen Mauer unter= bringen lassen. Morgen früh, ehe Du zur That schreitest, werden sie durch eine stärkere Abtheilung ersetzt, damit sie hier nicht die Truppen Deines Bru= ders verstärken, wenn es zum Kampfe kommt.“

„Ich werde diese Umsicht zu lohnen wissen,“ sagte Euergetes, während der Eunuch das Gemach verließ.

Klea hörte darauf von Neuem eine Thür gehen und zahlreiche Pferdehufe das Pflaster des Hofes schlagen.

Als sie dann zitternd an das Fenster trat, sah sie Euergetes selbst und das große, starkknochige Roß, welches ihm zugeführt wurde.

Der Schreckliche wickelte die Mähne des unruhig stampfenden Thieres um seine Hand und Klea dachte, daß diese ungeheure Masse nur mit Hülfe vieler Männer auf den Rücken dieses Pferdes gelangen könne; aber sie irrte; denn mit gewaltiger Schwung= kraft schnellte sich der Riese an dem Leibe des Rosses in die Höhe und sprengte, seinen keuchenden Hengst nur mit den Schenkeln regierend und rings von seinem glänzenden Gefolge umgeben, aus dem Gefäng= nißhofe hinaus.

Wenige Augenblicke blieb dieser letztere völlig menschenleer, dann wurde er von einem eiligen Manne betreten, der das Gemach, in dem Klea verweilte, aufschloß und sich ihr als einen Untergebenen und Boten des Glaukus zu erkennen gab.

„Mein Herr," theilte der ergraute Sicherheits= wächter dem Mädchen mit, „läßt Dir seinen Gruß ent= bieten und sagen, daß er weder den Römer Publius Scipio, noch seinen Freund aus Korinth zu Hause ge= troffen. Er ist verhindert, Dich selbst aufzusuchen, denn er hat alle Hände voll zu thun, weil Soldaten von beiden Königen in der weißen Mauer liegen und zwischen ihnen allerlei Reibungen vorkommen. Du kannst auch nicht in diesem Raume bleiben, denn er wird gleich von einigen Unterbefehlshabern, welche die Händel begannen, eingenommen werden. Glaukus stellt Dir die Wahl, Dich von mir zu seiner Frau führen zu laſſen, oder in den Tempel, in den Du gehörſt, zurückzukehren. Im letzteren Falle ſoll Dich — denn die Stadt iſt überfüllt von trunkenem Kriegsvolk — ein Wagen bis zum zweiten Wirthshauſe von Kakem führen, das am Rande der Wüſte liegt, und in dem Du vielleicht einen Begleiter findeſt, wenn Du Dich dem Wirthe zu erkennen gibſt. Das Fuhrwerk muß in einer kleinen Stunde zurück ſein, denn es gehört zu denen des Königs, und wenn das Gaſtmahl früh endet, könnte es ſonſt an Wagen fehlen.“

„Ich will dahin zurück, wohin ich gehöre,“ unterbrach Klea den Boten mit Eifer. „Führe mich gleich zu dem Wagen.“

„So folge mir,“ bat der Alte.

„Aber ich bin unverſchleiert,“ bemerkte Klea, „und trage nichts als dieſes dünne Gewand. Rohe Soldaten haben mir die Hülle vom Geſicht und den Mantel von der Schulter geriſſen.“

„So bring’ ich Dir den des Oberſten, der hier neben in dem Befehlshaberzimmer liegt, und auch ſeinen Reiſehut, deſſen breite Krämpe Dein Geſicht verdecken wird. Man kann Dich bei Deiner ſtattlichen Größe für einen Mann anſehen, und das iſt gut, denn eine Frau, die zu dieſer Stunde den Palaſt verläßt, würde ſchwer unangefochten bleiben. Morgen holt ein Sklave die Sachen aus eurem Tempel ab. Ich darf ſie Dir ſchon anvertrauen, denn mein Herr hat mir befohlen, für Dich zu ſorgen, als wärſt Du ſeine leibliche Tochter. Er läßt Dir auch ſagen, und das hätte ich doch beinahe vergeſſen, Deine Schweſter sei dem Römer Publius Cornelius Scipio gefolgt und nicht dem andern, sehr gefährlichen Manne, Du würdest schon wissen. Nun warte, ich bitte Dich, bis ich wiederkomme; es wird nicht lange dauern."

Nach wenigen Minuten kehrte der Sicherheitswächter mit einem großen Mantel, in den Klea sich hüllte, und einem breitkrämpigen Reisehut, den sie auf ihr Haupt drückte, zurück und führte sie dann zu dem Palastquartiere, in dem sich die Ställe des Königs befanden.

Sie mußte sich dicht bei dem Beamten halten, und bald darauf stand sie auf einem Wagen und ließ sich von dem Rosselenker, der sie für einen macedonischen Edlen hielt, den ein Stelldichein hinaus in die Nacht lockte, bis zur zweiten Schenke an dem zum Serapeum führenden Wege fahren.

Neunzehntes Kapitel.

Während Klea dem Gespräch des Königs Euergetes mit dem Eunuchen lauschte, saß Kleopatra in ihrem Zelte und ließ sich mit nicht geringerer Sorgsalt, aber mit anderen Gewändern als am vergangenen Abend ankleiden.

Es mußte heute nicht Alles so gegangen sein, wie sie wünschte, denn zwei ihrer Zofen hatten roth geweinte Augen. Ihre Gespielin Zoë las wieder vor, dießmal aber nicht aus einem hellenischen Philosophen, sondern aus der griechischen Uebersetzung jüdischer Psalmen, über deren dichterischen Werth vor einigen Tagen beim Gastmahl gestritten worden war.

Der israelitische General Onias hatte behauptet, daß diese Gesänge denen des Alkman oder des Pindar gleichgestellt werden könnten, und einige Stellen aus ihnen vorgetragen, die der Königin gefallen hatten.

Heute war sie nicht zum Denken aufgelegt, brauchte

etwas Fremdes, Außergewöhnliches zu ihrer Zerstreuung und befahl darum Zoë, das Buch der Hebräer auf- zuschlagen, dessen Uebersetzung von den hellenischen Juden in Alexandrien für ein vortreffliches, ja von Gott selbst eingegebenes Werk gehalten wurde und das ihr längst durch ihre israelitischen Freunde und Tischgenossen bekannt geworden war.

Eine Viertelstunde mochte Kleopatra dem Vortrag Zoë's gelauscht haben, als ein Trompetenstoß von der zu ihren Zelten führenden Treppe aus zu ihr hinauf- klang und einen männlichen Besuch anmeldete.

Unwillig schaute die Königin sich um, winkte ihrer Gespielin, die Vorlesung zu unterbrechen, und rief:

„Ich will jetzt meinen Gatten nicht sehen. Geh', Thaïs, und sage den Eunuchen an der Treppe, ich ließe Philometor bitten, mich jetzt nicht zu stören. Lies weiter, Zoë!"

Zehn neue Psalmen waren vorgetragen und einige Verse zwei- und dreimal auf Kleopatra's Wunsch wie- derholt worden, als die hübsche Athenerin mit hoch- gerötheten Wangen zurückkam und mit erregter Stimme sagte:

„Nicht Dein Gatte, der König, sondern Dein Bruder Euergetes wünscht Dich zu sprechen."

„Er hätte eine andere Stunde wählen können," entgegnete Kleopatra und schaute sich nach ihrer Zofe um.

Thaïs hatte die Augen niedergeschlagen und mit den Fingerspitzen an ihrem Gewande gezupft, während sie zu ihrer Gebieterin sprach; die Königin aber, der nichts entging, was sie sehen wollte, und die sich heute nicht in der Stimmung befand, zu lachen und etwas Ungehöriges ungerügt zu lassen, fuhr in sehr gereiztem Ton und indem sich ihre Stimme zu schneidender Schärfe erhob, unverzüglich fort: „Ich liebe es nicht, wenn meine Boten sich aufhalten lassen, sei es von wem es sei; das magst Du wissen! Du verläßt mich augenblicklich und gehst in Dein Zimmer, wo Du bleibst, bis ich Dich heute Nacht zum Auskleiden brauche. Andromeda mag — hörst Du, Alte, Du magst meinen Bruder zu mir führen und Dich, denke ich, wird er schneller zurückkehren lassen, als Thais. Du brauchst nicht in den Spiegel zu schielen, denn an Deinen Runzeln ist doch nichts zu ändern. Mein Hauptschmuck wäre ja fertig. Gib mir den linnenen Mantel um, Olympias, und dann mag er kommen! Da ist er ja schon! Du fragst erst um Erlaubniß, Bruder, und dennoch verschmähst Du es, zu warten, bis sie erfolgt.“

„Die Sehnsucht und das Warten,“ entgegnete Euergetes, „sind ein Paar, das sich schlecht mit einander verträgt. Mit lauter Soldaten und Schranzen hab' ich diesen Abend verloren, bin dann, um wieder einmal einige ehrliche Gesichter zu sehen, in's Gefängniß gegangen, habe schnell ein Bad genommen, weil die Wohnungen eurer Sträflinge mehr und in weniger angenehmer Weise abfärben, als diese kleine Götterherberge, in der es aussieht und duftet wie im Putzzimmer Aphroditens, und es gelüstet mich nun, vor der Mahlzeit einige gute Worte zu hören.“

„Aus meinem Munde?“ fragte Kleopatra.

„Es gibt keinen, der besser zu reden verstände am Nil und Ilissus.“

„Was wünschest Du von mir zu haben?“

„Ich — von Dir?“

„Gewiß, denn so verbindlich redest Du nur, wenn Du etwas begehrst.“

„Ich sagte Dir ja schon! Es verlangt mich, von Dir etwas Gescheidtes, etwas Witziges, den Geist An= regendes zu hören.“

„Man kann den Witz nicht herbeirufen wie eine Zofe. Unaufgefordert erscheint er, und je bringender man ihm zu kommen befiehlt, je sicherer bleibt er aus.“

„Das mag für Andere gelten, aber nicht für Dich, die, während sie versichert, keinen Vorrath an attischem Salz zu haben, ihn dennoch verwendet. Der Anmuth schuldet Alles Gehorsam, auch der Witz und der spitz= züngige, selbst die Götter höhnende Momus.“

„Du irrst, nicht einmal meine Zofen kehren recht= zeitig zurück, wenn ich ihnen auftrage, eine Botschaft an Dich zu bestellen.“

„Sollte es nicht erlaubt sein, auf dem Wege zum Tempel Aphroditens auch den Charitinnen zu opfern?“

„Wäre ich die Göttin, so würden mir diejenigen Anbeter wenig genehm sein, die meine Dienerinnen für meinesgleichen halten.“

„Dein Vorwurf ist völlig gerecht, denn Du darfst verlangen, daß, wie die Juden nur einen Gott, Alle, die Dich kennen, nur eine Göttin verehren. Aber bitte, vergleiche Dich nicht zum zweiten Mal mit der geistlosen cyprischen Dirne. Um Deiner Anmuth willen dürfte man Dir das wohl gestatten, aber wer sah jemals eine philosophirende und schwierige Werke lesende Aphrodite? Ich habe euch sicher bei ernsten Studien gestört. Was für ein Buch rollst Du da zusammen, schöne Zoë?“

„Das heilige Buch der Juden, mein König,“ gab die Gefragte zurück. „Ich weiß, daß Du es nicht liebst.“

„Und gefällt es euch, die ihr den Homer lest, den Pindar, Sophokles und Plato?“ fragte Euergetes.

„Ich finde Stellen darin, die von tiefer Lebensweisheit zeugen, und andere, denen Niemand hohen poetischen Aufschwung absprechen darf,“ entgegnete Kleopatra. „Manches hat freilich einen durchaus barbarischen Beigeschmack, und ich vermisse gerade bei den Psalmen, die wir heute lasen und die man am besten zu den Hymnen zählen könnte, die Zählung und Messung der Sylben, die Befolgung einer festen Regel, kurz die strenge Form. Der königliche Dichter David war, wenn er zu seiner Leier sang, des Gottes nicht weniger voll, als andere Poeten, aber er scheint die Lust unserer Dichter, Schwierigkeiten, die sie sich selbst auferlegen, zu überwinden, nicht gekannt zu haben. Der Dichter soll sich dem Gesetz, an das er sich freiwillig band, sklavisch fügen und ihm jedes seiner Worte unterordnen, und doch soll seine Rede und sein Sang mit freiem Flügelschlag dahinzuschweben scheinen. Auch der hebräische Grundtext der Psalmen kennt keine metrischen Regeln.“

„Von denen könnt' ich absehen," entgegnete Euergetes. „Plato verschmäht es auch, die Sylben zu messen, und ich kenne Stellen in seinen Werken, die im höchsten Grade dichterisch schön sind. Man hat mir außerdem gezeigt, daß auch die hebräischen Poesien ähnlich den ägyptischen gewissen Regeln folgen, die ich freilich eher rhetorisch als poetisch nennen möchte. Man stellt dem ersten Gliede in einer Gedankenfolge ein zweites gegenüber, welches das andere entweder durch Wiederholung in neuer Form bestätigt oder durch einen Gegensatz, den es in sich schließt, in ein helleres Licht setzt. So verfahren sie wie die Redner, oder auch wie die Maler, welche gern neben die lichte eine dunklere Farbe fügen, um die Leuchtkraft der ersteren zu steigern. Diese Art und Weise ist gar nicht übel, und sie ist es am letzten, die mich mit Abneigung gegen dieses Buch erfüllt, in dem sich auch mancher Spruch findet, der Königen gefallen kann, die sich gefügige Unterthanen, Vätern, die sich ihnen selbst und den Gesetzen gehorsame Söhne zu erziehen wünschen. Auch den Müttern, die nichts begehren, als daß ihre Kinder möglichst unangefochten und ohne zu stoßen und gestoßen zu werden durch die Welt kommen, daß sie länger als Raben oder Eichbäume leben und mit möglichst vielen Nachkommen gesegnet werden, müssen sie vortrefflich behagen.

„Ja, sie sind höchst schätzenwerth, diese Vorschriften, weil sie es Denen, die sie befolgen, ersparen, für sich selbst zu denken. Dazu soll ja der große Gott der Juden Alles, was in diesem Buche steht, ihren

Verfassern vorgesagt haben, wie ich meinem buckligen Schreiber Philippus das, was ich aufzeichnen möchte, diktire. Für einen Gottesverächter und Tempelschänder erklären sie Jeden, der etwas für irrthümlich oder nur für menschlich hält, was auf dieser Rolle da steht. Plato's Ideenlehre ist auch nicht übel, und doch hat sie Aristoteles einer scharfen Kritik unterzogen und sie zu widerlegen versucht. Ich neige mich mehr zu der Ansicht des Stagyriten, Du zu der des edlen Atheners, und wie viele gute, belehrende Stunden haben wir dem Streit um diese Meinungsverschiedenheit zu danken! Wie ergötzlich hört es sich an, wenn sich unter den emsigen Windbreschern im Museum zu Alexandria die Platoniker und Aristoteliker so scharf in die Haare gerathen, daß sie sich am liebsten gegenseitig, wenn der Wein ihnen nicht leid thäte, den ich bezahle, die ehernen Becher an die Köpfe würfen. Wir suchen nach Wahrheit, die Juden glauben sie voll zu besitzen.

„Das thun selbst Diejenigen unter ihnen, die sich eifrig mit unseren Philosophen beschäftigen, und doch wissen die Verfasser dieses Buches nur von der Wirklichkeit der Dinge, und ihr Gott, der so wenig andere Götter neben sich leidet, wie eine Bürgersfrau ein zweites Weib im Haus ihres Mannes, soll die Welt aus Nichts geschaffen haben, zu keinem andern Zweck, als um in ihr verehrt und gefürchtet zu werden.

„Was nur philosophisch geschulte Juden, die ihren Empedokles kennen, — und ich gebe zu, daß es deren viele und sogar höchst fein und scharfsinnige in Alexandria gibt, — sich unter einer Schöpfung aus

dem Nichts vorstellen? Ob sie nicht nachdenklich wer=
den, wenn sie sich der Begründung des Satzes erinnern,
daß nichts, was vorher Nichts gewesen ist, werden,
und nichts, was einmal bestanden hat, dem völligen
Vergehen anheimfallen kann? Folgerichtig ist wenig=
stens das, daß sie das Leben der Menschen im
Nichts enden lassen, aus dem alles Bestehende hervor=
trat. Nach diesem Buch zu leben und zu sterben, ist
wenig ersprießlich. Mit dem Nichts nach dem Tode
kann ich mich leicht als Mensch, der den traumlosen
Schlaf nach voll ausgenossenen Tagen zu schätzen weiß,
und her, wenn er schon nicht Euergetes bleiben darf,
am liebsten in den öden Schlund des Nichts springen
möchte — aber nie und nimmer als Philosoph ver=
söhnen!"

„Du bist eben gezwungen," entgegnete die Königin,
„Alles und Jedes ausschließlich mit dem Maße des
Geistes zu messen, denn die Gottheit, welche Dich vor
Tausenden reich begabte, hat in Dir, das weiß ich
längst, das Organ, welches uns die religiösen und
sittlichen Empfindungen vermittelt, mit Taubheit oder
Blindheit geschlagen. Würde es sehen oder hören, so
könntest Du Dich ebensowenig wie ich der Ueberzeugung
verschließen, daß diese Schriften von tiefem Ernst er=
füllt sind und das Gemüth des Lesers gewaltig er=
greifen.

„Sie binden ihre Anhänger an ein festes Gesetz,
nehmen dem Leid seine Bitterkeit, wenn sie lehren, daß
ein strenger Vater die Schmerzen sende, die bald als
Erziehungsmittel, bald als Strafe für Uebertretungen

der scharf und knapp gefaßten Gebote dargestellt werden. Ihr Gott stellt mit der ihm eigenen untrüglichen, aber strengen Weisheit Die, welche ihm anhängen, auf schlimme, steinige Wege, um ihre Kraft zu prüfen und sie endlich zum schönen Ziele, das ihm von Anfang an bekannt war, gelangen zu lassen."

„Wie fremd diese Worte aus dem Munde einer Griechin klingen," unterbrach Euergetes seine Schwester. „Du sprichst sie sicher dem jüdischen Hohenpriestersohne nach, der die Sache seines grimmigen Gottes warm und geschickt zu vertheidigen versteht."

„Ich dächte," gab Kleopatra zurück, „daß gerade Dir, an dem ich nichts Schwächliches kenne, diese fast überkräftige Gottesgestalt gefallen müßte. Als es neulich der jüdische Söldneroberst Dositheos, ein gelehrter Mann, versuchte, meinem Gatten den großen Einen zu schildern, an dem sein Volk mit so zäher Treue hängt, da wollten mir unsere schönen, lustigen Götter vorkommen wie eine muntere Gesellschaft von verliebten Herrlein und fröhlichen Weibern neben einem ernsten, gewaltigen Manne, der, wenn er nur wollte, sie alle verschlingen könnte, wie Kronos seine eigenen Kinder."

„Das ist es eben," rief Euergetes, „was mich an diesem Aberglauben besonders verdrießt. Er tödtet die sorglose Lebenslust, und so oft ich in dem Buch der Hebräer gelesen, kam mir Alles in den Sinn, woran ich am wenigsten gern denke. Wie ein lästiger Gläubiger erinnert es an jede vergangene Schuld, ich aber liebe die Lust und hasse den lästigen Mahner. Auch Dir, Du Schönste, blüht ja das Leben ...."

„Aber ich bewundere," unterbrach ihn Kleopatra, „Alles, was groß ist, und erscheint es Dir nicht auch kühn und herrlich, daß der gewaltige Gedanke, es gäbe eine einzige, die Welt bewegende und erfüllende Kraft, den die Aegypter ängstlich verhüllen und verbergen, den die Priester am Nil nur den Bevorzugten unter den in ihre alten Mysterien Eingeweihten mitzutheilen wagen, und den zwar die hellenischen Philosophen ungescheut aussprachen, den aber noch kein Hellene in die Religion des Volkes einführte, in der heiligen Schrift der Juden frei und offen ausgesprochen wird? Wärst Du nicht dem Volk der Hebräer so abgeneigt und hättest Du Dich, wie mein Gatte und ich, um ihre Angelegenheiten und ihren Glauben fleißig bekümmert, Du würdest gerechter gegen sie selbst und ihre Schriften sein und dem großen, schaffenden und erhaltenden Geiste, ihrem Gotte —"

„Du verwechselst diesen eifersüchtigen, höchst unliebenswürdigen und übel gelaunten Tyrannen der Welt mit dem absoluten Geiste des Aristoteles!" rief Euergetes. „Als Sünde und wieder als Sünde bezeichnet er das Meiste, was Du und ich und alle verständigen Griechen zum Genuß des Lebens bedürfen. Und doch! Herrschte mein leicht zu überredender Bruder in Alexandria, so würde es seinen klugen Dienern vielleicht gelingen, ihn zu einem Verehrer dieses großen Schulmeisters zu stempeln, der seine ungezogene Brut mit Feuer und Jammer abstraft."

„Ich will es nicht leugnen," entgegnete Kleopatra, „daß auch für mich die Lehre der Juden etwas Beängstigendes besitzt und daß ihr zu folgen so viel hieße, als sich die Lust des Lebens zu verkümmern. Aber genug von diesen Dingen, die ich ebensowenig wie Du als tägliche Kost genießen möchte. Freuen wir uns, daß wir Hellenen sind und gehen wir endlich zum Gastmahl. Ich fürchte, Du hast hier oben das, was Du suchtest, in sehr ungenügender Weise gefunden."

„Nein, nein, ich fühle mich heute seltsam erregt, und die Arbeiten mit Aristarch würden zu nichts geführt haben. Schade, daß wir von dem barbarischen Zeug zu reden begannen, es gibt so viel schönere, den Geist erheiterndere Stoffe. Weißt Du noch, wie wir die Tragiker und den Plato mit einander gelesen haben?"

„Und wie Du bei den Vorträgen über Erdbeschreibung unserem Lehrer Agatharchides oft in's Wort fielst, um ihn auf Irrthümer aufmerksam zu machen? Hast Du in Kyrene diese Studien fortgesetzt?"

„Natürlich! Es ist wahrhaftig schade, Kleopatra, daß wir nicht mehr zusammenleben wie damals. Mit Niemand, selbst nicht mit Aristarch, plaudert und streitet es sich angenehmer und gewinnbringender, als mit Dir. Hättest Du zur Zeit des Perikles in Athen gelebt, wer weiß, ob nicht Du anstatt der unsterblichen Aspasia seine Freundin geworden wärest. Dieß Memphis ist gewiß nicht der rechte Platz für Dich; einige Monate im Jahr solltest Du doch wieder nach Alexandria kommen, das jetzt hoch über Athen steht."

„Ich erkenne Dich nicht wieder," sagte Kleopatra,

ihren Bruder erstaunt betrachtend. „So sanft und gemessen und brüderlich hört' ich Dich seit dem Tode der Mutter nicht reden. Du mußt von uns etwas sehr Großes zu fordern haben."

„Da siehst Du, wie undankbar es für mich ist, auch einmal wie andere Leute mein Herz reden zu lassen. Es geht mir wie dem Hirtenknaben in der Fabel, als der Wolf kam! Ich habe so oft unbrüderlich gehandelt, daß Du glaubst, ich trüge eine Maske, wenn ich Dir das Gesicht des Bruders zeige. Hätte ich etwas Besonderes von Dir zu fordern, so würd' ich bis morgen warten, denn am Geburtstage schlägt hier zu Lande auch der blinde Bettler seinem lahmen Kumpan nicht gern etwas ab."

„Wüßten wir nur, was Du Dir wünschest; Philometor und ich würden es mehr als gern erfüllen, obgleich Du stets Ungeheures begehrst. Unsere Aufführung wird ohnehin, — aber ich bitte Dich, Zoë, führe die Mädchen fort, ich habe noch einige Worte allein mit meinem Bruder zu reden."

Nachdem die Frauen der Königin sich entfernt hatten, fuhr diese Letztere fort:

„Es ist mir recht leid, aber der beste Theil der Feier Deines Geburtstages wird nicht sonderlich ausfallen, denn die Priester des Serapis enthalten uns die Hebe, auf die uns Lysias so neugierig gemacht hat, böswillig vor. Asklepiodor scheint die Kleine versteckt zu halten und treibt die Frechheit so weit, daß er uns mittheilt, man habe das Mädchen aus dem Tempel entführt, uns bezichtigt, sie geraubt zu haben,

unb im Namen aller seiner Genossen ihre Rückgabe
verlangt."

„Du thust dem Manne Unrecht, denn unser Täubchen
ist dem Gegirre eines Taubers gefolgt, ber sie mir
nicht gönnt und sich jetzt in seinem Nest mit ihm
schnäbelt. Ich bin der Betrogene und barf dem Römer
kaum zürnen, benn seine Rechte waren älter als bie
meinen."

„Dem Römer?" fragte Kleopatra, indem sie sich
erblassend von ihrem Sitze erhob. „Aber bas ist
nicht möglich. Du machst mit Euläus gemeinsame
Sache und möchtest mich gegen Publius Scipio auf=
bringen. Schon beim Gastmahl hast Du gezeigt, baß
Du ihm übel gesinnt bist."

„Du scheinst wärmer für ihn zu empfinden. Aber
ehe ich Dir beweise, baß ich weder lüge noch scherze,
möcht' ich Dich fragen: Was hat bieser Mensch, bieser
langnamige Publius Cornelius Scipio Nasica außer
seinem Patrizierstolze vor jedem hübschen, gerade ge=
wachsenen und meinetwegen entschlossenen Macedonier
aus der Schaar eurer Leibwächter voraus? Er ist
herb und ungenießbar wie ein saurer Apfel, und ge=
rabe alles Beste, was Du, feine Denkerin, Du schöne
und berebte Philosophin, zu sagen weißt, kann von
biesem ärmlich gebildeten Geiste so wenig gewürbigt
werben, wie bie Oben ber Sappho von einem nubi=
schen Matrosen."

„Das gerabe," rief bie Königin, „macht ihn mir
werth, baß er anders ist, als wir Alle, bie wir —
wie soll ich nur sagen — bie wir immer aus zweiter

Hand denken und unsern Fuß immer in das Geleise stellen, das der Meister der Schule, zu der wir uns bekennen, betreten hat, die wir unsern Geist in Denkformen, die Andere geschnitten haben, pressen, und wenn wir sprechen, aus den Umrissen der rhetorischen Figuren ungern hinaustreten, die wir in der Schule erlernten! Du hast diese Fesseln gesprengt, aber auch Dein gewaltiger Geist trägt noch ihre Spuren; Publius Scipio dagegen denkt und sieht und spricht völlig unbefangen und sein gerader Verstand läßt ihn ohne Mühe und besondere Schulung das Rechte finden. Sein Umgang erquickt mich wie die frische Luft, die ich athme, wenn ich aus dem mit Weihrauchqualm erfüllten Tempel in's Freie trete, wie das Brod und die Milch, die uns neulich bei unserer Fahrt in das Seeland ein Bauer brachte, nachdem wir ein Jahr lang nichts als Leckerbissen gegessen."

„So theilt er also die guten Eigenschaften der Kinder," unterbrach Euergetes seine Schwester. „Und wenn es das allein ist; was Dir an dem Römer schätzenswerth scheint, so wird Dir Dein Söhnchen sehr bald den Cornelier ersetzen."

„Nicht bald! nein, erst wenn er älter geworden sein wird als Du, und ein Mann, ein rechter Mann vom Scheitel bis zur Sohle, denn das ist Publius! Ich glaube, nein, ich weiß, daß er keiner niedrigen Handlung fähig ist, daß er weder mit dem Mund noch mit den Augen unwahr zu sein und Gefühle zu heucheln vermöchte, die er nicht hegt."

„Warum so heftig, Schwester? So viel Eifer ist

heute nicht nöthig! Du weißt ja, daß ich meinen sanften Tag habe, daß diese Erregung Dir übel steht und der Römer es nicht verdient hat, daß Du um seinetwillen außer Dir kommst. Der Bursch hat Dich in meiner Gegenwart anzuschauen gewagt, wie Paris die Helena, eh' er sie entführte, aus Deinem Becher getrunken und heute Morgen gewiß nichts von dem zurückgenommen, was er sich gestern Abend mit den Augen und vielleicht auch mit dem Munde Dir zu sagen unterstand. Und doch war er kaum eine Stunde früher in der Todtenstadt gewesen, um sein Liebchen aus dem Tempel des finsteren Serapis in den des heiteren Eros zu führen."

„Das sollst Du beweisen!" rief die Königin in großer Erregung, „Publius ist mein Freund . . ."

„Und ich bin der Deine."

„Das Gegentheil hast Du schon öfter bewiesen, und nun Du von Neuem mit Lug und Trug —"

„Du scheinst," unterbrach Euergetes seine Schwester, „Du scheinst von Deinem unphilosophischen Liebling aus Rom gelernt zu haben, Deinen Unwillen außerordentlich natürlich zu äußern, aber ich bin heute, wie gesagt, sanft wie ein Kätzchen . . ."

„Euergetes und sanft!" lachte Kleopatra gezwungen. „Nein, Du trittst nur leise auf, wie eine Katze, wenn sie einen Vogel beschleicht, und mit Deiner Sanftmuth bedeckst Du irgend ein ruchloses Vorhaben, das wir zu unserem Schaden früh genug kennen lernen werden. Du hast heute mit Euläus geredet, der Publius fürchtet und haßt, und es will mir scheinen, als hättet ihr gegen ihn einen Anschlag geschmiedet, aber wenn ihr es wagt, ihm einen einzigen Stein in den Weg zu werfen, ihm ein einziges Haar zu krümmen, so werd' ich euch zeigen, daß auch eine schwache Frau furchtbar sein kann. Nemesis und die Erinnyen, von der Alekto bis zur Megära, die schrecklichsten unter den Göttern, sind Weiber!"

Kleopatra hatte diese Worte mit ingrimmig zusammengebissenen Zähnen mehr gezischt als gesprochen und dabei die kleine Faust drohend gegen ihren Bruder erhoben; Euergetes aber bewahrte völlig seine Ruhe, bis sie ausgesprochen hatte.

Dann trat er ihr einen Schritt näher, kreuzte die Arme über seiner Brust und fragte sie mit dem tiefsten Baßton seiner tiefen Stimme:

„Bist Du närrisch in diesen Publius Cornelius Scipio Nasica verliebt, oder gedenkst Du ihn und seine vornehme Sippschaft in Rom gegen mich zu gebrauchen?"

Empört und ohne sich auch nur im geringsten von dem gewaltigen Blick ihres Bruders einschüchtern zu lassen, gab sie ihm rasch zurück:

„Bis zu diesem Augenblicke vielleicht nur das Erstere, denn was ist mir mein Gatte? Aber wenn Du fortfährst, wie Du begonnen, so werde ich zu überlegen anfangen, wie ich seinen Einfluß und seine Neigung am Tiber zu verwerthen vermag."

„Neigung!" rief Euergetes und lachte dabei so laut und ungestüm auf, daß die an der Zeltthür lauschende Zoë leise aufschrie und Kleopatra einen Schritt von ihm zurücktrat. „Daß Du, Klügste der Klugen, die den Thau fallen hört und das Gras wachsen sieht und hier in Memphis den Rauch jedes Feuers riecht, das man in Alexandria oder in Syrien oder selbst in Rom anzündet, daß Du, Tochter meiner Mutter, Dich gerade so und nicht anders in einen breitschulterigen Burschen vergafft, wie eines dicken Bürgers Tochter oder ein Mädchen vom Webstuhl! Nach dem Weibe Kleopatra fragt dieser ungelehrte Adonis, der sein fremdes und strenges Wesen und die Macht, die hinter ihm steht, vortrefflich aus= nutzt, um Herzen in Brand zu stecken, so wenig, wie ich nach dem irdenen Kruge, aus dem man mir Wasser schenkt, wenn mich durstet. Du willst ihn am Tiber ausnützen, aber er kommt Dir zuvor und bringt durch Dich in Erfahrung, was am Nil= strom vorgeht und was man im Senat zu erfahren begehrt.

„Du glaubst mir nicht, denn Niemand glaubt gern, was die Werthschätzung seiner eigenen Person vor ihm selbst verringert, und warum solltest Du mir glauben? Gesteh' ich doch ein, daß ich mich unbedenklich einer Lüge bediene, wenn ich durch Unwahrheit weiter zu kommen hoffe, als durch die vielgepriesene göttliche Wahrheit, die zwar nach Deinem Plato verwandt sein soll mit der irdischen Schönheit, sich aber doch häufig ebensowenig nützlich erweist, wie diese letztere, denn das Schöne und Nützliche schließt einander tausendmal aus und fällt nur zehnmal zusammen. Da klingt

nun schon zum dritten Male das Erz. Willst Du's
bewiesen sehen, daß der Römer eine Stunde, bevor
er Dich heute Morgen besuchte, die kleine Hebe aus
dem Tempel entführt und bei dem Bildhauer Apollodor in Memphis untergebracht hat, so besuche mich
morgen früh nach dem ersten Opfer in meinen Ge-
mächern. Du wirst mich ohnehin beglückwünschen wollen.
Bring' auch Deine Kinder mit, denn ich habe vor,
sie zu beschenken. Du könntest ja heute beim Gastmahl den Römer selbst fragen, aber er wird schwerlich erscheinen, denn Eros gibt bei Nacht seine
schönsten Geschenke, und da der Tempel des Serapis
bei Sonnenuntergang geschlossen wird, so hat Publius
seine Irene noch nie am Abend gesehen. Darf
ich Dich nach dem ersten Opfer mit den Kindern erwarten?"

Ehe Kleopatra Zeit fand, diese Frage zu beantworten, ließ sich wiederum ein Trompetenstoß vernehmen, und Kleopatra sagte:

„Das ist Philometor, der uns zum Gastmahl
abholt. Ich werde nachher dem Römer selbst Ver-
anlassung geben, sich zu vertheidigen, obgleich ich
ihm trotz Deiner Anklage fest vertraue. Heute Morgen fragte ich ihn ernstlich, ob es wahr sei, daß
er für seines Freundes reizende Hebe glühe, und er
hat es in seiner festen und männlichen Weise ver-
neint, und vortrefflich und würdig des gebildetsten
Geistes war, was er erwiederte, als ich seine Auf-
richtigkeit zu bezweifeln wagte. Er nimmt es mit
der Wahrheit ernster als Du. Wahrhaftig zu sein,

sagte er, halte er nicht nur für schön und recht, sondern auch für klug, denn mit Lügen ließen sich nur kleine Vortheile von kurzer Lebensdauer erzielen, die den nächtlichen Nebeln glichen, welche verzehrt und vernichtet würden, sobald die Sonne sich zeige; die Wahrheit aber sei wie das Sonnenlicht selbst, das, so oft es auch verdunkelt werde, sich immer wieder und wieder zeige. Das, sagte er, mache den Lügner in seinen Augen besonders verächtlich, daß er, um seinen Zweck zu erreichen, stets betonen und hervorheben müsse, für wie verabscheuungswürdig er Jeden halte, der das ist und das Gleiche thut, wie er selbst. Der Lenker eines Staates kann nicht immer wahrhaftig bleiben und ich bin es oft nicht gewesen, aber der Umgang mit Publius hat manches Gute, das hier drinnen schon schlummernd die Augen geschlossen, neu erweckt, und wenn auch dieser Mann sein sollte, wie ihr Anderen alle, dann folg' ich Dir auf Deinen Weg, Euergetes, und lache über Tugend und Wahrheit, und lasse auf die Postamente, auf denen die Büsten des Zeno und Antisthenes standen, die des Aristipp und Straton setzen."

„Du willst wieder die Philosophenköpfe umstellen lassen?" fragte der König Philometor, der, in das Zelt tretend, die letzten Worte Kleopatra's gehört hatte, „und Aristipp soll den Ehrenplatz erhalten? Mir kann es recht sein, obgleich er lehrt, man solle die Verhältnisse sich und nicht sich den Verhältnissen unterordnen. Das läßt sich freilich leichter fordern, als durchführen, und für Niemand ist es unmöglicher, als

für einen König, der es, wie wir, Griechen und
Aegyptern und dazu auch noch Rom recht machen soll.
Und dabei möchte man doch auch seinen eifersüch=
tigen Bruder, mit dem man das Reich theilt, nicht
verletzen! Wenn Mancher wüßte, wie viel er als
König durchzulesen und schreiben zu lassen hat, so
würd' er sich hüten, nach der Krone zu streben! Bis
vor einer halben Stunde hab' ich wieder Bittschriften
und Eingaben geprüft und begutachtet. Bist Du mit
den Deinen schon fertig, Euergetes? Es war hier
für Dich noch mehr zusammengekommen, als für
uns."

„In einer Stunde war Alles erledigt," gab der
Andere leichthin zurück. „Meine Augen sind schneller
als der Mund Deines Vorlesers, und mein Bescheid
pflegt aus drei Worten zu bestehen, während Du
Deinen Schreibern lange Abhandlungen diktirst. So
werd' ich fertig, ehe Du kaum begonnen, und doch
könnt' ich Dir sogleich, wenn es nicht langweilig
wäre, jeden einzelnen Fall, der mir seit einem Monat
vorgetragen wurde, aufzählen und mit all' seinen Ein=
zelheiten erklären."

„Das könnte ich nicht," sagte Philometor beschei=
den, „aber ich kenne und bewundere Deinen schnellen
Geist und Dein treues Gedächtniß."

„Du siehst, daß ich besser zum König tauge als
Du," lachte Euergetes. „Du bist zu weich und be=
häbig für den Thron! Ueberlaß mir die Regierung!
Ich fülle Dir Deinen Schatz alljährlich mit Gold,
bitte Dich, mit Kleopatra auf immer nach Alexandria

zu ziehen und mit mir die Königspaläste und Gärten im Bruchium zu theilen. Außerdem ernenne ich auch euren kleinen Philopator zum Thronerben, denn ich selbst habe keine Lust, mich auf die Dauer mit einem Weibe zu verbinden, da Kleopatra Dir ja nun einmal gehört. Dieser Vorschlag ist frech, aber bedenke nur, Philometor, wie viel Zeit Du, wenn Du zugreifst, für Deine Musik, Deine Disputationen mit den Juden und Deine sonstigen Liebhabereien übrig behieltest."

„Du weißt doch niemals, wie weit Du mit Deinen Späßen gehen darfst," unterbrach Kleopatra ihren Bruder. „Uebrigens verwendest Du ebensoviel Zeit auf Deine grammatischen und naturhistorischen Studien, wie er auf Musik und förderliche Gespräche mit gelehrten Freunden."

„Recht so," stimmte Philometor seiner Gattin bei, „man kann Dich noch eher zu den Gelehrten des Museums zählen, als mich."

„Aber der Unterschied zwischen uns Beiden," entgegnete Euergetes, „ist der, daß ich die philosophischen Nachpläpperer und die Plundersammler in Alexandria bis an die Grenze des Hasses verachte, für die Wissenschaft aber glühe, wie für eine Geliebte; Du dagegen die Gelehrten hätschelst, Dich dagegen um die Wissenschaft blutwenig kümmerst."

„Lassen wir das," bat Kleopatra. „Ich glaube, daß ihr Beide noch niemals eine halbe Stunde beisammen gewesen seid, ohne daß Euergetes einen Streit begonnen und Philometor ihn schließlich zu begütigen verſucht hätte. Die Gäſte werden ſchon lange auf uns warten. War Publius Scipio auch ſchon erſchienen?“

„Er hat ſich entſchuldigen laſſen,“ entgegnete der König und kratzte dabei dem Papagei Kleopatra's das Köpfchen, indem er mit den Fingerſpitzen ſeine Federn zertheilte. „Der Korinther Lyſias ſitzt unten und ſagt, er wiſſe nicht, wohin ſein Freund gekommen ſei.“

„Wir aber wiſſen es,“ ſagte Euergetes und blickte mit leiſem Spotte die Königin an. „Bei Philometor und Kleopatra iſt es gut ſein, aber beſſer noch bei Eros und Hebe. Du ſiehſt blaß aus, Schweſter; ſoll ich Deine Zoë rufen?“

Kleopatra ſchüttelte ſchweigend den Kopf, ließ ſich auf einen Seſſel nieder und neigte ihren Oberkörper und ihr ſchön geſchmücktes Haupt ſo weit nach vorn, als ſei ſie ſchwer ermüdet.

Euergetes kehrte ihr den Rücken und ſprach mit ſeinem Bruder gleichgültige Dinge, ſie aber zog mit dem Fächer durch die Wolle des weißen Teppichs am Boden bald gerade, bald krumme Linien und ſchaute nachdenklich auf ihre Füße.

Ihr Blick begegnete dabei ihren reich mit Edelſteinen beſetzten Sandalen und feinen Zehen, die ſie oft mit Vergnügen betrachtet hatte; aber jetzt ſchien ihr Anblick ſie zu verletzen, denn einer raſchen Eingebung folgend löſte ſie einen Riemen, ſtreifte mit dem linken Fuß den Schuh von dem rechten, ſtieß ihn von ſich und ſagte, indem ſie ſich an ihren Gatten wandte: „Es ist spät, mir ist nicht wohl und ihr mögt ohne mich schmausen!“

„Bei der heilenden Isis,“ rief Philometor, seiner Gattin näher tretend, „Du siehst leidend aus. Sollen wir Aerzte rufen lassen? Ist es wirklich nichts Anderes, als Dein gewöhnlicher Kopfschmerz? Dank sei den Göttern! Aber daß Du gerade heute unwohl sein mußt; ich hatte so viel zu erzählen und was die Hauptsache ist, wir sind noch lange nicht mit unserer Darstellung in Ordnung. Wenn diese unglückselige Hebe nicht wäre! . . .“

„Sie ist in guten Händen,“ unterbrach Euergetes seinen Bruder. „Der Römer Publius Scipio hat sie in Sicherheit gebracht; vielleicht um sie mir mor= gen zum Dank für die kyrenäischen Rosse zuzuführen, die ich ihm heute schenkte. Wie Dein schönes Auge aufblitzt, Schwester; gewiß aus Freude über diesen guten Gedanken! Heute Abend übt der Cornelier der Kleinen vielleicht ihre Rolle ein, damit sie morgen ihre Sache gut machen kann. Haben wir uns geirrt, ist Publius undankbar und will das Täubchen be= halten, dann kann ja Deine Zofe, die hübsche Athe= nerin Thaïs, die Hebe spielen. Was meinst Du zu diesem Einfall, Kleopatra?“

„Daß ich mir solche Scherze verbitte,“ rief die Königin heftig. „Niemand nimmt Rücksicht auf mich, Keiner hat Mitleid mit meinen Schmerzen und ich leide furchtbar! Euergetes höhnt mich, Du, Philo= metor, möchtest mich am liebsten hinunterschleppen. Wenn nur das Gastmahl nicht gestört wird, wenn nur das Vergnügen nicht leidet! Ob ich dabei zu Grund gehe oder nicht, ja, darnach fragt Niemand!"

Bei diesen Worten brach die Königin in Thränen aus und wies ihren Gatten unfreundlich zurück, als er sich bemühte, sie zu beruhigen.

Endlich trocknete sie ihre Augen und sagte: „Geht hinunter, die Gäste warten."

„Sogleich, mein Lieb," gab Philometor zurück. „Etwas muß ich Dir noch mittheilen, weil ich weiß, daß es Deine Theilnahme erwecken wird. Der Römer hat Dir das Gnadengesuch für den Obersten der Chre=matisten und königlichen Verwandten Philotas vor=gelesen, das auch schwere Anklagen gegen Euläus ent=hält. Ich war von Herzen gern bereit, Deinen Wunsch zu erfüllen und den Mann zu begnadigen, der der Vater der unglückseligen Krugträgerinnen ist; aber ehe ich das Dekret ausstellte, ließ ich die Listen der in die Goldbergwerke Verschickten durchsehen, und da fand es sich, daß Philotas und seine Gattin schon vor einem halben Jahr verstorben sind. Der Tod hat also diese Sache erledigt und ich konnte Publius den ersten Dienst, den er von uns und zwar mit großer Wärme verlangte, nicht erweisen. Das thut mir leid um seinet= und des armen Philotas willen, den unsere Mutter sehr hoch hielt."

„Mögen die Raben sie fressen!" erwiederte Kleo=patra und drückte ihre Stirn an den elfenbeinernen Rahmen, der die gepolsterte Lehne ihres Stuhles um=gab. „Ich bitte euch nochmals, verschont mich mit weiteren Reden."

Die beiden Könige folgten dießmal ihrem Geheiß.

Als Euergetes ihr die Hand bot, sagte sie mit niedergeschlagenen Augen und indem sie ihren Fächer in die Wolle des Teppichs stieß:

„Ich werde Dich morgen in der Frühe besuchen.“

„Nach dem ersten Opfer,“ fügte Euergetes hinzu. „Wenn ich Dich recht kenne, so wird Dich etwas freuen, was Du bei mir hören wirst; sehr freuen, sollte ich meinen! Bringe die Kinder auch mit, das wünsch’ ich mir von Dir zum Geburtstag.“

Zwanzigstes Kapitel.

——

Ohne Aufenthalt jagte der Wagen des Königs, auf dem Klea im Mantel und mit dem Hut des Obersten der Sicherheitswächter stand, durch die Straßen von Memphis.

So lange sie Häuser und erleuchtete Fenster zu ihrer Rechten und Linken sah und sie lärmenden Soldaten und Bürgersleuten begegnete, die still mit Laternen in der eigenen oder der Hand ihrer Sklaven aus Schenken und Werkstätten von später Nachtarbeit nach Hause gingen, beherrschte sie nur bitterer Haß gegen Publius, und mit dieser ihr völlig neuen Empfindung, die ihr Blut erregte und ihren Herzschlag bald stocken ließ, bald wild beschleunigte, der Gedanke, daß der Cornelier ein Elender sei.

Mit böser Verführungskunst hatte er es versucht, Eine von ihnen, gleichviel ob sie oder ihre Schwester, zu umgarnen und an sich zu ziehen.

„Bei mir," dachte sie, „durft' er nicht hoffen, zu

seinem bösen Ziel zu gelangen, und als er sah, daß ich mich zu wehren verstand, da lockte er das arme, widerstandslose Kind mit sich fort, um es zu verderben und in Schande und Unglück zu stoßen. Und wie sein Rom, das ein Land nach dem andern an sich zu reißen versteht, so ist auch dieser ruchlose Mann. Sobald des Schurken Euläus Brief zu ihm gelangt war und er sich für berechtigt hielt, zu glauben, daß auch ich von dem Blick seines Auges bezwungen sei und die Flügel rege, um in seine Arme zu fliegen, da streckte er die begehrliche Hand auch nach mir aus und warf den Glanz und die Genüsse des königlichen Gastmahls von sich, um durch die Nacht in die Wüste zu ziehen und dort, ja es gibt noch strafende Götter, um dort einen gräßlichen Tod zu finden!"

Völlige Finsterniß umgab sie jetzt, denn schwarze Wolken verdeckten den hellen Mond.

Schon lag Memphis hinter ihr und der Wagen fuhr durch einen hochstämmigen Palmenhain, in dem sich selbst um Mittag dunkle Schatten zum Lichte ge=sellten. Als an dieser Stelle der Gedanke, daß der Verführer dem Tode geweiht sei, wiederum ihre Seele berührte, war es ihr, als entzünde sich plötzlich helles, flimmerndes Licht in ihr und um sie her, und sie hätte in Jubelgeschrei ausbrechen mögen, wie ein Blutrache Suchender, der triumphirend den Fuß auf die Brust seines erschlagenen Todfeindes stellt.

Fest biß sie die Zähne zusammen und faßte an ihren Gürtel, in dem das Messer des Schmiedes Krates gesteckt hatte.

Wäre der Rosselenker an ihrer Seite Publius gewesen, mit Wonne würde sie ihm ihre Waffe in's Herz gestoßen und sich selbst dann unter die Hufen der Pferde und die ehernen Räder des Wagens geschleudert haben.

Oder nein!

Lieber noch hätte sie ihn sterbend in der Wüste gefunden und ihm, bevor sein Herz stille stand, in das Ohr gerufen, wie sehr sie ihn hasse; und dann, wenn kein Athemzug mehr seine Brust bewegte, dann hätte sie sich gern über ihn geworfen und seine brechenden Augen mit ihren Lippen geküßt.

Untrennbar, wie die dunklen Wogen eines Flusses von den helleren eines andern, mit denen sie sich vor Kurzem vermischten, waren von ihren wildesten Rachegedanken weiches Mitleid und die zärtlichen Wünsche eines ganz von Liebe erfüllten Herzens.

Jeder leidenschaftliche Trieb, der bisher in ihrer Seele geschlummert hatte, war entfesselt und erhob laut seine Stimme, während sie durch das nächtliche Dunkel der Wüste zueilte.

Tobend und brausend, sich aufschwingend und einander zu Boden schlagend tummelten sich in ihrer Brust die Wünsche, die der Haß ihr zuschrie und die Liebe ihr mit verlockenden Flötentönen in's Ohr sang.

Wie eine Tigerin hätte sie bei dieser Fahrt sich auf ihr Opfer stürzen, wie ein verstoßenes Weib die versagte Liebe auf den Knieen von Publius erbetteln können. Sie hatte völlig die Empfindung der Zeit und des Raumes verloren, und wie aus einem wüsten, finnverwirrenden Traum. erwachte fie, als der Wagen plötzlich ſtille hielt und ſein Lenker ihr mit rauher Stimme zurief:

„Da ſind wir, hier muß ich heimkehren!“

Sie ſchauerte zuſammen, zog den Mantel feſter um ſich, ſprang auf den Weg und blieb dort regungs= los ſtehen, bis der Kutſcher ihr ſagte:

„Ich habe die Pferde nicht geſchont, mein edles Herrchen. Bekomm' ich gar nichts für einen Schluck Wein?“

Klea beſaß nichts als zwei ſilberne Drachmen, von denen die eine ihr ſelbſt, die andere Irene gehörte.

Der König hatte beim vorletzten Sterbetag ſeiner Mutter dem Tempel eine Summe zur Vertheilung an alle Diener und Dienerinnen des Serapis angewieſen, und davon waren ihr und ihrer Schweſter je ein Silberſtück zugekommen. Klea trug beide in dem Säckchen bei ſich, das auch einen Ring, den ihre Mutter ihr beim Abſchiede gegeben hatte, und das Amulet des Klausners Serapion enthielt.

Jetzt nahm das Mädchen beide Drachmen und gab ſie dem Roſſelenker, der, nachdem er das reiche Geſchenk mit den Fingerſpitzen geprüft hatte, ihr, ſeine Pferde wendend, zurief:

„Eine fröhliche Nacht und den Schutz Aphroditens und aller Eroten!“

„Irenens Drachme!“ murmelte Klea vor ſich hin, während das Fuhrwerk ſich entfernte.

Ihrer Schweſter liebliches Bild trat vor ihre Seele und ſie gedachte der Stunde, in der das noch nicht voll erwachſene Mädchen ihr das Geldſtück anvertraut hatte, weil ſie doch Alles verliere, wenn Klea es nicht für ſie aufbewahre.

„Wer wird nun für ſie wachen und ſorgen?“ fragte ſie ſich weiter, blieb ſinnend ſtehen und wehrte die wilden Wünſche, die ſich wieder in ihr zu regen begannen, weit von ſich ab, um ihre verirrten Gedanken zu ſammeln.

Unwillkürlich war ſie dem Lichtglanze ausgewichen, der von dem Fenſter der Schenke her auf den Weg fiel und ſie doch veranlaßte, ihr Auge zu erheben und ihm zu folgen.

Da ſah ſie aus dem Dunkel, das ſie umfing, gerade in zwei Männergeſichter, deren Blicke nach der Stelle gerichtet waren, auf der ſie ſtand.

Und welche Geſichter waren es, in die ſie ſchaute!

Das eine, fleiſchige, von dichtem Haar und einem ungleich gewachſenen, kurzen Vollbart umrahmte, war ſchwärzlich braun und ſo roh und thieriſch, wie das andere ganz helle und dabei glatte und hagere bös und verſchlagen.

Gemein und blöde blickten aus dem erſten blut= unterlaufene, gläſerne, weit hervortretende Augen, während die in dem andern ruhelos und unſtät um= herzulauern ſchienen.

Das waren die Mordgeſellen des Euergetes, das mußten ſie ſein!

Von Entſetzen und Abſcheu gebannt, blieb ſie ſtehen und fürchtete, daß die Schrecklichen das Pochen ihres Herzens vernehmen möchten, denn es war ihr, als sei es zu einem Hammer geworden, der in einem leeren Raume hin und her geschwungen werde und bald an ihrer Brust, bald unter ihrer Kehle mit Wiberhall anschlage.

„Das Herrlein ist hinter der Schenke herumgegangen; es kennt den nächsten Weg zu den Grüften; gehen wir ihm nach und führen wir schnell das Geschäft zu Ende," sagte der breitschulterige Mörder mit heiserer, oft versagender Flüsterstimme, die Klea noch wiberwärtiger erschien, als das Gesicht dieses Unholdes.

„Damit er uns kommen hört, Du Dummkopf," entgegnete der Andere. „Wenn er ein Viertelstündchen auf sein Liebchen gewartet, so rufe ich seinen Namen mit der Stimme eines Weibes, und bei seinem ersten Schritt in die Wüste brichst Du ihm das Genick mit dem Sandsack. Wir haben noch lange Zeit, denn es muß noch eine gute halbe Stunde bis Mitternacht fehlen."

„Desto besser," entgegnete der Andere. „Unser Weinkrug ist noch lange nicht leer und wir haben ihn dem faulen Wirth doch vorausbezahlt, eh' er in's Bett kroch."

„Du trinkst nur noch zwei Becher," befahl der Schmächtige, „denn dießmal haben wir es mit einem gesunden Burschen zu thun, Setnau ist nicht mehr mit bei der Arbeit und der Braten darf keine breite Stich- oder Schnittwunde haben. Meine Zähne sind nicht wie die Deinen, wenn Du nüchtern bist; selbst das gekochte Fleisch, das sie zerreißen, darf nicht mehr zu hart sein. Wenn Du Dich besäufst und schlägst fehl und ich komme nicht dazu, mit der Giftnadel zu stechen, so geht die Sache noch schief. Aber warum ließ der Römer seinen Wagen nicht warten?"

„Ja, warum ließ er ihn fortfahren?" fragte der Andere und starrte mit offenem Munde nach der Richtung hin, aus der man noch von fern das Rasseln der Räder vernahm.

Sein Genosse legte unterdessen die Hand an sein Ohr und lauschte in die Ferne.

Beide schwiegen eine Minute lang, dann sagte der Dünne:

„Da hält der Wagen bei der ersten Schenke. Um so besser! Der Römer hat theures Vieh an der Deichsel und die da unten haben einen Schuppen für die Gäule; in dieser Spelunke gibt es kaum einen Eselsstall und nichts wie sauren Wein und vergohrenes Bier. Ich mag das Zeug nicht und spare meine Drachmen für Alexandria auf und mareotischen Weißen. Der macht gesund und reinigt das Blut. Für's Erste wollt' ich, wir hätten's so gut wie die Gäule da unten; die werden viel Zeit haben, sich zu verschnaufen."

Der Andere wiederholte: „Viel Zeit werden sie haben," grinste dazu mit breitem Munde und zog sich dann mit seinem Gesellen in das Zimmer zurück, um seinen Becher zu füllen.

Auch Klea konnte hören, daß das Fuhrwerk, welches sie hieher getragen, anhielt, aber sie ahnte nicht, daß der Wagenlenker in die erste Schenke getreten war, um sich dort für die Hälfte der Drachme Irenens beim Wein eine Güte zu thun. Die Pferde sollten die verzechte Zeit wieder einbringen, und sie konnten es leicht, denn wann endete wohl vor Mitternacht das Gastmahl des Königs?

Sobald Klea die Mörder die irbenen Becher füllen sah, schlich sie erst leise und auf den Zehen an der Schenke vorbei, suchte und fand, als der Mond auf kurze Zeit aus den Wolken hervortrat, den nächsten zu den Apisgrüften führenden Wüstenpfad und eilte dann raschen Schrittes auf ihm vorwärts.

Sie blickte gerade vor sich hin, denn wenn sie an die Seite des Weges schaute und ihrem Auge begegnete ein dürres, vom blassen Mondlicht beschienenes Wüstengewächs, so meinte sie hinter ihm das Gesicht eines Mörders zu sehen.

Die aus dem Staube hervorblitzenden Gerippe gefallener Thiere und die gebleichten Kinnbackenknochen von Kameelen und Eseln, die viel weißer schimmerten, als der Sand der Wüste, auf dem sie lagen, schienen Leben gewonnen zu haben und sich zu bewegen und erinnerten sie an das Tigergebiß des bärtigen Mord-gesellen.

Die Staubwolken, die ihr der stärker wehende warme Westwind in's Gesicht trieb, steigerten ihre Angst, denn er war vermischt mit der kühleren Strö-mung der Nachtluft, und oft war es ihr, als ob Geister mit dem warmen Hauche dahinzögen und ihr Antlitz mit kalten Fingern berührten.

Was sie auch wahrnahm, ward von ihrer erhitzten Einbildungskraft in ein furchtbares Etwas verwandelt;

aber schrecklicher und grauenerregender als Alles, was ihr Ohr vernahm, und jedes Trugbild, das ihr Auge im fahlen Mondlicht erblickte, waren ihre Gedanken an das, was wirklich in der nächsten Zukunft geschehen sollte, war das Entsetzliche, das den Römer und Irene bedrohte. Und sie vermochte doch das Eine nicht von dem Andern zu sondern, denn nur Eins erfüllte ihr Herz und Sinn: Angst, Angst, dieselbe grenzenlose, namenlose, tödtliche Angst vor Todesgefahr und unauslöschlicher Schande, wie vor dem luftigsten Truggebilde und vor dem nichtigsten Nichts.

Da zog eine große schwarze Wolke langsam über den Mond und tiefes Dunkel bedeckte Alles rings umher und auch die unbestimmten Gestalten, die ihre Einbildungskraft in Schreckbilder verwandelt hatte.

Sie mußte den Schritt mäßigen, um den Weg mit dem tastenden Fuße zu finden, und wie ein Kind etwas Gräßliches, das ihm naht, aufzulösen und in Nichts zu verwandeln vermag, wenn es die Augen mit der Hand verdunkelt, so ward ihre Seele durch die tiefe Finsterniß, die sie nun umgab, von hundert eingebildeten Schrecken plötzlich erlöst.

Aufathmend blieb sie stehen, nahm die ganze ihr innewohnende Kraft des Willens zusammen und fragte sich, was sie zu thun habe, um das Schreckliche zu verhüten.

Seitdem sie die Mordgesellen gesehen, war jeder Rachegedanke, jeder Wunsch, den Verführer mit dem Tode zu strafen, aus ihrer Seele gewichen, beherrschte sie nur noch der eine Wunsch, ihn, den Menschen, vor den Klauen reißender Thiere zu retten.

Langsam vorwärts schreitend wiederholte sie sich jedes Wort, das sie aus dem Munde des Euergetes, des Eunuchen, des Klausners und der Mörder über Publius und Irene vernommen, und rief jeden Schritt, den sie selbst gethan, seitdem sie den Tempel ver= lassen, in ihr Gedächtniß zurück, und so trat ihr wieder klar in's Bewußtsein, daß sie ja ausgegangen sei und Gefahren bestehe und Angst erdulde nur und ausschließlich nur um Irenens willen.

Ihrer Schwester Bild stellte sich schnell und mit heiterem Liebreiz vor ihre Seele, ungetrübt von eifer= süchtiger Mißgunst, die sie auch, so lange die Leiden= schaft sie umstrickt hielt, nicht während des kleinsten Bruchtheils eines Augenblickes empfunden.

Unter ihren Augen war Irene groß geworden, von ihrer Sorgfalt behütet, im Sonnenlicht ihrer Liebe.

Für sie zu sorgen, für sie zu entbehren und schwere Mühen zu ertragen, war ihr eine Lust gewesen, und als sie sich nun, wie sie häufig zu thun pflegte, an ihren Vater wandte, als sei er gegenwärtig, und ihn mit unvernehmbaren Worten fragte: „Nicht wahr, ich habe für sie gethan, was ich konnte?" und sie sich sagen mußte, daß es doch nicht anders möglich sei, als daß er diese Frage bejahe, da füllten sich ihre Augen mit Thränen und die Bitterkeit und Unruhe, die jüngst noch ihre Brust erfüllt hatten, wichen langsam von ihr, und wie kühlende Luft nach einem glühenden

Tage zog ein leiser, stiller, erquickender Hauch dank=
barer Freude durch ihre Seele.

Als sie nun still stand, um mit ihren, sich mehr
und mehr an das Dunkel gewöhnenden Augen nach
einem der Tempel am Ende der Sphinxstraße zu
suchen, denen sie jetzt schon nahe sein mußte, drang
unerwartet von ihrer Rechten her ein feierlicher, mehr=
stimmiger Klagegesang an ihr Ohr.

Das waren die Priester des Osiris=Apis, die um
Mitternacht auf dem Dach des Tempels die Mysterien
ihres Gottes feierten.

Sie kannte wohl diesen Hymnus, der den verstor=
benen Osiris beklagte, und mit flehentlicher Bitte ihm
zurief, die Macht des Todes zu brechen, aufzuerstehen,
die Welt und die Menschen mit neuem Licht und
neuer Lebenskraft zu beschenken und alles Verstorbene
mit einem neuen Dasein zu segnen.

Mächtig wirkte dieser fromme Klagegesang auf
ihre erregte Seele. Vielleicht hatten ja auch ihre
Eltern den Tod gefunden und nahmen nun, Eins
mit dem Leben spendenden Gotte, Theil an der Lenkung
des Schicksals der Welt und der Menschen.

Höher athmend hob sie nun beide Arme empor
und zum ersten Male, seit sie sich empört von dem
Allerheiligsten des Serapis abgewendet, ergoß sich nun
ihre ganze Seele mit leidenschaftlicher Inbrunst in
ein heißes, stilles Gebet um Kraft, auch ferner ihre
Pflicht zu erfüllen, um einen Fingerzeig, der ihr den
Weg weise, Irene vor Unglück und Publius vor dem
Tode zu bewahren.

Sie fühlte sich nicht mehr allein bei diesem Gebet; nein, ihr war es, als stünde sie der unbesieglichen, das Gute schirmenden Macht, an die sie nun wieder glaubte und für die sie doch keinen Namen kannte, Aug' in Auge gegenüber, wie eine von Feinden verfolgte Tochter, die, Rettung fordernd, die Kniee ihres mächtigen Vaters umschlingt.

Wenige Minuten hatte sie so mit erhobenen Armen gestanden, als der von Neuem hervortretende Mond sie wieder zu sich selbst und in die Wirklichkeit zurückführte.

Jetzt sah sie in ihrer unmittelbaren Nähe, kaum hundert Schritte von sich entfernt, die Sphinxstraße liegen, an deren Seite die Apisgräber lagen, in deren Nähe Publius sie erwarten sollte.

Ihr Herz begann wieder schneller zu pochen und die Furcht vor ihrer eigenen Schwäche in ihr lebendig zu werden.

In wenigen Minuten sollte sie dem Römer begegnen, und als sie nun unwillkürlich mit der Hand nach ihrem Haar fuhr, um es zu glätten, bemerkte sie, daß sie den Hut des Glaukus auf ihrem Haupte und seinen Mantel auf ihrer Schulter trage.

Langsam und ihr Herz noch einmal zum Gebet erhebend, um in wenigen kurzen Sätzen um Ruhe zu bitten und besonnenen Sinn, ordnete sie ihr Gewand und seine Falten und dabei stießen ihre Finger auf den Schlüssel zu den Apisgräbern, den sie noch immer bei sich trug.

Da blitzte ein Gedanke in ihrem Hirn auf, und

sie hielt ihn fest und bildete ihn, schneller athmend, aus, bis sie meinte, daß sie nun den rechten Weg gefunden habe, den Mann vor dem Tode zu retten, der so reich war und mächtig, der ihr nichts gegeben und Alles genommen, und dem sie, die arme Krug= trägerin, mit der er sein Spiel zu treiben gedachte, nun das kostbarste unter allen Gütern, das Leben, als Geschenk darbieten konnte.

Serapion hatte gesagt und sie glaubte es gern, daß Publius nicht unedel sei; und zu Denen gehörte er doch gewiß nicht, die sich undankbar gegen ihre Retter erweisen!

Sie wollte die Berechtigung erobern, etwas von ihm zu fordern, und das konnte nichts Anderes sein, als daß er ablasse von ihrer Schwester und Irene ihr wieder zuführe.

Wann mochte er sich mit dem leicht zu gewinnen= den, unerfahrenen Mädchen verständigt, und wie schnell mußte sie die dargebotene Hand dieses Mannes er= griffen haben!

Von ihr, dem Kinde des Augenblicks, setzte sie nichts in Erstaunen, und sie begriff auch, daß Irenens Anmuth selbst eines ernsten Mannes Herz schnell zu gewinnen vermochte.

Und dennoch!

Bei allen Aufzügen hatte er niemals Irene, immer nur sie selbst angeschaut, und wie kam es, daß er der gefälschten Einladung, sich um Mitternacht in die Wüste zu ihr zu begeben, schnell und willig Folge geleistet hatte?

Vielleicht stand sie seinem Herzen doch näher als Irene, und wenn die Dankbarkeit ihn mit neuer Kraft zu ihr hinzog, dann, ja dann konnte er vielleicht vor sie hintreten und seinen Stolz und ihre Niedrigkeit vergessen und sie zum Weibe begehren.

Diese Gedanken dachte sie völlig aus, aber ehe sie zu dem von den Büsten der Philosophen umgebenen Rondel gelangt war, erhob sich in ihr die Frage:

„Und Irene?"

Wäre sie ihm gefolgt und hätte sie sie ohne Abschied verlassen, wenn ihr junges Herz nicht von heißer Liebe für Publius, der ja liebenswerth war vor allen anderen Männern, ergriffen worden wäre?

Und er?

Würde er sich nicht dennoch aus Dankbarkeit für das, was sie zu thun gedachte, wenn sie es forderte, entschließen, ihre Irene, die arme, aber mehr als schöne Tochter eines edlen Hauses, zum Weibe zu machen?

Und wenn das möglich war, wenn diese Beiden glückselig werden konnten in Liebe und Ehren, sollte sie, Klea, dieses Paar trennen?

Sollte sie ihre Irene mißgünstig aus seinen Armen reißen und in den düsteren Tempel zurückführen, der ihr nun, nachdem sie in die sonnige Luft und heitere Freiheit hinaus geflattert, doppelt finster und uner=träglich erscheinen mußte?

Sollte sie es sein, die Irene in's Unglück stieß, Irene, ihr Kind, den ihr anvertrauten Schatz, den sie zu behüten geschworen?

„Nein, und wiederum nein," sagte sie fest. „Sie ist zur Freude und ich bin zum Leidtragen geboren, und wenn ich dich, du erhabene Gottheit, noch Eines bitten darf, so ist es das, daß du mir diese Liebe, die mir das Herz, als wäre es morsches Holz, stückweise zerbricht, aus der Seele nimmst, und daß du Neid und Mißgunst von mir fern hältst, wenn ich sie in seinen Armen glücklich sehe.

„Hart ist es wohl, sein eigenes Herz in die Wüste zu jagen, damit in einem andern der Frühling erblühe; aber recht ist es so, und die Mutter würde mich loben und der Vater würde sagen, ich hätte in seinem Sinne gehandelt und nach der Lehre der Männer dort auf den Postamenten. Still, still du armes Herz, so nur, so ist es das Rechte!"

Solches denkend, schritt sie an den Büsten des Zeno und Chrysipp vorüber, warf einen Blick auf ihre vom Mondlicht beleuchteten Züge, und als sie dann wieder auf die glatten Steinfliesen blickte, mit denen das Philosophenrondel gepflastert war, fiel ihr ihr eigener schwarzer und scharf umrissener Schatten in's Auge, der genau demjenigen eines Reisenden glich, der mit Mantel und breitem Hut von einer Stadt in die andere wandert.

„Wie ein Mann!" murmelte sie vor sich hin, und als sie im selben Augenblick eine der ihren gleichende Gestalt, die wie sie einen Hut trug, neben der Oeffnung der Apisgräber erscheinen sah und sie in ihr den Römer zu erkennen meinte, da leuchtete in ihrem erregten Hirn ein Gedanke, ein Anschlag auf, der sie erst mit Schauder, dann aber blitzschnell mit jener Wonne erfüllte, die der Adler empfinden mag, wenn er die Flügel mächtig regt und sich hoch über den Staub der Erde in den reinen, grenzenlosen Aether erhebt.

Mit klopfendem Herzen, tief und langsam athmend, aber hoch aufgerichtet wie eine Königin, die einem andern Fürsten entgegenschreitet, ging sie mit dem Hut, den sie von ihrem Haupte genommen, in der linken und dem Schlüssel des Schmiedes Krates in der rechten Hand dem Cornelier und dem Thore der Apisgräber entgegen.

Einundzwanzigstes Kapitel.

Der Mann, den Klea gesehen hatte, war kein anderer, als der Römer Publius.

Ein vielbewegter Tag lag hinter ihm, denn nachdem er sich überzeugt hatte, daß Irene von dem Bildhauer und seiner Gattin aufgenommen worden sei, als wäre sie ihr eigenes Kind, war er in sein Zelt zurückgefahren, um abermals nach Rom zu schreiben.

Aber es sollte dazu nicht kommen, denn sein Freund Lysias ging ruhelos neben ihm auf und nieder, und so oft er das Rohr auf den Papyrus setzte, störte er ihn mit Fragen nach dem Klausner, dem Bildhauer und ihrem geretteten Schützling.

Als der Korinther endlich zu wissen wünschte, ob er, Publius, Irenens Augen für braun oder blau halte, war er unwillig aufgesprungen und hatte heftig gerufen:

„Und wenn sie roth wären oder grün; was ginge es mich an!"

Lysias schien diese Antwort eher zu erfreuen als zu verdrießen, und schon war er im Begriff, seinem Freunde zu gestehen, daß Irene in seinem Herzen einen wahren Wald= oder Städtebrand entzündet habe, als ein Stallmeister des Euergetes erschien, um dem Römer vier herrliche kyrenäische Rosse vorzuführen, die sein Herr den edlen Publius Cornelius Scipio Nasica als Zeichen seiner Freundschaft anzunehmen bitte.

Wohl eine Stunde ergötzten sich die beiden Freunde als Kenner und Liebhaber des Pferdes an dem schönen Bau und der leichten Gangart dieser köstlichen Thiere.

Dann erschien ein Kämmerer der Königin, um Publius einzuladen, sie sogleich zu besuchen.

Der Römer folgte dem Boten nach einem kurzen Aufenthalte in seinem Zelte, woselbst er die Gemmen mit der Hochzeit der Hebe zu sich steckte, denn er war auf dem Wege von der Wohnung des Bildhauers in den Palast auf den Gedanken gekommen, sie der Königin anzubieten, nachdem er sie von der Herkunft der Krugträgerinnen unterrichtet.

Publius hatte scharfe Augen und die Schwächen Kleopatra's waren ihm nicht entgangen, aber niemals hatte er ihr zugetraut, daß sie ihrem zügellosen Bruder helfen werde, sich der unschuldigen Tochter eines edlen Vaters mit Gewalt zu bemächtigen.

Jetzt wollte er ihr gleichsam zum Ersatz für die vereitelte, von seinem Freunde vorgeschlagene Vor=

stellung das Bildniß selbst, auf dessen schöne Wieder=
gabe sie sich gefreut hatte, verehren.

Kleopatra empfing ihn auf ihrem Dache, eine Gunst,
deren sich nur Wenige rühmen durften, gestattete ihm,
während sie selbst auf ihrem Lager ruhte, sich zu
ihren Füßen niederzulassen und gab ihm durch jeden
Blick ihres Auges und jedes Wort, das sie sagte, un=
zweideutig zu erkennen, daß seine Gegenwart sie be=
glücke und mit leidenschaftlicher Freude erfülle.

Publius wußte das Gespräch bald auf die un=
schuldig in die Goldbergwerke geschleppten Eltern der
Krugträgerinnen zu lenken; Kleopatra aber unterbrach
seine Fürsprache und legte ihm klar, unbemäntelt und
nicht ohne Erregung die Frage vor, ob es wahr sei,
daß er selbst die Hebe zu besitzen wünsche.

Seiner festen Verneinung begegnete sie so lange
mit Aeußerungen des Unglaubens, die zuletzt sogar
den Ton des Vorwurfes annahmen, bis er unwillig
wurde und aufbrausend ihr bestimmt erklärte, daß er
das Lügen für unmännlich und schmählich halte, und
keine Beleidigung schwerer ertrage, als Zweifel an
seiner Wahrhaftigkeit.

Solche heftige und strenge Abweisung aus dem
Munde eines von ihr ausgezeichneten Mannes war
für Kleopatra etwas Neues, und sie nahm sie nicht
übel, denn sie durfte nun glauben und glaubte gern,
daß Publius nichts von der hübschen Hebe begehre,
daß Euläus seinen Feind verleumbete, und daß Zoë
sich geirrt habe, als sie nach ihrem vergeblichen Gang
in den Tempel, von dem sie vor Kurzem zurückgekehrt

war, ihr mitgetheilt hatte, der Römer sei Irenens Liebhaber und müsse in aller Frühe dem Mädchen selbst oder den Priestern im Serapeum verrathen haben, was mit ihr im Werke sei.

In dieses edlen Jünglings Seele war kein Falsch, konnte kein Falsch sein! Und sie, die kein Wort aus dem Munde ihrer Umgebung hinzunehmen gewohnt war, ohne sich zu fragen, was wohl damit bezweckt und wie viel daran erlogen oder erheuchelt sei, glaubte dem Römer und freute sich dieses Glaubens so sehr, daß sie voll heiterer Liebenswürdigkeit Publius selbst aufforderte, ihr die Bittschrift des Klausners zu lesen zu geben.

Der Römer überreichte ihr sogleich die Rolle und sagte, weil diese so viel Trauriges enthalte, von dem er ihr Kenntniß zu nehmen zumuthe, so fühle er sich verpflichtet, ihr auch eine, freilich nur sehr bescheidene Freude zu bereiten.

Hiebei überreichte er ihr seine Gemmen und sie zeigte über diese kleinen Kunstwerke ein so ausgelassenes Entzücken, als wäre sie nicht die reiche Königin, welche die schönsten geschnittenen Steine in der ganzen Welt besaß, sondern ein Mädchen, dem man den ersten, lang ersehnten goldenen Schmuck schenkt.

„Köstlich, herrlich!" rief sie einmal über das an= bere. „Und babei sind es unvergängliche Andenken an Dich, Du Lieber, und an Deinen Besuch in Aegypten. Mit wie eblen Steinen ich sie auch fassen lasse, selbst die Diamanten werden mir werthlos neben dieser Gabe von Dir erscheinen. Sie wird schön, ehe ich

cure Bittschrift gelesen, mein Urtheil über den Eunuchen und sein beklagenswerthes Opfer entscheiden.
Aber ich werde doch die Rolle da lesen und aufmerksam lesen, denn mein Gatte hält Euläus für ein nütz-
liches, fast unentbehrliches Werkzeug, und es wird gelten,
das Verdikt und die Begnadigung gut zu begründen.
Ich glaube an des armen Philotas Unschuld, aber
hätte er hundert Morde begangen, nach diesem Geschenke schaff' ich ihm dennoch die Freiheit!"

Den Römer verletzten diese Worte, und Diejenige,
welche sie, um ihm zu gefallen, gesprochen hatte, schien
ihm in diesem Augenblicke gerade um ihretwillen mehr
einem bestechlichen Beamten als einer Königin zu
gleichen.

Die Zeit ward ihm lang bei Kleopatra, die ihm
trotz seiner eigenen Zurückhaltung immer bringlicher
zu verstehen gab, wie warm sie für ihn empfinde, und
je mehr sie sprach und erzählte, je schweigsamer zeigte
er sich selbst.

Erleichtert athmete er auf, als ihr Gatte endlich
erschien, um Kleopatra und ihn selbst zum Mittags-
mahl abzuholen.

Bei Tafel versprach Philometor, sich der Sache des
Philotas und seiner Gattin, die er Beide gekannt hatte
und deren Schicksal ihm weh that, anzunehmen; doch
bat er seine Gemahlin und den Römer, den Eunuchen
Euläus erst, wenn Euergetes Memphis verlassen habe,
vor Gericht zu ziehen, denn während der Anwesenheit
seines Bruders, durch die manche Schwierigkeiten er-
wüchsen, könne er ihn noch nicht entbehren, und wenn

er Publius nach sich selbst beurtheile, so läge ihm mehr daran, Unschuldigen zu ihrem Recht zu verhelfen und sie aus einem Elend zu befreien, dessen ganze Schreck= lichkeit ihm erst jüngst durch seinen Lehrer Agatharchides bekannt geworden sei, als einen seines Zornes Unwür= digen, der ohnehin seiner Strafe nicht entgehen werde, gerade heute oder morgen vor den Richter zu ziehen.

Bevor das Schreiben Asklepiodor's, welches der falschen Vermuthung der Priester des Serapis Aus= druck gab, Irene sei im Auftrag des Königs aus dem Tempel entführt worden, in den Palast gelangte, hatte Publius Gelegenheit gefunden, sich von dem fürstlichen Paar zu verabschieden.

Gegen seine bestimmte Versicherung, heute noch in wichtigen Angelegenheiten nach Rom schreiben zu müssen, wagte selbst Kleopatra keinen Einwand zu erheben; und als dann Philometor mit seiner Gattin allein war, fand er, dessen Neigung schnell zu gewinnen war, nicht Worte genug, die herrlichen Eigenschaften des jungen Mannes zu preisen, der ausersehen schien, in Zukunft ihm und seiner Sache zu Rom die wichtigsten Dienste zu leisten, und dessen freundliche Gesinnung er wiederum, und das erkannte er mit Freuden an, der unwiderstehlichen Klugheit und Anmuth seiner Gattin verdankte.

Als Publius den Palast verlassen hatte und seinem Zelte zueilte, kam er sich vor wie ein von schwerer Arbeit heimkehrender Fröhner, wie ein von einer pein= lichen Anklage freigesprochener Mann, wie ein Ver= irrter, der wieder den richtigen Weg gefunden.

Die schwüle Luft zwischen den Laubgängen des tiefer gelegenen Gartens schien ihm leichter zu athmen, als der das Dach Kleopatra's umwehende kühle Hauch.

Erregend und doch beengend erschien ihm die Nähe der Königin, und so viel Schmeichelhaftes auch für ihn in dem Entgegenkommen der mächtigen Herrscherin lag, so wollte es ihm doch nicht besser munden, als ein schön geschmücktes Gericht auf goldener Schüssel, zu dessen Genuß man uns zwingen will, in dem Gift verborgen sein könnte und das, wenn man es dennoch kostet, widerlich süß schmeckt.

Publius war ein rechter Mann, und so erschien ihm, wie Jedem seinesgleichen, die Liebe, die sich ihm aufdrängte, wie eine Ehrenbezeugung aus einer Hand, die man nicht zu achten vermag und die man darum lieber abweist als annimmt, — wie weit über unser Verdienst hinausgehendes Lob, das vielleicht einen Thoren erfreut, verständigen Männern aber eher zum Aergerniß gereicht, als des Dankes würdig zu sein scheint.

Es kam ihm vor, als beabsichtige Kleopatra sich seiner zunächst als eines lustbringenden Spielzeuges und dann als eines brauchbaren Handlangers zu bedienen, und das verdroß und beunruhigte den ernsten und reizbaren Jüngling so sehr, daß er am liebsten sogleich und ohne Abschied Aegypten und Memphis verlassen haben würde.

Dennoch ward ihm die Abreise nicht leicht, denn in jeden seiner Gedanken an Kleopatra mischte sich der an Klea, sowie, wenn wir uns des Schattens der Nacht entsinnen, auch der schöne Glanz des kühlen Mondes vor unser inneres Auge tritt.

Wie er Irene gerettet hatte, so wünschte er auch den Eltern der Krugträgerinnen die Freiheit zurückzugeben, und Aegypten zu verlassen, ohne Klea noch einmal wiedergesehen zu haben, schien ihm völlig unmöglich.

Ihn verlangte, sich selbst noch einmal ihrer stolzen Größe gegenüber zu stellen und ihr zu sagen, daß sie ein schönes, königlich würdiges Weib und daß er ihr Freund sei, der die Ungerechtigkeit hasse und um des Rechtes und ihrer selbst willen gern bereit wäre, für sie und ihre Eltern Großes zu opfern.

Heute noch vor dem Gastmahl wollte er den Tempel des Serapis von Neuem besuchen und den Klausner bitten, ihm zu einer Unterredung mit seinem Schützling zu verhelfen.

Wußte Klea nur erst, was er für Irene und ihre Eltern gethan hatte, dann mußte sie ihm ja wohl zeigen, daß ihr stolzes Auge auch freundlich zu blicken verstehe, dann mußte sie ihm zum Abschiede die Rechte reichen, die er mit seinen beiden Händen zu ergreifen und an seine Brust zu ziehen gedachte.

Sagen wollt' er ihr dann mit den höchsten und wärmsten Worten, die er nur kannte, wie glücklich er sei, sie gefunden zu haben und wie schwer es ihm falle, von ihr Abschied zu nehmen.

Vielleicht ließ sie dann auch ihre Hand in der seinen und gab ihm freundliche Worte zurück.

Ein gütiger, ein anerkennender Satz aus Klea's

strengem und doch so schönem Munde schien ihm höheren Werth zu besitzen, als Kuß und Umarmung der großen und reichen Königin von Aegypten.

Der Cornelier konnte, wenn er gereizt ward, im Jähzorn sich selbst vergessen, aber seine Einbildungskraft war weder besonders lebendig noch feurig.

Während er seine Rosse anschirren ließ und mit ihnen zu dem Serapistempel fuhr, stand ihm fortwährend der Krugträgerin großes Bild vor der Seele, meinte er oft, statt der Zügel ihre Hand in der seinen zu halten, und als er sich wiederholte, was er ihr zum Abschied sagen wollte, und sein inneres Ohr zu vernehmen meinte, daß sie ihm mit bewegter Stimme für seine edle Hülfsleistung danke und daß sie ihn niemals vergessen werde, da fühlte er, daß sein seit vielen Jahren der Thränen ungewohntes Auge feucht wurde, und er mußte des Tages gedenken, an dem er von den Seinen Abschied genommen, um zum ersten Mal in den Krieg zu ziehen.

Damals hatte nicht sein eigener, wohl aber der Blick seiner Mutter in Thränen geglänzt und er fand, daß wenn er Klea mit einem andern Weibe vergleichen dürfe, sie doch am meisten der hohen Matrone gleiche, die ihm das Leben gegeben, daß Klea sich neben der Tochter des großen Scipio Africanus ausnehmen müsse wie die jugendliche Minerva neben der erhabenen Juno, der Mutter der Götter.

Groß war seine Enttäuschung, als er die Thore des Serapistempels verschlossen fand und er sich genöthigt sah, ohne Klea oder den Klausner gesehen zu haben, nach Memphis zurückzukehren.

Was heute unmöglich gewesen war, konnte er morgen von Neuem versuchen, aber sein Verlangen nach der Geliebten steigerte sich nun in ihm zur qual= vollen Sehnsucht, und als er wieder in seinem Zelte saß, um seinen zweiten Brief nach Rom zu beenden, unterbrach der Gedanke an Klea immer und immer wieder seine ernste Arbeit.

Zehnmal sprang er auf, um sich von Neuem zu sammeln, und ebenso oft mußte er das Rohr fort= werfen, weil sich der Krugträgerin Bildniß zwischen ihn und seine schreibende Hand stellte.

Endlich schlug er ungedulbig über sich selbst auf den vor ihm stehenden Tisch, preßte eine Minute lang beide Fäuste so heftig in seine Seiten, daß es ihn schmerzte und gab sich selbst streng und unwillig den Befehl, bevor er an Anderes denke, seine Pflicht zu erfüllen.

Seine stählerne Willenskraft behielt den Sieg, und als es zu dunkeln begann, war der Brief vollendet.

Schon war er im Begriff, das in den Sardonyx seines Siegelringes geschnittene Zeichen seines Hauses in das Wachs des Siegels zu drücken, als ihm sein Diener einen schwarzen Sklaven meldete, welcher ihn zu sprechen begehre.

Der Cornelier befahl ihn einzuführen und der Neger überreichte ihm die Scherbe, auf die Euläus in betrüglicher Absicht Klea's Einladung an ihn, um

Mitternacht bei den Apisgräbern zu erscheinen, ge=
schrieben hatte.

Wie ein Bote der Götter erschien dem Jüngling
das verschmitzt dreinschauende Werkzeug seines Feindes,
und mit leidenschaftlicher Eile und ohne auch nur den
Schatten eines Verdachtes zu hegen, schrieb er sein
„Ich werde erscheinen“ auf das armselige Topfstück.

Publius wünschte den soeben vollendeten Brief
an den Senat dem Boten, der ihm gestern das Schrei=
ben aus Rom gebracht hatte, eigenhändig und unbe=
merkt zu übergeben, und da er eher die Einladung,
einen königlichen Schatz in dieser Nacht zu heben, ab=
gelehnt, als Klea’s Stelldichein versäumt haben würde,
so konnte er in keinem Fall an dem Gastmahl des Königs
theilnehmen, bei dem Kleopatra ihn doch, seiner Zusage
gemäß, erwarten mußte.

Er vermißte jetzt schmerzlich seines Freundes Lysias
Anwesenheit; denn er wollte es vermeiden, die Königin
zu beleidigen, und der Korinther, der in diesem Augen=
blicke gewiß die unnützesten Dinge trieb, war ebenso
geschickt im Ersinnen von glaubhaften Entschuldigungen,
wie er selbst es nicht war.

Mit eiliger Hand schrieb Publius nun an seinen
Zeltgenossen einige Worte mit der Bitte, dem Könige
mitzutheilen, daß er durch wichtige Geschäfte verhindert
sei, an diesem Abende unter seinen Gästen zu erschei=
nen, nahm seinen Mantel um, setzte den sein Gesicht
beschattenden Reisehut auf und begab sich zu Fuß und
ohne Begleiter, mit seinem Briefe in der einen und
dem Wanderstab in der andern Hand, an den Hafen.

Die Soldaten und Sicherheitswächter, welche die Höfe des Palastes erfüllten, hielten ihn für einen Boten, riefen den schnell und sicher Dahinschreitenden nicht·an und so erreichte er, ohne aufgehalten und erkannt zu werden, die Herberge am Hafen, in der er unter Schiffsführern und Kaufleuten eine Stunde zu warten hatte, ehe sein Bote aus dem heiteren Fremden= quartier, in dem er sich eine Güte gethan, heimkehrte.

Manches gab es mit diesem Manne, der am näch= sten Morgen nach Alexandria und Rom abreisen sollte, zu besprechen, aber Publius nahm sich kaum die nöthige Zeit dazu, denn schon eine volle Stunde vor Mitter= nacht meinte er zu der von Klea angegebenen, ihm wohlbekannten Stelle in der Todtenstadt aufbrechen zu müssen, obgleich er wußte, daß er in sehr viel kürzerer Zeit sein Ziel zu erreichen vermöge.

Dem Sehnsüchtigen geht die Sonne zu langsam und eher versäumt ein wandelnder Stern seine Zeit, als ein Liebender, den die Liebe gerufen.

Um Aufsehen zu vermeiden, bediente er sich keines Wagens, sondern eines starken Maulthiers, das ihm der Wirth der Herberge mit Freuden lieh, denn der Römer war so freudig erregt, in der Hoffnung, Klea zu begegnen, daß er dem auf einer Bank vor dem Schenktische eingeschlummerten lieblichen Kinde des Schenkwirthes ein Goldstück zwischen die leicht ge= schlossenen kleinen Finger geschoben und den Landwein, den er getrunken, ohne nach der Zeche zu fragen, doppelt so hoch bezahlt hatte, als wär' er edler Fa= lerner.

Bewundernd schaute der Wirth ihm zu, als er endlich, ohne es zu berühren, mit einem prächtigen Satz auf den Rücken des großen Thieres sprang, und es wollte Publius selbst scheinen, als habe er sich seit seiner Knabenzeit nie mehr so frisch und bis zum Uebermuth freudig gefühlt, wie in dieser Stunde.

Der vom Hafen zu den Apisgräbern leitende Weg war ein anderer, als der von dem Königspalaste aus dorthin führende, welchen Klea gezogen, und leitete nicht an der Schenke vorbei, in der sie die Mordgesellen gesehen hatte.

Er wurde bei Tag viel von Pilgern benützt und der Römer konnte ihn auch bei Nacht nicht verfehlen, denn das Maulthier, welches er ritt, kannte ihn gut. Das wußte er, denn auf die Frage, wozu der Herbergsvater das Thier halte, hatte er ihm erwiedert, es habe täglich aus Oberägypten kommende Pilger zu dem Tempel des Serapis und zu den Grüften der heiligen Stiere zu führen. Den Vorschlag des Wirthes, ihm einen Eselstreiber mitzugeben, konnte er darum bestimmt ablehnen.

Alle, die ihn aufbrechen sahen, glaubten, er kehre in die Stadt und zu dem Palast des Königs zurück.

In langsamem Trab ritt Publius durch die Straßen der Stadt, und wenn ihm aus einer Schenke das Gelächter der zechenden Soldaten an's Ohr klang, so hätte er am liebsten in dasselbe eingestimmt.

Als ihn dann die schweigende Wüste umfing und die Sterne ihn lehrten, daß er zu früh an der Stätte des Stelldicheins eintreffen würde, zwang er das

Maulthier zu einer langsamen Gangart, und je näher er seinem Ziele kam, je ernster ward er, je heftiger schlug ihm das Herz.

Es mußte etwas Wichtiges, Bedeutsames sein, das Klea ihm in solcher Zeit und an solchem Ort mitzutheilen begehrte.

Oder war sie wie tausend andere Weiber, befand er sich auf dem Wege zu einer Schäferstunde mit ihr, die doch noch vor einigen Tagen seinen Blick erwiedert und seine Veilchen angenommen hatte?

Einmal zog dieser Gedanke mit aufdringlicher Lebhaftigkeit ihm durch den Sinn, aber er wies ihn als thöricht und seiner selbst nicht würdig weit von sich.

Eher konnte ja ein König einem Bettler anbieten, er möge mit ihm seinen Thron theilen, als dieses Mädchen ihn einladen, mit ihr an heimlicher Stelle von Amor's süßen Gaben zu naschen.

Gewiß wünschte sie vor allen Dingen über das Geschick ihrer Schwester Gewißheit zu erlangen, vielleicht auch über ihre Eltern mit ihm zu reden, aber sie hätte sich doch kaum entschlossen, ihn zu rufen, wenn sie nicht gelernt haben würde, ihm zu vertrauen, und dieß ihr Vertrauen erfüllte ihn mit Stolz und dabei mit lebhafter Sehnsucht nach ihr, die heftiger und immer heftiger sein Herz bestürmte.

Während das Maulthier mit langsamen, sicheren Schritten auch im tiefsten Dunkel seinen Weg suchte und fand, schaute er zu dem Firmament hinauf und dem Spiele der Wolken zu, die bald schwarz und massig das Licht Selenens bedeckten, balb von weiß-

lichem Schimmer umflossen auseinander wichen, wenn
sie die silberne Sichel des Mondes, wie ein Schwan
den dunklen Spiegel eines Gewässers, zertheilte.

Dabei dachte er ohne Unterlaß an Klea und träu=
mend meinte er sie vor sich zu sehen, aber anders und
höher als je zuvor, denn ihre Gestalt wuchs und
wuchs mehr und mehr vor seinen Augen und ward
endlich so groß, daß ihr Scheitel das Firmament be=
rührte, das Gewölk ihr Schleier und der Mond ein
glänzendes Diadem in ihrem dunklen Haarschmuck zu
sein schien.

Mächtig erregt von diesem Gesicht, ließ er den
Zügel auf den Hals des Mäulers fallen und breitete
die Arme nach der schönen Traumgestalt aus, aber
je weiter er vorwärts ritt, je mehr wich sie zurück,
und als der Westwind ihm Staub in's Gesicht blies
und er seine Augen mit der Hand bedecken mußte,
verschwand sie völlig und kehrte nicht wieder, bis er
bei den Apisgräbern angelangt war.

Er hatte gehofft, hier einen Soldaten oder Wäch=
ter zu finden, dem er das Thier anvertrauen konnte,
aber nachdem der mitternächtliche Priestergesang im
Tempel des Osiris=Apis verhallt war, ließ sich weit
und breit kein Laut vernehmen, und was ihn umgab,
war so still und stumm und ohne Regung, als sei
alles Lebende ringsum erstorben. Oder hatte ein
Dämon ihn des Gehörs beraubt? Nur das Rauschen
seines eigenen, schnell bewegten Blutes meinte er vor
seinen Ohren zu vernehmen, sonst aber nicht den
leisesten Laut.

Solche Stille kennt nur die Todtenstadt in der Nacht, kennt nur die Wüste.

An einer mit Inschriften bedeckten Stele von Granit befestigte er die Zügel des Maulthiers und ging dann auf die zum Stelldichein bestimmte Stätte zu.

Mitternacht, das lehrte ihn der Stand des Mondes, mußte vorbei sein und schon begann er sich zu fragen, ob er da, wo er stand, bleiben oder der Krugträgerin entgegengehen sollte, als er erst leise Schritte und bald darauf eine von einem langen Mantel umwallte, hoch aufgerichtete Gestalt von der Sphinxallee her gerade auf sich zuschreiten sah.

War das ein Mann, war es ein Weib, war sie es, die er erwartete?

Und wenn sie es war, hatte jemals ein Weib sich mit so gemessenen, beinahe feierlichen Schritten dem Freunde genähert, dem sie ein Stelldichein gab?

Jetzt erkannte er ihr Antlitz.

War es das fahle Mondlicht, das es so blutlos und marmorbleich erscheinen ließ?

Es lag etwas Starres in diesen Zügen, und dennoch waren sie ihm noch niemals, selbst nicht als sie erröthend seine Veilchen angenommen hatte, so tadellos schön, so ebenmäßig und edel geschnitten, so vornehm, ja so ehrfurchtgebietend erschienen.

Wohl eine Minute lang standen Beide sprachlos und doch ganz nahe einander gegenüber.

Dann unterbrach Publius das Schweigen, indem er ihr voll warmer Innigkeit und doch bange mit seiner tiefen, reinen Stimme nichts zurief als ein einziges Wort und dieses Wort war ihr Name: „Klea."

Wie eines Gottes Gruß und Segen, wie der wohllautendste aller Akkorde im Sang der Sirenen, wie der befreiende Spruch aus dem Munde des Richters über Tod und Leben klang dieses Wort und berührte mit seinen Schwingungen der Jungfrau Herz, und schon öffneten sich ihre Lippen, um dem Römer seinen Namen „Publius" nicht weniger tief und innig entgegen zu rufen, aber sie bezwang sich mit aller Kraft ihrer Seele und sagte leise und schnell: „Du bist in später Stunde hieher gekommen und es ist gut, daß Du es thatest."

„Du hast mich gerufen," entgegnete der Römer.

„Ein Anderer that es, nicht ich," gab Klea dumpf und langsam zurück, als hebe sie eine schwere Last und das Athmen falle ihr schwer. „Folge mir nun, denn nicht hier ist der Ort, Dir das zu erklären."

Klea ging bei diesen Worten auf die verschlossene Thür der Apisgräber zu und versuchte vor derselben den Schlüssel, welchen der alte Krates ihr anvertraut hatte, in das Schloß einzuführen, aber dieser letztere war noch so neu und ihre Finger bebten so sehr, daß ihr dieß nicht sogleich gelingen wollte.

Publius stand indessen dicht an ihrer Seite, und während er sich bemühte, ihr zu helfen, berührten seine Finger die ihren.

Als sich dann, gewiß nicht aus Versehen, seine starke und dennoch bebende Hand über die ihre legte, ließ sie es einen Augenblick geschehen, denn es war ihr, als walle ein warmes, wirbelndes Gewölk aus ihrer Brust auf und verschleiere ihren Geist und lähme ihre Willenskraft und umneble den Blick ihres Auges.

„Klea," sagte er abermals und griff auch nach ihrer Linken.

Wie aus einem kurzen Traum in's wache Leben zurückgerufen, entzog sie ihm nun sogleich die Hand, auf der die seine ruhte, stieß den Schlüssel in's Schloß, öffnete die Pforte und rief mit fast befehlshaberischem Ernste: „Geh' mir voran!"

Publius folgte diesem Geheiß und betrat die weite Vorhalle der ehrwürdigen, in den Fels gemeißelten und matt beleuchteten Grotte.

Ein gebogener Gang, dessen Ende er nicht abzusehen vermochte, lag vor ihm und zu beiden Seiten desselben öffneten sich links und rechts die Kammern, in denen die Sarkophage der verstorbenen heiligen Stiere standen.

Ueber jeder dieser ungeheuren Steinkisten brannte Tag und Nacht eine Lampe, deren Schein, wie ein aus Licht gewobener Teppich, überall da, wo eine Grabkammer offen stand, die tiefe Finsterniß der Höhle durchbrechend, mit hellem Schimmer über dem dunklen, in das Innere des Gefelses führenden Wege lag.

Welchen Ort hatte Klea gewählt, um mit ihm zu reden!

Aber wenn ihre Stimme auch streng klang, so war sie selbst doch nicht kalt und ohne Empfindung, wie die Schatten des Orkus, dem diese mit Weihrauchduft erfüllte und seine Brust beklemmende Stätte glich, denn er hatte gefühlt, daß ihre Finger unter den seinen zitterten, und als er, um ihr zu helfen, ganz dicht zu ihr herangetreten war, da hatte ihr Herz nicht minder schnell und heftig als das seine geschlagen.

Ja, wem es gelänge, dieß Herz von hartem, aber reinem und edlem Kryſtall zu ſchmelzen, über den ergoß ſich wohl ein herrlicher Strom der lauterſten Seligkeit!

„Hier wären wir am Ziel,“ ſagte Klea und fuhr dann in kurzen, abgebrochenen Sätzen fort: „Bleibe da, wo Du biſt. Laß mir den Platz hier an der Pforte. Jetzt beantworte mir zuerſt eine Frage: Meine Schweſter Irene iſt aus dem Tempel verſchwunden. Haſt Du ihre Entführung veranlaßt?“

„Ich that es,“ entgegnete Publius mit Eifer. „Sie läßt Dir Grüße entbieten und Dir ſagen, wie wohl ihr ihre neuen Freunde gefallen. Wenn ich Dir erzählt haben werde ...“

„Jetzt nicht,“ unterbrach ihn Klea erregt. „Wende Dich um! — Dorthin, wo Du das Lampenlicht ſchimmern ſiehſt.“

Publius that, wie ihm geheißen, und dabei lief ein leiſer Schauer über ſein feſtes Herz, denn nicht nur feierlich, nein, auch geheimnißvoll, wie das einer Prophetin, erſchien ihm des Mädchens Thun und Weſen.

Da erſchütterte ein heftiger Krach die ſtille, heilige Stätte und kräftige Schallwellen pflanzten ſich mit Gebröhn verhallend an den Felſenwänden der Grotte fort.

Besorgt wandte sich Publius um und sein suchen=
der Blick fand Klea nicht mehr.

Als er dann zur Pforte des Felsenraumes eilte,
hörte er, wie sie von außen her verschlossen wurde.

Die Krugträgerin war ihm entflohen, hatte das
schwere Thor zugeworfen und hielt ihn gefangen; und
dieser Gedanke schien dem Römer so entwürdigend
und unerträglich, daß er, keines anderen Gefühls als
der Empörung, des verletzten Stolzes und des leiden=
schaftlichen Wunsches, sich zu befreien, mächtig, mit
den Füßen an die Thür trat und Klea zornig zu=
schrie:

„Du öffnest das Thor; ich befehl' es! Gleich läßt
Du mich frei oder bei allen Göttern —“

Er sprach seine Drohung nicht aus, denn in der
Mitte des rechten Flügels der verschlossenen Pforte
öffnete sich eine kleine Lade, durch welche die Priester
sonst Weihrauchduft in die Gruft der heiligen Stiere
einzulassen pflegten, und zwei= und dreimal, und als
er sich noch immer nicht beruhigen wollte, auch zum
vierten Male rief ihm Klea entgegen:

„Höre mich, höre mich, Publius!“

Da stellte er sein Toben ein; sie aber sagte:

„Drohe mir nicht, Publius, denn Du bereust es
gewiß, wenn Du wissen wirst, was ich Dir mitzu=
theilen habe. Unterbrich mich nicht und wisse jetzt
schon, daß dieß Thor alle Tage vor Sonnenaufgang
geöffnet wird. Deine Gefangenschaft dauert nicht lange
und Du mußt Dich schon fügen, denn ich schloß Dich
ein, um Dein Leben zu retten, ja, Dein gefährdetes

Leben. Thorheit nennst Du meine Besorgniß? Nein, Publius, sie ist nur zu gerechtfertigt, und wenn Du stark bist als Mann, so bin ich's als Weib und vor einem eingebildeten Nichts werde ich niemals erschrecken.

„Urtheile selbst, ob ich Recht habe, für Dich zu fürchten.

„König Euergetes und der Eunuch Euläus haben zwei furchtbare Unholde gedungen, um Dich zu er= morden. Als ich ausging, um Irene zu suchen, da erlauscht' ich das Alles und habe die schrecklichen Wölfe, die sie auf Dich hetzen, mit diesen Augen gesehen und ihren Anschlag auf Dich mit diesen Ohren besprechen hören.

„Den Brief auf der Scherbe, der meinen Namen trug, hab' ich niemals geschrieben. Euläus that es, und Du hast seine Lockspeise angenommen und bist bei Nacht in die Wüste gegangen. In wenigen Mi= nuten werden die Mörder diese Stätte umschleichen und ihr Opfer suchen, aber Dich, Publius, werden sie nicht finden, denn Klea hat Dich gerettet, dieselbe Klea, der Du erst freundlich begegnet bist und dann die Schwester geraubt hast, dieselbe Klea, die Du soeben bedrohen wolltest und die nun sogleich, bekleidet mit Hut und Mantel, wie ein Wanderer, den man leicht im unsicheren Scheine des Mondes für Dich halten könnte, in die Wüste gehen und ihr armes Herz den Dolchen der Mörder darbieten wird.“

„Wahnsinnige!“ schrie Publius und rannte mit seiner ganzen Wucht und trat mit den Füßen gegen die Thür. „Was Du vorhast, ist Tollheit! Du öffnest das Thor, ich befehl' es! Wie stark die Buben auch sind, die Euergetes gedungen, ich bin Manns genug, mich selbst zu vertheidigen."

„Du bist ohne Waffen, Publius, und sie führen Schlingen und Dolche."

„So öffne die Thür und bleibe hier bei mir, bis der Morgen graut. Es ist nicht groß, es ist ruch= los, sein Leben von sich zu werfen. Gleich schließt Du die Thür auf, ich bitte Dich, ich befehle es Dir!"

Zu anderer Zeit würden diese Worte ihre Wirkung auf Klea's verständigen Sinn nicht verfehlt haben, doch die furchtbaren Stürme, welche in den letzten Stunden auf sie hereingebraust waren, hatten die Ruhe ihrer Seele in ihren Wirbel mit fortgerissen.

Der eine Gedanke, der eine Entschluß, der eine Wunsch beherrschte sie ganz, ihr an Opfern reiches Dasein mit dem größten der Opfer, dem Opfer des Lebens, zu beschließen und das nicht nur, um Irene glücklich zu machen und den Römer zu retten, sondern weil es ihr, der Tochter ihres Vaters, gefiel, so groß zu enden, weil sie, das Mädchen, Publius zeigen wollte, was das Weib vermöge, dem er ein anderes vorgezogen, weil der Tod ihr in diesem Augenblicke nicht wie ein Unglück erschien und ihr von furchtbaren, stundenlangen Erregungen überspannter Geist nicht loskam von dem Vorsatz, sich opfern zu wollen, sich opfern zu müssen.

Sie hatte nicht mehr diesen Gedanken, dieser Ge= danke hatte sie, und wie ein Wahnsinniger sich ge= zwungen fühlt, das gleiche Wort wieder und immer wieder vor sich hin zu sagen, so würden keine Bitten und keine Gründe sie in dieser Stunde vermocht haben, von ihrem Vorsatz zurückzutreten, ihr blühendes Leben für Publius und Irene hinzugeben.

Sie sah mit Liebe und Stolz auf diesen Entschluß, der sie berechtigte, zu sich selbst wie zu einer großen Erscheinung heraufzusehen. Darum verschloß sie ihr Ohr den Bitten des Römers und sagte mit einer Weichheit des Tones, die ihn überraschte: „Schweige jetzt, Publius, und höre mich weiter. Du bist doch edel, und gewiß, Du weißt es mir Dank, daß ich Dir das Leben gerettet."

„Ich weiß es Dir Dank und will Dir's vergelten," rief der Cornelier, „so lange diese Brust noch zu athmen vermag, aber öffne das Thor, ich flehe Dich an, ich beschwöre Dich . . ."

„Hör' mich zu Ende, die Zeit drängt; hör' mich zu Ende, Publius. Meine Schwester Irene ist Dir gefolgt. Von ihrer Schönheit brauch' ich Dir nicht zu reden, aber wie gut, wie sonnig ihr Herz ist, das weißt Du nicht, das kannst Du nicht wissen, doch Du wirst es erfahren. Sie, das mußt Du noch hören, ist arm wie ich, aber das Kind von freien und eblen Eltern. Schwöre mir jetzt, schwöre — nein, Du darfst mich nicht unterbrechen, schwöre mir bei dem Haupt Deines Vaters, daß Du sie nie verlassen, daß Du nicht anders gegen sie handeln wirst, als wäre sie Deines besten Freundes, Deines Bruders leibliche Tochter."

„Ich schwöre es und werde meinen Eid halten

beim Leben des Mannes, deſſen Haupt mir heiliger
iſt, als der Name der Götter. Aber nun, ich bitte
Dich, ich befehl' es Dir, nun öffne mir die Thür,
Klea, damit ich Dich nicht verliere und Dir ſagen
kann, daß mein Herz Dir gehört, Dir und nur Dir
allein, daß ich Dich liebe und grenzenlos liebe."

„Ich hab' Deinen Eid," rief das Mädchen, das
nun von ferne in der Wüſte einen ſich hin und her
bewegenden Schatten erblickte, in höchſter Erregung,
„und Du haſt beim Haupt Deines Vaters geſchworen.
Laß Irene niemals bereuen, daß ſie Dir gefolgt iſt,
und liebe ſie ſo, wie Du in dieſer Stunde mich, Deine
Retterin, zu lieben vermeinſt. Denkt Beide der armen
Klea, die gern für euch gelebt hätte und nun für
euch ſtirbt. Vergiß mich nicht, Publius, denn ich
habe nur einmal mein Herz der Liebe geöffnet, aber
geliebt hab' ich Dich, Publius, mit Schmerz und
Qual und dem ſüßeſten Glück, wie nie noch ein ſterb=
liches Weib in der Wonne der Liebe geſchwelgt und
ſich in Liebe verzehrt hat."

Außer ſich, ſich ſelbſt vergeſſend und wie berauſcht,
hatte ſie dieſe letzten Worte, als ſänge ſie einen Jubel=
hymnus, dem Römer entgegengerufen.

Warum ſchwieg er jetzt, warum hatte er nichts zu
erwiedern, da ſie ihm doch das verborgenſte Myſterium
ihrer Bruſt eröffnet und bewilligt hatte, in das Aller=
heiligſte ihres Herzens zu ſchauen?

Ein Strom von glühenden Worten aus ſeinem
Munde hätte ſie ſogleich in die Wüſte und in den
Tod getrieben; ſein Schweigen feſſelte ihren Fuß,

verwirrte sie und fiel wie ein kalter Regen in die überhell brennende Fackel ihres Stolzes, wie Oel, das die Wogen sänftigt, in die brandende Flut ihrer Seele.

So konnte sie nicht von ihm scheiden und sie öffnete ihre Lippen, um noch einmal seinen Namen zu rufen.

Während sie dem Römer das Bekenntniß ihrer Liebe gleichsam als letztes Vermächtniß zu schenken begann, war es Publius zu Sinne wie einem Ver= schmachtenden, den man zu einer vollen Quelle führt, um ihm zu verbieten, seine Lippen mit ihrem frischen Naß zu benetzen.

Leidenschaftlicher Ingrimm erfüllte seine Seele, und während er, der Verzweiflung nahe, sich mit rollen= den Augen in seinem Gefängniß umschaute, begegnete sein Blick einer an die Wand gelehnten eisernen Brech= stange, mit der die Werkleute den Sarkophag des letzten, jüngst bestatteten Apis an die rechte Stelle gerückt hatten.

Wie ein Ertrinkender auf den ihm entgegen schwim= menden Balken, stürzte er sich auf dieß Werkzeug und hörte dabei dennoch Klea's letzte Worte und verlor keines von ihnen, während er mit triefender Stirn den metallenen Hebel über der Schwelle zwischen die Mitte des doppelten Thors keilte.

Jetzt schwieg Alles da draußen.

Vielleicht ging die Wahnsinnige schon den Mördern entgegen und die Thür war furchtbar schwer und wollte nicht wanken und weichen.

Aber er mußte sie sprengen und warf sich nun auf die Erde, schob seine Schulter unter den Hebel, stemmte sich mit dem ganzen Körper so mächtig gegen das Eisen, daß die Knochen ihm zu brechen und die Sehnen zu zerreißen drohten, glaubte zu fühlen, daß die Thür sich hob, setzte nochmals und wieder seine ganze junge Manneskraft ein, und jetzt krachte das Holz in seinen Fugen und die Flügel der Pforte flogen auf und Klea jagte, von Entsetzen erfaßt, in die Wüste, den Mördern entgegen.

Publius schwang sich sogleich auf die Füße, stürzte aus seinem Kerker in's Freie und als er Klea fliehen sah, jagte er ihr in raschen Sprüngen nach, holte die von ihrem Mantel im Lauf Gehinderte mit wenigen Sätzen ein, und als sie seiner Aufforderung, stehen zu bleiben, nicht Folge leistete, verlegte er ihr den Weg und sagte, nicht liebevoll, sondern streng und entschieden:

„Keinen Schritt gehst Du weiter; ich befehle es Dir.“

„Ich gehe, wohin ich gehe,“ entgegnete das Mädchen in großer Erregung. „Gleich läßt Du mich frei!“

„Du bleibst hier, bleibst hier bei mir,“ knirschte Publius, faßte ihre beiden Hände an den Gelenken und umgab sie mit seinen eisernen Fingern wie mit festen Klammern. „Ich bin der Mann und Du bist das Weib, und ich werde Dich lehren, wer hier zu befehlen hat und wer zu gehorchen.“

Diese völlig unvorbedachten Worte hatten Zorn und Empörung dem Römer auf die bebenden Lippen gelegt, und als Klea, während er sie aussprach, mit dem Aufgebot aller ihrer keineswegs verächtlichen Kräfte

ihre Hände aus der seinen los zu ringen versuchte,
da bog er ihr, immer noch heftig erregt, aber dennoch
das Weib in ihr schonend, mit einem unwiderstehlichen
und doch sanften Drucke die Arme ein und zwang
sie, sich vor ihm zu beugen und sich langsam auf beide
Kniee vor ihm niederzulassen.

Sobald sie so vor ihm lag, ließ Publius sie los,
sie aber bedeckte ihre Augen mit den sie schmerzenden
Händen und schluchzte laut auf vor Entrüstung und
weil sie sich schmählich gedemüthigt fühlte.

„Nun steh' auf,“ sagte Publius, als er sie weinen
hörte, mit völlig veränderter Stimme. „Wird es Dir
denn gar so schwer, Dich dem Willen des Mannes
zu fügen, der Dich nicht lassen will und kann und
den Du doch lieb hast?“

Wie mild, wie gütig klangen diese Worte!

Klea schlug, da sie sie hörte, die Augen zu Publius
auf, und als sie ihn wie einen Bittenden auf sie herniederschauen sah, da zerschmolz ihr Zorn und wandelte sich in dankbare Rührung, und sich auf ihren
Knieen ihm nähernd, schmiegte sie ihr Haupt dicht an
ihn und sagte:

„Ich war ja immer gezwungen, mich auf mich
selbst zu stützen und einen andern Menschen mit Liebe
zu leiten, aber es mag doch viel süßer sein, sich von
der Liebe führen zu lassen, und Dir will ich immer
und immer gehorchen.“

„Und ich will Dir's danken mit Herz und Sinn
und zu jeder Stunde!“ rief Publius und hob sie in
die Höhe. „Du wolltest Dein Leben für mich opfern

und Dir gehört nun das meine. Ich für Dich und Du für mich, ich als Dein Gatte, Du als mein Weib bis an's Ende!"

Mit beiden Händen ergriff er ihre Schultern und wandte ihr Antlitz dem seinen zu.

Sie widerstand nicht länger, denn es erschien ihr süß, sich dem Willen dieses starken Mannes zu fügen.

Und wie that es ihr, die schon als Kind die Pflicht auf sich genommen, sich stark und wachsam zu zeigen, so wohl, sich schwach fühlen und sich auf eine kräftigere Hand verlassen zu dürfen!

So mag dem Rosenstocke zu Muthe sein, der zum ersten Mal den stützenden Stab fühlt, mit dem ihn ein sorgender Gärtner verbindet.

Ihr Blick hing beseligt und doch angstvoll an dem seinen, und eben berührte sein Mund im ersten Kusse den ihren, als Beide erschreckt auseinander wichen, denn laut ward Klea's Name durch die stille Nacht gerufen und gleich darauf ließ sich in ihrer Nähe lautes Geschrei und dumpfes Geheul vernehmen.

„Die Mörder!" schrie Klea und schmiegte sich, zitternd für sich selbst und für ihn, an die Brust ihres Freundes.

Aus der todesmuthigen, tugendstolzen Heldin war in einer kurzen Minute ein schwaches, hülfsbedürftiges, demüthiges Weib geworden.

Zweiundzwanzigstes Kapitel.

———

Auf dem Dach des einen Pylonenthurmes an der Pforte des Serapeums stand ein Horoskop, der die am höchsten gelegene Stelle des Tempels erstiegen hatte, um nach den Sternen zu schauen; aber es schien, als sollte er in dieser Nacht seine Aufgabe nicht lösen, denn rasch dahinziehende dunkle Wolken bedeckten wieder und immer wieder denjenigen Abschnitt des Firmamentes, an dessen Beobachtung ihm am meisten gelegen war.

Ungeduldig legte er endlich seine Instrumente und sodann auch seine Wachstafel und seinen Stift aus der Hand und befahl dem Vater des kleinen, kranken Philo, der bei Nacht als Thorhüter die Horoskopen auf den Pylonenthürmen zu bedienen hatte, ihm sein Geräth hinunterzutragen, denn der Himmel sei heut seiner Arbeit nicht günstig.

„Günstig!" rief der Thorhüter, das letzte Wort

des Horoskopen wiederholend und seine Achseln so
hoch zuckend, daß sein Kopf zwischen ihnen verschwand.
„Eine Nacht des Schreckens ist das und sicher droht
uns ein großes Unglück. Fünfzehn Jahre bin ich im
Amte, aber so etwas hab' ich nur einmal erlebt, und
am nächsten Tage kamen des syrischen Königs Antiochus Söldner und plünderten unsere Schatzkammer
aus. Ja, heute ist es noch schlimmer als damals!
Schon beim Aufgang des Hundssternes jagte ein
schreckliches Gebilde mit der Mähne eines Löwen über
die Wüste hin, aber erst nach Mitternacht begann der
entsetzliche Spuk und auch Du fuhrst zusammen, als
es in den Apisgrüften losging. Schreckliches steht
bevor, wenn die heiligen Stiere auferstehen und mit
ihren Hörnern an das Gräberthor stoßen, um es zu
sprengen. Oft schon sah ich über den alten Mauso-
leen und Felsengrüften aus vergangener Zeit die Seelen
der Verstorbenen flattern und schweben und kriechen.
Bald wiegten sie sich als Sperber mit Menschenköpfen
oder als Ibisvögel mit lahmen, langsamen Schwingen
in der Luft, bald zogen sie als graufarbene, gestaltenlose
Schatten über die Wüste hin, bald glitten sie als
Schlangen über den Sand, bald krochen sie wie hungrige Hunde heulend aus den Thoren der Grüfte. Oft
hört' ich sie wie die Schakale bellen, manchmal auch
lachen wie die Hyänen, wenn sie das Aas wittern;
heute aber haben sie zuerst wie wüthende Menschen
geschrieen und dann gestöhnt und gejammert, als ob
sie im Feuerpfuhl säßen und gräßliche Qualen ertrugen.

„Sieh' nur, dort, dort regt es sich wieder!

„O heiliger Vater, beschwöre sie doch mit kräftigen Sprüchen!

„Siehst Du denn nicht, wie sie wachsen?

„Sie sind schon doppelt so groß als sterbliche Menschen!"

Der Horoskop nahm ein Amulet in die Hand, murmelte einige Sprüche vor sich hin und suchte dabei die Gestalten, welche den Thorhüter erschreckten, mit den Augen.

„Hoch sind sie," sagte er, nachdem auch er sie entdeckt hatte, „und jetzt ziehen sie sich in sich zusammen und werden kleiner und kleiner; aber dennoch! Vielleicht sind es Gräberräuber von hohem Wuchs, denn von übermenschlicher Größe sind diese Gestalten doch kaum gewesen."

„Doppelt so hoch wie Du, der nicht klein ist!" rief der Thorhüter und drückte seine Lippen auf das Amulet in der Hand des Horoskopen. „Und wären es Räuber, warum ruft keine Wache sie an? warum hat ihr Schreien und Stöhnen den Posten nicht geweckt, der Nacht für Nacht dort drüben lagert? Das war wieder solch' ein gräßlicher Jammerlaut! Hast Du jemals ähnliche Töne aus der Brust eines Menschen vernommen? Großer Serapis, ich vergehe vor Angst! Komm' mit mir hinunter, heiliger Vater, damit ich nach meinem kranken Söhnchen schaue, denn wer solche Dinge gesehen, der kommt nicht ungeschlagen davon."

Wohl war die Ruhe der Todtenstadt gestört worben, aber die Geister der Abgeschiedenen hatten keinen Theil an dem Entsetzlichen, das sich auf dem Boden der Wüste zwischen Grabmonumenten und Felsengrüften in dieser Nacht zutrug.

Menschen waren es, die, den Frieden der heiligen Stätten störend, mit kühlerer Bosheit als böse Geister mit der Finsterniß ein Bündniß geschlossen hatten, um einen andern Menschen in's Verderben zu ziehen, aber Menschen waren es auch, die mitten unter den Schrecken der furchtbarsten Nacht die göttlichsten Keime, welche der Himmel in die Seelen seiner sterblichen Kinder legt, sich in ihrer eigenen Brust zur schönsten Blüte entfalten fühlten.

So wird wohl am Tage der Schlacht unter Blut und Leichen ein Kind geboren, das glückselig und be= glückend zum Heil der Seinen heranwächst.

Der löwenmähnige Unhold, dessen Erscheinen und schnelles Verschwinden in der Wüste den Thorhüter zuerst erschreckt hatte, war auf seinem weiteren Wege nach Memphis auch manchem Wanderer begegnet, der, entsetzt von seinem befremdlichen Aussehen, die Flucht ergriff oder sich zu verbergen suchte; und dennoch war er ein einfacher Mensch mit warmem Blut, ehr= lichem Sinn und treuem, freundlichem Herzen.

Aber die ihm begegneten, konnten ihm nicht in die Seele sehen, und in seinem Aeußern glich er nur wenig den anderen Leuten.

Schwerfällig bewegten sich die des Gehens un= gewohnten Füße, die einen mächtigen Leib zu tragen hatten, und der ungeheure Bart und die graue Masse der Haare auf seinem Haupte, welches sich suchend bald hierhin, bald dorthin wandte, gab ihm ein Ansehen, das auch einen Muthigeren erschrecken konnte, dem er unversehens in den Weg trat.

Zwei Krämer, die bei Tage in der Nähe des Serapeums für die Pilger ihre Waaren feil zu halten pflegten, begegneten ihm in der Nähe der Stadt.

Sie schauten ihm nach und der Eine sagte:

„Sahst Du das keuchende Ungethüm? Säße der nicht fest in seiner Zelle, so würd' ich sagen, es wäre der grobe Klausner Serapion."

„Thorheit," entgegnete der Andere, „den bindet sein Gelübde fester als Ketten und Banden. Es wird einer von den syrischen Bettlern sein, die den Astartetempel umlagern."

„Vielleicht," gab der Andere gleichgültig zurück. „Laß uns ausschreiten, denn meine Frau brät uns heute eine Gans zum Nachtmahl."

Wohl war Serapion fest an seine Zelle gebunden, und dennoch hatte der Krämer recht gesehen, denn er war es, der auf der Landstraße daherwankte und die ihm Begegnenden erschreckte.

Das Gehen fiel ihm nach seiner langen Gefangenschaft sehr sauer, zumal er unbeschuht war und jeder Stein im Wege seinen weich gewordenen Sohlen weh that, und dennoch bracht' er es zu einer achtungswerthen Schnelligkeit, wenn er von fern eine Frauengestalt erblickte, die er für Klea halten konnte.

Mancher, der an seiner besondern Stelle sich gut in seiner Eigenart ausnimmt, wird zum Kinderspott, wenn er sich von seiner engen Umgebung ablöst, und sich mitsammt seiner Eigenthümlichkeit in das Treiben der Welt zu mischen.

So erging es Serapion, denn in der Vorstadt liefen Gassenbuben ihm höhnend nach, und als drei geputzte Dirnen, die vor einer Schenke vom Tanz ausruhten, laut auflachten, als sie ihn erblickten, und ein übermüthiger Soldat ihm, als geschehe es unversehens, mit der Lanzenspitze durch die wallende Mähne fuhr, wurde er sich seines verwilderten Aussehens erst bewußt, und er mußte sich sagen, daß er so nimmermehr Einlaß in den Palast des Königs finden werde.

Rasch entschlossen trat er in die nächste erleuchtete Bude' eines Barbiers, der bei seinem Erscheinen besorgt hinter den Zahltisch zurücktrat, ließ sich Haar und Bart stutzen und sah in dem Spiegel, welchen der Meister ihm vorhielt, zum ersten Mal seit vielen Jahren sein eigenes Angesicht wieder.

Mit einem wehmüthigen Lächeln nickte er dem gealterten Gesichte zu, das er auf der blanken Scheibe erblickte, zahlte, was von ihm verlangt ward, und achtete nicht auf den bedauerlichen Blick, mit dem der Barbier und sein Gehülfe ihm nachschauten.

An einem Irrsinnigen meinten Beide ihre Kunst bewährt zu haben, denn auf all' ihre Anreden hatte er nichts erwiedert, und nur einmal mit tiefer, bedenklich lauter Stimme gerufen:

„Schwatzt mit Anderen, ich habe Eile!“

Und wahrlich, ihm stand das Herz nicht nach müßigem Geplauder, nein, es war voll von nagender

Angst und zärtlicher Besorgniß, und dabei blutete es ihm, wenn ihm in den Sinn kam, daß er sein Gelübbe gebrochen und den Eid verletzt habe, den er in die Hand seiner sterbenden Mutter geschworen.

Vor dem Palastthore bat er einen Sicherheitswächter, ihn zu seinem Bruder zu führen, und da er seine Bitte durch ein Geldgeschenk unterstützte, so führte ihn der Mann sogleich zu Dem, den er suchte.

Glaukus erschrak heftig, als er Serapion erkannte, aber er war so beschäftigt, daß er seinem Bruder, dessen Handlungsweise er unerklärlich und frevelhaft nannte, nur kurze Minuten zu widmen vermochte.

Irene, das erfuhr der Klausner, war nicht von Euergetes, sondern von dem Römer aus dem Tempel entführt worden, und Klea hatte vor wenigen Minuten den Palast auf einem Wagen verlassen und sollte um Mitternacht von der zweiten Schenke aus zu Fuß in das Serapeum zurückkehren.

Und die Arme war so ganz allein und ihr Weg führte durch die Wüste, in der sie zügellose Soldaten und Leichenräuber oder Schakale und Hyänen anfallen konnten.

Bei der zweiten Schenke sollte sie ihre Wanderung beginnen, und gerade dort pflegte schlechtes Gesindel einzukehren, und sein Liebling war so jung, so schön und so wehrlos!

Von Neuem erfaßte ihn dieselbe furchtbare Angst um sie, die ihn in seiner Klause, nachdem Klea den Tempel verlassen und die Dunkelheit eingebrochen war, überfallen hatte. Alles mochte er wohl in jener Stunde gefühlt haben, was ein Vater empfindet, der vom Fenster seines Gefängnisses aus sein liebes, schutzloses Kind sich eines Raubthieres erwehren sieht.

Was sie auch immer im Königspalast, in der von trunkenen Soldaten wimmelnden Stadt und in der Wüste bedrohte, das war ihm mit furchtbarer Deutlichkeit vor die Seele getreten, und seine äußerst kräftige Einbildungskraft hatte alle Gefahren, denen sein Liebling, die Tochter des verehrtesten Mannes, entgegenging, mit den brennendsten Farben ausgemalt.

Wie ein gefangener Tiger war er in seiner Zelle auf und nieder gelaufen, hatte sich an ihren Wänden gestoßen und dann wieder mit weit vorgebogenem Leibe zu seinem Fensterchen hinaus geschaut, um zu sehen, ob die Entflohene, die unmöglich schon heimgekehrt sein konnte, nicht dennoch wieder zurück sei.

Je dunkler es ward, je höher war seine Angst gestiegen, je schrecklichere Bilder waren in seiner Vorstellung aufgetaucht, und als eine von Krämpfen befallene Pilgerin im Pastophorium laut aufgeschrieen hatte, da konnte er nicht länger Herr seiner selbst bleiben, sondern stieß die von außen verschlossene, seit Jahren niemals geöffnete morsche Thür seiner Zelle mit dem Fuße auf, steckte mit fliegenden Händen die Silbermünzen, die er in seiner Truhe verwahrte, zu sich und ließ sich zu Boden gleiten.

Da stand er zwischen seiner Klause und der Umfassungsmauer des Tempels, und jetzt erst kam ihm das Gelübde, kam ihm der Eid in den Sinn, den er geleistet, und er mußte seiner ersten Flucht aus der Zelle gedenken.

Damals war er entwichen, weil des Lebens Lust und Freuden ihn lockten, damals war er ein Frevler gewesen, heute aber trieb ihn dieselbe Liebe, dieselbe Sorge aus dem Gefängniß, die ihn in seine Klause zurückgeführt hatte.

Um die Treue zu wahren, brach er die Treue; aber der große Serapis schaute ja in die Herzen und seine Mutter war todt, und so lange sie lebte, stets gern bereit gewesen, ihm zu vergeben.

So lebhaft meinte er ihr altes gutes Gesicht vor sich zu sehen, daß er, als stünde er ihr gegenüber, ihr mit dem Kopfe zunickte.

Dann hatte er ein leeres Faß zu der Umfassungs=mauer gerollt und es mühsam erstiegen.

Mit saurem Schweiß mußte er die weit mehr als mannshohe Brüstung des lockern, aus ungebrannten Ziegeln zusammengefügten Gemäuers erklimmen, er=reichte rutschend und fallend den sich um ihre äußere Seite herumziehenden Graben, kletterte an seinem Rand in die Höhe und konnte dann erst seine Wan=derung nach Memphis beginnen.

Was er im Palast des Königs über Klea erfahren, hatte seine Besorgniß um sie nur wenig vermindert, und sie mußte so viel früher als er den Saum der Wüste erreichen, und das schnelle Wandern fiel ihm so schwer und that seinen armen Sohlen so weh!

Vielleicht gelang es ihm, sich einen Stab zu ver=schaffen, war es doch vor dem Thor der Königsburg noch immer so belebt wie am Tage.

In seine mit Silberstücken gefüllte Tasche greifend,

sah er sich um und sein Blick fiel auf eine Reihe von Eseln, deren Treiber sich mit ihren Thieren an die Soldaten und Diener, die aus der hohen Pforte herausströmten, herandrängten.

Mit kundigem Blick suchte er das stärkste Grauthier aus, warf seinem Besitzer ein Silberstück zu, erstieg den Rücken des unter seiner Last keuchenden Thieres und versprach dem Treiber zwei andere Drachmen, wenn er ihn so rasch als möglich zu der zweiten Schenke am Wege zum Serapeum führen werde.

Während er nun selbst mit seinen starken, nackten Beinen die Weichen des armen Esels bearbeitete, stieß der Treiber seinem Grauthier, hinter dem er schnalzend und kreischend herlief, von Zeit zu Zeit einen Stachel in den Schenkel, und so erreichte Serapion, bald in kurzem Trab, bald in schnellem Galopp, nur eine halbe Stunde später als Klea sein Ziel.

In der Schenke war Alles finster und leer, aber der Klausner begehrte auch keine Erfrischung.

Nur sein Wunsch nach einem Wanderstabe erwachte in ihm von Neuem und einen solchen wußte er sich hier bald zu schaffen, indem er einen Pfahl aus dem das Gärtchen des Wirthes umgebenden Zaune riß.

Dieser Stab war schwer, aber er erleichterte dem Klausner dennoch das Schreiten, denn wenn ihn seine brennenden Füße auch nur unwillig trugen, so war doch die Kraft seiner Arme gewaltig geblieben.

Der wilde Ritt hatte ihn zerstreut, ja zeitweilig seinen leicht erregbaren Sinn ergötzt und ihn an seine Wanderzeit erinnert.

Jetzt, da er einsam durch die Wüste dahinschritt, dachte er wieder an Klea, und nur an sie.

Mit scharfer Spannung schaute er, sobald der Mond aus dem Gewölk hervortrat, nach ihr aus, rief von Zeit zu Zeit ihren Namen und erreichte so die den griechischen mit dem ägyptischen Tempel verbindende Sphinxreihe.

Aus den Apisgrüften tönte ihm ein pochendes Geräusch entgegen.

Vielleicht ward da drinnen für die nahenden Feste in der Nacht gearbeitet.

Warum fehlte da, wo sonst stets Soldaten zu liegen pflegten, gerade heute der Posten?

Hatten die Kriegsknechte Klea bemerkt und sie mit sich fortgeführt?

Auch jenseits der Sphinxallee, die er nun erreicht hatte, war Alles völlig menschenleer, gab es keinen Wächter zu sehen, obgleich der weißliche Kalk der Grabmonumente und der gelbe Sand der Wüste so hell im Schimmer des Mondes glänzten, als besäßen sie selbst leuchtende Kraft.

Besorgt und immer besorgter erstieg er, um einen weiteren Umblick zu gewinnen, einen Sandhügel und rief laut den Namen Klea.

Da — ja, er täuschte sich nicht, da zeigte sich neben einer der Grabkapellen aus alter Zeit eine Gestalt, die mit einem langen Gewande bekleidet zu sein schien; und als er nochmals seine Stimme rufend erhob, kam sie ihm und der Sphinxallee näher.

Eilend, so schnell er vermochte, stieg er zu der

Prozeſſionsſtraße hernieder, überſchritt das glatte Pflaſter, an deſſen Seite die menſchenköpfigen Löwen=leiber in langen Reihen ausgeſtreckt lagen, und er=klomm mühſam den Sandberg an ihrer äußeren Seite.

Ja, dieſe Arbeit war ſchwer, denn oft löſten ſich die Sandmaſſen unter ſeiner Laſt, rutſchten nieder=wärts und zwangen ihn, ihnen zu folgen und mit Händen und Füßen einen neuen Halt zu ſuchen.

Endlich ſtand er jenſeits der Sphinxſtraße der Grabkapelle gegenüber, bei der er die Geſuchte geſehen zu haben meinte; aber es war während ſeines Klim=mens wieder völlig dunkel geworden, denn ein ſchweres Gewölk hatte von Neuem den Mond bedeckt.

Jetzt legte er beide Hände an den Mund und rief ſo laut er konnte: „Klea!“ und abermals: „Klea!“

Da hörte er dicht neben ſich ein Raſcheln im Sande und ſah, als ſei ſie aus der Erde geſtiegen, eine Geſtalt ſich vor ihm bewegen.

Das konnte Klea kaum ſein, das war ein Mann; aber vielleicht hatte er doch ſeinen Liebling geſehen; ehe er indeſſen Zeit fand, ihn anzurufen, fühlte er ſich plötz=lich von einem Schlage erſchüttert, ward er an ſeinem Rücken zwiſchen den Schultern mit gewaltiger Wucht getroffen.

Des Mörders Sandſack hatte die rechte Stelle im Nacken verfehlt und Serapion’s kräftiger Rückgrat würde auch einem ſtärkeren Schlage Widerſtand geleiſtet haben.

Nicht weniger ſchnell als die Empfindung des Schmerzes trat ihm die Gewißheit in’s Bewußtſein, daß Räuber ihn überfielen und daß er verloren sei, wenn er sich nicht rüstig zur Wehr setzte.

Hinter ihm raschelte es wieder im Sande.

Da drehte er sich, so schnell er vermochte, um und mit dem Ausruf: „Verwünschtes Otterngezücht!" schlug er mit seinem schweren Wanderstab wie ein Schmied auf erkaltendes Eisen auf die Gestalt los, in der sein an das Dunkel gewöhntes Auge jetzt ganz sicher einen Mann erkannte.

Serapion mußte gut getroffen haben, denn sein Gegner stieß ein schreckliches Gebrüll aus, sank zusammen, wälzte sich dann ächzend und stöhnend im Sande, kreischte zuletzt schrill auf und blieb starr und regungslos liegen.

Der Klausner konnte durch das Dunkel die Bewegungen des schwer gestraften Räubers erkennen, und beunruhigt und mitleidig beugte er sich über den Erschlagenen, als er sich schaudernd von feuchten Händen an seinen Füßen berührt und gleich darauf zwei Stiche an seiner rechten Ferse fühlte, die so schmerzhaft waren, daß er laut aufschrie und sich gezwungen sah, das verletzte Bein an sich zu ziehen.

Aber dabei vergaß er nicht die Pflicht, sich zu wehren.

Wüthend wie ein verletzter Stier, polternd und fluchend hieb er mit seinem Pfahle um sich, aber traf nur den Boden.

Als dann seine Schläge immer langsamer und langsamer einander folgten und endlich seine schnell ermattenden Arme den schweren Pfahl nicht mehr zu halten vermochten und er selbst sich gezwungen sah, in die Kniee zu sinken, rief ihm eine kreischende Stimme zu:

„Du bist meinem Gefährten an's Leben gegangen, Römer, und dafür hat Dich eine zweibeinige Schlange gestochen. In einer kleinen Viertelstunde ist es aus mit Dir, wie mit Dem da. Warum geht auch ein so vornehmer Herr ohne Stiefel und Sandalen zum Stelldichein in die Wüste und macht unsereinem die Arbeit leicht! König Euergetes und Dein Freund Euläus lassen Dich grüßen. Ihnen dankst Du auch, daß ich Dir Deine Baarschaft lasse. Könnt' ich den todten Klumpen dort nur beseitigen!"

Während dieser rohen Worte lag Serapion mit großen Schmerzen am Boden und vermochte nur die Faust zu ballen und mit seinen immer trockener werdenden Lippen schwere Verwünschungen auszustoßen.

Seine Sehkraft war noch ungeschwächt und so nahm er im Scheine des Mondes, der nun in eine weite, wolkenlose Fläche am Himmel hinaustrat, deutlich wahr, wie der Mörder versuchte, seinen erschlagenen Gefährten mit sich fortzuziehen, und dann, nachdem er lauschend sein Haupt erhoben, aufsprang und in langen Sätzen das Weite suchte.

Da vergingen dem Klausner die Sinne, und als er nach wenigen Minuten die Augen wieder aufschlug, lag sein Haupt weich gebettet im Schooße einer Jungfrau, und seines Lieblings Klea Stimme fragte ihn zärtlich:

„Du armer, armer Vater, wie kommst Du hieher

in die Wüste und in die Hände der Mörder? Er=
kennst Du mich, Deine Klea? Der dort, der nach
Deiner Wunde sucht, die gar nicht zu finden, ist
Publius Scipio, der Römer. Nun sage zuerst, wo
traf Dich der Dolch, damit ich Dich eilig verbinde;
ich bin ja ein halber Arzt und verstehe dergleichen,
das weißt Du."

Der Klausner versuchte sein Haupt nach Klea
umzuwenden, aber als ihm dieß nicht gelingen wollte,
sagte er leise:

„Lehnt mich doch an die schräge Wand der Grab=
kapelle hier an der Seite; Du aber, Mädchen, setze Dich
mir gegenüber, denn ich möchte Dich ansehen, während
ich sterbe. Behutsam, behutsam, mein Publius, mir
ist, als wären alle meine Glieder von phönizischem
Glas, das zerspringen könnte bei jeder Berührung.
Habe Dank, junger Freund, Du hast starke Arme
und kannst mich wohl noch ein wenig höher heben.
So, nun sitz' ich erträglich, nein gut, beneidenswerth
gut, denn der Mond zeigt mir Dein liebes Ge=
sicht, mein Mädchen, und ich sehe Thränen auf
Deinen Wangen und die gelten doch mir mürri=
schem Alten. Ja, das thut gut, thut köstlich gut, so
zu sterben."

„O Vater, Vater!" rief Klea, „so darfst Du
nicht reden. Leben, nicht sterben sollst Du, denn
sieh', der Publius dort, der will mich zur Gattin,
und die Himmlischen wissen, wie gern ich ihm folge,
und Irene soll bei uns bleiben als meine Schwester
und seine. Das muß Dich doch freuen, mein Vater!

Aber nun, nun sage, wo brennt Dich die Wunde, wo traf Dich der Mörder?"

„Kinder, Kinder," murmelte der Klausner und ein sonniges Lächeln zog über sein Antlitz. „Daß ich das noch erlebe, das, — ja das ist freundlich von den gnädigen Göttern, und um das zu bewirken, wär' ich gern zwanzig Male gestorben."

Klea führte bei diesen Worten seine erkaltende Hand an ihre Lippen und sagte, vor Thränen kaum ihrer Stimme mächtig:

„Aber die Wunde, Vater, die Wunde!"

„Laß das, laß das," entgegnete der Klausner. „Scharfes Gift, kein Dolch oder Pfeil bricht meine Kräfte. Ich kann ja nun ruhig von hinnen, denn ich bin euch nicht mehr nöthig. Du, Publius, sollst jetzt meine Stelle an Diesen vertreten, und Du wirst es besser können, als ich. Klea das Weib des Publius Scipio! Geträumt hat mir's wohl, daß es so kommen würde, und gewußt hab' ich's immer und tausendmal mir gesagt, wie ich es Dir jetzt sage, mein Sohn: Diese da, diese Klea, ist von guter Art und nur des Edelsten würdig. Dir, mein Publius, gönn' ich sie; und nun gebt euch vor meinen Augen die Hände, denn ich war ja für sie wie ein Vater."

„Das bist Du gewesen," schluchzte Klea. „Gewiß um meinetwillen, um mich zu behüten, hast Du Deine Klause verlassen und den Tod gefunden."

„Das Glück, das Glück," stammelte der Alte.

„Auf mich," rief Publius, die Hand Serapion's ergreifend, „waren die Mörder gehetzt, die Dich statt meiner erschlugen. Noch einmal, wo ist Deine Wunde?"

„Mein Geschick erfüllt sich," entgegnete der Klausner, „gegen seinen Beschluß hilft keine verschlossene Zelle, kein Arzt und kein heilendes Kraut. An Schlangengift sterb' ich, so wie es vorausgesagt ward bei meiner Geburt. Und wär' ich nicht ausgegangen, Klea zu suchen, eine Schlange wär' doch in meinen Käfig geschlüpft und hätte mein Leben beendet. Gebt mir die Hände, ihr Kinder, der Frost steigt höher und höher und sein Finger berührt schon mein Herz."

Während einiger Augenblicke versagte ihm die Stimme, dann sprach er leise:

„Um Eines möcht' ich euch bitten. Mein bischen Besitz, der für Dich und Irene bestimmt war, laßt doch nun verwenden, um mich zu bestatten. Ich will nicht verbrannt werden, wie man es mit meinem Vater gehalten, nein, sie sollen mich schön balsamiren und meine Mumie zu der meiner Mutter stellen. Gibt es ein Wiedersehen nach dem Tode, und ich glaube daran, so möcht' ich ihr am liebsten noch einmal begegnen, denn sie hat mich so sehr geliebt, und mir ist, als wär' ich wieder klein und schlänge meine Aermchen um ihren Hals. In einem andern Leben bin ich vielleicht kein Kind des Unglücks, so wie in diesem, — in einem andern Dasein ... Jetzt hat es das Herz! — In einem andern ... Kinder, wenn auch in diesem mir eine schöne Wonne gelacht hat, Kinder, so dank' ich es euch, euch, Klea ... Da ist ja auch mein Irenchen!"

Dieß waren des Klausners Serapion letzte Worte und mit einem tiefen Seufzer streckte er sich lang aus und war gestorben.

Klea und Publius aber drückten ihm liebreich die treuen Augen zu.

Dreiundzwanzigstes Kapitel.

Wie im griechischen Serapeum, so waren auch in dem ägyptischen, den Apisgräbern benachbarten Tempel die befremblichen Geräusche, welche die Stille der Nacht unterbrochen hatten, nicht unbemerkt geblieben, aber schon herrschte wieder völlige Stille in der Todtenstadt, als sich endlich im Heiligthum des Osiris-Apis das große Thor öffnete und unter dem Vortritt von Tempeldienern, welche man mit Opfermessern und Beilen bewaffnet hatte, eine kleine, prozessionsartig geordnete Schaar von Priestern in's Freie trat.

Publius und Klea, die zu Häupten ihres verstorbenen Freundes treue Leichenwache hielten, sahen sie kommen und der Römer sagte:

„Dich in dieser Nacht ohne meine Begleitung in einen der Tempel zu senden, würde doch noch weniger richtig gewesen sein, als unfern armen Freund unbewacht hier liegen zu laffen.“

„Ich wiederhole es Dir,“ fiel Klea eifrig ein, „wir würden die Möglichkeit, Serapion's letzten Wunsch in seinem Sinn zu erfüllen, verscherzt haben, wenn eine Hyäne oder ein Schakal seinen Leichnam in unferer Abwesenheit beschädigt haben würde, und ich bin so froh, daß ich wenigstens dem tobten Freunde beweisen kann, wie dankbar ich ihm für all' das Gute bin, das er uns, so lang er lebte, erwiesen. Selbst dem Abgeschiedenen dürfen wir erkenntlich sein, denn wie still und schön war diese Stunde bei seiner Leiche! Sturm und Kampf hat uns zusammengeführt . . .“

„Und hier,“ unterbrach sie Publius, „haben wir einen guten und bauerhaften Frieden geschloffen für's Leben.“

„Ich nehme ihn gern an,“ entgegnete Klea und schlug die Augen nieder, „denn ich bin die Besiegte.“

„Du bekanntest mir ja vorhin,“ gab Publius zurück, „daß Du nie unglücklicher gewesen, als da Du meintest, Deine Kraft gegen mich bewährt zu haben, und ich sage Dir, daß Du mir nie so groß und boch so liebenswerth erschienen bist, als da Du mitten in Deinem Triumph die Schlacht verloren gabst. Solche Stunde wie diese erlebt man nur einmal im Leben. Ich habe ein gutes Gebächtniß, aber sollte ich sie jemals vergessen und rauh und jähzornig sein, wie das einmal meine Art ist, so erinnere mich an diese Stätte ober an den Verstorbenen bort, und der harte Sinn wird mir schmelzen und ich werde mich erinnern, daß Du einmal bereit gewesen, Dein Leben für mich zu opfern. Ich mache es Dir leicht, denn um den Mann, der sein Leben für Dich preisgab und der an meiner Stelle gemordet ward, zu ehren, füg' ich — und das nehm' ich auch in Rom nicht zurück — seinen Namen Serapion zu meinen übrigen. Wie ein Vater hat er gegen uns gehandelt und so steht es mir an, sein Gedächtniß so hoch zu halten, als wär' ich sein Sohn gewesen. — Schulden zu haben war mir stets unerträglich, aber wie ich Dir das, was Du mir heute gethan, heimzahlen soll, das begreif' ich schon jetzt nicht, und doch werd' ich gern bereit sein, an jedem Tag und zu jeder Stunde eine neue Gabe der Liebe von Dir zu empfangen. Ein Schuldner, sagt man, sei ein halber Gefangener, und darum bitte ich Dich, über Deinen Besieger gnädig zu walten."

Er ergriff ihre Hand, strich ihr das Haar von der Stirn und berührte sie leise mit seinen Lippen. Dann fuhr er fort:

„Komm' jetzt mit mir, damit wir den Todten den Priestern dort übergeben."

Klea beugte sich noch einmal über die Leiche des Klausners, hängte das Amulet, welches er ihr auf den Weg gegeben, um seinen Hals und folgte dann schweigend ihrem Freunde.

Nachdem sie die Prozession erreicht hatten, theilte Publius ihrem Führer mit, wie sie Serapion gefunden, und bat ihn, die Leiche abholen und auf's Kostbarste in dem zu ihrem Tempel gehörenden Balsamirungshause zur Bestattung herrichten zu lassen.

Einige Tempeldiener setzten sich Wache haltend neben die Leiche, und der Zug ging nach mancher Frage an Publius und nachdem auch der erschlagene Mörder bemerkt worden war, in den Tempel zurück.

Sobald die beiden Liebenden wieder allein waren, faßte Klea leidenschaftlich die Hand des Corneliers und sagte:

„Freundliche Worte hast Du zu mir gesprochen und ich danke Dir dafür, aber wahr zu sein bin ich gewöhnt, und weniger noch als jeden Andern möcht' ich Dich täuschen. Was Deine Liebe mir auch immer gewährt, das wird ein Geschenk für mich sein, denn Du schuldest mir gar nichts, ich aber Dir um so mehr, denn Du hast, wie ich nun weiß, dem Mäch= tigsten in diesem Lande meine Schwester entrissen, ich dagegen, als ich erfuhr, daß Irene Dir gefolgt sei und daß Dich Mörder bedrohten, ich ergab mich völlig dem Glauben, Du habest das Mädchen verlockt, Dir als Deine Geliebte zu folgen, und da — da — haßte ich Dich, und da, ja, ich muß es gestehen — da wünschte ich Dir in schrecklicher Verblendung den Tod."

„Und dieser Wunsch soll mich kränken?" fragte Publius. „Nein, Mädchen, er lehrt mich erst recht, daß Du mich liebst, wie ich geliebt sein möchte. Solcher Ingrimm in solcher Lage ist der dunkle Schatten der Liebe und gehört zu ihr so nothwendig, wie zu einem jeden wirklichen Dinge. Wo er fehlt, da ist eben von keinem solchen die Rede, da kann es sich nur um ein luftiges Trugbild, ein Garnichts, einen Schemen handeln! Eine Klea liebt nicht halb und haßt nicht halb, aber Räthselhaftes geht doch in ihr vor, wie in jedem andern Weibe. Wie wandelte sich in Dir nur der Wunsch, mich sterben zu sehen, in den entsetzlichen Entschluß, Dich für mich tödten zu lassen?"

„Ich sah die Mörder," entgegnete Klea, „und Abscheu vor ihnen und ihrem Vorhaben und Alles, was diesem verwandt ist, erfaßte mich; ich wollte Irenens Glück nicht vernichten und ich liebte Dich doch weit heißer, als ich Dich haßte; und dann — aber lassen wir das!"

„Nein, sage nur Alles!"

„Dann trat ein Augenblick ein..."

„Nun, Klea?"

„Dann, — ich habe ja diese letzten Stunden, als wir vorhin wenig redend und Hand in Hand neben der Leiche des armen Serapion saßen, zum zweiten Mal durchlebt, dann griff mir der mitternächtliche Gesang der Priester in's Herz, und als ich bei den frommen Klängen betend die Seele erhob, da war es mir, als sei Alles hier drinnen erstarrt und verhärtet gewesen und gewinne nun neue Bewegung und Weich= heit und Wärme. An alles Gute und Rechte mußt' ich wieder denken und schneller und leichter faßt' ich den Entschluß, mich für Dich und Irenens Glück zu opfern, als ich ihn später aufgeben mochte. Mein Vater gehörte zu den Jüngern des Zeno..."

„Und Du," unterbrach sie Publius, „gedachtest gemäß der Lehre der Stoa zu handeln. Ich kenne sie auch; aber den Tugendhaften und Weisen kenne ich nicht, der im Stande wäre, mitten im Kampfe des Daseins so zu leben und zu handeln, wie sie es befiehlt, indem er das gesammte Sittengesetz in allen seinen Theilen, und ohne gegen einen zu fehlen, in Fleisch und Blut überträgt und an sich selbst verkörpert. Hast Du von der Ruhe der Seele, der Gelassenheit und dem Gleichmuth des stoischen Weisen jemals gehört? Du schaust drein, als verletzte Dich diese Frage, aber zu erwerben wußtest Du diese Eigenschaften mit nichten, denn ich habe Dich gegen jede von ihnen fehlen sehen; sie widersprechen auch dem Wesen des Weibes, und, den Göttern sei Dank, Du bist kein Stoiker im Frauengewand, sondern ein Weib, ein echtes Weib wie es sein soll. Von Zeno und Chrysipp hast Du nichts gelernt, als was jede Bauernmagd von ihrem braven Vater lernen kann, ich meine wahr zu sein und die Tugend zu lieben. Laß Du es dabei bewenden, ich bin damit mehr als zufrieden."

„O Publius," rief Klea und faßte ihres Freundes Hand, „ich verstehe Dich und weiß, daß Du Recht hast. Unglücklich ist das Weib, so lange es sich starken Geistes zu sein dünkt und meint, es brauche keine andere Stütze als sein eigenes Wollen und Denken, keinen andern Berather, als eine klug ersonnene Lehre, der es sich anschließt. Ehe ich Dich besaß und tugendstolz meinen eigenen Weg ging, war ich — ich mag nicht mehr daran denken — etwas Halbes, das sich für ganz hielt; aber jetzt, wenn jetzt auch das Schicksal Dich mir entrisse, so wüßte ich doch die Stütze zu finden, auf die ich mich lehnen könnte in Noth und Verzweiflung. Nicht in der Stoa, nicht in sich selbst kann ein Weib sie finden, wohl aber im frommen Vertrauen auf die Hülfe der Götter.“

„Ich bin ein Mann,“ unterbrach sie Publius, „und bennoch opfere ich ihnen und beuge mich willig vor ihrem Rathschluß.“

„Ich aber,“ rief Klea, „sah gestern im Tempel des Serapis Unwürdiges von seinen Dienern begehen, und das that mir weh und widerstand mir und so verlor ich die Gottheit; aber das höchste Elend und die tiefste Liebe ließen sie mich wiederfinden. Ich kann mir auch die welterhaltende Kraft nicht mehr ohne Liebe und die die Menschen beglückende Liebe nicht ohne Gottheit denken. Wer jemals so für ein theures Wesen gebetet, wie ich in der Wüste für Dich, der verlernt das Beten wohl niemals. Solches Flehen ist gewiß nicht vergebens! Selbst wenn keine Gottheit es hört, liegt doch eine wunderbare stärkende Kraft in ihm selbst. Nun geh’ ich ruhig in unsern Tempel zurück, bis Du mich abholst, denn ich weiß, daß ganz verschwiegene, weise und gütige Vertraute über unserer Liebe wachen.“

„Du willst mich nicht zu Apollodor und Irene begleiten?“ fragte Publius überrascht.

„Nein,“ entgegnete Klea bescheiden. „Führe mich lieber zum Serapeum zurück. Von der Pflicht, die ich dort auf mich genommen, hat mich noch Niemand entbunden, und es wird würdiger für uns Beide sein, wenn Asklepiodor Dir des Philotas Tochter zum

Weibe gibt, als wenn Du Dich mit einer geraubten Dienerin des Serapis verbindest."

Einen Augenblick schaute Publius vor sich hin, dann sagte er lebhaft:

„Ich möchte doch, daß Du mit mir kämest. Du mußt schwer ermüdet sein, aber ich führe Dich auf meinem Maulthiere zu dem Bildhauer Apollodor. Nach dem Gerede der Menschen frag' ich nur wenig, wenn ich mir selbst bewußt bin, das Rechte zu thun, und vor Euergetes werde ich Dich zu schützen wissen, magst Du nun wieder Einlaß in Deinen Tempel begehren oder mir zu dem Künstler folgen. Komm' nur, es wird mir zu schwer, mich wieder von Dir zu trennen. Der Sieger legt seinen Kranz nicht beiseite, nachdem er ihn eben im schweren Kampfe gewonnen."

„Ich bitte Dich dennoch, führe mich in das Serapeum zurück," bat Klea, indem sie ihre Rechte auf die Hand des Corneliers legte.

„Scheint Dir der Weg nach Memphis zu lang, fühlst Du Dich völlig ermattet?"

„Ich bin sehr ermüdet von Erregung und Angst, vor Kummer und Wonne, und doch könnt' ich den Ritt wohl ertragen; aber ich bitte Dich, führe mich in den Tempel zurück."

„Obgleich Du Dich kräftig genug fühlst, bei mir zu bleiben, und trotz meines Verlangens, Dich sogleich zu Apollodor und Irene zu führen?" fragte Publius erstaunt und entzog seine Hand der ihren. „Drüben wartet das Maulthier. Stütze Dich auf meinen Arm. Komm' und thue, was ich wünsche!"

„Nein, Publius, nein. Du bist mein Herr und widerstandslos will ich Dir immer gehorchen. Nur in Einem laß mir den Willen heut' und in Zukunft! Was dem Weibe ziemt, weiß ich besser als Du, das weiß nur das Weib zu entscheiden."

Publius entgegnete nichts auf diese Worte, aber er küßte sie, schlang seinen Arm um sie und aneinandergeschmiegt erreichten Beide die Pforte des Serapeums, um sich dort auf wenige Stunden zu trennen.

Klea fand Einlaß in den Tempel und streckte sich sogleich, nachdem sie gehört, daß der kleine Philo sich besser befinde, auf ihrem ärmlichen Lager aus.

Wie einsam erschien ihr ihre Kammer, wie unaushaltbar verödet ohne Irene!

Einer raschen Eingebung folgend erhob sie sich von ihrem eigenen Bette, legte sich, als brächte sie das der Entfernten näher, auf das ihrer Schwester und schloß die Augen. Aber sie war zu erregt und ermüdet, um fest zu schlafen.

Schnell wechselnde Traumbilder durchbrachen fortwährend ihr aufrichtiges Dankgebet und ihren unruhigen Halbschlaf und stellten bald wundervoll glänzende, bald schreckliche, bald beglückend liebliche, bald jammervoll traurige Gemälde vor ihre Seele.

Dabei war es ihr zu Muth, als höre sie ferne Musik und als wiegten unsichtbare Hände sie auf und nieder.

Des Römers Bild beherrschte übermächtig alle anderen.

Endlich schloß erquickender Schlaf ihre Augen fester

und ein Traum zeigte ihr das Haus des Geliebten in Rom, seinen hohen Vater, seine würdige Mutter, die ihr ihrer eigenen zu gleichen schien, und viele strenge und große Senatorengestalten.

Tief befangen fühlte sie sich unter all' diesen Fremden, welche sie fragend anschauten und dann ihr gütig die Hände reichten.

Auch die edle Matrone näherte sich ihr freundlich und zog sie an ihre Brust; als Publius aber ihr seine Arme entgegenbreitete und sie ihm an's Herz flog und sie seine Lippen auf den ihren zu fühlen meinte, da schlug die weckende Dienerin heute wie alle Tage an ihre Thür und sie erwachte.

Dießmal freute sie sich ihres Traumes und gern hätte sie weiter geschlafen; aber sie that sich Gewalt an und erhob sich vom Lager, und ehe die Sonne völlig aufgegangen war, stand sie am Brunnen der Sonne und füllte, um ihre Pflicht nicht zu versäumen, beide Krüge mit Wasser für den Altar des Gottes.

Müde und halb vom Schlaf befangen stellte sie die goldenen Gefäße an ihren Platz und ruhte am Fuß eines Pfeilers aus, während ein Priester das von ihr herbeigebrachte Wasser als Trankopfer zu Boden goß.

Es war völlig hell, als sie nun wieder durch die vielsäulige Tempelhalle in den Vorhof schaute.

Das junge Licht umspielte jetzt die Säulen und seine schrägen Strahlen fielen hell leuchtend durch das hohe Thor tief in den Saal hinein, der sonst von dämmerigem Dunkel erfüllt zu sein pflegte.

Sehr feierlich, sehr erhaben und wie neu eingeweiht erschien ihr jetzt wieder diese heilige Stätte, und einem unwiderstehlichen Triebe folgend lehnte sie sich an eine Säule und sprach mit hoch erhobenen Armen und Augen dem Gott ihren Dank aus für seine Güte und wußte nur um das Eine zu bitten, daß er Publius und Irene und sie selbst und alle Menschen vor Leid und Kummer und Täuschung bewahren möge.

Ihr war zu Muthe, als sei ihr Herz ein dunkler Körper gewesen und habe nun helle Leuchtkraft gewonnen, als sei es verdorrt gewesen und triebe nun frisches Grün und bunte, glänzende Blumen.

Tugendhaft zu handeln ist auch Denen vergönnt, die, auf sich selbst gestellt, mit sittlichem Ernst recht und wahr zu leben bemüht sind, aber Tugend und reines inneres Glück feiern nur in denjenigen Herzen ihre Vermählung, die Gott, mag er Serapis oder Jehova heißen, zu suchen und zu finden verstehen.

An der Pforte des Vorhofes trat Asklepiodor Klea in den Weg und befahl ihr, ihm zu folgen.

Der Oberpriester hatte erfahren, daß sie den Tempel heimlich verlassen. Als sie in seinem stillen Gemach mit ihm allein war, fragte er sie ernst und streng, warum sie das Gesetz übertreten und ohne seine Zustimmung aus dem Heiligthume sich entfernt habe.

Klea erzählte ihm nun, wie sie die Angst um ihre Schwester nach Memphis getrieben und daß sie dort erfahren habe, der Römer Publius Cornelius Scipio, der sich der Sache ihres Vaters angenommen, habe Irene vor König Euergetes gerettet und in Sicherheit gebracht. Mitten in der Nacht habe sie sich allein auf den Heimweg begeben.

Der Oberpriester schien sich über diese Nachricht zu freuen, und als sie ihm weiter mittheilte, daß Serapion aus Besorgniß um sie seine Zelle verlassen und in der Wüste den Tod gefunden, sagte der Oberpriester:

„Das hab' ich Alles gewußt, mein Kind. Dem Klausner mögen die Götter vergeben und Serapis ihm im Jenseits trotz seines gebrochenen Eides Gnade gewähren. Sein Schicksal hat sich an ihm erfüllt. Dir, Mädchen, haben bessere Sterne als ihm bei Deiner Geburt geschienen, und in meiner Hand liegt es, Dich straflos zu lassen. Das thu' ich gern, und, Klea, wenn meine Andromeda heranwächst, so wünschte ich, daß sie Dir ähnlich würde. Dieß ist das höchste Lob, das ein Vater der Tochter eines andern Mannes zu ertheilen vermag. Als Leiter dieses Tempels befehle ich Dir, Deine Krüge heut wie immer zu füllen, bis Einer, der Deiner werth ist, vor mich hintritt und Dich zum Weibe begehrt. Ich denke, er läßt nicht lange auf sich warten."

„Wie weißt Du, mein Vater . . ." fragte Klea erröthend.

„Ich les' es aus Deinen Augen," entgegnete Asklepiodor und schaute ihr freundlich nach, als sie auf seinen Wink das Gemach verließ.

Sobald er allein war, ließ er seinen Schreiber rufen und sagte:

„König Philometor hat befohlen, daß der Geburtstag seines Bruders Euergetes heute in Memphis

gefeiert werde. Laß alle Fahnen aufhissen und die
Blumenkränze, die bald aus Arsinoe ankommen wer=
den, an die Pylonen befestigen, die Opferthiere heraus=
führen und für den Nachmittag einen Aufzug ansagen.
Alle Bewohner des Tempels sollen auch sorglich ge=
schmückt sein. — Aber nun etwas Anderes. Komanus
war hier und hat uns in des Königs Euergetes Namen
Großes verheißen und erklärt, er werde seinen Bruder
Philometor bestrafen, weil er uns die Genossin unseres
Tempels, Irene, geraubt. Zugleich bittet er mich,
die Krugträgerin Klea, die Schwester der Entführten,
zu einem Verhör nach Memphis zu senden; aber das
wird unterbleiben. Auch heute schließen wir die Thore
des Tempels, feiern das Fest unter uns und lassen
Niemand zum Opfer und zum Gebet in unsere Mauern,
bis das Schicksal der Schwestern gesichert ist. Wenn
die Könige selbst erscheinen und ihre Soldaten mit
einführen wollen, so empfangen wir sie ehrerbietig,
wie es sich ziemt, aber wir liefern ihnen Klea nicht
aus, sondern führen sie in das Allerheiligste, das
auch Euergetes nicht ohne mich zu betreten wagt,
denn zugleich mit dieser Jungfrau würden wir unsere
Würde preisgeben und mit ihr uns selbst."

Der Schreiber verneigte sich und meldete darauf
zwei Propheten des Osiris=Apis, die mit Asklepiodor
zu reden wünschten.

Klea war diesen Männern, als sie den Oberpriester
verließ, in seinem Vorzimmer begegnet und hatte in
der Hand des einen den Schlüssel gesehen, mit dem
sie das Thor der Apisgräber geöffnet.

Sie erschrak und ihr Pflichtgefühl gebot ihr, sogleich dem priesterlichen Schmied mitzutheilen, wie schlecht sie seinen Auftrag erfüllt habe.

Der alte Krates saß, als sie bei ihm eintrat, mit umwickelten Füßen bei seiner Arbeit und freute sich ihres Erscheinens, denn Besorgniß um sie und Irene hatte den Schlaf seiner Nacht gestört, und gegen Morgen waren seine Befürchtungen durch ein schreckliches Traumbild zur Angst gesteigert worden.

Ermuthigt durch die liebreiche Begrüßung des sonst so mürrischen Greises gestand ihm Klea, daß sie dem Schmied in der Hauptstadt den Schlüssel abzugeben versäumt, das Thor der Apisgräber mit ihm geöffnet und ihn aus dem neuen Schloß zu ziehen unterlassen habe.

Bei diesem Berichte brauste der Alte heftig auf, warf das eiserne Stänglein, das er bearbeitete, sammt der Feile auf seinen Werktisch und rief:

„So also hast Du Dich Deines Auftrags entledigt! Zum ersten Male vertraut' ich einem Weibe und nun hab' ich den Lohn! Uebel wird Dir und mir dieß Alles bekommen, und wenn sie erfahren, daß durch meine Schuld und die Deine das Heiligthum der Apisgräber entweiht ward, so belegen sie mich mit Recht mit allerlei Bußen, Dich aber strafen sie mit Einsperrung und Hunger."

„Und doch, mein Vater," entgegnete Klea ruhig, „fühl' ich mich schuldlos und vielleicht hätteft Du in meiner gräßlichen Lage nicht anders gehandelt, wie ich es that."

„Du meinst, Du wagst das zu glauben?" polterte der Alte. „Und wenn sie nun den Schlüssel und vielleicht gar das Schloß gestohlen haben, und ich diese ganze schöne und mühevolle Arbeit vergebens gemacht hätte?"

„Welcher Dieb sollte sich an die heiligen Grüfte wagen?" fragte Klea schüchtern.

„Sind sie etwa so unantastbar?" unterbrach sie Krates. „Hat sie doch solch' ein armseliges Ding wie Du zu öffnen gewagt. Aber warte nur, warte; wenn meine Füße mich nur nicht so schmerzten . . ."

„Höre mich," bat das Mädchen und trat dem empörten Schmiede näher. „Du bist verschwiegen, das hast Du mir gestern bewiesen; und wenn ich Dir erzählt haben werde, was ich in dieser Nacht erlebt und erfahren, dann wirst Du mir sicher vergeben, ich weiß es."

„Wenn Du Dich nur nicht irrst!" rief der Schmied. „Das müßten seltsame Dinge sein, die mich bewegen könnten, solche Pflichtvergessenheit und solchen Frevel ohne Strafe hingehen zu lassen!"

Und seltsame Dinge mußten es sein, die der Alte nun hörte, denn als Klea ihre Erzählung dessen, was ihr in der letzten Nacht widerfahren, beendet hatte, da schwammen nicht nur ihre eigenen Augen, sondern auch die des Schmiedes in Thränen.

„Verdammte Beine!" brummte er, als er dem fragenden Blicke der Jungfrau begegnete, und wischte mit dem Aermel seines Rockes das salzige Naß von seinen Wangen. „Ja, solch' ein geschwollener Fuß thut weh, Mädchen, und solch' ein Krüppel, wie ich bin, ist nicht immer der Stärkste. Alte Weiber werden den Männern ähnlich und alte Männer den Weibern. Ja, das Alter! Solche Füße zu haben, ist bös, aber schlimmer ist's, daß das Gedächtniß mit den Jahren schwindet. Da hab' ich gestern Abend, mein' ich, den Schlüssel im Thore der Apisgräber stecken lassen und werde gleich zu Asklepiodor schicken, damit er die Aegypter drüben, die mir doch für manche Arbeit verpflichtet sind, in meinem Namen um Entschuldigung bittet."

Vierundzwanzigstes Kapitel.

———

All' die dunklen Wolkenmassen, die in der letzten Nacht das Blau des Himmels verfinstert und das Licht des Mondes verdeckt hatten, waren verschwunden.

Der Nordostwind, der sich gegen Morgen erhob, hatte sie verweht und der wolkenfressende Zeus auch die letzte von ihnen verschlungen.

Es war ein köstlicher Morgen, und als das Tagesgestirn höher stieg und auch den über dem Nil schwebenden weißlichen Nebel und den Duft, welcher das Ostgebirge wie ein zartes, durchsichtiges Gewand von graublauem Bombyx umhüllt hatte, schnell und immer schneller zerriß und verzehrte, da schwand auch aus dem schattigsten Winkel der schmalen, sich meilenweit am westlichen Ufer des Stromes hinziehenden Stadt die nächtliche Kühle, und zu dem wundervoll hellen Licht, das die Straßen und Häuser, die Paläste und

Tempel, die Gärten, Baumgänge und zahllosen Schiffe im Hafen von Memphis umstrahlte, gesellte sich nun die beim Beginn eines Wintertages auch hier will=kommene Wärme.

Um den Nordostwind zur Fahrt stromaufwärts zu benützen, tummelten sich die Schiffsführer und Ma=trosen am Ufer des Nils, und mit lautem Gesang wurden Segel gehißt und Anker gelichtet.

So überfüllt mit Schiffen war das Ufer, daß man schwer begriff, wie die zur Abfahrt bereiten aus der Masse der zurückbleibenden den Ausweg finden würden; aber jedes fand eine Gasse, durch die es endlich das Fahrwasser erreichte, und bald wimmelte der Strom von Booten, die sämmtlich gen Süden segelten und ihm das Ansehen gaben, als sei er mit einem unabsehbaren schwimmenden Zeltlager überdeckt.

Lange Züge von hochbepackten Kameelen, von leichter beladenen Eseln und dunkelfarbigen Sklaven zogen auf der Hafenstraße dahin. Die Letzteren sangen, unermüdet von der Schwere des Tages, und die Peitschen ihrer Aufseher steckten noch in den Gürteln.

Ochsenkarren wurden belastet oder näherten sich mit Waaren dem Landungsplatze, und schon begannen sich um einzelne große Kaufherren, von denen die Mehrzahl griechisch und nur wenige in ägyptischer Weise gekleidet waren, die Schiffsführer zu sammeln, um ihre Ladungen an den Mann zu bringen oder ihre Fahrzeuge neu zu vermiethen.

Am lärmendsten ging es an einer Stelle des Hafens her, woselbst unter großen Zelten die Steuerbeamten thätig waren, denn die meisten Schiffe gingen nur bei Memphis vor Anker, um den Nilzoll auf den „Tisch" des Königs zu legen.

Bunt genug sah es auch auf dem dem Hafen benachbarten Markt aus, wo Datteln und Korn, Rinds= häute und getrocknete Fische in großen Haufen auf= gestapelt und blökende und brüllende Viehheerden zu= sammengetrieben waren, um an den Meistbietenden verkauft zu werden.

Wie auf einem Hühnerhofe Pfauen und bunte Hähne unter den emsig scharrenden Hennen, so zeigten sich hier mitten unter der geschäftigen Menge Soldaten zu Fuß und zu Roß in bunten Röcken und glänzen= der Waffenrüstung, vornehme Höflinge in Festkleidern von weithin glänzenden rothen, blauen und gelben Stoffen, die von den Sklaven in Sänften getragen wurden oder auf schön vergoldeten Wagen standen, bekränzte Priester in langen weißen Gewändern und gepußte Dirnen, die sich, um die Flöte zu spielen oder zu tanzen, in die dem Hafen benachbarten Schenken begaben.

Die zwischen diesem lebendigen Treiben umher= spielenden Kinder schauten begehrlich nach den hoch mit Kuchen bepackten Körben, welche Bäckerburschen geschickt auf dem Kopfe trugen. Die besonders zahl= reichen Hunde erhoben die Nasen, wenn solch' ein Träger von Süßigkeiten sich ihnen nahte, und mancher von ihnen heulte auf vor Verlangen, sobald eine Bürgersfrau mit ihrem Sklaven, der unter Gemüse und Früchten auch frisch geschlachtetes Geflügel und blutiges Fleisch für den Festbraten in seinem Korbe verwahrte, an ihm vorbeiging.

Gärtnersleute, Knaben und Mädchen in großer Zahl, trugen zu Zweien auf hölzernen Bahren oder einzeln auf Brettern und an Stangen Blumenkränze, Guirlanden und duftende Sträuße, und an derjenigen Stelle des Ufers, bei der die Schiffe des Königs vor Anker lagen, waren viele Arbeiter thätig, um die fahnentragenden Masten mit Laub und Blütengewinden rings zu umschlingen und mit bunten Laternen zu schmücken.

Lange Züge von festlich gekleideten Dienern der Gottheit, die Vertreter der fünf Phylen der Priesterschaft des gesammten Landes, zogen mit Geschenken und Standarten in der zum Königspalast führenden Richtung auf der Hafenstraße dahin, und die geschäftige Menge wich ihnen ehrerbietig aus.

Wie goldene Fäden durch ein graues Alltagsgewand, so wob sich durch das geschäftige Treiben am Landungsplatze festlicher Glanz.

Euergetes, der zu Alexandria herrschende Bruder des Königs, feierte heute zu Memphis seinen Geburtstag und die ganze Stadt sollte Theil haben an diesem Feste.

Schon in der ersten Stunde nach Sonnenaufgang waren in dem Tempel des Ptah, dem größten und ältesten Heiligthum in der ehrwürdigen Pharaonenresidenz, Opfer geschlachtet worden, der jüngst gefundene heilige Apisstier, dem Euergetes in der Frühe des Morgens seine Verehrung dargebracht und ber, als günstiges Zeichen für das Gelingen der Pläne des Königs, aus seiner Hand gefressen hatte, war über und über mit goldenen Zieraten behängt und seine eigene, sowie die Wohnung seiner Mutter und der für ihn gehaltenen Kühe, reich mit Blumen geschmückt.

Nur bis zu Mittag war es den Memphiten gestattet, ihren Geschäften nachzugehen und ihre Gewerbe zu treiben, dann aber wurden die Märkte, die Buden, die Werkstätten und Schulen geschlossen, und auf dem großen Jahrmarktsplatze vor dem Ptahtempel sollte es weltliche und religiöse Schauspiele jeder Art für Männer, Weiber und Kinder auf Kosten beider Könige zu sehen, zu hören und zu bewundern geben.

Zwei Männer aus Alexandria, ein aus Lesbos stammender Aeolier und ein zu der jüdischen Gemeinde gehörender Paläftinäer, der sich weder durch Kleidung noch Sprache von seinen hellenischen Mitbürgern unterschied, begrüßten einander gegenüber dem Ankerplatz der königlichen Schiffe, von denen einige, die purpurnen Segel entfaltend und die mit Elfenbein ausgelegten, schwer vergoldeten Schnäbel wendend, in den Nil stachen.

„In zwei Stunden," sagte der Jude, „fahr' ich nach Hause. Darf ich Dir anbieten, mein Boot mit mir zu theilen, oder denkst Du erst morgen zu reisen und das Fest mitzumachen? Es gibt allerlei Schaustellungen zu sehen und beim Einbruch der Dunkelheit wird eine große Beleuchtung stattfinden."

„Was kümmert mich der barbarische Kram!" ent=

gegnete der Lesbier. „Allein die ägyptische Musik bringt mich zur Verzweiflung. Mein Geschäft ist ab= geschlossen, die Waaren, die über Berenice und Koptos aus Arabien und Indien kommen, habe ich besichtigt und ausgewählt, was ich brauche, ehe das Schiff, das sie trägt, in dem mareotischen Hafen landet und Andere in Alexandria mir zuvorkommen. Ich bleibe keine Stunde länger als nöthig in diesem Nest, das so traurig wie groß ist. Gestern sah ich das Gym= nasium an und die vornehmen Bäder. Jammervoll, sage ich Dir. Ich trete den Fischmärkten und Pferde= schwemmen in Alexandria zu nahe, wenn ich sie mit ihnen vergleiche."

„Und das Theater!" rief der Jude. „Sein Aeuße= res ließe. sich ansehen, aber das Spiel! Gestern gaben sie die ,Thais' des Menander. Mit faulen Aepfeln, sag' ich Dir, hätten sie in Alexandria das Frauen= zimmer von der Bühne getrieben, das die bestrickende und doch kalte Hetäre darzustellen wagte. Neben mir saß ein dicker brauner Aegypter, ein Zuckerbäcker oder dergleichen, der sich vor Lachen die Seiten hielt und doch, ich möcht' es beschwören, kein Wort von der ganzen Komödie verstand. Auch in Memphis ist es jetzt selbst unter den Handwerkern Mode, Griechisch zu können. Darf ich hoffen, daß Du mein Gast bist?"

„Gern, gern," entgegnete der Lesbier. „Ich wollte mich eben nach einem Boote umsehen. Bist Du mit Deinen Geschäften zufrieden?"

„Leiblich," antwortete der Jude. „Ich kaufte oberägyptisches Korn und legte es hier in die Speicher.

Die ganze Reihe dort drüben war zu Spottpreisen zu vermiethen, und so kommen wir gut fort, wenn wir das Getraide hier und nicht in Alexandria, wo die Vorrathskammern kaum mehr zu bezahlen sind, lagern lassen.“

„Das ist klug,“ gab der Lesbier zurück. „Es sieht hier lebendig genug aus im Hafen, aber schon die vielen leeren Magazine und billigen Miethen beweisen, wie Memphis zurückging. Früher war diese Stadt das Ziel für die Schiffe, heute aber laufen die meisten nur an, um den Zoll zu zahlen und den Mundvorrath für die Mannschaft zu ergänzen. Dieser volkreiche Ort hat einen großen Magen, und es kommt wohl auch manchmal zu bedeutenderen Geschäften, aber das Meiste von dem, was hier anhalten muß, geht doch nach Alexandria weiter.“

„Es fehlt eben das Meer,“ unterbrach ihn der Jude. „Memphis handelt nur mit Aegypten und wir mit der Welt. Wer hier Waaren versendet, belastet Kameele, erbärmliche Esel und flache Nilboote, wir aber befrachten in unseren Häfen gewaltige Meerschiffe. Wenn die Winterstürme vorbei sind, senden wir allein zwanzig Trieren mit ägyptischem Getraide nach Ostia und in den Pontus. Eure indischen und arabischen Waaren, die Güter, die ihr aus den neu erschlossenen äthiopischen Ländern bezieht, nehmen weniger Platz ein, aber ich möchte wohl wissen, wie viel Talente euer Umsatz im vorigen Jahr betrug. Auf Wieder=sehen denn in meinem Schiffe; es heißt ‚Euphrosyne‘ und liegt dort drüben gerade gegenüber den beiden

Bildsäulen des alten Königs ... Wer kann diese Namen behalten! Ungelenke, barbarische Dinger! In drei Stunden brechen wir auf. Ich habe einen guten Koch an Bord, der sich wenig um die Speisegesetze kümmert, nach denen meine Landsleute in Palästina leben. Du findest auch einige neue Bücher und ganz vorzüglichen Wein aus Byblos."

„So haben wir wenig von widrigen Winden zu fürchten," lachte der Lesbier. „Auf Wiedersehen denn in drei Stunden!"

Der Israelit grüßte seinen Reisegefährten mit der Hand und ging im Schatten einer Allee von Sykomoren mit unförmig breiten Laubkronen zuerst dem Ufer entlang, dann aber bog er in eine schmale Straße, die aus dem Hafen in die Stadt führte.

An dem Eingange des Eckhauses, welches seine eine Seite dem Strom, seine andere, in der sich die Thür und ein kleiner Oelladen befanden, der Gasse zukehrte, blieb er einen Augenblick stehen, denn seine Aufmerksamkeit ward dort von einem seltsamen Bilde gefesselt. Aber er hatte vor seiner Abfahrt noch Mancherlei zu besorgen und eilte bald weiter, ohne auf eine stattliche Männergestalt zu achten, welche ihm mit dem Reisehut auf dem Kopfe und in einem Mantel, wie man ihn sonst nur auf der Wanderung trug, entgegentrat.

Das Haus, nach dem der Jude geschaut hatte, war das des Bildhauers Apollodor, und der für diese Tageszeit und einen Spaziergang durch die Stadt seltsam gekleidete Herr der Römer Publius Scipio.

Ihn schien das, was in dem kleinen Laden an der Thür des Bildhauers vorging, noch mehr zu fesseln, als den Israeliten, denn er lehnte sich an einen der Bude gegenüber liegenden Gartenzaun und schaute kopfschüttelnd eine Zeitlang den wunderlichen Dingen zu, die es da brin zu sehen gab.

Eine hölzerne, von der Mauer des Hauses getragene Tischplatte, auf die die Käufer ihr Geld zu legen und einige Oelkrüge zu stehen pflegten, ragte wie ein Fensterbrett ein wenig in die Straße hinein, und auf dieser eigenthümlichen Ruhebank saß, indem er dem Budenraum, welcher nicht viel größer war als ein stattlicher Reisewagen, den Rücken zukehrte, ein vornehm aussehender Jüngling in einem lichtblauen, ärmellosen Chiton.

Neben ihm lag ein weißes, mit blauem Rande verziertes Himation von feinem Wollenstoffe. Seine Beine hingen in die Gasse hinein und ihre schimmernde Helle stach wunderlich ab von der schwarzen Haut eines nackten ägyptischen Buben, der mit einem Käfige voll Tauben zu seinen Füßen kauerte.

Der Grieche auf dem armseligen Budentische trug einen goldenen Reifen über dem schön gesalbten Lockenhaar, Sandalen vom feinsten Leder an den Füßen und sah auch in seiner niederen Umgebung vornehm genug aus, dabei aber noch fröhlicher als vornehm, denn sein ganzes hübsches Gesicht lachte, während er zwei kleine, röthlichgraue Turteltauben mit Bändern von rosenrothem Bombyr an den zierlichen Korb, in dem sie saßen, schnürte und dann den geängstigten

Thierchen ein kostbares goldenes Frauenarmband über die Köpfchen streifte und es mit einer weißen Schnur an ihre Flügel befestigte.

Nachdem dieses Werk gelungen, hob er das Körbchen in die Höhe, betrachtete es schmunzelnd und mit zufriedenem Blick und war eben im Begriff, es dem schwarzen Knaben zu überreichen, als er Publius bemerkte, der von dem Gartenzaune aus auf ihn zutrat.

„Um aller Götter willen, Lysias," rief der Römer, ohne seinen Freund zu begrüßen, „was treibst Du da wieder für thörichtes Zeug! Bist Du Oelhändler geworden oder beschäftigst Du Dich mit der Abrichtung von Tauben?"

„Ich bin das Eine und thue das Andere," lachte der Korinther, denn dieser war es, dem die Anrede des Römers galt. „Wie gefällt Dir dieß Nestlein? Ich finde es wundernieblich, und wie gut den kleinen Dingern der goldene Reif steht, der ihre Hälschen verbindet!

„Breite nun," fuhr er, sich gegen seinen kleinen Gehülfen wendend, fort, „die Tatzen aus, Du braunes Krokodil, trage das Körbchen behutsam in das Haus hinein und sprich mir nun nach: ‚Von dem liebeskranken Lysias an die schöne Irene!' — Sieh nur, Publius, wie mich das Unthier mit seinen weißen Zähnen angrinst! Du wirst gleich hören, daß sein Griechisch weit weniger tadellos ist, als sein Gebiß. Die Ohren gespitzt, kleines Ichneumon! Wiederhole noch einmal, was Du da — siehst Du, wohin ich mit dem Finger zeige? — was Du da drin dem Herrn

ober der Herrin, die Dir die Tauben abnehmen wer=
den, sagen sollst!"

In kläglicher Verstümmelung wiederholte der Knabe
des Korinthers Gruß an Irene, und während er
dabei den Mund weit aufsperrte, warf ihm Lyfias,
der es wohl verstand, flache Steine über den Spiegel
des Wassers hüpfen zu lassen, besonders zierlich eine
silberne Drachme hinein. Dieser Bissen schmeckte dem
Burschen, denn nachdem er die Münze aus seinem
Munde genommen, stellte er sich mit weit geöffneten
Kiefern, auf einen neuen Wurf wartend, seinem frei=
gebigen Gebieter gegenüber; dieser aber schlug ihm
nun mit den flachen Händen leicht auf den Kopf und
unter das Kinn und sagte, als die Zähne des Jungen
aneinander klappten:

„Jetzt trägst Du das Nest hinauf und wartest
auf Antwort."

„Also Irene gilt dieses Geschenk?" fragte Publius.
„Wir haben uns lange nicht gesehen. Wo warst Du
gestern den ganzen Tag?"

„Es wird viel unterhaltender sein, zu hören, was
Du in dieser ganzen langen Nacht getrieben. Du
siehst aus, als kämest Du geradenwegs von Rom!
Euergetes hat heute Morgen schon einmal und die
Königin zweimal nach Dir geschickt; sie ist in Dich
verliebt bis über die Ohren!"

„Thorheit! — Erkläre mir nun, was Du hier
treibst."

„Erst erzähle Du mir, wo Du gewesen."

„Ich hatte einen wichtigen Weg zu gehen, von

dem ich Dir später erzählen werde, nicht jetzt; und
babei sind mir ganz absonderliche, ja, ich darf sagen,
bemerkenswerthe Dinge begegnet. Vor Sonnenaufgang
fand ich dann in der Herberge unten ein Lager und
habe zu meinem eigenen Erstaunen so fest geschlafen,
daß ich erst vor kaum zwei Stunden erwacht bin."

„Das ist ein ärmlicher Bericht; aber ich weiß ja,
wenn Du nicht reden willst, so entlockt Dir kein Gott
eine Sylbe. Was mich betrifft, so würde ich mir mit
Schweigen selbst zu nahe treten, denn mein Herz ist
wie ein überbürdetes Lastthier und das Sprechen wird
es erleichtern. Ach, Publius, mir geht es heut wie
dem armen Tantalus, dem die saftigen Birnen an
der Nase herumzappeln, seinen hungrigen Magen kitzeln
und sich doch nie von ihm erwischen lassen! Sieh'
nur, da — da brin wohnt Irene, die Birne, der
Pfirsich, der Granatapfel, nach dem sich mein dursten=
des Herz in Sehnsucht verzehrt. Lache nur! Heute
könnte Paris der Helena straflos begegnen, denn Eros
hat an mir seinen ganzen Vorrath an Pfeilen ver=
schossen. Du siehst sie nicht, aber ich fühle sie, denn
es hat sie noch Keiner aus den Wunden gezogen.
Und die liebe Kleine ist bei dem großen Scheiben=
schießen des geflügelten Knaben auch nicht ganz un=
verletzt geblieben. Sie hat mir's selber gestanden.
Ihr etwas abzuschlagen, ist mir unmöglich, und so
habe ich die Thorheit begangen, ihr einen schrecklichen
Eid zu schwören, sie nicht eher zu besuchen, als bis sie
wieder mit ihrer großen, ernsten Schwester vereint ist,
vor der ich mich fürchte. Gestern hab' ich, wie wenn

es kalt ist, ein hungriger Wolf einen Tempel, in dem man Lämmer opfert, dieß Haus umschlichen, um sie zu sehen, oder wenigstens ein Wort aus ihrem Munde zu hören, denn sie spricht, wie Nachtigallen singen; aber Alles vergebens. — Heute früh trieb mich's wieder in die Stadt und hieher, und weil mir das ewige Umherlaufen nichts nützt, so kauft' ich dem alten Oelhändler, der dort in der Ecke schläft, seinen Kram ab und ließ mich in seiner Bude nieder, denn von hier aus entgeht mir Keiner, der das Haus Apollodor's betritt oder verläßt, außerdem aber ist es mir nur verboten, Irene zu besuchen; ihr Grüße zu senden, erlaubt sie selbst und wehrt mir Niemand, auch nicht Apollodor, mit dem ich vor einer Stunde geredet."

„Solch' ein Gruß war auch das Nest, das Dein brauner Liebesbote vorhin in das Haus trug?"

„Natürlich. Es ist schon der dritte. Erst sandt' ich einen schönen Strauß von lauter Granatblüten und dazu einige Verse, die ich in dieser Nacht geschmiedet, dann einen Korb mit Pfirsichen, die sie ja gern ißt, und jetzt die Tauben. Da liegen auch ihre Antworten. O das liebe, süße Geschöpf! Für den Strauß erhielt ich dieß rothe Bändchen, für die Früchte diesen angebissenen Pfirsich. Nun bin ich begierig, was ich für meine Tauben bekomme. Den braunen Schlingel hab' ich mir auf dem Markte gekauft; ich nehm' ihn mir zum Andenken an Memphis mit nach Korinth, wenn er jetzt etwas Hübsches zurückbringt. Da geht die Thür und da ist er. Komm' her, mein Junge, was bringst Du?"

Publius hörte und schaute mit auf dem Rücken gekreuzten Armen den lebhaften Worten und Bewegungen seines Freundes zu, der ihm heute noch mehr als sonst wie ein sorgloser Liebling der Götter vorkam, an dessen übermüthigem Thun man sich freut, weil es zu seinem Sein und Wesen paßt und man fühlt, daß er es so wenig lassen kann, wie die Bäume das Blühen.

Sobald Lysias ein Päckchen in der Hand des Knaben bemerkt hatte, nahm er es ihm nicht ab, sondern schwang den ganzen, keineswegs winzigen Gesellen, als wär' es ein Kinderspielzeug, an dem seinen Schurz tragenden Ledergurt zu sich empor, ließ ihn neben sich auf seinen Tisch nieder und rief: „Ich lehre Dich fliegen, junges Nilpferd. Nun zeige, was Du hast!"

Schnell nahm er dem verblüfft dreinschauenden Jungen das Päckchen aus den Fingern, wog es in seiner Hand und sagte, sich an Publius wendend:

„Es steckt etwas ziemlich Schweres da drin, was kann es enthalten?"

„Ich bin wenig erfahren in solchen Dingen," entgegnete der Römer.

„Ich außerordentlich," gab Lysias zurück. „Es könnte, warte — es könnte ihre Gürtelschnalle darin sein. Fühle nur, es ist gewiß etwas Hartes."

Publius betastete das Päckchen, das der Korinther ihm hinhielt, aufmerksam mit den Fingern und sagte dann lächelnd:

„Mir ahnt, was Du da bekommst, und hätte ich

Recht, so sollt' es mich freuen. Irene schickt Dir, glaub' ich, das goldene Armband auf einem Brettchen höflich zurück."

„Unsinn," entgegnete Lysias. „Die Spange war hübsch gearbeitet und werthvoll, und alle Mädchen lieben den Schmuck."

„Deine Freundinnen zu Korinth in jedem Falle! Aber sieh' doch zu, was das Tüchlein enthält."

„Wickele Du es aus," bat der Korinther.

Publius löste zuerst einen Faden, entfaltete dann ein weißes Leinwandstückchen und fand endlich ein in spröden „Handelspapyrus" eingewickeltes Etwas.

Nachdem diese letzte Hülle entfernt war, zeigte sich in der That das Armband und unter diesem lag ein kleines Wachstäfelchen.

Lysias war keineswegs zufrieden mit diesem Funde und schaute verblüfft und verdrossen auf sein zurück= gewiesenes Geschenk, aber er wurde schnell seines Aer= gers Herr und sagte, indem er sich an seinen nicht schadenfroh lachenden, sondern nachdenklich zu Boden blickenden Freund wandte:

„Hier auf dem Täfelchen steht auch etwas. Das ist gewiß die Brühe zu dem gepfefferten Gericht, das mir da vorgesetzt ward."

„Iß sie nur," unterbrach ihn Publius. „Sie kann Dir für die Zukunft wohlthätig sein."

Lysias nahm das Täfelchen in die Hand und nach= dem er es von allen Seiten betrachtet hatte, sagte er:

„Es gehört dem Bildhauer, denn da steht noch sein Name. Und da ... Wahrhaftig, sie hat die

Brühe, oder wenn Du lieber willst, die bittere Arznei mit Versen gewürzt. Sie sind weniger schön als deutlich geschrieben und gehören jedenfalls zu der lehrhaften Gattung."

„Nun?" fragte der Römer neugierig, während Lysias las. Aber dieser Letztere schaute nicht auf von der Schrift, sondern gab, indem er den Rücken seiner feinen Nase mit den Fingerspitzen rieb, nur leise seufzend zur Antwort:

„Recht hübsch für Jeden, den es nichts angeht! Willst Du das Distichon hören?"

„Ich bitte Dich, trage vor!"

„Nun also," sagte der Korinther, seufzte noch einmal und las:

„Freundlich erscheinet sein Loos dem durch Liebe verbundenen Paare,
Doch das belastende Gold scheut es und sendet's zurück."

„Da hast Du meine Arznei! Aber Tauben sind keine Menschen und ich weiß schon, was ich entgegne! Gib mir die Fibula, Publius, die Deinen Mantel zusammenhält, in dem Du wie Dein eigener Bote aussiehst; ich ritze mit ihr meine Antwort in das Wachs."

Der Römer reichte Lysias den mit einer starken Nadel versehenen goldenen Kranz, und während er seinen Mantel mit den Händen zusammenzog, weil er auch von den wenigen, diese Gasse berührenden Vorübergehenden nicht erkannt zu werden wünschte, schrieb der Korinther:

„Wärmt sich den Tauben das Herz, so putzet allein sich das
Männchen,
Wenn es dem Jüngling erglüht, schmückt die Geliebte er gern."

„Darf man hören?" fragte Publius und sein Freund las ihm sogleich seine Verse vor, gab dem Knaben das Täfelchen und das Armband, welches er schnell von Neuem einwickelte, in die Hand und befahl ihm, es sogleich zu der schönen Irene zu bringen.

Aber der Römer hielt den Knaben zurück, und seine Hand auf des Korinthers Schultern legend fragte er:

„Und wenn nun die Jungfrau diese Gabe an= nimmt und nach ihr viele andere, denn Du bist ja reich genug, sie nach Herzensluft zu beschenken, — was dann, Lysias?"

„Was dann?" wiederholte der also Angeredete unschlüssiger und befangener als sonst. „Dann warte ich Klea's Heimkehr ab und —; ja, lache mich nur aus, aber ich habe ernstlich daran gedacht, dieß Mäd= chen zu heirathen und es mit nach Korinth zu nehmen. Ich bin der einzige Sohn und schon seit drei Jahren läßt mir mein Vater keine Ruhe. Er will durchaus, daß die Mutter mir eine Frau sucht oder daß ich mir selbst eine wähle. Und brächt' ich ihm die pech= schwarze Schwester dieses braunen Bengels, ich glaube, er würde sich freuen! Toller als in diese kleine Irene werd' ich mich in kein anderes Mädchen verlieben, so wahr ich Dein Freund bin; aber ich weiß, warum Du mich wieder mit dem Blicke des Donnerers Zeus ansiehst! Du weißt, was unser Haus in Korinth be= deutet, und wenn mir das in den Sinn kommt, dann freilich —"

„Dann freilich?" fragte der Römer schneidig und ernst.

„Dann bedenke ich, daß eine Krugträgerin und die Tochter eines verurtheilten Mannes in unserem Hause ..."

„Hältst Du das meine in Rom für geringer, als das eure in Korinth?" fragte Publius streng.

„Im Gegentheil, Publius Cornelius Scipio Nasica. Wir sind groß durch Reichthum, ihr seid es durch Macht und sicheren Besitz."

„Wir sind es, und dennoch führ' ich Irenens Schwester, Klea, als mein eheliches Weib in das Haus meines Vaters."

„Thust Du das?!" rief Lysias, sprang von seiner Bank auf und warf sich, obgleich einige Aegypter in diesem Augenblicke in der öden Gasse an ihnen vorbei= zogen, an des Römers Brust. „Dann ist ja Alles gut, dann, — ach, wie mir das die Seele erleichtert, — dann wird Irene mein Weib, so wahr das Leben mir lieb ist! O Eros und Aphrodite und Vater Zeus und Apollo, wie das mir gut thut! Als wär' mir die größte von allen Pyramiden da drüben vom Herzen gefallen, so ist mir zu Muthe! Jetzt, Schlingel, gehst Du hinauf und bringst der schönen Irene, der Braut des treuen Lysias, — hörst Du, was ich Dir sage? — sogleich diese Tafel und dieses Armband. Aber Du wirst es nicht richtig bestellen; ich schreibe hier über mein Distichon: ‚Der treue Lysias der schönen Irene, seiner künftigen Gattin.' So und nun, denke ich, schickt sie das Ding da nicht wieder zurück, das brave Mädchen! Höre, Schlingel, wenn sie es behält, so darfst Du heut auf dem Festplatz so viel Kuchen

schlingen, bis Du todkrank bist, und ich habe doch
eben erst für Dich fünf Goldstücke bezahlt. Behält
sie das Armband, Publius, ja oder nein?"

„Sie wird es behalten."

Wenige Minuten später kam der Knabe eilend
zurück, zog heftig an des Korinthers Chiton und rief:

„Kommen, mitkommen, hinein in das Haus!"

Lysias sprang mit einem weiten und zierlichen
Satze über den Buben fort, riß die Thür auf und
öffnete seine Arme, als er Irene erblickte, welche die
schmale, leiterartige Stiege behend wie eine gejagte
Gazelle herunter und auf ihn zu eilte, um sich lachend
und weinend in einem Athem an seine Brust zu
werfen.

Schnell fanden seine Lippen die ihren, aber nach
diesem ersten Kusse riß sie sich von ihm los, stürmte
wieder die Treppe hinan, rief ihm von einer der
oberen Stufen jubelnd zu: „Ich habe nicht anders
gekonnt! Wenn Klea da ist, auf Wiedersehen!" und
verschwand dann im oberen Stockwerk.

Wie berauscht kehrte Lysias zu seinem Freunde
zurück, schwang sich wieder auf seine Bank und sagte:

„Nun mag der Himmel einfallen, mich soll es
nicht kümmern! Ihr ewigen Götter, wie schön ist die
Welt!"

„Seltsamer Gesell," unterbrach der Römer seines
Freundes Entzücken, „Du kannst doch nicht immer
in dieser schwärzlichen Bude bleiben."

„Ich rühre mich nicht von der Stelle, bis Klea
hier eintrifft. Der Bursch da soll mir Futter zu=

tragen, wie ein alter Spatz seinen Jungen, und zur
Noth bleib' ich hier eine Woche liegen, wie die kleinen
Sardellen, die man zu Alexandria in Oel aufbe=
wahrt."

„Du wirst, hoff' ich, nur einige Stunden zu
warten haben; ich aber muß gehen, denn ich gedenke
dem König Euergetes eine seltsame Ueberraschung zu
seinem Geburtstage zu bereiten und muß in den Palast.
Die Feierlichkeiten sind schon in vollem Gange. Höre
nur, wie sie am Hafen schreien und rufen; mir ist
es, als ob ich den Namen Euergetes verstände."

„Bring' dem dicken Ungethüm meinen Glückwunsch,
und auf baldiges Wiedersehen, mein Schwager!"

Fünfundzwanzigstes Kapitel.

König Euergetes ging unruhig in dem hohen Gemach, das sein Bruder mit besonderer Pracht für ihn zum Empfangszimmer eingerichtet hatte, auf und nieder.

Kaum war mit dem Aufgang der Sonne sein Geburtstag angebrochen, als er sich mit großem Gefolge, und bevor Philometor das Gleiche gethan, in den Tempel des Ptah begeben hatte, um zu opfern, die mächtigen Leiter des Heiligthums für sich zu gewinnen und das Apisorakel zu befragen.

Es war günstig ausgefallen, denn der heilige Stier hatte willig aus seiner Hand gefressen, aber es würde ihm lieber gewesen sein, wenn er sich von seinem Kuchen abgewandt und Euläus ihm die Nachricht gebracht hätte, der Anschlag auf das Leben des Römers wäre gelungen.

Gaben über Gaben, Glückwunschschreiben aus allen Gauen des Landes und priesterliche, zu seiner Ehre verfaßte Dekrete auf Tafeln von hartem Stein lagen auf allen Tischen und standen an den Wänden des großen Raumes, den die Gratulanten soeben verlassen.

Nur des Königs Freund Hierax war bei ihm geblieben und lehnte sich, auf den Wink seines Gebieters wartend, an den reich mit Gemmen geschmückten, hohen Thronsessel von Gold und Elfenbein, den die jüdische Gemeinde von Alexandria ihrem Gebieter gesandt hatte.

Der Feldoberst kannte seinen Herrn und wußte, daß es unvorsichtig sei, ihn anzureden, wenn er so aussah wie jetzt.

Aber Euergetes empfand selbst das Bedürfniß zu reden und sagte, ohne seinen Gang zu unterbrechen oder seinen stattlichen Freund anzuschauen:

„Auch die Philobasilisten haben sich käuflich erwiesen, meine Soldaten in der Burg sind zahlreicher und dazu besser, als die dem Philometor treu gebliebenen, und es gäbe also für mich nichts weiter zu thun, als ein kurzes Gedresche von Schwertern auf Schildern in's Werk zu setzen, mich auf den Thron zu schwingen und zum König ausrufen zu lassen; aber mit der stärksten Heeresabtheilung des Feindes im Rücken geh' ich nicht in die Schlacht! Auf dem Hals meiner Schwester sitzt der Kopf meines Bruders, und so lang ich ihrer nicht sicher bin . . ."

Ein eilig in das Gemach stürzender Kämmerer unterbrach diese Worte mit dem Rufe:

„Die Königin Kleopatra!"

Ueber die Züge des jungen Riesen flog ein triumphirendes Lächeln.

Nachlässig warf er sich auf ein purpurnes Polster, ließ sich eine köstliche Leier von Elfenbein reichen, die ihm seine Schwester als Geschenk übersandt hatte, und in die mit wundervoller Kunst und Feinheit die erste Hochzeit, die des Kadmus mit der Harmonia, bei der alle Götter als Gäste erschienen, geschnitten war.

Mit außerordentlicher Kraft und meisterlichem Geschick griff Euergetes in die Saiten und begann einen Hochzeitsmarsch zu spielen, in dem leidenschaftlicher Jubel mit sehnsuchtsvollem, leisem Liebesgeflüster zu wechseln schien.

Der Kämmerer, welcher Kleopatra zu ihrem Bruder einzuführen hatte, wollte das Spiel seines Herrn unterbrechen, die Königin aber hielt ihn zurück und blieb mit ihren Kindern lauschend an der Thür stehen, bis Euergetes sein Lied mit einem muthwilligen Griff in die Saiten und einem lauten, das Ohr verletzenden Mißklange jäh beendete, seine Laute auf das Polster warf und dann erst, als habe er, vertieft in sein Spiel, der Königin Kommen völlig überhört, sich scheinbar überrascht erhob und auf sie zu ging.

Herzlich und indem er ihr beide Hände entgegenstreckte, begrüßte er seine Schwester, und auch die Kinder, die ihn nicht fürchteten, weil er mit ihnen wie ein ausgelassener Knabe tolle Scherze zu treiben verstand, hieß er so zärtlich willkommen, als sei er ihr eigener Vater.

Er wurde nicht müde zu danken, die sinnige Gabe Kleopatra's an ihn, der sich ja wie Kadmus der Harmonia zu bemächtigen versuchte, zu rühmen, und faßte

sie, die noch gar nicht zu Worte gekommen war, endlich bei der Hand, um ihr auch die Geschenke ihres
Gatten und der Gaue des Landes zu zeigen. — Aber
Kleopatra schien wenig Gefallen an diesen Dingen
zu finden und sagte:

„Es ist gewiß Alles vortrefflich —: genau ebenso,
wie es im vorigen Jahre und vor zwanzig Jahren
gewesen, aber ich bin nicht hiehergekommen, um zu
sehen, sondern um zu hören.“

Ihr Bruder strahlte von Heiterkeit, sie aber war
bleich und ernst und brachte es nur manchmal zu
einem erzwungenen Lächeln.

„Ich dachte, es hätte Dich vor Allem der Wunsch,
mir Glück zu wünschen, hieher geführt,“ entgegnete
ihr Euergetes, „und meine Eitelkeit gebietet mir auch,
dieß zu glauben. Philometor war bereits bei mir
und hat sich dieser Pflicht rührend herzlich entledigt.
Wann begibt er sich in den Festsaal?“

„In einer halben Stunde, und bis dahin bitt’ ich
Dich, mir zu eröffnen, was Du mir gestern...“

„Das Beste bereitet sich langsam vor,“ unterbrach
sie ihr Bruder. „Darf ich Dich bitten, die Wärterinnen mit den Kindern auf einige Minuten in die
inneren Gemächer treten zu lassen?“

„Sogleich!“ rief Kleopatra eifrig und drängte
ihren ältesten Knaben, als er ungestüm forderte, bei
seinem Oheim zu bleiben, gewaltsam und ohne seiner
Pflegerin Zeit zu lassen, ihn zu beruhigen und auf
den Arm zu nehmen, nach der Thür hin.

Während sie unfreundlich und mit kurzen, schel-

tenden Worten die Fortführung der Kinder zu be=
schleunigen suchte, war Euläus in das Zimmer getreten.

Euergetes nahm, sobald er ihn erblickte, seine
ganze Gestalt straff zusammen und holte so tief Athem,
daß seine gewaltige Brust sich mächtig erhob und ein
kräftiger Luftstrom über seine Lippen wehte, als er
ihm langsam und mit fragenden Blicken entgegenschritt.

Der Eunuch wies mit den Blicken bedeutungsvoll
auf Hierax und Kleopatra, trat ganz nahe an den
König heran, flüsterte ihm einige Worte in's Ohr und
beantwortete seine kurzen Fragen mit leiser Stimme.

„Gut," sagte Euergetes endlich und befahl Euläus
und seinem Freunde mit einer entschiedenen Finger=
bewegung, das Gemach zu verlassen.

Todtenbleich, die Unterlippe mit den Zähnen
beißend und starr zu Boden blickend, stand er da.

Sein Wille war geschehen, Publius Cornelius
Scipio lebte nicht mehr; ungehindert konnte jetzt sein
Ehrgeiz das letzte Ziel seiner Wünsche erreichen; und
doch freute er sich nicht, konnte er sich eines tiefen
Abscheus vor sich selbst nicht erwehren und schlug
mit der geballten Faust an seine breite Stirn.

Er stand seinem ersten Meuchelmord gegenüber.

„Was hat Dir Euläus gemeldet?" fragte Kleo=
patra, die ihren Bruder noch nie so gesehen hatte,
in großer Spannung; er aber überhörte diese Worte,
und erst, als sie dieselben nachdrücklicher wiederholte,
fuhr er zusammen, maß sie vom Kopf bis zu den
Füßen mit einem finstern Blicke und fragte sie dann,
indem er seine Hand so schwer auf ihre Schulter

fallen ließ, daß sie mit einem leisen Aufschrei die Kniee beugte, bedeutungsvoll und doch leise:

„Bist Du stark genug, etwas Großes zu hören?"

„Rede," entgegnete sie leise, und während sie ihre Hand auf ihr Herz drückte, hingen ihre Augen an seinen Lippen.

Ihre Begier zu hören verknüpfte sie mit ihm wie mit greifbaren Banden, und als wünsche er diese durch die Wucht seiner Worte zu sprengen, sagte er furchtbar ernst, mit tiefer Stimme und jede Sylbe betonend:

„Publius Cornelius Scipio Nasica ist todt."

Kleopatra's bleiche Wangen färbten sich bei diesen Worten mit glühendem Roth, und mit der kleinen Faust in ihre Linke schlagend, rief sie mit leuchtenden Augen: „Das hab' ich gehofft!"

Euergetes trat einen Schritt von seiner Schwester zurück und sagte:

„Du hattest Recht; nicht nur unter dem Volk der Götter sind von allen die furchtbarsten — Weiber."

„Das sagst Du?" fragte Kleopatra. „Soll ich glauben, daß Zahnschmerzen den Römer gestern beim Gastmahl und heut bei mir zu erscheinen abhielten? Soll ich Dir nachsprechen, daß er an ihnen gestorben? Jetzt sag' es heraus, denn es freut mein Herz, es zu hören: wo und wie hat der freche Heuchler geendet?"

„Eine Schlange stach ihn," entgegnete Euergetes, sich von seiner Schwester abwendend. „In der Wüste geschah es, unweit der Apisgräber."

„Er hatte sich um Mitternacht zu einem Stell=

dicheln in die Todtenstadt begeben? Das scheint
lustiger begonnen als geendet zu haben!"

Euergetes nickte bejahend der Fragenden zu und
sagte ernst: „Sein Schicksal hat ihn ereilt, aber ich
kann darin nichts Erheiterndes finden."

„Nicht?" fragte die Königin. „Und meinst Du,
daß ich die Natter nicht kenne, die dieß blühende Leben
getödtet? Glaubst Du, daß ich nicht weiß, wer den
giftigen Wurm auf den Römer gehetzt hat? Du bist
der Mörder und Euläus mit seinen Gesellen hat Dir
geholfen! Gestern noch hätte ich mein Herzblut ver-
gossen, um den Cornelier zu retten, und lieber Dich
als ihn zu Grabe geleitet; heute aber, nachdem ich
weiß, welches Spiel dieser Elende mit mir gespielt
hat, hätt' ich die Blutthat auf mich genommen, die
Dich nun befleckt. Kein Gott darf ungestraft Deine
Schwester so verhöhnen und so beleidigen, wie er es
gethan hat! Schon Einer, daß Du es weißt, hat
wie er geendet, der bithynische Hipparch Eustorgos,
der, während er aus Liebe für mich zu vergehen schien,
meine Gespielin Kallistrate zum Weibe begehrte. An
ihm haben sich die Schlangen und Raubthiere in ihrer
finstern Kunst geübt. Dir Gewaltigem hat des Euläus
Botschaft mit kalter Hand an's Herz gegriffen, in
mir, dem schwachen Weibe, erregt sie unbeschreibbare
Wonne, denn das Beste, das ein Weib zu gewähren
vermag, hab' ich ihm geboten und er trat es frech in
den Staub. Hätt' ich kein Recht, zu verlangen, daß
mit seinem Besten, das ist sein Leben, ebenso verfahren werde, wie er es sich mit dem meinen, das

ist meine Liebe, zu thun unterfing? — Mir kommt
es zu, mich seines Todes zu freuen. Ja, jetzt schließen
schlaffe Lider die schönen Augen, die doch nicht besser
zu lügen verstanden, als der strenge Mund, der die
Wahrheit so kräftig zu preisen wußte. Jetzt steht das
treulose Herz still, das einer Königin Liebe verschmähte,
für was? für wen? O ihr barmherzigen Götter!"

Bei den letzten Worten schluchzte die Königin laut
auf, erhob schnell beide Hände, bedeckte mit ihnen
ihre Augen und eilte der Thür zu, durch welche sie
das Gemach ihres Bruders betreten.

Aber Euergetes stellte sich ihr in den Weg und
sagte streng und entschieden: „Du bleibst hier, bis ich
wieder zurück bin. Sammle Dich, denn bei dem näch=
sten Ereigniß, das dieser bedeutende Tag bringt, wirst
Du erstarren und ich werde lachen!"

Mit wenigen schnellen Schritten verließ er das
Gemach.

Kleopatra vergrub ihr Gesicht in die weichen Polster
des Ruhebettes und weinte ohne Unterlaß, bis lautes
Geschrei und Waffengerassel sie aufschreckten.

Ihr schneller Geist sagte ihr, was da geschehe.

In wilder Hast eilte sie auf die Thür zu, aber
sie fand sie verschlossen.

Kein Rütteln, kein Rufen, kein Klopfen schien das
Ohr der Wache zu erreichen, die eintönig vor ihrem
Gefängniß auf und nieder schritt.

Und nun ward das Toben und Waffengeklirr, in
welches sich Trommelschall und Trompetengeschmetter
zu mischen begann, lauter und lauter.

In Todesangst eilte sie an's Fenster und sah in den Palasthof hernieder, und in demselben Augenblick sprang die Pforte des großen Festsaals auf und in ordnungslosem Gewirr stürzte eine fliehende Schaar und dann eine zweite und dritte in's Freie, und alle trugen des Königs Philometor Rüstung.

Jetzt eilte sie nach dem Gemach hin, in das sie ihre Kinder gestoßen, aber auch dieses fand sie verschlossen.

Verzweifelnd sprang sie noch einmal an's Fenster, schrie den fliehenden Macedoniern zu, Stand zu halten, bedrohte sie und flehte sie an, aber Keiner hörte sie und ihre Zahl wuchs und wuchs, und endlich sah sie ihren Gatten mit einer klaffenden Wunde an der Stirn auf der Schwelle des großen Saales erscheinen und mit Schild und Schwert sich stark und muthig gegen die ihm nachdringenden Leibwächter seines eigenen Bruders vertheidigen.

In furchtbarer Erregung rief sie ihm ermunternde Worte zu und er schien sie zu hören, denn mit einem wuchtigen Schlage seines Schildes warf er den sich ihm entgegenstellenden Leibwächter zu Boden, sprang mit einem gewaltigen Satze in die Mitte seiner fliehenden Getreuen und verschwand mit ihnen in dem Gange, welcher zu den Marställen führte.

Gebrochen sank die Königin neben dem Fenster auf die Kniee nieder und hörte durch den ihren Geist umfangenden Schleier der Ohnmacht erst Pferdegetrappel, dann immer lauteres Trompetengeschmetter und endlich in weithin hallendem Jubelgeschrei die Worte:

„Heil dem Sohne der Sonne!

„Heil dem Vereiniger beider Lande!

„Heil dem Könige von Ober= und Unterägypten, dem Gotte Euergetes!"

Bei diesem letzten Rufe gewann sie die volle Besinnung wieder und richtete sich auf.

Von Neuem schaute sie in den Hof und sah dort ihren Bruder auf der ihrem Gatten gehörenden Thronsänfte von Würdenträgern getragen.

Neben den Leibwächtern des Verräthers marschirten Philometor's und ihre eigenen Philobasilisten und Diadochen.

Der glänzende Zug verließ den großen Hof des Palastes, und als sie nun auch priesterlichen Gesang vernahm, da wußte sie, daß sie ihre Krone verloren habe und wohin sich ihr treuloser Bruder begebe.

Zähneknirschend sah sie im Geiste Alles, was nun in der That geschehen sollte.

In den Tempel des Ptah wurde Euergetes getragen und von den überraschten Lettern desselben zum Könige beider Aegypten und Nachfolger Philometor's ausgerufen.

Man ließ vier Tauben vor ihm auffliegen, die allen Himmelsrichtungen mittheilen sollten, daß ein neuer Fürst den Thron seiner Väter bestiegen, und reichte ihm unter Gebet und Opfern eine goldene Sichel, mit der er, einer alten Sitte gemäß, eine Kornähre zerschnitt.

Von ihrem Bruder verrathen, von ihrem Gatten im Stich gelassen, von ihren Kindern getrennt, von einem geliebten Manne verschmäht, entthront, machtlos, ja zu schwach und gebrochen, um auch nur an Rache zu denken, verbrachte sie in furchtbarer Seelenqual zwei unendlich lange Stunden in ihrem von Glanz und Geschenken strotzenden Gefängniß.

Wäre Gift zur Hand gewesen, in dieser Stunde würde sie unbedenklich ihrem vernichteten Leben ein Ziel gesetzt haben.

Bald ging sie ruhelos auf und nieder und fragte sich, was nun ihr Loos sein werde, bald warf sie sich auf das Lager und gab sich dumpfer Verzweif= lung hin.

Da stand die Leier, die sie ihrem Bruder geschenkt, und ihr Blick fiel auf die Darstellung der Hochzeit des Kadmus mit der Harmonia und eine Frauen= gestalt, welche der Braut ein Geschmeide reichte.

Die Geberin dieses Geschenkes war die Göttin der Liebe, und dieser Schmuck, so erzählte die Sage, brachte Denen Unheil, die ihn ererbten.

Die finstersten Stunden ihres Lebens traten vor ihre Seele, und gerade die schwärzesten von ihnen waren auch ihr aus Aphroditens Gaben erwachsen.

Schaudernd gedachte sie des gemordeten Römers und der Stunde, in der Euläus ihr mitgetheilt hatte, daß ihr bithynischer Freund durch wilde Thiere den Tod gefunden.

Den rächenden Eumeniden preisgegeben, eilte sie in Todesangst von einer Thür zur andern, schrie sie zum Fenster hinaus nach Rettung und Hülfe und durchlebte in einer Stunde eines ganzen Jahres fol= ternde Qualen.

Endlich, endlich öffnete sich die Thür des Gemaches und im Purpur, mit den Kronen beider Aegypten auf dem mächtigen Haupte, trat ihr strahlend vor freudiger Erregung Euergetes entgegen.

„Sei gegrüßt, Schwester!" rief er heiter und nahm den schweren Kopfschmuck von seinen Locken. „Du darfst heut stolz sein, denn Dein leiblicher Bruder ist hoch gestiegen und König von Ober- und Unterägypten geworden."

Kleopatra wandte sich von ihm ab.

Er ging ihr nach und versuchte ihre Hand zu fassen, sie aber entzog sie ihm heftig und rief:

„Setze Deinen Thaten die Krone auf und mißhandle das Weib, das Du beraubt und zur Wittwe gemacht hast. Mit einer Voraussagung bist Du vorhin zu der größten Deiner Schandthaten geschritten. An Dir selbst trifft sie zu, denn Du lachst über unser Unglück, an mir aber scheitert sie völlig, denn ich bin nicht erstarrt, ich fühle mich nicht überwunden, nicht hoffnungslos und ich werde..."

„Du wirst," unterbrach sie Euergetes erst mit laut erhobener Stimme, dann aber so freundlich, als habe er ihr die Aussicht auf eine mit vielen Annehmlichkeiten erfüllte Zukunft zu eröffnen, „Du wirst Dich mit Deinen Kindern auf Dein Dach begeben und Dir dort so viel vorlesen lassen, wie Du willst, so gute Bissen naschen, wie Du magst, so kostbare Gewänder anziehen, wie Du begehrst, meinen Besuch empfangen und mit mir plaudern, so oft Dir meine Gesellschaft eben so angenehm erscheint, wie mir die

Deine heute und immer. Außerdem magst Du vor so vielen griechischen und jüdischen Gelehrten, wie Du nur immer befiehlst, Deinen Witz so hell glänzen lassen, bis sie alle sammt und sonders stockblind sind. Vielleicht gewinnst Du auch schon eher die Freiheit zurück und dazu einen vollen Schatz, einen Stall voll edler Rosse und eine stattliche Wohnung in den Königspalästen im Bruchium des lustigen Alexandrien. Es kommt nur darauf an, wie bald unser Bruder Philometor, der sich heute wie ein Löwe geschlagen hat, einsieht, daß er besser zum Reiterhauptmann, zum Lauten=schläger und gut zuhörenden Wirth von sylbenstechenden Gästen taugt, als zum Regenten. — Ist es nicht für uns Forscher auf dem Gebiet des Lebens der Seele, ich meine Dich und mich, Schwester, bemerkenswerth, daß der Mann, der im Frieden wie Wachs oder biegsames Rohr ist, in der Schlacht so hart und schneidig wird wie ein tüchtiges Schwert? Wir haben einander die Schilder tüchtig zerhauen und die Schramme hier an der Schulter verdanke ich ihm. Wenn Hierax, der mit seinen Reitern ihm nachsetzt, Glück hat und ihn bei Zeiten einfängt, so entsagt er wohl freiwillig der Krone."

„Er ist also nicht in Deiner Gewalt und hat Zeit gefunden, ein Pferd zu besteigen!" rief Kleopatra und ihre Augen blitzten freudig auf. „Dann, Du übermüthiger Räuber, dann ist noch nicht Alles für uns verloren. Wenn Philometor nach Rom entkommt und unsere Sache vor den Senat bringt ..."

„Dann hat er immerhin einige Aussicht auf die

Hülfe der Republik," unterbrach sie Euergetes, „denn Rom liebt keinen starken König auf dem Throne Aegyptens. Aber ihr habt am Tiber eure beste Stütze verloren und ich bin im Begriff, mir alle Scipionen und die ganze Corneliersippe zu Freunden zu machen, denn auf lauter Cedernholz und arabischem Gewürz laß ich den verstorbenen Römer verbrennen, Opfer sollen dabei geschlachtet werden, als wär' er ein regierender König gewesen, und seine Asche schicke ich in dem kostbarsten Gefäß von Vasa murrina, das meinen Schatz schmückt, von den edelsten meiner Freunde begleitet, auf einem besondern Festschiff nach Ostia und Rom. Ueber Leichen führt der Weg auf die Zinne der feindlichen Burg und als Feldherr und König . . ."

Jäh unterbrach Euergetes diesen Satz, denn Lärm und heftige Reden ließen sich vor der Thür vernehmen.

Auch Kleopatra hatte dieß nicht überhört und lauschte hochaufgerichtet, denn an einem solchen Tag und in diesen Räumen konnte jeder Wortwechsel, jedes auffallende Geräusch im Vorzimmer des Königs eine schwere Bedeutung besitzen.

Euergetes verhehlte sich dieß so wenig wie seine Schwester und schritt mit der Schlachtsichel, die zu seinem Ornate gehörte, in der Rechten auf die Thür zu.

Aber noch hatte er sie nicht erreicht, als Euläus blaß wie der Tod in das Gemach stürzte und seinem Gebieter entgegenrief:

„Der Mörder hat uns betrogen! Der Cornelier lebt und will sich den Einlaß zu Dir erzwingen."

Dem Könige sank der seine Waffe haltende Arm

und regungslos blickte er einen Augenblick in's Leere, aber schon im nächsten hatte er sich gefaßt und schrie mit einer Stimme, die wie rollender Donner das weite Gemach erfüllte:

„Wer wagt es, meinem Freunde Publius Cornelius Scipio den Eingang zu mir zu verwehren? Hier geblieben, Euläus, Du Wicht, Du Scheusal! Die erste Klage, der ich als König beider Aegypten das Ohr öffne, wird die sein, welche der Mann, der Dein Feind und mein Freund ist, Dir in's Gesicht zu schleudern gedenkt. — Willkommen, hoch willkommen an meinem Geburtstage, edler Freund!"

Diese letzten Worte waren an Publius gerichtet, der in der weißen, schön gefalteten Toga der Römer von edler Geburt mit vornehmer Ruhe in das Gemach trat. Er hielt eine versiegelte Briefrolle in der Rechten und schien, indem er sich vor Kleopatra ehrfurchtsvoll verneigte, die ihm entgegengestreckten Hände des Königs zu übersehen:

Euergetes würde, nachdem der Cornelier seinen ersten Gruß verschmäht hatte, ihm, auch wenn es sein Leben gegolten hätte, keinen zweiten geboten haben.

Darum kreuzte er mit königlicher Würde die Arme und sagte:

„Es thut mir leid, unter allen Glückwünschen, die dieser Tag mir bringt, den Deinen zuletzt zu empfangen."

„So hast Du Deinen Sinn geändert," entgegnete Publius und richtete seine schlanke, den König überragende Gestalt hoch auf. „An gehorsamen Werkzeugen fehlt es Dir nicht und in dieser Nacht hattest

Du die Bestimmung getroffen, meinen Glückwunsch erst im Reiche der Schatten entgegenzunehmen."

„Meine Schwester," gab Euergetes achselzuckend zurück, „rühmte gestern die bilderlose Schlichtheit Deiner Sprache; heute aber beliebt es Dir, wie ein ägyptischer Zeichendeuter in Räthseln zu reden."

„Sie sind für Dich und Diesen da nicht eben schwer zu lösen," erwiederte Publius kalt und wies mit der Hand auf Euläus, „die Schlangen, über die ihr gebietet, verfügen über kräftiges Gift und scharfe Zähne, doch haben sie dießmal sich in ihrem Opfer geirrt und statt des Gastes ihres Königs einen armen Klausner des Serapis in den Hades gesandt."

„Deine Räthsel werden immer schwieriger!" rief der König; „meine Fassungsgabe wenigstens ist ihrer Lösung nicht gewachsen und ich muß Dich bitten, in weniger dunklen Worten zu reden oder mir ihren Sinn zu erklären."

„Später," sagte Publius bestimmt, „denn diese Dinge betreffen mich selbst und ich stehe hier im Auftrage des römischen Staates, dem ich diene. — Heute noch trifft als Gesandter der Republik Juventius Thalna hier ein und dieses Schreiben des Senats betraut mich bis zu seiner Ankunft mit seiner Vertretung."

Euergetes nahm die versiegelte Rolle, welche Publius ihm reichte, in Empfang.

Während er sie aufriß und ihren Inhalt rasch überflog, öffnete sich von Neuem die Thür und mit gerötheten Wangen und wirrem Haar zeigte sich Hierax, der Vertraute des Königs, auf der Schwelle.

„Wir haben ihn!“ rief er, bevor er sie über-
schritten. „Bei Heliopolis sank er vom Pferde.“

„Philometor!“ schrie Kleopatra und stürzte auf
Hierax zu. „Vom Pferde sank er? Ihr habt ihn
gemordet?“

Aus diesen Worten klang solcher Schmerz und
solches Entsetzen, daß der Feldhauptmann mitleidsvoll
sagte: „Beruhige Dich, hohe Frau, die Stirnwunde
Deines Gatten ist ungefährlich. Die Aerzte in den
großen Sälen beim Sonnentempel haben ihn verbunden und mir gestattet, ihn auf einer Sänfte hieher-
zuführen.“

Ohne Hierax völlig zu Ende zu hören, eilte Kleopatra auf die Thür zu; Euergetes aber vertrat ihr
den Weg und gebot mit der ihm eigenen, jeden Widerspruch ausschließenden Entschiedenheit:

„Du bleibst, bis ich Dich selbst zu ihm begleite.
Ich wünsche euch Beide in meiner Nähe zu haben.“

„Damit Du uns durch jede Marter zu zwingen
vermagst, dem Thron zu entsagen,“ rief Kleopatra.
„Heute bist Du im Glück und wir sind Deine Gefangenen.“

„Du bist frei, hohe Königin,“ unterbrach der
Römer die an allen Gliedern bebende Frau, „und
auch für den König Philometor fordere ich hier die
Freiheit im Namen des Senats auf Grund der mir
bewilligten Vollmacht.“

Das Blut schoß bei diesen Worten in Euergetes'
Wangen und Augen, und seiner selbst kaum mächtig,
stammelte er mehr als er sprach:

„Popilius Laenas beschrieb um meinen verstorbenen Oheim Antiochus einen Kreis und bedrohte ihn mit Roms Feindschaft, wenn er ihn überschritte. Du möchtest es Deinem kühnen Landsmanne, dessen Geschlecht ja weit weniger vornehm ist als das Deine, zuvorthun; ich aber, ich . . .“

„Dir steht es frei, Dich dem Willen Roms zu widersetzen,“ unterbrach Publius den König mit trockener Härte, „aber wenn Du es wagst, so kündigt es Dir durch mich seine Freundschaft. Ich stehe hier im Namen des Senats, der den Vertrag zu hüten bestrebt ist, der den Syrern dieß Reich entriß, Dich und Deinen Bruder aber verpflichtet, euch in die Herrschaft Aegyptens zu theilen. Das hier Geschehene zu ändern, liegt nicht in meiner Macht, wohl aber bin ich verpflichtet, Rom die Möglichkeit offen zu halten, Jedem von euch das zuzuertheilen, was ihm nach jenem von der Republik gebilligten Vertrage gebührt. In allen Fragen, die diesen Pakt betreffen, hat Rom zu entscheiden, und mir liegt es ob, Sorge zu tragen, daß der Kläger nicht verhindert werde, lebend und frei vor seinen Schutzherrn zu treten. Im Namen des Senats fordere ich Dich auf, Euergetes, den König Philometor, Deinen Bruder, und die Königin Kleopatra, Deine Schwester, dahin ziehen zu lassen, wohin sie begehren.“

Tief athmend und in ohnmächtigem Grimm die Hände bald zu Fäusten ballend, bald die bebenden Finger aus einander spreizend, stand Euergetes dem ihm mit kalter Ruhe fragend in's Antlitz schauenden

Römer kurze Zeit schweigend gegenüber. Dann fuhr er sich mit beiden Händen durch's Haar, warf sein Haupt gewaltsam von einer Seite zur andern und rief:

„Danke dem Senat und sage ihm, ich wüßte, was wir ihm schulden, und bewunderte seine Weisheit, die lieber ein getheiltes Aegypten sieht, als ein in kräftigen Händen vereintes. Philometor ist frei und Du, Kleopatra, bist es mit ihm."

Einen Augenblick schwieg er. Dann lachte er auf und rief der Königin zu:

„Dich, Schwester, führt Dein zärtliches Herz ge= wiß auf den Flügeln der Liebe zu Deinem verwun= deten Gatten!"

Kleopatra's bleiche Wangen hatten sich bei der Rede des Römers hoch geröthet, und die höhnischen Worte ihres Bruders keiner Antwort würdigend, schritt sie stolz auf die Thür zu. Als sie an Publius vor= beiging, sagte sie mit einer herablassenden Bewegung ihrer schönen Hand: „Wir sind dem Senate verpflichtet."

Publius verneigte sich tief, sie aber verließ, das Haupt von ihm abwendend, das Zimmer.

„Du hast Deinen Fächer vergessen und Deine Kinder!" rief der König ihr nach; doch Kleopatra hörte nicht mehr diese Worte, denn vor dem Gemach ihres Bruders flog ihre gewaltsam behauptete Fassung in alle Winde und, ihre Hände an die Schläfen pressend, eilte sie, als würde sie von Feinden verfolgt, die breite Treppe des Palastes hinunter.

Als ihre Schritte verhallten, wandte sich Euergetes an den Cornelier und sagte:

„Da Du nun das gethan, was Du für Deine Pflicht hieltest, so bitte ich Dich um die Deutung der dunklen Worte von vorhin, die sich ja wohl nicht auf den Fürsten, sondern den Menschen Euergetes bezogen haben. Verstand ich Dich recht, so meintest Du, es sei Dir hier nach dem Leben getrachtet und statt Deiner wäre einer der wunderlichen, dem Serapis geweihten Alten gemordet worden."

„Auf Deinen und Deines Helfers Euläus Befehl," entgegnete Publius kühl.

„Tritt hieher, Eunuch!" donnerte der König den zitternden Höfling an und blickte ihm mit einem furchtbar drohenden Blick in die Augen: „Hast Du Mörder gedungen, um meinen Freund, der Deine Schandthaten an's Licht zu ziehen drohte, um diesen edlen Gast unseres Hauses zu tödten?"

„Gnade!" wimmerte der Eunuch und sank vor dem Könige auf die Kniee nieder.

„Er gesteht seine Schandthat!" rief Euergetes, berührte mit der Hand den Gürtel seines wimmernden Werkzeuges und befahl Hierax, ihn ungesäumt der Wache zu übergeben und vor Aller Augen bei der hohen Pforte der Königsburg aufhängen zu lassen.

Der Eunuch wollte um Gnade betteln und reden, der kräftige Feldhauptmann aber, dem der Hämling verhaßt war, riß ihn in die Höhe und stieß ihn zum Gemache hinaus.

„Du hattest Recht, Dich zu beklagen," sagte Euergetes, während das Geheul des fortgeschleppten Eunuchen auf der Treppe verklang, „aber Du siehst, wie

ich Diejenigen zu bestrafen verstehe, die unsere Gäste
zu beleidigen wagen."

„Ihm wird heute das zu Theil, was er seit
Jahren verdient hat," entgegnete Publius. „Nun
aber, da wir Mann gegen Mann allein sind, muß
ich auch mit Dir meine Rechnung zum Abschluß
bringen. Euläus hat auf Deinen Befehl und in
Deinem Dienste zwei Mörder auf mich gehetzt —"

„Publius Cornelius Scipio!" unterbrach der König
seinen Feind mit drohender Stimme; der Römer
aber fuhr kalt und ruhig fort:

„Ich sage nichts, was ich nicht durch Zeugen zu
belegen vermag, und habe in zwei Briefen der Wahrheit gemäß berichtet, was König Euergetes in dieser
Nacht gegen das Leben eines Gesandten des römischen
Staates unternommen. Das eine Schreiben ist an
meinen Vater, das andere an Popilius Laenas gerichtet, und beide sind schon auf dem Wege nach Rom.
Sie sollen, das hab' ich verordnet, eröffnet werden,
wenn ich sie in drei Monaten, von heut' an gerechnet,
nicht zurückverlangt habe. Du siehst, daß es Dir an
der Erhaltung meines Lebens und der Erfüllung
dessen, was ich von Dir fordern werde, gelegen sein
muß. Thust Du mir in Allem, was ich verlangen
werde, den Willen, so wird das, was in dieser
Nacht geschehen ist, das verspreche ich Dir, und ich
habe mein Wort noch niemals gebrochen, ein Geheimniß bleiben zwischen Dir und mir und einem
Dritten, für dessen Verschwiegenheit ich einstehen kann."

„Rede," sagte der König, warf sich auf das Ruhebett und riß, während Publius sprach, die Federn aus Kleopatra's vergessenem Wedel.

„Ich verlange zuerst die Freisprechung des königlichen Verwandten und Vorstehers des Chrematistenkollegiums, Philotas von Syrakus, seine und seines Weibes sofortige Erlösung von der Zwangsarbeit und ihre Heimsendung aus den Bergwerken."

„Beide sind gestorben," sagte Euergetes; „mein Bruder kann es bezeugen."

„So fordere ich, daß in einem besonderen Dekret erklärt werde, daß Philotas ungerecht verurtheilt worden sei und daß er in all' seine Würden wieder eingesetzt werde. Ich verlange ferner, daß Du mir und meinem Freunde, dem Korinther Lysias, sowie dem Bildhauer Apollodor gestattest, mit des Philotas Töchtern, Klea und Irene, die dem Serapis als Krugträgerinnen dienen, ungehindert Aegypten zu verlassen. — Du zauderst mit Deiner Antwort?"

„Nein," entgegnete der König und warf seine Hand hoch in die Höhe, „denn für dießmal hab' ich das Spiel verloren."

„Den Töchtern des Philotas, Klea und Irene," fuhr Publius mit unerschütterlicher Ruhe fort, „werden die eingezogenen Güter ihrer Eltern zurückgegeben."

„Die Schönheit Deiner Geliebten scheint Dir nicht zu genügen," fiel Euergetes spöttisch dem Römer in's Wort.

„Sie genügt mir völlig. Als meine letzte Forderung verlang' ich, daß diese Güter zur Hälfte dem Tempel des Serapis zugewiesen werden, damit der

Gott willig und ohne Einspruch seinen Dienerinnen entsage. Die andere Hälfte soll meinem Sachwalter Dicäarch zu Alexandria übergeben werden, weil es mir gefällt, daß Klea und Irene nicht ohne das Heirathsgut, welches ihnen zukommt, mein eigenes und das Haus des Lysias von Korinth als Gattinnen betreten. In einer Stunde muß ich das Dekret und die Rückerstattungsakte in der Hand haben, denn sobald Juventius Thalna hier ankommt, — und ich erwarte ihn, wie gesagt, noch am heutigen Tage —, gedenken wir Memphis zu verlassen und in Alexandria ein Schiff zu besteigen.“

„Seltsame Fügung!“ rief Euergetes, „Du bringst mich um Rache und Liebe, und ich sehe mich dennoch gezwungen, Dir eine glückliche Fahrt zu wünschen. Ein Opfer muß ich dem Poseidon, der cyprischen Göttin und den Dioskuren schlachten, damit sie Deinem Schiff eine günstige Fahrt verleihen, und dennoch trägt es den Mann, der mir zu Rom in Zukunft durch seine bittere Gegnerschaft schaden wird wie kein Anderer.“

„Ich werde für Denjenigen unter euch eintreten, auf dessen Seite das Recht steht.“

Mit einer stolzen, grüßenden Handbewegung verließ Publius das Gemach, Euergetes aber sprang, sobald sich die Thür hinter dem Römer geschlossen hatte, von seinem Lager auf, schüttelte drohend seine geballte Faust und rief:

„Du steifer Gesell und Deine geschwollene Patrizier=sippe könnt’ mir am Tiber wohl schaden, aber viel=

leicht gewinne ich trotz eurer mein Spiel! Im Namen des Senates von Rom kreuzest Du meine Bahnen. Wenn Philometor in den Vorzimmern der Konsuln und Senatoren wartet, so können wir dort gewiß einander begegnen, aber ich versuch' es auch mit dem Volke und seinen Tribunen!

„Seltsam! In einer Stunde hat dieser Kopf hier oben mehr gute Einfälle, als solch' ein kühler Gesell in einem Jahre, und dennoch bin ich ihm unterlegen, und will ich gerecht sein, so muß ich gestehen: es war nicht nur sein Glück, es war seine Klugheit, die mich überwunden. Mag er mit seiner stolzen Hera davonfahren; mir winken dafür in Alexandria zehn Aphroditen!

„Ich bin wie das Hellas und er wie das Rom von heute. Wir haschen in der Sonne flatternd nach dem, was unserem Geiste zusagt und unseren Sinnen gefällt, sie suchen, zu Boden schauend, mit festem Schritte die Macht und den Vortheil. So kommen sie weiter als wir, und doch — ich mag nicht mit ihnen tauschen!“

www.ingramcontent.com/pod-product-compliance
Lightning Source LLC
Chambersburg PA
CBHW020518110726
47899CB00004B/1159